U0083539

中國語言文字研究輯刊

二　編

許 錟 輝 主編

第16冊

司馬相如賦篇之音韻風格研究

丁 憶 如 著

花木蘭文化出版社

國家圖書館出版品預行編目資料

司馬相如賦篇之音韻風格研究／丁憶如 著 — 初版 — 新北市：花木蘭文化出版社，2012〔民101〕

目 4+342 面；21×29.7 公分

（中國語言文字研究輯刊 二編；第16冊）

ISBN：978-986-254-872-1（精裝）

1.（漢）司馬相如 2. 漢賦 3. 文學評論

802.08 101003101

ISBN-978-986-254-872-1

中國語言文字研究輯刊

二 編 第十六冊 ISBN：978-986-254-872-1

司馬相如賦篇之音韻風格研究

作　　者　丁憶如

主　　編　許錟輝

總 編 輯　杜潔祥

出　　版　花木蘭文化出版社

發 行 所　花木蘭文化出版社

發 行 人　高小娟

聯絡地址　新北市永和區中正路五九五號七樓之三

電話：02-2923-1455／傳眞：02-2923-1452

網　　址　http://www.huamulan.tw 信箱 sut81518@gmil.com

印　　刷　普羅文化出版廣告事業

初　　版　2012年3月

定　　價　二編18冊（精裝）新台幣40,000元

版權所有・請勿翻印

司馬相如賦篇之音韻風格研究

丁憶如　著

作者簡介

丁憶如，嘉義人，國立台灣大學中文系學士（2001 ～ 2005 年），國立政治大學中文系碩士（2005 ～ 2008 年），現就讀國立政治大學中文系博士班。碩論題目爲《司馬相如賦篇之音韻風格研究》，發表過的文章有〈王褒〈洞簫賦〉聲韻風格淺析〉、〈從《詩經》的基本形式論其音韻風格研究法〉、〈論《閨秀詩評》到《名媛詩歸》的轉折意義〉、〈忠愛隨地施：潘德輿《養一齋詩話》的論詩特質〉等。

提　要

西漢賦篇幅閎大，詞藻名物也十分博雜；加以上古音與現代語音迥然不同，遂使讀者難以領受作品爲「朗誦」而設計的音韻之美。因此，本文舉司馬相如賦爲例，採取「語言風格學（Stylistics）」的概念，歸納、統計常用的聲母、韻部和聲調，期以具體證據說明西漢賦「極聲貌以窮文」（見劉勰：《文心雕龍・詮賦第八》（台北：河洛圖書出版社，1976 年），頁 50。）的音韻特徵，並藉由賦篇音值的構擬，呈現其朗誦時音韻和諧、對比的表現。

西漢賦多爲「言語侍從之臣」娛侍君上的作品，相較之下，抒情色彩則較淡薄。在當時最顯明的特色，實爲「出乎口」而「快乎耳」。賦篇形式多排偶，可分析其音韻搭配的關係，故本文檢索唐作藩《上古音手冊》，求得各字之聲韻調類，再以李方桂、丁邦新的上古聲母和西漢韻部擬音爲標注依據，分別在四章中整理且歸納其聲母、韻部及聲調，乃至「重疊形式（reduplicated form）」（此詞見於周法高：《中國古代語法構詞篇》（中研院史語所專刊之三十九，1962 年），頁 97。）的音韻特徵。

本文第一章交代研究動機、方法及範圍，並整理前人研究成果；第二章就「聲母相諧的排偶句」、「頂眞的聲母複沓」兩項，整理相如賦相關的例子數及其比例，接著在第三章根據韻腳的通押關係，歸納「韻部相諧的虛字排比句」「韻部相諧的排偶句」「陽入聲韻搭配的排偶句」的例子；第四章則整理聲調複沓或對比的排偶句，突顯相如賦既相諧又對比的音韻搭配。第五章比較相如賦雙聲、疊韻、疊字三種的音韻特徵，此外亦於各章小結製表比較七篇賦的異同。最後，在結論和〈附錄一〉以具體擬音，呈現其朗誦實況，並指出本文價值、研究限制和可繼續發展的相關議題。

目次

表格目次

第一章　緒　論

第一節　研究動機

西漢賦原爲口誦之文本，賦家採用閎侈富麗的構篇、遣辭進行論述，以迎合上位者的喜好，並托襯出大漢的盛世風華；只可惜詞藻名物繁雜，加上文字蹇澀，遂造成今日學者閱讀的困難。正如吳旻旻所言，「漢賦在朗誦的聲音效果與文字視覺效果之間發生落差，由於字形的隔閡，使得這些當時重要又具有震撼力的鋪陳因素，對現代讀者來說反而是理解欣賞過程中的重重阻礙。」〔註1〕欲解決此一問題，須以西漢擬音觀察其「極聲貌以窮文」〔註2〕的聲韻特徵，才能爲漢賦「洗盡鉛華」，還其原貌。

班固在〈兩都賦・序〉中，曾言及賦體所以興起於漢初，乃是因爲其具備「潤色鴻業」的作用，能爲西漢武帝、宣帝的盛世錦上添花：

> 昔成康沒而頌聲寢，王澤竭而詩不作。大漢初定，日不暇給。至於武宣之世，乃崇禮官，考文章，內設金馬石渠之署，外興樂府協律之事，以興廢繼絕，潤色鴻業。……故言語侍從之臣，若司馬相如、

〔註1〕見吳旻旻：〈「框架、節奏、神化」：析論漢代散體賦之美感與意義〉，收入《臺大中文學報》二十五期（2006年12月），頁79。

〔註2〕見劉勰：《文心雕龍・詮賦第八》（台北：河洛圖書出版社，1976年），頁50。

虞丘、壽王、東方朔、枚皋、王褒、劉向之屬，朝夕論思，日月獻納；而公卿大臣，御史大夫倪寬、太常孔臧、太中大夫董仲舒、宗正劉德、太子太傅蕭望之等，時時間作。或以抒下情而通諷諭，或以宣上德而盡忠孝，雍容揄揚，著於後嗣，抑亦雅頌之亞也。〔註3〕

由於文景二帝的休養生息，漢武帝得以大舉展開文治武功的種種建設：武帝「內設金馬石渠之署，外興樂府協律之事，以興廢繼絕，潤色鴻業」，設立了講學藏書與整理、創作樂曲的官方機構。此後更有不少「登高能賦，可以爲大夫」〔註4〕，賜予賦家官祿之例。有了功名利祿的鼓勵，漢賦的作者乃如雨後春筍般地出現，辭賦也成爲文人露材揚己的舞台。臺靜農先生嘗引用〈兩都賦・序〉和揚雄〈長楊賦・序〉、〈甘泉賦・序〉，及司馬遷《史記・司馬相如列傳第五十七》的贊語，指出「他們（司馬遷、揚雄、班固等漢代賦家）將賦這一文體，縮小讀者的範圍，單純作爲皇帝的讀物，作家的心血，只爲一個人而寫作」〔註 5〕；「既以天子生活爲題材，必然的要將這種生活描寫得高貴華麗，而且是超現實的高貴華麗」。〔註 6〕這樣特殊的寫作背景，使西漢賦作具備「麗侈」的特徵。

揚雄在《法言・吾子卷第二》也提到「詩人之賦麗以則，詞人之賦麗以淫」〔註7〕，意即西漢雜言的「散體」賦，或帶「兮」字的「散體」賦，都有著贍麗豐富的文辭。據洪順隆所言，《法言》所謂「麗」是「連辭並語以成美麗的意象」〔註8〕的意思，其特色爲「連綴排列像纂組錦繡一般的文采（語言），和高低強弱的音響，以創造一個美的小宇宙（即一篇富有藝術性的文章）。」〔註9〕這種講究語文之美的文體得以盛行，有賴帝王貴胄的推波助瀾；獻賦儀式更凸顯西漢賦口誦的傳播特性。

〔註 3〕見《文選》李善注，〈兩都賦序〉（台北：華正書局，2000 年），頁 21。

〔註 4〕見《漢書・藝文志》，收入《漢書》第六冊（北京：中華書局，2007 年），頁 1755。

〔註 5〕見臺靜農：《中國文學史》（台北：台灣大學出版中心，2004 年），頁 71。

〔註 6〕見臺靜農：《中國文學史》（台北：台灣大學出版中心，2004 年），頁 72。

〔註 7〕見汪榮寶：《法言義疏》（台北：藝文印書館，1968 年），頁 88。

〔註 8〕見洪順隆：《中國文學史論集》（台北：文史哲出版社，1983 年），頁 226。

〔註 9〕見洪順隆：《中國文學史論集》（台北：文史哲出版社，1983 年），頁 223。

從《史記》《漢書》關於司馬相如、王褒〔註10〕和揚雄獻賦的記載，可知西漢賦是先進行書面寫作，再上奏朗誦。〔註11〕如司馬相如獻賦的過程，是武帝先「令尚書給筆札」〔註12〕，讓他寫定後交由侍者口誦獻賦，聽完之後才決定封他爲郎官；口誦賦篇有文本作依憑，並且在時人不致誤讀、作者又立意逞才的前提下，西漢賦作的書寫字形遂顯得瑰怪多變。簡師宗梧曾指出西漢賦篇的文字，往往反應其口誦之需要：

> 由於西漢的賦篇奏獻於朝廷，不以目讀而以口誦，所以賦中大量採用基於口語別義需要而衍生的複音詞；爲增強口誦的音樂效果，大量使用雙聲或疊韻的聯緜詞；爲使口語傳誦生動，不免挖空心思提煉口語中傳神的聲貌形容詞。這些語彙，平時騰之於口舌，自然而流利，生動而貼切，但取之於賦，寫成書面，原無定字，各憑其聲，或假借用之，然後再疊加形旁以造新字，於是瑰怪的瑋字就層出不窮了。西漢賦篇瑋字連編疊綴，正是口語文學的特色。〔註13〕

文中指出，最初以口頭傳播的賦篇，其文本常有添字辨意的「複音詞」、音韻相協的「聯緜詞」乃至生動的「聲貌形容詞」；「騰之於口舌」的無形語彙「各憑其聲」地落入有形的文字中，遂產生了不少假借字，或看似罕見、瑰怪，且多用以形容事物樣態的「瑋字」。〔註14〕

〔註10〕見《漢書・嚴朱吾丘主父徐嚴終王賈傳三十四下》，也記載王褒待詔頌賦的情形：「是時，上頗好神僊，故褒對及之；上令褒與張子僑等並待詔，數從褒等放獵。所幸宮館，輒爲歌誦，第其高下，以差賜帛。」見《漢書》第九冊（北京：中華書局，2007年），頁2828。

〔註11〕見簡宗梧師：〈賦的可變基因與突變——檢視文學體類演變的新嘗試〉，收入《逢甲人文社會學報》第12期（2006年6月），頁11。這種展現的手法也影響其創作模式，如簡宗梧師在〈賦與設辭問對關係之考察〉一文指出：「賦家是以先寫劇本式的書面創作方式進行，完成後奏之，由作者或由其他人演頌之，所以賦作大多是以虛擬人物展開對話。」〈七發〉以太子和吳客的對話鋪寫成篇，即爲一例。此說見簡宗梧師：〈賦與設辭問對關係之考察〉，收入《逢甲人文學報》11期（2005年12月），頁22。

〔註12〕見《史記・司馬相如列傳第五十七》，收入《史記》第九冊（北京：中華書局，2007年），頁3002。

〔註13〕見簡宗梧師：《漢賦史論》（台北：東大圖書公司，1993年），頁217、218。

〔註14〕關於「瑋字」的形式特徵以及來源的討論，可以參見吳儀鳳：〈論「瑋字」一詞在

「瑋字」並不會造成西漢帝王閱讀的困難，這是因爲賦篇最初的傳播方式爲朗誦：「由於賦是諷誦的文辭，西漢帝王不以目治而以耳聞，所以賦叶韻以求美，不同於一般的文」〔註 15〕；而口誦賦的音韻設計十分重要，如漢宣帝曾下令王褒等人在太子病時「朝夕誦讀奇文及所自造作」，來爲太子娛樂解悶，可知朗誦賦作時，音響必然特別協調、精緻，才能夠引人入勝。〔註 16〕今人欲知西漢賦之美，則須應運用歷史語言學的研究成果，逐字擬構各篇文字的聲母、韻部和聲調，才能還原其「言語贍麗」的種種具體表現。

此外，由於西漢未發展出兩兩對偶的句式，因此有著高友工所謂「非對偶的詩行結構」那種「直線性與連續性的共同特徵」〔註 17〕，其創作不受篇幅或格律限制，反而顯現一種元氣淋漓、和諧中又帶有對比變化的音韻特性。不管是字形的多變瑰瑋，名物的比並羅列，或是帶有口語虛詞的排偶句，在在反映作者注重音韻的特色；本文便試著舉「漢賦冠軍」的司馬相如賦做爲代表性的例證，進行擺落形體、直探其音的聲韻分析、歸納。

第二節　「語言風格學」義界概述

本文以「語言風格學」作爲語言學與文本對話的平台，所謂的「語言風格學」，除了承繼中國固有之「風格」一詞外，其內涵亦應包括西方 Stylistic 或 Style 的定義，且須釐清與「情境方言（situation dialects）」中「修辭學（rhetoric）」研究方法的歧異。下文試略述之。

漢賦中的意涵〉一文，收入《第一屆先秦兩漢學術全國研究生論文發表會論文集》（輔仁大學中國文學系，1997 年），頁 109～122；其中，頁 119 亦指出其用途主要在文字的鋪陳奢華：「就其在漢賦作品中的呈現而言，多爲描寫京都苑獵之題材或極盡鋪陳、曲盡景物風貌之段落，大量出現的奇僻之字。」

〔註 15〕見簡宗梧師：《漢賦史論》（台北：東大圖書公司，1993 年），頁 217、218。

〔註 16〕見《漢書·嚴朱吾丘主父徐嚴終王賈傳三十四下》，收入《漢書》第九冊（北京：中華書局，2007 年），頁 2829。原文如下：「太子體不安，苦忽忽善忘不樂。詔使褒等皆之太子宮虞侍太子，朝夕誦讀奇文及所自造作。疾平復，迺歸。太子喜褒所爲〈甘泉〉及〈洞簫頌〉，令後宮貴人左右皆誦讀之。」

〔註 17〕見高友工：《中國美典與文學研究論集》（台北：國立臺灣大學出版中心，2004 年），頁 231。

葛洪《抱朴子・疾謬篇》已出現「風格」一辭〔註 18〕，但至少要到唐代張懷瓘《書斷・中》以「憲章小王，風格秀異」〔註 19〕描述薄紹之的書風，「風格」一詞的定義才從「同禮法制度相關的風教規範」，轉而表示一定的「藝術特徵」。〔註 20〕然而，這種研究「文學之形式與內容，主題與結構等特徵」的傳統風格學，畢竟異於現代的語言風格學，故竺家寧師以「文藝風格學」〔註 21〕稱之。至於「語言風格學」固然也討論文本的藝術特徵，其方法卻非印象式的敘述，因此不同於傳統的「風格」概念。

「言語風格」一詞，始見於高名凱《語言論》；高名凱參考巴里 1913 年在《語言與生活（Le langage et la vie）》中的主張，將之定義爲「（語言中的風格就是）語言在不同的交際場合中被人運用來進行適應這交際場合，達到某一交際目的所產生的特殊的言語氣氛或言語格調。這種氣氛或格調是由風格手段所造成的。」〔註 22〕此說延續語言學傳統中的 Style 概念，指「在不同情境下展現的正式／非正式等相異之（修辭）詞域」，即所謂的「情境方言（situation dialect）」〔註 23〕，這也是大陸學者討論「語言風格學」時廣泛採用的定義。

例如黎運漢在〈1949 年以來語言風格定義研究述評〉一文中，整理大陸學者各種語言風格學的定義，得出以下結論：

> 語言風格是人們言語交際的產物，是交際參與者在主客觀因素制導下運用語言表達手段的諸特點總合表現出來的氣氛和格調，它涵蓋

〔註 18〕見葛洪：〈疾謬〉，《抱朴子・外篇》卷 25（台北：台灣中華書局，1966 年），頁 6。

〔註 19〕見《景印文淵閣四庫全書》812 冊（台北：商務印書館，1983 年），頁 62。

〔註 20〕關於「風格」一辭在《書斷》中乃從「議事標準」轉而指「藝術特徵」的說法，見竺師家寧：《語言風格與文學韻律》（台北：五南圖書出版公司，2005 年），頁 218。

〔註 21〕見竺師家寧：《語言風格與文學韻律》（台北：五南圖書出版公司，2005 年），頁 13。

〔註 22〕見高名凱：《語言論》（北京：科學出版社，1963 年），頁 411、412。

〔註 23〕此說見 Victoria Fromkin, Robert Rodman, *An Introduction to Language*（Fort Worth: Harcourt Brace College Publishers, 1998）, p. 425."Most speakers of a language know many dialects. They use one dialect when out with friends, another when on a job interview or presenting a report in class, and another when talking to their parents. Theseh situation dialects hare called styles or registers. "「（修辭）詞域」「情境方言」等詞的翻譯則參照黃宣範：《語言學新引》（台北：文鶴出版社，2003 年），頁 607、771。

表現風格、語體風格、民族風格、時代風格、地域風格、流派風格和個人風格。〔註 24〕

語言風格的定義或研究對象，皆屬於「社會語言學」中方言（dialect）概念的分支，其研究對象包括語體、民族、時代乃至個人使用語言的方式。研究方法則有「修辭」或「語言」兩種的進路：前者運用誇飾、反語、借代、比喻來塑造特色，後者則在語音、詞彙乃至語法上著意經營；黎運漢分別稱之爲「語言風格的物質材料因素」中「超語言要素的風格手段」以及「語言要素中的風格手段」。〔註 25〕

此說異於中國傳統偏重修辭的「風格」定義，因此黎認爲所謂的「語言風格學」，與修辭學「應是各自獨立，並列挺進的近鄰學科」，「而不宜把風格學做爲修辭學的附庸，列爲修辭學的下位分支」。〔註 26〕而本文以音韻風格爲研究對象，故關注的焦點放在「語言要素中的風格手段」，這也是 60 年代後，偏重語言分析的 Stylistics 定義。

Style 原本指「文學作品中語言表現」的喻況語言（figurative language）〔註 27〕，其義界包括了修辭學（rhetoric）的領域。修辭學曾和語音、詞彙、語法並列爲傳統 Stylistics 在 1950 年代關注的對象，但細加考察，其目的是討論語文的社交功能〔註 28〕，偏於文學範疇；本文著重的，則是另一種較爲後起，已可與修辭學作區隔的 Stylistics。由於形式主義思潮的影響，風格學(Stylistics)在 1960 年代中，

〔註 24〕見黎運漢：《黎運漢修辭・語體・風格論文選》（廣州：暨南大學出版社，2004 年），頁 385。

〔註 25〕見黎運漢：《黎運漢修辭・語體・風格論文選》（廣州：暨南大學出版社，2004 年），頁 256、260。

〔註 26〕見黎運漢：《黎運漢修辭・語體・風格論文選》（廣州：暨南大學出版社，2004 年），頁 401。

〔註 27〕見 M.H. Abrams, *A Glossary of literary Terms*（Boston: Thomson Higher Education, 2005）, p.312.「喻況語言」一詞，採自黃自來編：《理論與應用語言學英漢辭典》（台北：文鶴出版社，1992 年），頁 131。

〔註 28〕見 M.H. Abrams, A Glossary of literary Terms（Boston: Thomson Higher Education, 2005）, p.277.對 rhetoric 的解釋："In broad sense, then, rhetoric can be described as the study of language in its practical uses, focusing on the persuasive and other effect of language, and on the means by which one can achieve those effects on auditors or readers."

開始朝向「客觀分析」的方向發展。亞伯拉姆斯（M. H. Abrams）曾指出：

> 1960 年代中期以後，風格學（Stylistics）的第二種型式被突出了；（學者）藉由重新定義風格學，大大拓展考察的概念與範圍。套用一位理論家（Geoffrey N. Leech）的說法，此定義是將風格學視爲「語言運用於文學的研究」，其範圍則包括了「語言作爲文學表現之媒介（medium）的普遍特徵」。藉由擴大定義，風格學合併了傳統文學批評和修辭學的關懷，且此型式的風格學，藉由聚焦於文本（text itself），以及發掘實踐文本意義與文學效應的「語言成分和型式（linguistic element and pattern）」，〔註 29〕所產生支配創作過程的通則，來強調與前一類型不同的特徵：即客觀、如實的必要。〔註 30〕

這種後起的型式，將焦點放在文本呈現的語言特徵，遂能擺落修辭學的色彩，且有憑有據地展開語言學與文學的對話；而本文欲以音韻學知識，探求司馬相如賦在西漢時，憑藉朗誦機制而呈顯的語音效果（acoustic effects），此進路不同於一般的修辭學或傳統文學批評的研究，亦須據此加以說明。

因此，我們採取竺師家寧切割「語言風格學」和「文藝風格學」乃至「修

〔註 29〕名詞翻譯參黃自來編：《理論與應用語言學英漢辭典》（台北：文鶴出版社，1992 年），頁 111、208、271。而溫知新、楊福綿合編的《中國語言學名詞滙編（1925～1975）》，則將 linguistic pattern 譯爲「語型」。見溫知新、楊福綿：《中國語言學名詞滙編》（1925～1975）》(台北：學生書局，1985 年)，頁 136。

〔註 30〕見 M.H. Abrams, *A Glossary of literary Terms* (Boston: Thomson Higher Education, 2005), p.316.原文如下：In the second mode of stylistics, which has been prominent since the mid-1960s, proponents greatly expand the conception and scope of their inquiry by defining stylistic as, in the words of one theorist, “the study of the use of language in literature, ”involving the entire range of the “general characteristics of language…as a medium of literary expression. ”By this definition, stylistics is expanded so as to incorporate most of the concerns of both traditional literary criticism and traditional rhetoric; its distinction from these earlier pursuits is that it insist on the need to be objective by focusing sharply on the text itself and by setting out to discover the “rules” governing the process by which linguistic elements and patterns in a text accomplish their meaning and literary effects.

辭學」的方式，來定義1960中期以後，重視「具體分析」的Stylistic：

> 凡是用語言學的概念和方法進行研究，涉及作品形式、音韻、詞彙、句法的，是『語言風格學』。〔註31〕

竺師定義的「語言風格學」，強調Stylistic和「語言學」密切縮合的部分，並藉此凸顯Stylistic在1960中期後客觀如實的研究進路；此即本文「語言風格學」的定義。而引文提及這種分析文本風格的方式，可區別爲「音韻」、「詞彙」、「句法」三類，本文則偏重討論「音韻」一項，希望運用聲韻學研究的成果，具體分析相如賦聲韻調的風格特徵。

第三節　研究方法

本文採取語言風格學中的「語言描寫法」以及「統計法」，討論司馬相如七篇賦的聲韻現象：「語言描寫法」敘述西漢賦語言的各個成分，及其搭配關係；「統計法」則提出具體數據加以證明。〔註32〕

張德明的《語言風格學》一書，列出四種風格學的研究方法，除了上述二者〔註33〕外，尚有「研究人怎樣使用語言」，傾向修辭學範疇的「動態研究法」〔註34〕，及「把二種或兩種以上的現象放在一起互相比較以找出異同點」，常應用於語言學研究的「比較法」：〔註35〕前者並非本文討論的內容，限於學力，目前亦無法比較相如與其他賦家經營聲韻的手法。故僅就司馬相如七篇賦聲韻調的表現，進行內部的敘述和比較，並且找出某些篇章在聲母相諧、或其他音響效果特別突出的原因，以凸顯各篇同中有異的風格特徵，作爲日後與其他賦家比較的基礎。

〔註31〕見竺師家寧：《語言風格與文學韻律》（台北：五南圖書出版公司，2005年），頁15、16。

〔註32〕見竺師家寧：《語言風格與文學韻律》（台北：五南圖書出版公司，2005年），頁15、16。

〔註33〕其中「語言描寫法」張德明稱爲「分析綜合法」，見張德明：《語言風格學》（高雄：麗文文化公司，1995年），頁14。

〔註34〕見張德明：《語言風格學》（高雄：麗文文化公司，1995年），頁14。

〔註35〕見張德明：《語言風格學》（高雄：麗文文化公司，1995年），頁13。

此外，竺師家寧曾指出，統計法要注意其「目的」和「結構性」，以避免無意義的濫用〔註 36〕，故本文將特別注意研究文本的完整性，剔除如〈哀二世〉一類殘缺的賦篇，並以句子爲討論音韻風格的基本單位；而漢賦不像詩詞有固定格律，因此，下文也將介紹「分析賦篇聲韻調」的步驟。

運用「聲韻調分析」歸納出的「個別音韻現象」，如何才能視爲作者作品的「音韻風格」呢？這得觀察作品聲韻調的呼應型態是否重複出現：舉相如賦爲例，若七篇賦多次呈現某種音韻的相諧或對比現象，便視爲作者有意爲之的設計。而作者是否眞有這樣的用意呢？李三榮在民國 79 年 3 月的「中國聲韻學國際學術研討會」上發表〈庾信小園賦第一段的音韻技巧〉一文時，此問題亦曾被拿出來討論過；特約討論人簡宗梧師覺得其實無妨，「精密的批評分析往往可以跨越作者所不能思慮的範疇，這是文學批評或鑑賞時常有的一種現象」。〔註 37〕因此，本文試圖在客觀歸納的過程中，汲取音韻表現的共相，並將此作品的共相，視爲作者著意設計的效果。

一、音韻標注的依據

本文主要運用唐作藩《上古音手冊》〔註 38〕一書，檢索上古聲韻調的分類，「音值」則根據李方桂先生〈上古音研究〉〔註 39〕的上古聲母和丁邦新先生的西漢韻部擬音標注之；爲了貼近西漢音的實際狀況，本文採納羅常培、周祖謨《漢魏晉南北朝韻部演變研究》第一分冊〔註 40〕中韻部的分合，羅周之書的韻部名稱與《上古音手冊》採取王力的分部名稱有岐異者，則以《上古音手冊》爲準，異名也會在本書表 3-1 的〈丁邦新西漢擬音簡表〉中，加上註腳說明。此外亦兼採簡師宗梧歸納的韻腳通押條例，來反映相如個人創作的語感。

〔註 36〕見竺師家寧：《語言風格與文學韻律》（台北：五南圖書出版公司，2005 年），頁 18。

〔註 37〕見中國聲韻學會、輔大中文系編《聲韻論叢》第三輯（台北：學生書局，1991 年），附錄：〈中國聲韻學國際學術研討會紀要〉，頁 504。

〔註 38〕見唐作藩：《上古音手冊》（南京：江蘇人民出版社，1982 年）。

〔註 39〕參李方桂先生：〈上古音研究〉，收入《清華學報》新九卷一、二期合刊（1971 年），頁 1～61。

〔註 40〕見羅常培、周祖謨：《漢魏晉南北朝韻部演變研究．第一分冊》（北京：科學出版社，1958 年）。

這樣博採眾家的方式看似蕪雜，然而，由於學者歸納聲韻或擬構語音的原則大抵相同，只是各家或偏重於歸類，或偏重於擬音，或整理文字以供學者查找，各有特殊的作用與貢獻；故本文兼而用之，以求更確切地把握西漢蜀郡音的特徵。

第二章的聲母列表，按照沈鍾偉〈李方桂上古音韻表〉〔註 41〕中的四大類整理之，第三章第一節「丁邦新的西漢擬音」也依據發音部位加以排列。上古聲調則逕分「平」「上」「去」「入」四聲，討論聲調在七篇相如賦的複沓和對比。限於學力，複聲母的問題暫不討論。

龔煌城先生曾經從各方面考察李先生擬測上古音的結果：〔註 42〕包括繼承舊說的*-j -介音，韻尾構擬*-g、*-d、*-b，上古侯、東構擬成*-ug、*-uk、*-uŋ，以及獨創的圓唇舌根韻尾構擬、四個元音系統的建立等等；且指出其擬音開啓漢藏語比較的大道，可信度極高。丁邦新先生在其基礎上進行西漢音的構擬，本文採之，且第三章第二節韻腳通押之例，將作爲第三節、第四節韻部相諧的分類標準。

二、音韻相諧的判準

前謂「言及聲韻調照應的關係，將以句子爲討論單位」，其實就是找出文章如何在句子中規律地複沓、對比出音韻之美。鄭再發先生的〈漢語的句調與文學的節奏〉一文，曾舉平仄說明漢語的兩種文學節奏美：

> 律動是同一母體的複沓；旋律卻是音的對唱。兩者作用剛好相反。複沓自是以重複爲常；對唱則以對仗甚至展開爲美。此所以平之後要換用仄，仄之後要對以平，平仄相間，曲盡變化，才是能手。〔註 43〕

巧妙運用語音的複沓、相諧或是對比，能產生聽覺上的美感；除了音韻相諧外，

〔註 41〕沈鍾偉：〈李方桂上古音韻表〉，收入丁邦新、余靄芹編《漢語史研究：紀念李方桂先生百年冥誕論文集》（台北：中研院語言所，2005 年），頁 57～93。

〔註 42〕見龔煌城：〈李方桂先生的上古音系統〉，收入丁邦新、余靄芹編《漢語史研究：紀念李方桂先生百年冥誕論文集》（台北：中研院語言所，2005 年），頁 57～93。其中龔先生僅提出改-r-爲-l-以解釋漢語內部的諧聲關係，餘皆採之。

〔註 43〕見鄭再發：〈漢語的句調與文學的節奏〉，收入《聲韻論叢》第九集（台北：學生書局，2000 年），頁 155。

有韻的文本亦注重音韻的對比。而陳淵泉曾以語法學的樹狀圖，分析標準的平仄格律，透過「平」「仄」兩個參數的交替變換，推導出「七律句式」的音韻邏輯；並且指出，在陽平聲的前身爲濁聲母，在陽平聲出現之前，杜甫便曾以清濁相對來處理其詩中的音韻。〔註 44〕這也可以證明，文學作品中音韻的對比，早已爲有心的作者發掘、運用，而且其設計的方式不止限於平仄的相對。有趣的是，相如賦也有許多陽聲韻和入聲韻排偶的例子，或平入聲調搭配出現的句子，在本文第三、四章都會討論到。

然而，分析漢賦的音韻風格有一個最大的難題：格律固定的詩詞曲類，還容易掌握其複沓等音韻特徵，漢賦的問題則複雜多了。由於漢賦的「句數」和「句式」〔註 45〕並不固定，那麼，如何確認其爲複沓或對仗呢？

音韻複沓的辭彙或相鄰的兩字，本文列入第五章「疊字及雙聲疊韻現象」〔註 46〕討論之；看似參差的句式，則需以「節奏之複沓」來考察其對仗情形。前者的做法，就是「統計各篇含有雙聲、疊韻等疊音形式的句子數目」。例如：

1. 與波搖蕩，奄薄水陼。唼喋**菁藻**，咀嚼菱藕。(〈上林賦〉)
2. 其石則赤玉**玫瑰**，琳珉昆吾，瑊玏玄厲，碝石武夫。(〈子虛賦〉)
3. 夫何一佳人兮，步**逍遙**以自虞。(〈長門賦〉)
4. 魂**踰佚**而不反兮，形枯槁而獨居(〈長門賦〉)

上述四例，包括各種雙聲名詞「菁藻(聲母皆爲上古精母 ts-)」、疊韻的名詞「玫瑰(韻部皆爲上古微韻-əd)」，還有形容詞「逍遙(韻部皆爲上古宵部-ag^{w})」「踰佚(聲母皆爲上古以母 r-)」等組合。而西漢賦具明顯的口語特徵，常存在聯詞之外的雙聲、疊韻現象，像是古代漢語中具偏正、並列等意義關係的複合詞或

〔註 44〕參陳淵泉：〈文學品味背後的語言結構原則——從詩的格式窺探語言〉，收入香港城市大學 20 週年文史論文集《依舊悠然見南山》(香港：香港城市大學出版社，2004 年)，頁 59～95。

〔註 45〕據鄭騫先生：《龍淵述學・論北曲的襯字與增字》一文中的界定，句式乃「句中之字如何分配」的情況：如「同爲五字而有上二下三與上三下二之別，同爲七字句而有上四下三與上三下四之別」等等。見《龍淵述學》(台北：大安出版社，1992 年)，頁 119。

〔註 46〕本文以唐作藩《上古音手冊》爲準，稱同一聲類、韻類的兩字字組爲雙聲、疊韻。

詞組，在〈子虛賦〉有「乃欲**戮（來紐 l-）力（來紐 l-）**致獲，以娛左右也」，〈上林賦〉有「紆餘委蛇，**經（耕部-ien）營（耕部-ien）**〔註47〕其內」等例子，甚至無意義關係的相鄰兩字，也有不少雙聲疊韻的現象，故文中將列爲一個雙聲、疊韻的統計項目。

就句式上「音節節奏之相諧」而言，相如賦兼有騷／散二體，由於鋪排的需要，原來就有句式重複的特徵；本文先整理許世瑛、陳新雄討論賦篇「朗誦節奏」的方式，以此切割排偶句式爲三字或二字的單／雙式音節，以利觀察賦篇較爲規整的音韻現象，下文試分述之。

徐復觀在《中國文學論集》中，始分漢賦形式爲「以四字一句爲基本句型」的新體詩和「加以楚聲中兮字」來「發其抑鬱難平之氣」的楚辭體〔註48〕；漢賦之所以可按照形式來分類，和賦篇多重複字數或句式節奏以鋪張揚厲、「恢廓聲勢」，並多「儷辭偶對」等特徵有關〔註49〕。吳儀鳳稱之爲散體賦和騷體賦，也指出賦篇常有的形式，大抵有「四字一組」和「兩字爲一組，一句有兮字，

〔註47〕簡宗梧師在〈司馬相如賦篇用韻考〉一文中指出：「眞耕合韻之例，於西漢頗不乏人，如賈誼、嚴忌、枚乘、王褒、劉向、揚雄等皆有其例。羅氏謂眞耕兩部韻尾不同，但在個別方言中，耕部韻尾舌根鼻音 ŋ 或有讀舌尖鼻音 n 者，而眞耕通押在元音方面必然較爲接近。依司馬相如用韻情形觀察之，耕部韻尾可能已讀 n 音，因長卿耕部字未與蒸冬東陽等韻尾-ŋ 音者合韻，而耕眞合韻竟有三例（兩例見於眞部），易林一書用韻亦如此。」故本文耕部的擬音改爲-ien，以符合相如用韻時的音感。此說見簡宗梧〈司馬相如賦篇用韻考〉，收入《中華學苑》第10期（1972年），頁24、25。

〔註48〕見徐復觀：《中國文學論集》（台北：學生書局，2001 年），頁 362、363。吳儀鳳在〈騷體賦、散體賦分類概念評析〉一文中，指出徐說首分漢賦形式爲新體詩和楚辭體，見《東華人文學報》第五期（2003年7月），頁211。而徐作《中國文學論集》原序寫於民國54年10月4日，可據此推知本文寫作必早於此。見徐復觀：《中國文學論集》（台北：學生書局，2001 年），頁 4。另外，馬積高分賦爲詩騷散三體，在體制上指的則是四言的四體之賦、騷體以三言爲主，散體則混而用之。大抵亦不分單雙兩式的範疇。

〔註49〕簡師宗梧曾統計歷來名賦的特性，發現92.86%具「恢廓聲勢」的特徵，40.48%有「儷辭偶對」的現象；後者在賦篇從「優言文學」轉爲「士大夫文學」後，更成爲賦體的充分條件。見簡師宗梧〈賦體的典律作品及其因子〉，收入《逢甲人文社會學報》6期，2003年5月，頁21～23。

一句沒有」兩類。其中，夾雜三、四、五、七言而成篇的是「散體賦」〔註 50〕，王學玲《漢代騷體賦研究》中，將「在同一篇中，『兮』字大體規則地出現在各句的同一個位置」〔註 51〕，視爲「騷體賦」的三項特質之一；足見騷體或散體賦的分別，主要在於雙式和單式的句子，以及是否用「兮」字來旋轉語氣，營造一張一馳的音韻效果。

姜亮夫在〈九歌「兮」字用法釋例〉文中觀察到，「『兮』字爲先秦以來文學作品中恆見之虛助字，馮惟訥《古詩紀》所錄至多，《詩》三百篇中亦隨處見之。然其表情之宕蕩恣睢，含意之富贍而彩潤，則古今無出其右者矣。」〔註 52〕「兮」字常見於楚辭作品，作爲表示舒緩、感嘆的語氣詞，或有「於」「矣」「以」「而」等字的功用；相如的〈長門賦〉〈大人賦〉亦時見帶「兮」字的句子，以「兮」字觀察賦句，可發現它是排比對仗的重要標記。例如〈長門賦〉中的句子：

1. 夫何一佳人兮，步逍遙以自虞。魂踰佚而不反兮，形枯槁而獨居。
2. 伊予志之慢愚兮，懷貞慤之懽心。願賜問而自進兮，得尚君之玉音。
3. 桂樹交而相紛兮，芳酷烈之誾誾。孔雀集而相存兮，玄猿嘯而長吟。

三組皆以「兮」字做爲騷體賦排偶的標誌：第一組朗誦時的節奏對應應是「一佳人」對「魂踰佚」，「步逍遙以自虞」對「形枯槁而獨居」；第二組的節奏對應應該是「伊予志之慢愚」對「願賜問而自進」，「懷貞慤之懽心」對「得尚君之玉音」。第三組的節奏對應則是「桂樹交而相紛」對「孔雀集而相存」、「芳酷烈之誾誾」對「玄猿嘯而長吟」。由上例可知，賦篇結構看似複雜，朗誦時卻可於錯綜見對應之工整。

〈美人賦〉也有以「兮」字作爲句中對仗界線的例子，如：

> 獨處室兮廓無依，思佳人兮情傷悲。有美人兮來何遲，日既暮兮華色衰。敢託身兮長自私。

〔註 50〕此說見陳姿蓉：《漢代散體賦研究》（國立政治大學，民國 85 年博論，簡宗梧指導），頁 24。

〔註 51〕見王學玲：《漢代騷體賦研究》（國立中央大學，民國 85 年碩論，張夢機指導），頁 6。

〔註 52〕見姜亮夫：《楚辭學論文集》（上海：新華書店，1984 年），頁 318。

文中「獨處室」對「廓無依」,「思佳人」對「情傷悲」;而該賦朗誦的時候複沓著三字一組的節奏,只要剔除「兮」字就可以一目了然。

利用「虛字」做停頓的標界,便可清楚掌握作者精心設計的對仗;故穿插文句的虛詞,在討論句中聲韻時,應該提出來處理。此即劉熙載《藝概・賦概》所云:

> 騷調以虛字爲句腰,如之、於、以、其、而、乎、夫是也。腰上一字與句末一字平仄異爲諧調,平仄同爲拗調。〔註53〕

另外,康達維(David R.Knechtges)在〈司馬相如的〈長內賦〉〉一文中也引用 Graham 的統計表,說明〈長門賦〉中採用的虛字:以六字爲例,前三後二的節奏裡,中間會連結一虛詞。〔註54〕像「而」「之」「以」「於」「其」「乎」「若」七字,都是常見的賦篇虛詞,舉〈長門賦〉爲例,虛詞出現的次數如下:〔註55〕

Syllables per line:

Key	*Five*	*Six*	*Seven*	*Eight*
而		38	7	
之		22		
以		14	1	
於		7		
其		2		1
乎			1	
若		1		
No key word	1	1		
	1	85	9	1

虛字常見於賦篇中,成爲行諸口語的潤滑劑;「而」「之」「以」「於」「其」也和「兮」一樣,可以爲音節對仗時的參考。例如:

〔註53〕見劉熙載:《藝概》(台北:漢京文化公司,2004年),頁102。

〔註54〕見 David R.Knechtges, "Ssu-ma Hsiang-juh's 'Tall Gate Palace Rhapsody' ", *Harvard Journal of Asiatic Studies*, 41:1(June,1982),p.63.

〔註55〕原表見 A.C.Graham ,"The Prosody of the Sao Poems in the Ch'u Tz'u", *AM*, NS 10.2(1963),pp. 119～61.

1. 而：

有而言之，是章君之惡也，無而言之，是害足下之信也。(〈子虛賦〉)

鄉風而聽，隨流而化，(舺然)興道而遷義，刑錯而不用。(〈上林賦〉)

2. 之：

乘彫玉之輿，靡魚須之橈旃，曳明月之珠旗，建干將之雄戟，左烏號之彫弓，右夏服之勁箭。(〈子虛賦〉)

3. 以：

仁者不以德來，強者不以力并。(〈難蜀父老〉)

4. 於：

麗靡爛漫於前，靡曼美色於後。(〈上林賦〉)

5. 其：

紛湛湛其差錯兮，雜遝膠輵以方馳。騷擾衝蓯其（相）紛挐兮，滂濞泱軋（麗）以林離。(〈大人賦〉)

抽掉括號的字詞，可發現上文賦句排比的工整：剔除上述五個虛詞，還有「兮」「乎」「若」等字，也可得到同樣的結論。虛字排比的句子很多，因此有韻部相諧的效果；本文第三章第三節，便針對虛字複沓而形成的排比句，分析其音韻特徵。此外，虛詞「而」「以」「其」咸屬上古「之」部，其複沓一方面是舒緩語氣，另方面也是語音相諧的現象之一，有許多和前後字雙聲或疊韻的表現，故列入第五章「相鄰兩字」的雙聲、疊韻現象中討論，而不僅僅視之爲切割句中對的「句腰」。

擺落穿插其間的虛詞後，賦篇排偶的音韻節奏可再析爲單／雙二式。許世瑛在〈談談登樓賦的平仄規律及朗誦節奏〉、〈談談思舊賦的平仄規律及朗誦節奏〉〔註 56〕兩篇文章中，以文法功能來探討朗誦時的節奏，分類大抵如下：

1. 四字句

（1）二二節奏：如「華實蔽野」

〔註 56〕分見《許世瑛先生論文集》(台北：弘道文化，1974 年)第三集，頁 932～962，963～984。

（2）一三節奏：如「北彌陶牧」

2. 六字句

（1）三三節奏：如「登茲樓以四望」「聊假日以消憂」，剔除虛詞「以」，節奏則是三一二。

（2）一五節奏：如「覽斯宇之所處」「實顯敞而寡仇」，剔除虛詞「之」「而」，節奏亦是三一二。

（3）二四節奏：如「人情同於懷土」。此處「同於」爲一詞，故節奏可細分爲二二二。

（4）二二二節奏：如「形神逝其焉如」

（5）一二一二節奏：如「息余駕乎城隅」

3. 七字句

（1）三四節奏：如「雖信美而非吾土」。剔除虛詞「而」，節奏則爲三一三。從句法的角度分析賦句，以每句最末一個句式爲準，大抵可區分爲單數（一、三）和雙數（二、四）兩種節奏形式；這和曾永義師主張的，詩詞曲格律有單／雙式音節〔註 57〕兩類，可以相互補充。鄭再發先生曾指出，「古代漢語以兩音節或最多三音節爲停頓的單位」，「二、三音節已足夠成語句或語組」〔註 58〕。而陳淵泉

〔註 57〕其實，曾師又分韻文的形式爲意義和音節兩層，在其《詩歌與戲曲》（台北：聯經出版事業公司，1988 年）頁 21 中，他提到：「意義形式是句中意象語和情趣語的組合方式，意象語爲名詞及其修飾語，此外爲情趣語。對於意象情趣的組合方式必須認識清楚，然後對其所要表達的思想情感，才能有正確的體悟；這是欣賞韻文學的意境美首先要弄清楚的。音節形式則是句中音步停頓的方式，停頓的時間上有久暫之別，必須掌握分明，然後韻文學的旋律感才能正確的表達。這是欣賞韻文學音樂美第一要弄清楚的。」由於賦篇並無一定格律，故其「意義形式」和「音節形式」的分野，便不像詩詞曲一樣畫然；本文討論賦的音節形式，遂以意義形式爲主，音節形式（來自傳統騷散二體的觀念，而非研究詩詞曲時的固定格式）爲輔，以符合朗誦時音節自然的停頓，和聽眾理解語句的慣性。

〔註 58〕見鄭再發：〈漢語的句調與文學的節奏〉，收入中國聲韻學會、台大中文系編《聲韻論叢》第九輯（台北：學生書局，1991 年），頁 147～158。頁 152 原文如下：「然而古代五言分成二三兩截，又來自什麼呢？再往上古推，四言詩分成二二兩截，又來自什麼呢？」「於是我們必須有個假說。我們認爲古代漢語以兩音節

分析詩句短語規則的方式，也是先找出「雙音節」的韻步，再將剩餘的「單音節」編入相鄰韻步，採用二或三音節的節律來討論詩的韻律結構〔註59〕。這種分單雙韻步討論韻文的方式，早已爲學者所熟知；而漢賦排偶句的音節變換，亦不脫此二種模式。

因此，本文將相如賦排偶句析爲二字／三字兩種音節，考察賦篇音韻的複沓、對比；多變又相諧的單雙式句式，即爲賦篇聲韻呼應的主人翁。其形式雖不如後代絕句、律詩工整，而感染力更強，更揮灑得開，也更能呈現文人憑一己敏銳的語感，可以如何舞出既諧和又富變化，「從心所欲」且「不踰矩」，而足使後人咀嚼再三的音韻之美。

舉〈長門賦〉爲例，賦篇一開頭的句組，是以「兮」做爲標誌的兩組押韻句，「夫何一佳人兮，步逍遙以自虞。魂踰佚而不反兮，形枯槁而獨居。」其聲母複沓有如下特徵：

1. 第一、二句首字皆爲唇音，第三、四句則爲塞音（匣紐 g-），四句的首字聲母分成兩組，聲音上形成明顯對比。
2. 帶有「兮」字的第一、三句中。「一（影紐ʔ-）佳人」和「魂（匣紐 g-）踰佚」，首字皆塞音開頭。
3. 「形（匣紐 g-）枯（溪紐 kh-）槁（見紐 k-）而（日紐 nj-）獨（定紐 d-）居（見紐 k-）」一句，除了「而」字外皆有氣流爆裂的塞音聲母。

這兩個押韻的句子，都頻繁地運用緊抑喉齒間的塞音聲母，營造出寂寞而徬徨的棄婦形象；多用三字一組的單式句法，又有回環跳躍之感，明顯異於雙式節奏的效果。

展現賦句聲韻調之美的關鍵，正在於單雙式節奏的複沓與變換：而「提取虛字」的方式，已見於李三榮分析庾信〈小園賦〉、歐陽修〈秋聲賦〉的論文中，

或最多三音節爲停頓的單位。在單音節語言裏，兩音節之間的語法關係，可能是主謂、動賓、定目；而三音節除了可有主謂、動賓、定目組合之外，更有主動賓、狀動賓、主動補、動賓補等的組合。換句話說，二、三音節已足夠成語句或語組。」

〔註59〕見陳淵泉：〈文學品味背後的語言結構原則——從詩的格式窺探語言〉，收入香港城市大學 20 週年文史論文集《依舊悠然見南山》（香港：香港城市大學出版社，2004 年），頁 78。

第五節時將詳細介紹；析爲「單／雙式音節」的研究法，則似未運用於賦篇。曾永義先生觀察詞曲單雙式音節的異同，指出：

> 單式健捷激裊，雙式平穩舒徐；以人的行走來比喻：單式猶如獨足，故動作跳躍；雙式猶如雙足，故動作平穩。句式單雙的配合，是詞曲以音步停頓之快慢長短見旋律之抑揚頓挫的要素。〔註60〕

音節交錯使西漢賦篇頗富變化，同樣形式音節的反覆出現，也提供聲韻呼應的條件。故本文會特別注意同爲「單式」或「雙式」的排偶句式，以及虛字前後的詞組，在聲韻上是否有特殊設計。

第四節　研究範圍

在口誦爲媒，尙文欲麗的西漢賦壇上，司馬相如（字長卿，179B.C～117B.C.）不啻爲最顯眼的一顆明星。簡宗梧師觀察他分項鋪敘時，有類聚同形旁文字的現象。如〈上林賦〉形容河川滾滾而下的樣子，是這樣寫的：

> 觸穹石，激堆埼，沸乎暴怒，洶涌滂湃。滭弗宓汩，偪側泌瀄，橫流逆折，轉騰潎洌，滂濞沆溉，穹隆雲橈，宛潬膠盭。踰波趨浥，涖涖下瀨，批巖衝擁，奔揚滯沛。臨坻注壑，瀺灂霣隊。沈沈隱隱，砰磅訇礚。潏潏淈淈，湁潗鼎沸。馳波跳沫，汩急漂疾，悠遠長懷。寂漻無聲，肆乎永歸。

文中採用許多水旁的字，如「洶涌滂湃」、「滂濞沆溉」、「潏潏淈淈」和「湁潗鼎沸」等，都十分新穎；司馬相如常這樣運用音韻相近，偏旁相同的詞組乃至疊字、連綿詞來描繪自然人文的景貌，故簡師在〈漢賦瑋字源流考〉文中指出，「將口語語彙大量輸入賦篇，使瑋字略具排比規模，那是從司馬相如開始。」〔註61〕如此變造語彙的方法，更影響揚雄等後世作家，「賦頌之首」〔註62〕的稱呼，司馬相如實當之無愧。

學者討論相如生平，往往援引《史記‧司馬相如列傳第五十七》爲參考資料，

〔註60〕見曾永義：《詩歌與戲曲》（台北：聯經出版事業公司，1988年），頁29。

〔註61〕見簡師宗梧：《漢賦源流與價值之商榷》（台北：文史哲出版社，1980年），頁95。

〔註62〕見《漢書‧敘傳第七十下》，收入《漢書》第十二冊（北京：中華書局，2007年），頁4255。

惟本文著重「由聲韻切入文本」，故先就其「口吃而善著書」〔註63〕一點，舉谷口洋的話做補充。谷口洋認爲，「司馬相如，依《史記》本傳，『口吃而善著書。』這個『而』字，帶有轉折的意思，可翻譯爲『雖然口吃，卻善著書』。又可解釋爲『他雖然有說話說得很不流利的一大缺點，可是以著述爲手段，卻能把自己的弱點補而有餘。』」〔註64〕西漢賦家獻賦後，自有宮人左右代爲朗誦，如〈王褒傳〉即提到「太子喜褒所爲〈甘泉〉及〈洞簫頌〉，令後宮貴人左右皆誦讀之」〔註65〕，足見擅於爲賦而拙於朗誦的司馬相如，必定先寫下文稿，再交由左右侍者代爲誦讀，所以他的「口吃」並不構成上位者理解賦篇的障礙。

簡師宗梧嘗言，「長卿雖才高一世，卻絕少書寫個人之胸襟及實感，僅替天地間織繡光彩奪目之錦幕，如〈哀秦二世〉之作，雖爲抒情，但仍拘於詩教，著意諷諫，言聖人之志，而非一己之性情，蓋風氣使然也。」〔註66〕相如賦無法反映他與生俱來的情性，卻與他仕宦的歷程緊緊相扣：按照何沛雄的考察，〈子虛賦〉作於景帝中元元年（149B.C.）、遊於梁王之時，〈上林賦〉作於武帝建元二年（139B.C.）、蜀地家居之日。隔年上奏武帝，「天子以爲郎」〔註67〕，再過三年，也就是武帝建元六年（135B.C.），相如出使巴蜀〔註68〕，爲了安撫蜀地民心，又陸續寫了〈喻巴蜀檄〉和〈難蜀父老〉。

從《史記・司馬相如列傳第五十七》看來，之後的〈哀二世賦〉、〈大人賦〉、〈封禪文〉等書，也都是相如爲了幾諫武帝而作的；換言之，當時的「言

〔註63〕見《史記・司馬相如列傳第五十七》，收入《史記》第九冊（北京：中華書局，2007年），頁3053。

〔註64〕見谷口洋〈揚雄「口吃」與模擬前人——試論文學書面化與其影響〉，見蘇瑞隆，龔航主編《廿一世紀漢魏六朝文學新視角：康達維教授花甲紀念論文集》（台北：文津出版社有限公司，2003年），頁48。

〔註65〕見《漢書・嚴朱吾丘主父徐嚴終王賈傳三十四下》，收入《漢書》第九冊（北京：中華書局，2007年），頁2829。

〔註66〕見簡師博論：《司馬相如揚雄及其賦之研究》（國立政治大學中國文學研究所，民國64年博論，高明、盧元駿指導），頁37。

〔註67〕見《史記・司馬相如列傳第五十七》，收入《史記》第九冊（北京：中華書局，2007年），頁3043。

〔註68〕年代考證參何沛雄：《漢魏六朝賦論集・序》（台北：聯經出版事業公司，1990年），頁26。

語侍從之臣」，寫作時預設的讀者只有一個，那就是君主。「賦家扮演如此親近帝王而不尊貴的角色，於是進御之賦，自然以帝國世界爲題材背景，而作爲自我舒解之文字，亦環繞於自我與朝廷之糾葛上」〔註 69〕：西漢賦的創作動機不是爲了抒情，而是要以鋪張揚厲的形式，進行論說或敘事。其朗誦的效果必然很突出，但大抵非爲抒情而作，所以不太可能有「聲情相合」的表現，這也是相如賦音韻研究的先天限制。爲了突顯其音韻設計，下文進行文本分析時，主要依照「發音部位」來排列例句，至於文本內容的介紹，則穿插於第三章第二節，各篇用韻的分析中。

傅錫壬曾發表〈從市場行銷的觀點看漢賦的興盛與模仿〉一文，將漢賦的興盛與模仿，和市場行銷的概念作比較；文中說明「市場」是一群顧客的集體名稱，這類顧客必須符合幾個條件，包括「具有某種待某產品乃能滿足的『需要』」、「具有購買某產品之『購買力』」，還有「具有支用某產品的『願望』」。把上述的「顧客」代換爲「帝王、貴族」，把「產品」代換爲「賦篇」之後，便可以知道西漢賦何以興盛，而仿作的風氣何以流行的原因了〔註 70〕；從君王和賦家的關係看來，某種程度上，賦家確實有責任提供君王音韻豐美的「商品」，以滿足其聽覺與想像的需要。相如賦與其遊宦歷程和時代風氣緊緊相扣，鄭毓瑜指出，運用巧妙的連類敘述和連緜詞，賦家進行著君臣間迂迴又知情的周旋方式；這種諷頌的傳統由來已久，是一種「合法的官場上的必備文化素養或生活藝術」〔註 71〕。而關於西漢賦論述的時代特徵，在本文的結論也會再加以說明。

目前見到的相如賦，存目者四篇，可稱爲完整的有七篇；在漢賦作家中，保存情形算很好了〔註 72〕：漢賦由於年代久遠等因素，流傳至今多有殘缺，編輯整理實有相當難度。簡師宗梧在 1989 年發表〈編纂《全漢賦》之商榷〉一文〔註 73〕，

〔註 69〕見曹淑娟：《漢賦之寫物言志傳統》（台北：文津出版社有限公司，1987 年），頁 80。

〔註 70〕參傅錫壬：〈從市場行銷的觀點看漢賦的興盛與模仿〉，收入淡江大學《中文學報》第十二期，2005 年 6 月，頁 16、17。

〔註 71〕見鄭毓瑜：〈連類、諷誦與嗜欲體驗的傳譯——從〈七發〉的療疾效能談起〉，收入《清華學報》新三十六卷第二期，2006 年 12 月，頁 423。

〔註 72〕如廣東教育出版社在 2005 年出的《全漢賦校注》，所錄三百一十九篇中，只有一百篇可說是完整的。

〔註 73〕收入簡宗梧師：《漢賦史論》（台北：東大圖書公司，1993 年），頁 3～24。

曾提及《全漢賦》編纂的必要，是由於當時的漢賦總集，都有明顯缺陷。清康熙年間編纂的《歷代賦彙》採錄疏陋，嚴可鈞《全上古三代秦漢三國六朝文》後出轉精，界定「賦」的範圍卻仍然侷狹，故賦學研究者一直引頸盼望，能有一本利用版本校勘、考據乃至音韻辨僞的方式，悉心編纂的《全漢賦》。

台灣在 1994 年曾有鄭競編，之江出版社出版的《全漢賦》，惟逕採《古今圖書集成》作手抄、句讀和校定的對象，版本和方法或須再行商榷；1993 年北大出版《全漢賦》，輯錄包括《史記》、《漢書》、《後漢書》、《文選》、《文心雕龍》等書中的賦篇〔註 74〕，並且參考校勘過的標點排印本，漢賦研究才有較完整的參考本。費振剛、仇仲謙、劉南平據之再做整理，加入中華書局排印的適園叢書本《文館詞林》、以及嚴可均《全上古三代秦漢三國六朝文》，而由廣東教育出版社在 2005 年出版《全漢賦校注》，文本更齊全，又加上注疏說解，使用上就更便利了。這是目前所能找到最好的標點本，李時銘曾爲文指出 1993 年本的一些錯誤〔註 75〕，亦已更正；故今採 2005 年廣東教育出版社的《全漢賦校注》爲底本，並據李評加以增刪。

此外，尙有介於賦頌之間的韻文〈封禪文〉，雖未收入《全漢賦校注》，我們仍以北京中華書局《史記》〔註 76〕中的文字爲準，並參考簡宗梧師《司馬相如揚雄及其賦之研究》的句讀〔註 77〕，將之併入討論。下表列出司馬相如各篇賦名及字數、句數；而據簡師考察的結果，〈子虛〉〈上林〉實爲一篇，惟因〈上林賦〉句數過多，兩篇的音韻特徵又有不同，本文暫時分開討論，亦可見其同中有異的聲韻表現：

〔註 74〕詳見費振剛等編：《全漢賦校注‧凡例》（廣東：廣東教育出版社，2005 年）。

〔註 75〕關於 1993 年出版《全漢賦》的瑕疵，李時銘曾爲文詳細探討。見李時銘：〈論重編「全漢賦」——以費編「全漢賦」在文獻整理上的問題爲借鑑〉，收入《逢甲人文學報》第 3 期，2001 年 11 月，頁 22～45。本文據李文，改〈子虛賦〉「毒冒」爲「瑇瑁」，並在「襞積褰縐，鬱橈谿谷」間補上「紆徐委曲」四字，另李文頁 41 言「蓺殪僕」應作「蓺殪仆」，2005 年本已改。

〔註 76〕見《史記‧司馬相如列傳第五十七》，收入《史記》第九冊（北京：中華書局，2007 年），頁 3063～3072。

〔註 77〕見簡師博論：《司馬相如揚雄及其賦之研究》（國立政治大學中國文學研究所，民國 64 年博論，高明、盧元駿指導），頁 137～141。

表 1-1 〈相如賦篇名及字數、句數統計表〉

篇　　名	字　　數	句　　數
子 虛 賦	1559	265
上 林 賦	2836	511
美 人 賦	586	102
難蜀父老	1166	182
長 門 賦	730	96
大 人 賦	810	102
封 禪 文	1286	229
總　　計	8975	1498

相如另有〈哀二世〉一篇，但內容不全〔註 78〕，未符合語言風格學（Stylistic）須進行通篇考察的要求；故本文以上述七篇，共 1498 句、8975 字爲討論對象。〈長門賦〉有序文，不符合西漢賦的習慣，因此還一度被懷疑非相如所作；簡宗梧師〈〈長門賦〉辨證〉一文，以「韻部通押」的情況、確認其爲相如作品，並指出序文乃後人所加〔註 79〕。因此，本文在字數和句數統計上，已排除〈長門賦〉序文的部分。

簡師曾考察相如生平經歷及各篇寫成的年代，下文考察音韻時，將準此依序排列；爲了利於比較，將〈子虛賦〉、〈上林賦〉擺在一起，接下來才列〈美人賦〉，接著是〈難蜀父老〉〈長門賦〉、〈大人賦〉和〈封禪文〉。其中〈大人賦〉上奏的時間未可遽定，而〈封禪文〉獻於相如過世後，因此按獻賦的先後時間，將〈大人賦〉排在〈封禪文〉之前。

第五節　前人研究成果

司馬相如一向是賦史關注的焦點，專論其人其賦的學位論文，厥推簡宗梧師《司馬相如揚雄及其賦之研究》〔註 80〕一書。簡師評述司馬相如的時代背景、

〔註 78〕關於爲何以此不完整的作品上奏武帝，徐復觀曾爲文探討，見徐復觀：《中國文學論集》（台北：學生書局，2001 年），頁 376、377。

〔註 79〕參簡宗梧：《漢賦史論》（台北：東大圖書公司，1993 年），頁 59、60。

〔註 80〕見簡師宗梧：《司馬相如揚雄及其賦之研究》（政大中文所民 64 博論，高明、盧元駿指導）以相如爲名的學術論文，另有洪珠瑛《相如文君戲曲之研究：以明清雜

生平、著述，進而分篇討論〈子虛上林賦〉、〈大人賦〉、〈美人賦〉、〈哀二世賦〉、〈長門賦〉、〈難蜀父老〉、〈封禪文〉等七篇辭賦，並辨析其用韻韻譜，十分周詳；其後又出版《漢賦源流與價値之商榷》、《漢賦史論》二部名山之作，爲漢賦研究重要的參考資料。本文第三章第二節據此整理相如賦篇的韻腳，再進一步分析全文韻部的音韻設計，盼能更全面呈現其謀篇的用心。

目前可見第一篇「據韻腳論賦篇聲情」的文章，爲許世瑛先生的〈登樓賦句法研究兼論其用韻〉〔註 81〕，文中仔細分析了王粲〈登樓賦〉照應文意轉折，三易其韻的設計，展現音聲與文本結合的絕佳例子：第一段押廣韻陰聲尤韻，以-u 爲韻尾，「此種語音正足以表示作者在樓中以悠悠然之神態欣賞樓外景色之美也」〔註 82〕；第二段從「雖信美而非吾土兮，曾何足以少留」一轉，心情不復寧靜，改採-m 收尾的侵韻。「迨其寫第三段時，心中惟有悵惘悲憤之情」〔註 83〕，遂易其韻腳爲收-k 尾的《廣韻》入聲職韻，以短促的韻部，抒發內心的焦慮與促迫。

許先生結合聲音與情感的表現，而能熨貼著作者登樓時心情的轉折，鋪陳其韻腳之變化，論述十分精采；惟相如賦多爲描寫景貌或紀錄對話，敘述性比抒情色彩明顯得多，僅〈長門賦〉有大量出現陽部韻尾，與女主人翁哀而不傷，相思綿密的情感相呼應。其餘的韻腳並無聲情一致的現象，採用的韻部也未見明顯的規律。

此外，亦有逐字探討賦篇聲韻的論文，即李三榮〈秋聲賦的音韻成就〉〔註 84〕、〈庾信小園賦第一段的音韻技巧〉〔註 85〕兩篇。〈秋聲賦的音韻成就〉指出歐陽修

劇傳奇爲範疇》（台大中文所民 75 碩論，曾永義指導），以及張銀京碩論《「相如文君」劇作藝術之研究》（政大中文民 93 碩論，蔡欣欣指導），惟內容著重歷史故事的再創造及戲曲表現，故暫不予參考。

〔註 81〕收入《許世瑛先生論文集》（台北：弘道文化，1974 年）第一集，頁 917～931。

〔註 82〕見許世瑛：〈登樓賦句法研究兼論其用韻〉，收入《許世瑛先生論文集》（台北：弘道文化，1974 年）第一集，頁 929。

〔註 83〕見許世瑛：〈登樓賦句法研究兼論其用韻〉，收入《許世瑛先生論文集》（台北：弘道文化，1974 年）第一集，頁 929。

〔註 84〕中華民國聲韻學學會、台灣師範大學國文系編《聲韻論叢》（台北：學生書局，1994 年）第一輯，頁 367～391。

〔註 85〕中華民國聲韻學學會主編《聲韻論叢》（台北：學生書局，1991 年）第三輯，頁

〈秋聲賦〉舉肅殺之秋聲，暗寓一己之身世經歷；逐字分析文本音韻後，歸納出其利用呼應、頂眞的音韻結構強調心緒的激動，聲母方面或採「擦音」模擬秋風吹動的聲響，或以「齒音」模擬秋風觸物的細碎聲，韻部也利用四等來模擬細小音響、高低變化的主要元音則可模擬響度的強弱，皆見其聲情之相應。

〈庾信小園賦第一段的音韻技巧〉一文，除繼續探討聲情關係外，也觀察〈小園賦〉的節奏對應和用韻鬆緊：李三榮將「若夫」、「況乎」、「豈必」視爲「提領語詞」〔註 86〕，「雖復」則爲「轉接連詞」〔註 87〕；剔除上述虛詞後，他發現原文的節奏對應十分工整，例如：

1. 若夫一枝之上，巢父得安巢之所；
   一壺之中，壺公有容身之地。
2. 雖復晏嬰近市，不求朝夕之利；
   潘岳面城，且適閑居之樂。

這樣的論點，與本文利用賦句排比的原則、剔除「兮」等虛字，考察其排偶音節的方式不謀而合，足見賦篇在字數參差中確有其規律；李三榮又觀察到，〈小園賦〉第一段末兩句「蝸角蚊睫，又足相容也」在節奏上並無對應，聲律也鬆弛了，「表現出作者對現實無可奈何的接受，憂思取代了激動的情緒」〔註 88〕，音韻之鬆緊，明顯呼應著作者思緒的起伏。

許世瑛和李三榮的研究皆指出聲情相和的情況，惟漢初賦篇非爲抒情而作，本文在討論賦篇時也將以音韻特徵爲主，少論其情感內涵。而李三榮在〈秋聲賦的音韻成就〉文末附有全文擬音，極利讀者查找；只是司馬相如賦字數多、體制大，本文亦欲東施效顰，舉〈長門賦〉爲例，將其擬音附於文末，暫時不一一列舉七篇賦近九千字的擬音了。

25～37。

〔註 86〕見李三榮：〈庾信小園賦第一段的音韻技巧〉，收入中華民國聲韻學學會主編《聲韻論叢》（台北：學生書局，1991 年）第三輯，頁 30。

〔註 87〕見李三榮：〈庾信小園賦第一段的音韻技巧〉，收入中華民國聲韻學學會主編《聲韻論叢》（台北：學生書局，1991 年）第三輯，頁 30。

〔註 88〕見李三榮：〈庾信小園賦第一段的音韻技巧〉，收入中華民國聲韻學學會主編《聲韻論叢》（台北：學生書局，1991 年），頁 34、35。

除了上述《司馬相如揚雄及其賦之研究》及諸篇論文，還有一本相關的碩論，即逢甲大學陳玉玲的《漢賦聯緜詞研究》：〔註 89〕書中分「雙聲」、「疊韻」、「雙聲兼疊韻」和「疊字」四類，按照聲母發音部位與陰、陽、入聲韻部，仔細整理「仿動作」、「擬聲音」、「狀形貌」等類的聯緜詞，並進一步探討其聲情效果。末了統計 1851 個聯緜詞的使用頻率，發現「西漢平均每一賦篇有 13.62 個聯緜詞出現，東漢平均每一賦篇則有 5.33 個出現，西漢賦篇使用頻率為東漢的 2.65 倍」〔註 90〕，異體字出現的頻率也是東漢的二倍多，凡此皆與其口語傳播的特性相符。文中仔細整理漢賦所有的聯緜詞，文末更附有聯緜詞的部首索引，查找十分便利；本文第五章討論相如雙聲、疊韻和疊字詞時，將在其討論成果上做整理、補充。

第六節　本文組織架構

第一章　緒　論

第一節　研究動機

西漢賦向以贍麗閎大著稱，但文字蹇澀，遂使得閱讀和朗誦上倍加困難；故本文欲逐字整理司馬相如賦篇之聲韻調，具體呈現西漢賦作者經營音韻的方式，及可能的口誦效果。

第二節　「語言風格學」義界概述

「語言風格學」即語言學中的「情境方言（situation dialects）」，研究方法則有「修辭」或「語言」兩種不同的取向。本文著後一種重客觀的語言分析法，以期有別於傳統印象式的風格研究。

第三節　研究方法

本文採取語言風格學中的「語言描寫法」及「統計法」，據唐作藩《上古音手冊》分類聲韻調，配合李方桂、丁邦新先生的擬音，觀察賦篇排偶句中，單雙式交錯的音韻節奏。

〔註 89〕見陳玉玲：《漢賦聯緜詞研究》（逢甲大學中國文學研究所，民國 94 年碩論，簡宗梧師指導）。

〔註 90〕見陳玉玲：《漢賦聯緜詞研究》（逢甲大學中國文學研究所，民國 94 年碩論，簡宗梧師指導），頁 562。

第四節　研究範圍

略述相如其人及西漢獻賦的機制，說明其作品特徵，並確認以〈子虛賦〉、〈上林賦〉、〈美人賦〉、〈難蜀父老〉、〈長門賦〉、〈大人賦〉、〈封禪文〉七篇，共 8975 字爲音韻風格的分析對象。

第五節　前人研究成果

簡宗梧師《司馬相如揚雄及其賦之研究》一書專論司馬相如其人其賦，許世瑛也嘗據〈登樓賦〉韻腳論其聲情；逐字探討賦篇聲韻的，則有李三榮〈秋聲賦的音韻成就〉、〈庾信小園賦第一段的音韻技巧〉。另外，逢甲大學陳玉玲的碩論《漢賦聯緜詞研究》，仔細整理了雙聲疊韻等漢代聯緜詞的種類，本文第五章將以此爲基礎，討論相如聯緜詞的音韻效果。

第六節　本文組織架構

羅列章節名稱、略敘內容，並舉例說明第二、三、四、五章中，考察相如音韻風格的具體項目。

第二章　相如賦聲母表現的音韻風格

第一節　上古單聲母的特徵

一、李方桂的上古單聲母擬音

沈鍾偉曾整理其〈上古音研究〉爲〈李方桂上古音韻表〉〔註 91〕以供學者查索，本文整理單聲母部分〔註 92〕，製表以爲音韻描寫之憑據。

二、聲母間的諧音關係

略述李方桂先生主張的「脣塞音互諧，不跟鼻音（明）相諧」等上古聲母特徵，以便觀察單聲母音韻相諧的現象。

第二節　聲母相諧的排偶句

本節分爲三個小節，一一列出七篇賦「首字相諧」、「三角結構的聲母相諧」〔註 93〕以及「其他聲母相諧的排偶句」。所謂「聲母相諧的排偶句」中的「聲母

〔註 91〕見沈鍾偉〈李方桂上古音韻表〉，收入《漢語史研究：紀念李方桂先生百年冥誕論文集》（台北：中研院語言所，2005 年），頁 571～588。

〔註 92〕書母惟見複聲母，姑列之。

〔註 93〕本詞首見於陳穩如：《韓愈古體詩之音韻風格》（台北：國立台北市立教育大學，民 93 碩論，竺家寧師指導），頁 26。

相諧」，指的是發音部位相同，並且符合本章（第二章）第一節整理的，李方桂先生〈上古音研究〉中的幾條「聲母音近現象」。

需特別說明的是，本文所謂的「排偶句」，指兩個「句式相同」或「形式對仗」的句子，而非修辭學上句數和詞性完全相同的排比或對偶句。由於賦篇的句數和字數不固定，而以「形式對仗的聲母相諧」爲章節名稱，又過於拗口，故仍以「排偶句」稱之。

其中，「首字相諧」和「其他聲母相諧的排偶句」比較容易理解，而所謂「三角結構的聲母相諧」，指的是司馬相如賦有不少「上下句相對應位置的聲母同一發音部位之外，還延伸至旁側之字」的現象，文中將詳列出來。像是〈上林賦〉「**滭（幫紐 p-）弗（幫紐 p-）**宓汨，**偪（幫紐 p-）**側泌瀄」，「滭」「弗」「偪」三字皆屬幫紐，即爲一例。

第三節　頂真的聲母複沓

如〈長門賦〉「刻木蘭以爲榱兮，飾文杏以爲梁。羅丰茸之遊樹兮，離樓梧而相撐。」中，「梁」「羅」聲母皆爲來母（l-），即爲一例。又有騷體賦「貫歷覽其中操**兮（匣紐 g-），意（影紐ʔ-）**慷慨而自印。」這類帶有語助詞的例子，因爲反應朗誦的實況，亦一一列出。

第四節　小　結

列表呈現七篇賦在各項統計中的組數，還有句數百分比；解釋比例特別高的賦篇，是否有何特點，並歸納其聲母設計的同異之處。

第三章　相如賦韻部表現的音韻風格

第一節　西漢韻部的特徵

一、丁邦新的西漢擬音

本小節將參考沈鍾偉〈李方桂上古音韻表〉與丁邦新先生的擬音，製簡表以爲標注音值的依據。

二、西漢蜀郡音的各部關係

本文據唐作藩《上古音手冊》檢索韻類，採納羅常培、周祖謨《兩漢魏晉南北朝韻部演變研究・兩漢韻譜分論》歸納出西漢韻部合併的結果，再參考簡師整理的西漢蜀地作家通押情況，以貼近相如爲文的語感。

第二節　相如賦篇的用韻

據簡宗梧師〈司馬相如賦篇用韻考〉〔註 94〕一文，列出〈子虛賦〉、〈上林賦〉、〈美人賦〉、〈難蜀父老〉、〈長門賦〉、〈大人賦〉、〈封禪文〉的韻腳，呈現通篇押韻的概況，並略述其意義與韻部的搭配。

第三節、韻部相諧的虛字排比句

將相如賦分爲騷體和散體，分別統計「○○○而○○兮，○○○而○○」或「○乎○○，○乎○○」等排比句的數目，並討論相如慣用虛字的韻部。

第四節　韻部相諧的排偶句

如〈長門賦〉「間徙倚於東廂兮，觀夫靡靡而無窮」的「間」、「觀」二字，咸屬上古元部（-an），即爲一例。本節分就「陰聲韻」、「陰入通押」、「陽聲韻」和「入聲韻」，還有「兩種以上韻部相諧」，一一統計其例子。

第五節　陽入聲韻搭配的排偶句

陽聲韻與入聲韻一緩一急的音韻對比，是相如經營賦篇音韻的手法之一，如〈上林賦〉「蕩蕩乎八**川（-ən）分（-ən）**流，相**背（-ək）異（-ək）**態」，即爲一例。本節將羅列例句，並歸納其音韻特徵。

第六節　小　結

列表呈現七篇賦的押韻和換韻的頻率，並整合其虛字複沓、隔句韻部相諧和陽入對比的統計結果，指出相如賦設計音韻的偏好。

第四章　相如賦聲調表現的音韻風格

第一節　上古聲調的特徵

上古亦有四聲，學者已論之甚詳；本文即據唐作藩《上古音手冊》的聲調分類，逐字考察其音韻風格。爲求貼近朗誦的實況，分成平、上、去、入四組加以考察，不因其通押而併爲「平上」、「去入」二組。

第二節　聲調複沓的排偶句

凡是對仗句中出現兩組（四字）以上、同聲調的複沓之例，皆錄於此節。如〈長門賦〉「懸明月以自照兮，徂清夜於洞房」中，「懸明月」「徂清夜」的聲調皆爲「平平入」，即爲一例。本節分爲「一種聲調的複沓」、「二種聲調的複沓」和「三種以上聲調的複沓」，列出其例句。

〔註 94〕〈司馬相如賦篇用韻考〉，收入《中華學苑》第十期（1972 年），頁 1～40。

第三節　聲調對比的排偶句

凡是對仗句中出現兩組（四字）以上、同聲調的對比之例，皆錄於此節；如〈子虛賦〉「扶輿猗靡，翕呷萃蔡」，前四字皆爲平聲，後四字皆爲入聲，即爲一例。

第四節　小　結

列表呈現七篇賦在各項聲調賦沓或對比的組數，還有句數在全篇中的百分比；解釋聲調對比的朗誦效果，並比較七篇賦設計的同異之處。

第五章　相如賦疊字及雙聲疊韻現象

第一節　「重疊形式（reduplicated form）」〔註95〕的音韻特徵

相如常運用兩字全部或部份音節的重疊，造成複沓回環的音效：本節說明此種音韻複沓的特點，以作下文羅列賦篇「疊字」或「雙聲」、「疊韻」現象的引言。

第二節　相如賦中的雙聲現象

根據文意結合的緊密度，又分爲「聯緜詞」、「複合詞或詞組」，以及意義結構最鬆散的「相鄰兩字」等雙聲現象，羅列例句。如〈子虛賦〉「眾色炫燿，照爛龍鱗」中的「龍鱗」，二字皆爲來紐字（l-），即收入此節。

第三節　相如賦中的疊韻現象

收錄所有疊韻現象的例句，並根據文意結合的緊密度，由高到低列出「聯緜詞」、「複合詞或詞組」，以及「相鄰兩字」的疊韻例句。如〈長門賦〉「夫何一佳人兮，步逍遙以自虞」中的「逍遙」屬上古宵部（$-ag^{w}$），「心慊移而不省故兮，交得意而相親」中的「得意」，則屬上古職部（-ək）。

第四節　相如賦中的疊字現象

如〈封禪文〉「皇皇哉斯事」中的「皇皇」，「般般之獸，樂我君圃」中的「般般」皆屬之。

第五節　小　結

列表比較各篇雙聲、疊韻和疊字現象的組數和比例，指出相如賦（部分）疊音形式的設計重點。

〔註95〕此詞見於周法高：《中國古代語法構詞篇》（中研院史語所專刊之三十九，1962年），頁97。

第六章　結　論

第一節　西漢賦的論述特徵

整理前文，指出看似矛盾，而又並存於賦篇的「勸誘」與「風諫」論述，實反映君臣間一種迂迴又知情的周旋方式；相如的創作，是利用音韻的相諧與排比，吸引並滿足武帝的需求，來完成說服的工作。以一篇賦而感化上位者由奢入儉，可說是不可能的，然而賦篇的價值，原不應取決於其諷諫的結果。

第二節　相如賦音韻設計的要點

本節分就聲韻調及雙聲、疊韻等，說明相如賦音韻設計的要點，並試著與其他研究音韻風格的論文作一比較。

一、相如賦音韻統計的兩層意義

本文考察的對象，大抵為節奏複沓的賦篇短語，惟第五章有兩個小節，探討「相鄰二字的雙聲、疊韻現象」，其意義在於反映朗誦時音韻重唱的實況，異於其他章節所具備的結構性，故特此說明。

二、聲母多採舌根音「見溪群曉匣影」

相如聲母多採「見溪群曉匣影」，「照三」一類次之；本節將製作圖表，具體呈現司馬相如的用韻習慣，也進行七篇賦的初步比較。

三、韻部多為陰聲韻「之幽宵魚」

韻部多為「之幽宵魚」，且不少陽入韻部的排偶。本節敘述相如賦篇中韻部的各項特徵，並歸納為圖表，比較七篇賦音韻設計的手法，以作為與西漢其他賦家比較的基礎。

四、聲調多用平聲字

列表說明相如賦篇聲調既和諧又富平入搭配的「暗律」特徵，指出其朗誦的效果；此種音韻的對比性，深於文學的學者早有論述。

五、「重疊形式」多屬疊韻

相如賦的「重疊形式」多屬疊韻，音義結合也最緊密；本節整理疊音形式的所有例句，再製作圖表以利觀察。

第三節　相如賦的朗誦效果

分項敘述相如賦的風格特徵後，本節舉〈長門賦〉、〈上林賦〉的擬音為例，綜合說明西漢賦聲韻調搭配的實況。

第四節　本文檢討與研究展望

本文以「語言風格學」綰合聲韻與漢賦，希望能具體描寫西漢賦篇的音韻風格；在此基礎上，可繼續與其他西漢賦進行比較。從語言風格的歷時研究來看，以單雙式節奏拆解、重組漢賦的方式，或也能用於《詩》《騷》的音韻分析。

第二章　相如賦聲母表現的音韻風格

漢賦，如同其他上古韻文，在音韻上有「聲母相諧」的特徵：葉桂桐考察《詩經》等先秦韻文，便發現「我國上古詩歌中存在著押聲（聲母重複）或叫重聲（聲母）現象」〔註1〕，這種現象可大致分為兩類，即《詩經》和上古其他詩歌、韻文中，押韻的篇章節往往同時押聲；此外，所謂無韻詩，則相當普遍地押聲。〔註2〕

韻文的押聲現象，可舉《詩經・小雅》的〈采薇〉一詩為例：

　靡室靡**家**，獫狁之**故**。

　不遑啓**居**，獫狁之**故**。

上文押韻的韻腳，包括「家」、「故」、「居」三字，聲母皆為上古見母（k-），聲韻相諧的表現十分突出；而非韻文的押聲現象，則見於《詩經・周頌》的〈時邁〉詩：

　載戢干戈，**載**橐弓矢。

　我求懿德，**肆**于時夏，

〔註1〕見葉桂桐：《中國詩律學》（台北：文津出版社有限公司，1998年），頁4。

〔註2〕見葉桂桐：《中國詩律學》（台北：文津出版社有限公司，1998年），頁4、6。

允王保之。

其中「載（精紐 ts-）」「我（疑紐 ŋ-）」「肆（心紐 s-）」「允（云紐 g^wj-）」間隔地採用齒音和喉牙音，句末的韻腳雖無押韻，仍利用兩類聲母的交錯出現，造成音響和諧的效果；漢賦亦見此一現象。故本章第二、三節便就「聲母相諧的排偶句」、以及「頂眞的聲母複沓」兩個部分，整理聲母諧音的例子

討論相如賦聲母的音韻風格之前，本章先整理李方桂先生的上古聲母擬音，作爲之後隨文標音的依據，並根據其〈上古音研究〉的歸納結果，判定聲母間的諧音關係。

第一節　上古單聲母的特徵

上古漢語有單聲母和複聲母，類別和擬音也較爲複雜；擬音能讓讀者迅速且準確地了解各聲母的特徵，可是、由於賦篇字數過於龐大，無法逐一討論每一個字到底是單聲母？還是複聲母？所以我們採取權宜的方式，以單聲母爲標音參考；雖較不嚴謹，但應足夠表現「聲母相諧」的關係。下文將聲母擬音作一簡表，並整理各聲母的相諧關係，據此討論相如辭賦的音韻設計。

一、李方桂的上古單聲母擬音

沈鍾偉曾整理李方桂先生〈上古音研究〉文中列出的 1034 個例字，爲〈李方桂上古音韻表〉〔註 3〕以利學者查索及教學之用；本章依據沈文，分唇、舌、齒、喉牙四類，討論聲母相諧或複沓等現象；爲與中古聲母區別，隨文標出的「上古○母」全寫作「○紐」。下表列出沈文整理的單聲母擬音，爲與其他上古聲母作區別，有部分聲母的等第介音，將採括號的方式標出，文中標音則不再加括號：

〔註 3〕見沈鍾偉：〈李方桂上古音韻表〉，收入丁邦新、余靄芹編《漢語史研究：紀念李方桂先生百年冥誕論文集》（台北：中研院語言所，2005 年），頁 57～93。

表 2-1　〈李方桂上古單聲母擬音簡表〉

唇音		舌音		齒音		喉牙音	
中古聲母	上古擬音	中古聲母	上古擬音	中古聲母	上古擬音	中古聲母	上古擬音
幫	p	端	t	精	ts	見	k
滂	ph	知	t（r）	莊（照二）	ts（r）	溪	kh
並	b	章（照三）	t（j）	清	tsh	群	g（j）
明	m	透	th	初（穿二）	tsh（r）	云〔註4〕（喻三）	g^{w}（j）
非	p（j）	徹	th（r）	從	dz	匣	g
敷	ph（j）	昌（穿三）	th（j）	崇（牀二）	dz（r）	疑	ŋ
奉	b（j）	定	d	心	s	曉	h
微	m（j）	澄	d（r）	生（審二）	s（r）	影	ʔ
		船、禪（牀三）〔註5〕	d（ji）	邪	r（j）		
		書（審三）	sth（ju）				
		泥〔註6〕	n				
		娘	n（r）				
		日	n（j）				
		來	l				
		以（喻四）	r				

〔註4〕沈鍾偉〈李方桂上古音韻表〉作「雲」，誤。見沈鍾偉：〈李方桂上古音韻表〉，收入丁邦新、余藹芹編：《漢語史研究：紀念李方桂百年冥誕論文集》（中研院語言所，2005年），頁571～588。

〔註5〕李方桂認爲，「（照三等、穿三等、牀三等和禪、日中，只有）禪牀兩母不易分辨，我以爲牀禪兩母有同一來源。」見李方桂：〈上古音研究〉，收入《清華學報》新九卷一、二期合刊（1971年），頁12。

〔註6〕唐作藩《上古音手冊》中，將現代普通話中n-的聲母，歸入泥、日、疑、來四母，未列出屬娘母的字；李存智〈漢語舌尖鼻音的流變——兼論相關的音韻現象〉一文中提到，「泥、娘二者本屬同一音位，中古舌上、舌頭之分，乃因等第、介音而起。日母與泥、娘的接觸，則因日母字有舌尖音的來源。」泥、娘、日皆爲舌尖鼻音，惟唐書未將二等的娘母列入n-可能的上古來源，本文亦無法將近九千字的聲母一一作確認，故暫從唐書之分類。上述引文見李存智：〈漢語舌尖鼻音的流變——兼論相關的音韻現象〉，收入《臺大文史哲學報》第五十七期（2001年5月），頁194。

二、聲母間的諧音關係

李方桂先生〈上古音研究〉一文，根據「上古發音部位相同的塞音可以互諧」、「上古的舌尖擦音或塞擦音互諧，不跟舌尖塞音相諧」兩項原則〔註7〕整理上古聲母〔註8〕，其歸納整理的結果，大抵有下列幾條規律：

1. 知徹澄娘音近。〔註9〕
2. 二等的照穿牀審音近。〔註10〕
3. 三等的照穿牀禪及日母音近舌尖前塞音。〔註11〕其中牀（三）與禪難分，中古之別或源於方音；審三則常與舌尖塞音互諧。〔註12〕
4. 見溪群曉匣影可以互諧，然開合須相同；不常與鼻音（疑）相諧。其中喻三又與匣母、群母有互諧的表現。〔註13〕
5. 來母有與透母（hl）徹母（hl-j-）相諧的例子。
6. 泥日與娘母與透母徹母諧聲。〔註14〕
7. 喻母四等常與舌尖前塞音及邪母互諧。〔註15〕

上述七項中，相如賦絕少見到第一類「知徹澄娘」的字，文中也未見此類聲韻相諧的例子，故本章第二至第四節不列出這個項目。第五項來紐與透徹的相諧，需考察其是否爲複聲母，因此也暫不列入分類中。下文討論相如賦聲母相諧的現象時，將參考餘五項諧音的聲母，按照唇、舌、齒、喉牙音等發音部位列出

〔註7〕見李方桂：〈上古音研究〉，收入《清華學報》新九卷一、二期合刊（1971年），頁8。

〔註8〕見李方桂：〈上古音研究〉，收入《清華學報》新九卷一、二期合刊（1971年），頁1～61；文中「不常相諧」少數例外暫不處理。至於演變規律中牽涉到複聲母的部分，則僅以括號列出。

〔註9〕見李方桂：〈上古音研究〉，收入《清華學報》新九卷一、二期合刊（1971年），頁11。

〔註10〕見李方桂：〈上古音研究〉，收入《清華學報》新九卷一、二期合刊（1971年），頁11～12。

〔註11〕見李方桂：〈上古音研究〉，收入《清華學報》新九卷一、二期合刊（1971年），頁9。

〔註12〕另有與鼻音聲母諧聲的例子，參李方桂先生：〈上古音研究〉頁15。

〔註13〕關於喻三和群匣二母的詳細討論，參見李方桂先生：〈上古音研究〉，收入《清華學報》新九卷一、二期合刊（1971年），頁14、15。

〔註14〕第8第9條例中，由於二組分別與透徹母發生關係，擬音畢竟不同，故來母與泥日娘仍分別作整理，不混爲一談。

〔註15〕見李方桂：〈上古音研究〉，收入《清華學報》新九卷一、二期合刊（1971年），頁11。

例句，採如下的分類，列出符合條件的句子：

（一）脣　音

1. 幫非、滂敷、並奉紐

2. 明紐

（二）舌　音

1. 端、透、定紐

2. 知、徹、澄、娘紐

3. 章、昌、船禪、日、書紐（照三）

4. 端、定、以、邪紐

5. 泥、娘、透、徹紐

6. 來紐

（三）齒　音

1. 精、清、從、心、邪紐

2. 莊、初、崇、生紐

（四）喉牙音

1. 見、溪、群、匣、曉、影紐

2. 群、云、匣紐

（五）兩種以上的聲母相諧

關於第五項聲母的音韻特徵，指的是相如賦中「兩種以上的聲母相諧」現象，不管是一句之中的聲母交錯相諧也好，聲母相諧的排偶句也好，音韻皆伴隨著齊整的句式複沓著，此爲其特色之一，數目也不少，故列爲一項討論之。

第二節　聲母相諧的排偶句

所謂「聲母相諧」的現象，其實就是指聲母發音相近，因此聽覺上呈現出協調的效果；準此視之，漢賦的句子在韻部、聲調的搭配上，也有類似的表現。周法高〈聯緜字通說〉一文，曾舉王念孫《廣雅疏證・釋訓》「躊躇，猶豫也」條「嫌疑，狐疑，猶豫，躊躅，皆雙聲字。狐疑與嫌疑一聲之轉耳」的說法爲例，證明一聲之轉的「狐疑」、「嫌疑」爲雙聲字，故發音部位相同的字，仍應視爲「廣義的雙聲」〔註 16〕；周法高並指出疊韻亦有此一現象，通押的韻部在聽覺上，呈現明顯的協調性。而陳淵泉分析近體詩人設計雙聲的手法，也發現「兩個音節的聲母，只要兩個音位之間的差別不超過一個，便可謂『雙聲』」「『雙聲』與其說是聲母的等同，不如說是聲母的和諧」〔註 17〕，這是從語言學的分析，來說明詩人創作普遍的語感。

相如賦排偶的句式間，實有許多廣義雙聲的相諧現象，故本節將一一列出，並且在第四節進行七篇的統計和比較。分項舉例按照「發音部位」而非七篇的篇名，原因正如緒論所言，既然相如以鋪陳、曲諫爲訴求，除了〈長門賦〉大量的陽聲韻尾外，也未發現各篇有聲情相應的表現，故討論音韻風格時、逕以發音部位爲分類，或更能凸顯其賦音韻設計的用心。

相如賦中上下句對應的諧聲現象，如〈子虛賦〉「**<u>衯（滂紐 ph-）</u>**衯裶裶，揚袘戌削，**<u>蜚（幫紐 p-）</u>**纖垂髾」的四字句，〈難蜀父老〉中「**<u>結（見紐 k-）軌（見紐 k-）</u>**還轅，東**<u>鄉（曉紐 h-）</u>**將報」這類三角結構的聲母相諧現象，以及〈封禪文〉「**<u>后（匣紐 g-）</u>**稷創業於唐堯，**<u>公（見紐 k-）</u>**劉發跡於西戎」等例子，都是句式排偶構成的音韻相諧。而排偶句式除了有不少聲母相諧之例，其韻部相近的「虛詞」排比也造成複沓的效果，在本文第三章第三節將有詳細介紹。而本節分「聲母相諧的排偶句」爲三個部分，即「首字相諧」、「三角結構相諧」以及「其他聲母相諧的排偶句」等小節，一一羅列七篇賦中聲母相諧的排偶。這裡說的「聲母相諧的排偶句」，是指聲母發音部位相同，並且須符合本章（第二章）第一節整理的聲母相諧規律。

其中，句式最工整的〈長門賦〉，時見「○○○而○○兮，○○○而○○」，或「○○○而○○兮，○○○之○○」的句子；雖然「而」「之」所屬的日紐、章紐有音近關係，但與其將之歸爲排偶的音近現象，不如視爲本篇特有的句式；否則全列入聲母相諧之例，當作「作者有心的設計」，實在很難說的通。因此，針對〈長門賦〉句中時見的「而」、「之」連詞，如果前後未出現其他「章、

〔註 16〕見周法高〈聯緜字通說〉，收入《中國語文論叢・上編・語文學》（北市：正中書局，1981 年），頁 134。

〔註 17〕陳淵泉：〈文學品味背後的語言結構原則——從詩的格式窺探語言〉，收入香港城市大學 20 週年文史論文集《依舊悠然見南山》（香港：香港城市大學出版社，2004 年），頁 68。

昌、船、日、書、禪紐」的字，便不列入本章的例句中。下文便先就「首字相諧」的現象，羅列出唇、舌、齒、喉牙音等聲母相諧、及「兩類以上聲母複沓」的排偶句。

一、首字相諧現象

（一）唇　音

1、幫非、滂敷、並奉紐

（1）**紛（滂紐 ph-）**紛裶裶，揚袘戌削，**蜚（幫紐 p-）**纖垂髾。〈子虛賦〉〔註 18〕

（2）水蟲駭，**波（幫紐 p-）**鴻沸，涌泉起，**奔（幫紐 p-）**揚會。〈子虛賦〉

（3）**罷（並紐 b-）**車馬之用，抏士卒之精，**費（滂紐 ph-）**府庫之財，而無德厚之恩。〈上林賦〉

（4）**鄙（幫紐 p-）**人固陋，**不（幫紐 p-）**知忌諱。〈上林賦〉

（5）譬於**防（並紐 b-）**火水中，**避（幫紐 p-）**溺山隅。〈美人賦〉

本句的意思，是將「避色」比喻爲「防火水中，避溺山隅」，故首字排偶應以此爲準。惟「譬」亦爲雙唇塞音的滂紐。

（6）**芳（滂紐 ph-）**香芬烈，**黼（幫紐 p-）**帳高張。〈美人賦〉

（7）於是寢具既設，**服（並紐 b-）**玩珍奇，金鉔薰香，**黻（幫紐 p-）**帳低垂。〈美人賦〉

（8）**秉（幫紐 p-）**志不回，**飄（滂紐 ph-）**然高舉。〈美人賦〉

（9）**奉（並紐 p-）**至尊之休德，**反（幫紐 p-）**衰世之陵夷。〈難蜀父老〉

（10）**撫（敷紐 phj-）**柱楣以從容兮，覽曲臺之央央。**白（並紐 b-）**鶴噭以哀號兮，孤雌跱於枯楊。〈長門賦〉

（11）大漢之德，**逢（並紐 b-）**涌原泉，沕潏曼羨，**旁（並紐 b-）**魄四塞。〈封禪文〉

（12）**符（並紐 b-）**瑞衆變，期應紹至，**不（幫紐 p-）**特創見。〈封禪文〉

〔註 18〕在第一章中，附於例句後面賦篇名稱，採用括號加上篇名號的標註形式：這樣的標註確實較爲周全，惟第二、三、四、五章例句過多，故逕以篇名號表示之。

2、明、微紐

（1）**玫（明紐 m-）**瑰碧琳，珊瑚叢生。**珉（明紐 m-）**玉旁唐，玢豳文鱗。〈上林賦〉

（2）**聞（明紐 m-）**齊饋女而遐逝，**望（明紐 m-）**朝歌而迴車。〈美人賦〉

（二）舌　音

1、端、透、定紐

（1）**東（端紐 t-）**西南北，**馳（定紐 d-）**騖往來。〈上林賦〉

（2）**長（定紐 d-）**千仞，**大（定紐 d-）**連抱。〈上林賦〉

（3）踰絕梁，**騰（定紐 d-）**殊榛，捷垂條，**掉（定紐 d-）**希間。〈上林賦〉

（4）**置（端紐 t-）**酒乎顥天之臺，**張（端紐 t-）**樂乎膠葛之寓。〈上林賦〉

（5）**途（定紐 d-）**出鄭衛，**道（定紐 d-）**由桑中。〈美人賦〉

（6）視眩泯而亡見兮，**聽（透紐 th-）**敞怳而亡聞。乘虛亡而上遐兮，**超（透紐 th-）**無友而獨存。〈大人賦〉

2、泥、娘、透、徹紐

無。

3、章、昌、船禪、日、書紐（照三）

（1）**眾（章紐 tj-）**色炫燿，**照（章紐 tj-）**爛龍鱗。〈子虛賦〉

（2）**章（章紐 tj-）**君惡，**傷（書紐 sthj-）**私義，二者無一可。〈子虛賦〉

（3）**蜼（章紐 tj-）**玃飛蠝，**蛭（章紐 tj-）**蜩蠼蝚。〈上林賦〉

（4）**順（船紐 dji-）**天道以殺伐，**時（禪紐 dji-）**休息於此。〈上林賦〉

（5）**少（書紐 sthj-）**長西土，鰥居獨處，**室（書紐 sthj-）**宇遼廓，莫與爲娛。〈美人賦〉

（6）**時（禪紐 dji-）**來親臣，**柔（日紐 nj-）**滑如脂。〈美人賦〉

（7）**舟（章紐 tj-）**車不通，**人（日紐 nj-）**跡罕至，**政（章紐 tj-）**教未加。〈難蜀父老〉

（8）擠玉戶以撼金鋪兮，**聲（書紐 sthj-）**噌吰而似鐘音。刻木蘭以爲榱兮，**飾（書紐 sthj-）**文杏以爲梁。〈長門賦〉

（9）厮征伯僑而役羨門兮，**詔（章紐 tj-）**岐伯使尚方。**祝（章紐 tj-）**融警而蹕御兮，清氣氛而后行。〈大人賦〉

（10）下峥嶸而無地兮，**上（禪紐 dji-）**嵺廓而無天。**視（禪紐 dji-）**眩泯而亡見兮，聽敞怳而亡聞。〈大人賦〉

這兩組不是排偶句中的聲母相諧，但意義上雖無互文關係，利用語音的呼應，仍能有調和之感。

（11）**邇（日紐 nj-）**陜遊原，逈闊泳末，**首（書紐 sthj-）**惡湮沒，闇昧昭晢。〈封禪文〉

（12）陛下**仁（日紐 nj-）**育群生，義徵不憓，**諸（章紐 tj-）**夏樂貢，百蠻執贄。〈封禪文〉

由於「陛下」是「仁育群生，義徵不憓」的主詞，故眞正的排偶從「仁育群生」開始。

（13）以**彰（章紐 tj-）**至尊，**舒（書紐 sthj-）**盛德，發號榮，**受（禪紐 dji-）**厚福。〈封禪文〉

（14）於傳載之**（章紐 tj-）**，云受命所**乘（船紐 dji-）**。〈封禪文〉

這裡的「云」是要引出傳中所說的「受命所乘」；故以四字句的排偶「於傳載之」、「受命所乘」觀之，「之」和「乘」確實有音近關係。

4、端、定、以、邪紐

（1）**隨（邪紐 rj-）**風澹淡。**與（以紐 r-）**波搖蕩。〈上林賦〉

（2）離靡廣衍，**應（以紐 r-）**風披靡，吐芳揚烈，**郁（以紐 r-）**郁菲菲。〈上林賦〉

（3）**貤（以紐 r-）**丘陵，下平原。**揚（以紐 r-）**翠葉，杌紫莖。〈上林賦〉

（4）**軼（以紐 r-）**赤電，**遺（以紐 r-）**光耀。〈上林賦〉

（5）無面目之可顯兮，**遂（邪紐 rj-）**頹思而就床。**摶（定紐 d-）**芬若以爲枕兮，**席（邪紐 rj-）**荃蘭而茝香。〈長門賦〉

5、來　紐

（1）**<u>靈（來紐 l-）</u>**圉燕於閒館，偓佺之倫暴於南榮；**<u>醴（來紐 l-）</u>**泉湧於清室，通川過於中庭。〈上林賦〉

（2）**<u>羅（來紐 l-）</u>**丰茸之遊樹兮，**<u>離（來紐 l-）</u>**樓梧而相撐。〈長門賦〉

（三）齒　音

1、精、清、從、心、邪紐

（1）**<u>寂（從紐 dz-）</u>**漻無聲，**<u>肆（心紐 s-）</u>**乎永歸。〈上林賦〉

（2）左玄冥而右黔雷兮，**<u>前（從紐 dz-）</u>**長離而後矞皇。**<u>廝（心紐 s-）</u>**征伯僑而役羨門兮，詔岐伯使尚方。〈大人賦〉

上述兩組相諧聲母，其實是分屬於不同韻腳的「句組」;「前長離而後矞皇」的「皇」字，還有「詔岐伯使尚方」的「方」字，都是韻腳。所以「前」和「廝」、「詔」和「祝」，並不是排偶中相諧的聲母。但這未嘗不是另一種扣緊文章音韻特點的方式：即使不是對句，相諧而聲音相近的聲母，也使得文意不相干的兩句話，在聲音上能互相照應。

（3）**<u>總（精紐 ts-）</u>**公卿之議，**<u>詢（心紐 s-）</u>**封禪之事。〈封禪文〉

2、莊、初、崇、生紐

（1）舒息悒而增欷兮，**<u>蹝（生紐 sr-）</u>**履起而彷徨。榆長袂以自翳兮，**<u>數（生紐 sr-）</u>**昔日之諐殃。〈長門賦〉

（四）喉牙音

1、見、溪、群、匣、曉、影紐

（1）**<u>其（群紐 gj-）</u>**中有山焉。**<u>其（群紐 gj-）</u>**山則盤紆岪鬱。〈子虛賦〉

（2）**<u>穹（溪紐 kh-）</u>**窮昌蒲，**<u>江（見紐 k-）</u>**離蘪蕪。〈子虛賦〉

（3）**<u>樝（匣紐 g-）</u>**梨梬栗，**<u>橘（見紐 k-）</u>**柚芬芳。〈子虛賦〉

（4）**<u>獲（匣紐 g-）</u>**若雨獸，**<u>揜（影紐?-）</u>**屮蔽地。〈子虛賦〉

（5）擊靈鼓，**<u>起（溪紐 kh-）</u>**烽燧，車案行，**<u>騎（群紐 gj-）</u>**就隊。〈子虛賦〉

（6）**<u>鴻（匣紐 g-）</u>**鷫鵠鴇，**<u>駕（見紐 k-）</u>**鵞屬玉。〈上林賦〉

（7）**<u>駕（見紐 k-）</u>**鵞屬玉，**<u>交（見紐 k-）</u>**精旋目。〈上林賦〉

（8）**<u>揭（見紐 k-）</u>**車衡蘭，**<u>稾（見紐 k-）</u>**本射干。〈上林賦〉

（9）槃石裖崖，**嶔（溪紐 kh-）**巖倚傾，嵯峨嶕嶫，**刻（溪紐 kh-）**削崢嶸。〈上林賦〉

（10）**櫻（影紐ʔ-）**桃蒲陶，**隱（影紐ʔ-）**夫薁棣。〈上林賦〉

（11）**衛（匣紐 g-）**公參乘，**扈（匣紐 g-）**從橫行。〈上林賦〉

（12）蒙鶡蘇，**絝（溪紐 kh-）**白虎，被斑文，**跨（溪紐 kh-）**壄馬。〈上林賦〉

（13）**徑（匣紐 g-）**峻赴險，**越（匣紐 g-）**壑厲水。〈上林賦〉

（14）**弓（見紐 k-）**不虛發，**應（影紐ʔ-）**聲而倒。〈上林賦〉

（15）**觀（見紐 k-）**士大夫之勤略，**鈞（見紐 k-）**獵者之所得獲。〈上林賦〉

（16）**金（見紐 k-）**鼓迭起，**鏗（溪紐 kh-）**鎗闛鞈。〈上林賦〉

（17）**陰（影紐ʔ-）**淫案衍之音，**鄢（影紐ʔ-）**郢繽紛。〈上林賦〉

（18）**酷（溪紐 kh-）**烈淑郁，**皓（匣紐 g-）**齒粲爛。〈上林賦〉

（19）省刑罰，**改（見紐 k-）**制度，易服色。**革（見紐 k-）**正朔。〈上林賦〉

（20）乃**今（見紐 k-）**日見教，**謹（見紐 k-）**受命矣。〈上林賦〉

這組的「乃」為虛詞，眞正的排偶為「今日見教，謹受命矣」；故而仍視為首字聲母相諧之例。

（21）**古（見紐 k-）**之避色，**孔（溪紐 kh-）**墨之徒。〈美人賦〉

（22）臣之東鄰，**有（匣紐 g-）**一女子，**雲（匣紐 g-）**髮豐豔，蛾眉皓齒。〈美人賦〉

（23）**有（匣紐 g-）**女獨處，**婉（影紐ʔ-）**然在牀。〈美人賦〉

（24）**有（匣紐 g-）**美人兮來何遲，日既暮兮華色衰。**敢（見紐 k-）**託身兮長自私。〈美人賦〉

（25）**裀（影紐ʔ-）**褥重陳，**角（見紐 k-）**枕橫施。〈美人賦〉

（26）故乃**關（見紐 k-）**沬若，**徼（見紐 k-）**牂牁。〈難蜀父老〉

上述「故乃」兩字為轉折連詞，故眞正以三字為一組的排偶是「關沬若」、「徼牂牁」六字；然「故」字為見紐，在朗誦時與「關」「徼」二字亦有相諧，故此特加說明。

（27）**魂（匣紐 g-）**踰佚而不反兮，**形（匣紐 g-）**枯槁而獨居。〈長門賦〉

（28）**伊（影紐ʔ-）**予志之慢愚兮，**懷（匣紐 g-）**貞愨之懽心。〈長門賦〉

（29）奉虛言而望誠兮，**期（見紐 k-）**城南之離宮；脩薄具而自設兮，**君（見紐 k-）**曾不肯乎幸臨。〈長門賦〉

（30）飄風迴而起閨兮，**舉（見紐 k-）**帷幄之襜襜；**桂（見紐 k-）**樹交而相紛兮，芳酷烈之誾誾。〈長門賦〉

上述兩個押韻的句組，首尾開頭都用雙唇塞音，中間兩句則是舌根塞音；所以綜合看起來，有回文的聲母相諧效果。

（31）**孔（溪紐 kh-）**雀集而相存兮，**玄（匣紐 g-）**猿嘯而長吟。〈長門賦〉

（32）**間（見紐 k-）**徙倚於東廂兮，**觀（見紐 k-）**夫靡靡而無窮。〈長門賦〉

（33）**貫（見紐 k-）**歷覽其中操兮，**意（影紐ʔ-）**慷慨而自卬。〈長門賦〉

（34）**軒（曉紐 h-）**轅之前，**遐（匣紐 g-）**哉邈乎！〈封禪文〉

（35）**君（影紐ʔ-）**莫盛於唐堯，**臣（見紐 k-）**莫賢於后稷。〈封禪文〉

（36）旁魄四塞，**雲（匣紐 g-）**尃霧散，上暢九垓，**下（匣紐 g-）**泝八埏。〈封禪文〉

（37）**后（匣紐 g-）**稷創業於唐堯，**公（見紐 k-）**劉發跡於西戎。〈封禪文〉

（38）**雲（匣紐 g-）**尃霧散，上暢九垓，**下（匣紐 g-）**泝八埏。〈封禪文〉

（39）**懷（曉紐 h-）**生之類，霑濡浸潤，**協（匣紐 g-）**氣橫流，武節飄逝。〈封禪文〉

（40）**昆（見紐 k-）**蟲凱澤，**回（匣紐 g-）**首面內。〈封禪文〉

（41）然後**囿（匣紐 g-）**騶虞之珍群，**徼（見紐 k-）**麋鹿之怪獸。〈封禪文〉

（42）德侔往初，**功（見紐 k-）**無與二，**休（曉紐 h-）**烈浹洽。〈封禪文〉

（43）**挈（見紐 k-）**三神之驩，**缺（溪紐 kh-）**王道之儀。〈封禪文〉

（44）**亦（匣紐 g-）**各並時而榮，**咸（匣紐 g-）**濟厥世而屈。〈封禪文〉

（45）德侔往初，**功（見紐 k-）**無與二，**休（曉紐 h-）**烈浹洽。〈封禪文〉

（46）**挈（見紐 k-）**三神之驩，**缺（溪紐 kh-）**王道之儀。〈封禪文〉

（47）**亦（匣紐 g-）**各並時而榮，**咸（匣紐 g-）**濟厥世而屈。〈封禪文〉

（48）**甘（見紐 k-）**露時雨，**厥（見紐 k-）**壤可遊。〈封禪文〉

（49）**宛（影紐ʔ-）**宛黃龍，**興（曉紐 h-）**德而升。〈封禪文〉

（50）采色炫耀，**熿（匣紐 g-）**炳煇煌。正陽顯見，**覺（見紐 k-）**悟黎烝。〈封禪文〉

2、群、云、匣紐

無。

3、疑　紐

（1）雲髮豐豔，**蛾（疑紐 ŋ-）**眉皓齒，**顏（疑紐 ŋ-）**盛色茂，景曜光起。〈美人賦〉

（五）句首有兩類以上聲母相諧之例

無。

二、三角結構的聲母相諧

本文所謂的「三角結構」，指三角形式的聲母相諧，即「三角頭韻現象」。據目前所知，此詞首見於陳穩如碩論《韓愈古體詩之音韻風格》一書；其定義爲「上下句相對應位置的聲母同一發音部位之外，還延伸至旁側之字」〔註 19〕。音韻的相諧不僅是「一個蘿蔔一個坑」似的排偶，作者還在平行的前後字安插另個同發音部位、方式的聲母，再次地強調其音韻重唱的效果，並且豐富了聲母相諧的形式。而相如賦也有不少三角結構的聲母相諧現象，下文便按照發音部位，一一羅列其例句。

（一）唇　音

1、幫非、滂敷、並奉紐

（1）沸乎**暴（並紐 b-）**怒，

洶涌**滂（滂紐 ph-）湃（滂紐 ph-）**。〈上林賦〉

〔註 19〕見陳穩如：《韓愈古體詩之音韻風格》（臺北市立師範學院，民國 93 年碩論，竺家寧師指導），頁 26。

（2）**滭（幫紐 p-）**弗宓汩，

偪（幫紐 p-）側（幫紐 p-）泌瀄。〈上林賦〉

（3）發倉廩以救**貧（並紐 b-）**窮，

補（幫紐 p-）不（幫紐 p-）足。〈上林賦〉

本組「發倉廩」的行爲目的是「救貧窮，補不足」，故以此二句爲三角頭韻的考察對象。

（4）則是蜀**不（幫紐 p-）**變服，

而**巴（幫紐 p-）不（幫紐 p-）**化俗也。〈難蜀父老〉

去掉「則是」「而」字的虛詞後，眞正的對句是「蜀不變服」、「巴不化俗」，仍屬三角頭韻現象。而「不變」也是雙聲字，因此這組排偶，共有四個幫紐字，雙唇塞音的相諧效果頗爲明顯。

（5）召**屏（並紐 p-）**翳，

誅**風（幫紐 p-）伯（幫紐 p-）**。〈大人賦〉

（6）大漢之德，**烄（並紐 p-）**涌原泉，

沕潏曼羨，**旁（並紐 p-）魄（滂紐 ph-）**四塞。〈封禪文〉

（7）**般（幫紐 p-）般（幫紐 p-）**之獸，樂我君囿。

白（並紐 b-）質黑章，其儀可嘉。〈封禪文〉

2、明、微紐

（1）列卒**滿（明紐 m-）**澤，

罘**罔（明紐 m-）彌（明紐 m-）**山。〈子虛賦〉

（2）**繆（明紐 m-）**繞玉綏，

眇（明紐 m-）眇（明紐 m-）忽忽。〈子虛賦〉

（3）**萬（明紐 m-）物（明紐 m-）**眾夥，

明（明紐 m-）月珠子。〈上林賦〉

（4）**靡（明紐 m-）**靡爛漫於前，

靡（明紐 m-）曼（明紐 m-）美色於後。〈上林賦〉

（5）**旼（明紐 m-）旼（明紐 m-）**睦睦，君子之能。

蓋聞（明紐 m-）其聲，今觀其來。〈封禪文〉

（二）舌　音

1、端、透、定紐

（1）隨風**澹（定紐 d-）淡（定紐 d-）**，
與波搖**蕩（定紐 d-）**。〈上林賦〉

（2）騊駼**橐（透紐 th-）駝（定紐 d-）**，
蛩蛩**驒（定紐 d-）**騱。〈上林賦〉

（3）絫**臺（定紐 d-）**增成，
巖**突（定紐 d-）洞（定紐 d-）**房。〈上林賦〉

（4）**它（透紐 th-）它（透紐 th-）**藉藉，
塡（定紐 d-）阬滿谷。〈上林賦〉

（5）奏**陶（定紐 d-）唐（定紐 d-）**氏之舞，
聽葛**天（透紐 th-）**氏之歌。〈上林賦〉

（6）紛**湛（定紐 d-）湛（定紐 d-）**其差錯兮，
雜**遝（定紐 d-）**膠輵以方馳。〈大人賦〉

（7）憲**度（定紐 d-）著（端紐 t-）**明，易則也；
垂**統（透紐 th-）**理順，易繼也。〈封禪文〉

（8）**濯（定紐 d-）濯（定紐 d-）**之麟，遊彼靈畤。
孟**冬（端紐 t-）**十月，君徂郊祀。〈封禪文〉

2、泥、娘、透、徹紐

無。

3、章、昌、船禪、日、書紐（照三）

（1）衡蘭**芷（章紐 tj-）若（日紐 nj-）**，
穹窮**昌（昌紐 thj-）**蒲。〈子虛賦〉

（2）微矰**出（昌紐 thj-）**，
孅**繳（章紐 tj-）施（書紐 sthj-）**。〈子虛賦〉

（3）**蜀（禪紐 dji-）石（禪紐 dji-）**黃碝，
水（書紐 sthj-）玉磊砢。〈上林賦〉

（4）**日（日紐 nj-）出（昌紐 thj-）**東沼，
入（日紐 nj-）虖西陂。〈上林賦〉

（5）擇肉（日紐 nj-）而（日紐 nj-）后發，
先中而（日紐 nj-）命處。〈上林賦〉

（6）徒車（昌紐 thj-）之（章紐 tj-）所閵轢，
騎之（章紐 tj-）所蹂若。〈上林賦〉

（7）山陵爲之（章紐 tj-）震（章紐 tj-）動，
川谷爲之（章紐 tj-）蕩波。〈上林賦〉

（8）天子芒然（日紐 nj-）而（日紐 nj-）思，
似若（日紐 nj-）有亡。〈上林賦〉

本組的「天子」爲主詞，故而眞正的排偶出現在「芒然而思，似若有亡」。

（9）忘國家之（章紐 tj-）政（章紐 tj-），
貪雉菟之獲（章紐 tj-）。〈上林賦〉

（10）獨處（昌紐 thj-）室（書紐 sthj-）兮廓無依，
思佳人（日紐 nj-）兮情傷悲。〈美人賦〉

（11）時來親臣（禪紐 dji-），
柔滑如（日紐 nj-）脂（章紐 tj-）。〈美人賦〉

（12）於是乃命使西征（章紐 tj-），
隨流而（日紐 nj-）攘（日紐 nj-）。〈難蜀父老〉

去掉「於是乃」的轉折連詞以後，眞正的對句是「命使西征，隨流而攘」；故仍有三角頭韻現象。

（13）仁（日紐 nj-）者（章紐 tj-）不以德來，
強者（章紐 tj-）不以力并。〈難蜀父老〉

（14）伊予志（章紐 tj-）之（章紐 tj-）慢愚兮，
懷眞愨之（章紐 tj-）懽心。〈長門賦〉

（15）雷殷殷而（日紐 nj-）響起兮，
聲象君之（章紐 tj-）車（昌紐 thj-）音。〈長門賦〉

（16）飄風迴而起閨（日紐 nj-）兮，
舉帷幄之襜（昌紐 thj-）襜（昌紐 thj-）。〈長門賦〉

（17）下蘭臺而（日紐 nj-）周（章紐 tj-）覽兮，
步從容於深（書紐 sthj-）宮。〈長門賦〉

（18）羅丰茸（日紐 nj-）之（章紐 tj-）遊樹兮，

離樓梧而（日紐 nj-）相撐。〈長門賦〉

（19）悲俗世（書紐 sthj-）之（章紐 tj-）迫隘兮，

朅輕舉而（日紐 nj-）遠遊。〈大人賦〉

（20）排閶闔而（日紐 nj-）入（日紐 nj-）帝宮兮，

載玉女而（日紐 nj-）與之歸。〈大人賦〉

（21）下崢嶸（日紐 nj-）而（日紐 nj-）無地兮，

上嵺廓而（日紐 nj-）無天。〈大人賦〉

（22）乘虛亡而（日紐 nj-）上（禪紐 dji-）遐兮，

超無友而（日紐 nj-）獨存。〈大人賦〉

（23）率邇者（章紐 tj-）踵（章紐 tj-）武，

逖聽者（章紐 tj-）風聲。〈封禪文〉

（24）罔若（日紐 nj-）淑（禪紐 dji-）而不昌，

疇逆失（書紐 sthj-）而能存？〈封禪文〉

（25）邇（日紐 nj-）陜（書紐 sthj-）遊原，迥闊泳末，

首（書紐 sthj-）惡湮沒，闇昧昭晳。〈封禪文〉

（26）符瑞（禪紐 dji-）衆（章紐 tj-）變，

期應紹（禪紐 dji-）至。〈封禪文〉

（27）以彰至尊，舒（書紐 sthj-）盛（禪紐 dji-）德，

發號榮，受（禪紐 dji-）厚福。〈封禪文〉

（28）般般之（章紐 tj-）獸（書紐 sthj-），樂我君囿。

白質黑章（章紐 tj-），其儀可嘉。〈封禪文〉

（29）厥之有章（章紐 tj-），

不必諄（章紐 tj-）諄（章紐 tj-）。〈封禪文〉

4、端、定、以、邪紐

（1）允溶淫（以紐 r-）鬻（以紐 r-），

散渙夷（以紐 r-）陸。〈上林賦〉

（2）淫（以紐 r-）淫（以紐 r-）裔裔，

緣（以紐 r-）陵流澤。〈上林賦〉

（3）故軌跡夷（以紐 r-）易（以紐 r-），易遵也；
湛恩濛涌（以紐 r-），易豐也。〈封禪文〉

5、來　紐

（1）掩菟轔（來紐 l-）鹿（來紐 l-），
射麋格麟（來紐 l-）。〈子虛賦〉

（2）礧（來紐 l-）石相擊，
琅（來紐 l-）琅（來紐 l-）磕磕。〈子虛賦〉

（3）水玉磊（來紐 l-）砢，
磷磷爛（來紐 l-）爛（來紐 l-）。〈上林賦〉

（4）牢（來紐 l-）落（來紐 l-）陸離，
爛（來紐 l-）漫遠遷。〈上林賦〉

（5）鏤（來紐 l-）靈（來紐 l-）山，
梁（來紐 l-）孫原。〈難蜀父老〉

（6）羅（來紐 l-）丰茸之遊樹兮，
離（來紐 l-）樓（來紐 l-）梧而相撐。〈長門賦〉

（三）齒　音

1、精、清、從、心、邪紐

（1）揚衪戌（心紐 s-）削（心紐 s-），
蜚纖垂髾（心紐 s-）。〈子虛賦〉

（2）左（精紐 ts-）蒼（清紐 tsh-）梧，
右西（心紐 s-）極。〈上林賦〉

（3）眇閻易恤（心紐 s-）削（心紐 s-），
媥姺嫳屑（心紐 s-）。〈上林賦〉

本組的「眇」爲動詞，故而眞正的排偶應爲「閻易恤削，媥姺嫳屑」。

（4）從（清紐 tsh-）此（清紐 tsh-）觀之，
齊（從紐 dz-）楚之事。〈上林賦〉

（5）心慊移而不省（心紐 s-）故兮，
交得意而相（心紐 s-）親（清紐 tsh-）。〈長門賦〉

（6）孔**雀（精紐 ts-）集（從紐 dz-）**而相存兮，

玄猿**嘯（心紐 s-）**而長吟。〈長門賦〉

（7）五**三（心紐 s-）**六經，

載（精紐 ts-）籍（從紐 dz-）之傳。〈封禪文〉

（8）旁魄**四（心紐 s-）塞（心紐 s-）**，

雲尃霧**散（心紐 s-）**。〈封禪文〉

2、莊、初、崇、生紐

無。

（四）喉牙音

1、見、溪、群、匣、曉、影紐

（1）**穹（溪紐 kh-）窮（群紐 gj-）**昌蒲，

江（見紐 k-）離麋蕪。〈子虛賦〉

（2）蓮藕**觚（見紐 k-）**蘆，

奄閭**軒（曉紐 h-）于（匣紐 g-）**。〈子虛賦〉

（3）左**烏（影紐ʔ-）**號之彫弓，

右（匣紐 g-）夏（匣紐 g-）服之勁箭。〈子虛賦〉

（4）**翕（曉紐 h-）呷（曉紐 h-）**萃蔡，

下（匣紐 g-）靡蘭蕙。〈子虛賦〉

（5）楚**王（匣紐 g-）**之獵，

孰**與（匣紐 g-）寡（見紐 k-）**人？〈子虛賦〉

（6）礧石相**擊（見紐 k-）**，

琅琅**礚（溪紐 kh-）礚（溪紐 kh-）**。〈子虛賦〉

（7）王悉**境（見紐 k-）**內之士，

備**車（見紐 k-）騎（群紐 gj-）**之眾。〈子虛賦〉

（8）南**有（匣紐 g-）**琅邪，

觀（見紐 k-）乎（匣紐 g-）成山。〈子虛賦〉

（9）秋田**乎（匣紐 g-）**青丘，

傍**偟（匣紐 g-）乎（匣紐 g-）**海外。〈子虛賦〉

（10）汩（見紐 k-）乎（匣紐 g-）混流，
順阿（影紐ʔ-）而下。〈上林賦〉

（11）滂濞沆（溪紐 kh-）溉（溪紐 kh-），
穹隆雲（匣紐 g-）橈。〈上林賦〉

（12）汩（見紐 k-）㵿（見紐 k-）漂疾，
悠遠（匣紐 g-）長懷。〈上林賦〉

（13）然後灝（匣紐 g-）溔（見紐 k-）潢漾，
安（影紐ʔ-）翔徐徊。〈上林賦〉

這組的「然後」爲連詞，眞正的排偶爲「灝溔潢漾，安翔徐徊」；故而仍視爲相諧的排偶之例。

（14）翯乎滈（匣紐 g-）滈（匣紐 g-），
東注大湖（匣紐 g-）。〈上林賦〉

（15）巖阤甗錡（群紐 gj-），
摧崣崛（群紐 gj-）崎（溪紐 kh-）。〈上林賦〉

（16）崴（影紐ʔ-）磈嵔瘣，
丘（溪紐 kh-）墟（溪紐 kh-）堀礨。〈上林賦〉

（17）眾香（曉紐 h-）發越，
肸（曉紐 h-）蠁（曉紐 h-）布寫。〈上林賦〉

（18）繽紛軋（影紐ʔ-）芴（曉紐 h-），
芒芒怳忽（曉紐 h-）。〈上林賦〉

（19）煌煌扈（匣紐 g-）扈（匣紐 g-），
照曜鉅（群紐 gj-）野。〈上林賦〉

（20）崔錯癹骫（匣紐 g-），
坑衡閜（溪紐 kh-）砢（見紐 k-）。〈上林賦〉

（21）於是玄（匣紐 g-）猨（匣紐 g-）素雌，
蜼玃（見紐 k-）飛蠝。〈上林賦〉

這組的「於是」爲連詞，眞正的排偶爲「玄猨素雌，蜼玃飛蠝」；故而仍視爲三角頭韻排偶之例。

（22）翩幡互（匣紐 g-）經（見紐 k-），

夭蟜枝格（見紐 k-）。〈上林賦〉

（23）江河爲（匣紐 g-）阹（溪紐 kh-），

泰山爲（匣紐 g-）櫓。〈上林賦〉

（24）徑（見紐 k-）峻赴險，

越（匣紐 g-）壑（曉紐 h-）厲水。〈上林賦〉

（25）箭不苟（見紐 k-）害（匣紐 g-），

解脰陷（匣紐 g-）腦。〈上林賦〉

（26）金（見紐 k-）鼓（見紐 k-）迭起，

鏗（溪紐 kh-）鎗闛鞈。〈上林賦〉

（27）麗靡爛漫於（影紐ʔ-）前，

靡曼美色於（影紐ʔ-）後（匣紐 g-）。〈上林賦〉

（28）便嬛綽約（影紐ʔ-），

柔橈嬽（影紐ʔ-）嬽（影紐ʔ-）。〈上林賦〉

（29）芬香漚（影紐ʔ-）鬱（影紐ʔ-），

酷烈淑郁（影紐ʔ-）。〈上林賦〉

（30）地可（溪紐 kh-）墾（溪紐 kh-）辟，

悉爲（匣紐 g-）農郊。〈上林賦〉

（31）恤鰥（見紐 k-）寡（見紐 k-），

存孤（見紐 k-）獨。〈上林賦〉

（32）弋玄（匣紐 g-）鶴（匣紐 g-），

舞干（見紐 k-）戚。〈上林賦〉

（33）載雲（匣紐 g-）罕，

揜（影紐ʔ-）群（群紐 gj-）雅。〈上林賦〉

（34）不顧（見紐 k-）眾庶，

忘國（見紐 k-）家（見紐 k-）之政。〈上林賦〉

（35）鄙人固（見紐 k-）陋，

不知忌（群紐 gj-）諱（曉紐 h-）。〈上林賦〉

（36）乃今日見（見紐 k-）教（見紐 k-），

謹受命矣（匣紐 g-）。〈上林賦〉

本組的「乃」爲虛詞，故而眞正的排偶爲「今日見教，謹受命矣」。

（37）將欲媚辭取（溪紐 kh-）悅，

遊王後（匣紐 g-）宮（見紐 k-）。〈美人賦〉

本句的排偶，是剔除「將欲」二字的「媚辭取悅，遊王後宮」。

（38）鰥（見紐 k-）居（見紐 k-）獨處，

室宇（匣紐 g-）遼廓。〈美人賦〉

（39）室宇（匣紐 g-）遼廓，

莫與（匣紐 g-）爲（匣紐 g-）娛。〈美人賦〉

（40）有（匣紐 g-）一（影紐ʔ-）女子，

雲（匣紐 g-）髮豐豔。〈美人賦〉

（41）有美人兮（匣紐 g-）來何遲，

日既暮兮（匣紐 g-）華（匣紐 g-）色衰。〈美人賦〉

（42）臣乃氣服於（影紐ʔ-）內，

心正於（影紐ʔ-）懷（匣紐 g-）。〈美人賦〉

（43）秉志不回（匣紐 g-），

飜然高（見紐 k-）舉（見紐 k-）。〈美人賦〉

（44）結（見紐 k-）軌（見紐 k-）還轅，

東鄉（曉紐 h-）將報。〈難蜀父老〉

（45）乃堙（影紐ʔ-）洪原，

決（見紐 k-）江（見紐 k-）疏河。〈難蜀父老〉

（46）民人升降（見紐 k-）移徙，

崎（溪紐 kh-）嶇（溪紐 kh-）而不安。〈難蜀父老〉

以「民人」爲主詞，再去掉「而」字連詞以後，眞正的對句是「升降移徙」、「崎嶇不安」。

（47）魂（匣紐 g-）踰佚而不反兮，

形（匣紐 g-）枯（溪紐 kh-）槁而獨居。〈長門賦〉

（48）浮雲**鬱（影紐ʔ-）**而四塞兮，

天**窈（影紐ʔ-）窈（影紐ʔ-）**而晝陰。〈長門賦〉

（49）雷殷殷而**響（曉紐 h-）起（溪紐 kh-）**兮，

聲象君之車**音（影紐ʔ-）**。〈長門賦〉

（50）白鶴噭以**哀（影紐ʔ-）號（匣紐 g-）**兮，

孤雌跱於**枯（溪紐 kh-）**楊。〈長門賦〉

（51）惕寤**覺（見紐 k-）**而無見兮，

魂**迋（見紐 k-）迋（見紐 k-）**若有亡。〈長門賦〉

（52）望中庭之**藹（影紐ʔ-）藹（影紐ʔ-）**兮，

若季秋之**降（見紐 k-）**霜。〈長門賦〉

（53）乘**絳（見紐 k-）**幡之素蜺兮，

載**雲（匣紐 g-）氣（溪紐 kh-）**而上浮。〈大人賦〉

（54）**建（見紐 k-）格（見紐 k-）**澤之修竿兮，

總**光（見紐 k-）**耀之采旄。〈大人賦〉

（55）紅杳眇以**玄（匣紐 g-）湣（曉紐 h-）**兮，

猋風涌而**雲（匣紐 g-）**浮。〈大人賦〉

（56）徑入雷室之砰磷**鬱（影紐ʔ-）**律兮，

洞出鬼谷之堀礱**崴（影紐ʔ-）魁（溪紐 kh-）**。〈大人賦〉

（57）呼吸**沆（匣紐 g-）瀣（匣紐 g-）**兮餐朝霞，

咀噍芝**英（影紐ʔ-）**嘰瓊華。〈大人賦〉

去掉「兮」字以後，眞正的對句是「呼吸沆瀣餐朝霞，咀噍芝英嘰瓊華」。

（58）伊上**古（見紐 k-）**之初肇，

自**昊（匣紐 g-）穹（溪紐 kh-）**兮生民。〈封禪文〉

（59）**軒（曉紐 h-）轅（匣紐 g-）**之前，

遐（匣紐 g-）哉邈乎！〈封禪文〉

（60）愼所由**於（影紐ʔ-）**前，

謹遺**教（見紐 k-）於（影紐ʔ-）**後耳。〈封禪文〉

（61）君莫盛**於（影紐ʔ-）**唐堯，

臣莫**賢（匣紐 g-）於（影紐ʔ-）后（匣紐 g-）**稷。〈封禪文〉

（62）**迥（曉紐 h-）闊（溪紐 kh-）**泳末，
首**惡（影紐ʔ-）**湮沒。〈封禪文〉

（63）奇物**譎（見紐 k-）詭（見紐 k-）**，
俶儻**窮（群紐 gj-）**變。〈封禪文〉

（64）以登**介（見紐 k-）丘（溪紐 kh-）**，
不亦恧**乎（匣紐 g-）**！〈封禪文〉

（65）功無**與（匣紐 g-）**二，
休烈**浹（見紐 k-）洽（匣紐 g-）**。〈封禪文〉

（66）**挈（見紐 k-）**三神之驩，
缺（溪紐 kh-）王（匣紐 g-）道之儀。〈封禪文〉

（67）**亦（匣紐 g-）各（見紐 k-）**並時而榮，
咸（匣紐 g-）濟厥世而屈。〈封禪文〉

（68）般般之獸，樂我**君（見紐 k-）**圃。
白質黑章，其儀**可（溪紐 kh-）嘉（見紐 k-）**。〈封禪文〉

（69）旼旼睦睦，**君（見紐 k-）**子之能。
蓋聞其聲，**今（見紐 k-）觀（見紐 k-）**其來。〈封禪文〉

（70）顧省**闕（溪紐 kh-）**遺，
此之**謂（匣紐 g-）也（匣紐 g-）**。〈封禪文〉

（71）**宛（影紐ʔ-）宛（影紐ʔ-）**黃龍，
興（曉紐 h-）德而升。〈封禪文〉

2、群、云、匣紐

無。

3、疑紐

（1）**鰅（疑紐 ŋ-）**鰫鰬魠，
禺（疑紐 ŋ-）禺（疑紐 ŋ-）魼鰨。〈上林賦〉

（2）南山**峨（疑紐 ŋ-）峨（疑紐 ŋ-）**，
巖陁**甗（疑紐 ŋ-）**錡。〈上林賦〉

（五）兩類以上三角結構的聲母相諧之例

（1）紆（影紐ʔ-）餘（以紐 r-）委（影紐ʔ-）蛇（以紐 r-），
經（見紐 k-）營（以紐 r-）其內。〈上林賦〉
（2）唼（精紐 ts-）喋（心紐 s-）菁（精紐 ts-）藻（精紐 ts-），
咀（從紐 dz-）嚼（從紐 dz-）菱藕。〈上林賦〉
（3）陰（影紐ʔ-）淫（以紐 r-）案（影紐ʔ-）衍（以紐 r-）之音，
鄢（影紐ʔ-）郢（以紐 r-）繽紛。〈上林賦〉

這組不但是一個雙音節的大型三角韻律結構，也是〈上林賦〉第二個影紐和以紐交錯的「頭韻大三角」。

三、其他聲母相諧的排偶句

這一小節列出上述兩類外，聲母相諧的排偶句，像是排偶句的末字相諧，或是排偶中有兩字乃至三字的聲母相諧，如〈子虛賦〉「雙鶬下（匣紐 g-），玄鶴加（匣紐 g-）」或「紆（影紐ʔ-）徐委（影紐ʔ-）曲（溪紐 kh-），鬱（影紐ʔ-）橈谿（溪紐 kh-）谷（見紐 k-）」等相諧的排偶句，全都列入這一小節當中。一樣分成唇、舌、齒、喉牙等四個發音部位，和「兩類以上聲母相諧」共五項羅列例句。

（一）唇　音

1、幫非、滂敷、並奉紐

（1）眾香發（幫紐 p-）越，
肸蠁布（幫紐 p-）寫，
晻薆咇（幫紐 p-）茀。〈上林賦〉
（2）宮宿館舍，庖（並紐 b-）廚不（幫紐 p-）徙，
後宮不移，百（幫紐 p-）官備（並紐 b-）具。〈上林賦〉
（3）綺白（並紐 b-）虎，
被斑（幫紐 p-）文。〈上林賦〉
（4）彎蕃（並紐 b-）弱，
滿白（並紐 b-）羽。〈上林賦〉
（5）弦矢分（幫紐 p-），
藝殪仆（滂紐 ph-）。〈上林賦〉

（6）援雅琴以**變（幫紐 p-）**調兮，
奏愁思之**不（幫紐 p-）**可長。〈長門賦〉

2、明、微紐

（1）被斑**文（明紐 m-）**，
跨壄**馬（明紐 m-）**。〈上林賦〉

（二）舌　音

1、端、透、定紐

（1）與波搖**蕩（定紐 d-）**，
奄薄水**陼（端紐 t-）**。〈上林賦〉

（2）命駕**東（端紐 t-）**來，
途出**鄭（定紐 d-）**衛。〈美人賦〉

（3）而修禮**地（定紐 d-）**祇，
謁欵**天（透紐 th-）**神，
勒功**中（端紐 t-）**嶽。〈封禪文〉

2、泥、娘、透、徹紐

無。

3、章、昌、船禪、日、書紐（照三）

（1）案節未**舒（書紐 sthj-）**，
即陵狡**獸（書紐 sthj-）**。〈子虛賦〉

（2）**終（章紐 tj-）始（書紐 sthj-）**霸產，
出（昌紐 thj-）入（日紐 nj-）涇渭。〈上林賦〉

（3）騰**殊（禪紐 dji-）**榛，
捷**垂（禪紐 dji-）**條。〈上林賦〉

（4）撞千**石（禪紐 dji-）之（章紐 tj-）**鐘，
立萬**石（禪紐 dji-）之（章紐 tj-）**虡。〈上林賦〉

（5）建翠華**之（章紐 tj-）旗（群紐 gj-）**，
樹靈鼉**之（章紐 tj-）鼓（見紐 k-）**。〈上林賦〉

（6）奏陶唐**氏（禪紐 dji-）之（章紐 tj-）**舞，
聽葛天**氏（禪紐 dji-）之（章紐 tj-）**歌。〈上林賦〉

（7）千人（日紐 nj-）倡，

萬人（日紐 nj-）和。〈上林賦〉

（8）俳優侏（章紐 tj-）儒（日紐 nj-），

狄鞮之（章紐 tj-）倡（昌紐 thj-）。〈上林賦〉

（9）四海之（章紐 tj-）內，

靡不受（禪紐 dji-）獲。〈上林賦〉

（10）罔若淑（禪紐 dji-）而（日紐 nj-）不昌，

疇逆失（書紐 sthj-）而（日紐 nj-）能存？〈封禪文〉

（11）上帝垂恩儲祉（章紐 tj-），

將以薦成（禪紐 dji-）。〈封禪文〉

由於「上帝」是下列幾句話的主詞，故眞正的排偶從「垂恩儲祉」開始。

（12）以彰（章紐 tj-）至（章紐 tj-）尊，

舒（書紐 sthj-）盛（禪紐 dji-）德。〈封禪文〉

（13）蜚英聲（書紐 sthj-），

騰茂實（船紐 dji-）。〈封禪文〉

4、端、定、以、邪紐

（1）滋液滲漉，何生不育（以紐 r-）；

嘉穀六穗（邪紐 rj-），我穡曷蓄。〈封禪文〉

5、來　紐

（1）桂椒木蘭（來紐 l-），檗離朱楊，

樝梨梬栗（來紐 l-），橘柚芬芳。〈子虛賦〉

（2）於是蛟龍赤螭（來紐 l-），

䱭鰽漸離（來紐 l-）。〈上林賦〉

（3）皓齒粲爛（來紐 l-），

宜笑的皪（來紐 l-）。〈上林賦〉

（4）流風慘冽（來紐 l-），

素雪飄零（來紐 l-）。〈美人賦〉

（5）施瑰木之欂櫨（來紐 l-）兮，

委參差以槺梁（來紐 l-）。〈長門賦〉

（三）齒　音

1、精、清、從、心、邪紐

（1）揚旌（精紐 ts-）枻，

張翠（清紐 tsh-）帷。〈子虛賦〉

（2）旋還乎後宮，雜（從紐 dz-）襲案輯（從紐 dz-），

被山緣谷，循（邪紐 rj-）阪下隰（邪紐 rj-）。〈上林賦〉

（3）建格澤之修（心紐 s-）竿兮，

總光耀之采（清紐 tsh-）旄。〈大人賦〉

2、莊、初、崇、生紐

無。

（四）喉牙音

1、見、溪、群、匣、曉、影紐

（1）遊於（影紐ʔ-）後（匣紐 g-）園，

覽於（影紐ʔ-）有（匣紐 g-）無。〈子虛賦〉

（2）紆（影紐ʔ-）徐委（影紐ʔ-）曲（溪紐 kh-），

鬱（影紐ʔ-）橈谿（溪紐 kh-）谷（見紐 k-）。〈子虛賦〉

（3）雙鶬下（匣紐 g-），

玄鶴加（匣紐 g-）。〈子虛賦〉

（4）張翠帷（匣紐 g-），

建羽蓋（見紐 k-）。〈子虛賦〉

（5）摐金鼓（見紐 k-），吹鳴籟，

榜人歌（見紐 k-），聲流喝。〈子虛賦〉

（6）擊靈鼓（見紐 k-），起烽燧，

車案行（匣紐 g-），騎就隊。〈子虛賦〉

（7）蹵蛩（群紐 gj-）蛩（群紐 gj-），

轔距（群紐 gj-）虛（溪紐 kh-）。〈子虛賦〉

（8）丹水更（見紐 k-）其（群紐 gj-）南，

紫淵徑（見紐 k-）其（群紐 gj-）北。〈上林賦〉

（9）徑（見紐 k-）乎（匣紐 g-）桂（見紐 k-）林之中，
過（見紐 k-）乎（匣紐 g-）泱（影紐ʔ-）莽之壄。〈上林賦〉

（10）肸（曉紐 h-）蠁（曉紐 h-）布寫，
晻（影紐ʔ-）薆（影紐ʔ-）咇茀。〈上林賦〉

（11）繽紛軋（影紐ʔ-）芴（曉紐 h-），
芒芒怳（曉紐 h-）忽（曉紐 h-）。〈上林賦〉

（12）於是乎離宮別館，彌山跨（溪紐 kh-）谷（見紐 k-）。
高廊四注，重坐曲（溪紐 kh-）閣（見紐 k-）。〈上林賦〉

（13）夭（影紐ʔ-）蟜（見紐 k-）枝格，
偃（影紐ʔ-）蹇（見紐 k-）杪顛。〈上林賦〉

（14）靡雲旗（群紐 gj-），
前皮軒（曉紐 h-）。〈上林賦〉

（15）箭不苟（見紐 k-）害，
解脰陷（匣紐 g-）腦。〈上林賦〉

（16）追怪（見紐 k-）物，
出宇（匣紐 g-）宙。〈上林賦〉

（17）射游梟（見紐 k-），
櫟蜚遽（群紐 gj-）。〈上林賦〉

（18）芬香漚鬱（影紐ʔ-），
酷烈淑郁（影紐ʔ-）。〈上林賦〉

（19）拂翳（影紐ʔ-）鳥，捎鳳凰，
捷鴳（影紐ʔ-）雛，揜焦明。〈上林賦〉

（20）朝發溱洧（匣紐 g-），
暮宿上宮（見紐 k-）。〈美人賦〉

（21）上宮閒（見紐 k-）館（見紐 k-），
寂寞雲（匣紐 g-）虛（溪紐 kh-）。〈美人賦〉

（22）門閣晝掩（影紐ʔ-），
曖若神居（見紐 k-）。〈美人賦〉

（23）烏謂此**乎（匣紐 g-）**？
必若所**云（匣紐 g-）**。〈難蜀父老〉

（24）故休烈**顯（曉紐 h-）乎（匣紐 g-）**無窮，
聲稱**浹（曉紐 h-）乎（匣紐 g-）**于茲。〈難蜀父老〉

（25）豈特**委（影紐ʔ-）**瑣**握（影紐ʔ-）**躪，
拘（見紐 k-）文**牽（見紐 k-）**俗。〈難蜀父老〉

本句的去掉句首的「豈特」二字，「委瑣握躪，拘文牽俗」排偶實頗工整，故視之爲聲母相諧的主體。

（26）**況（曉紐 h-）乎（匣紐 g-）**上聖，
又（匣紐 g-）焉（匣紐 g-）能已？〈難蜀父老〉

（27）鳴**和（匣紐 g-）**鸞，揚樂頌，
上**咸（匣紐 g-）**五，下登三。〈難蜀父老〉

（28）正殿**塊（溪紐 kh-）**以造天兮，
鬱並**起（溪紐 kh-）**而穹崇。〈長門賦〉

（29）舒息悒而增**欷（曉紐 h-）**兮，
蹝履起而彷**徨（匣紐 g-）**。〈長門賦〉

（30）揄長袂以自**翳（影紐ʔ-）**兮，
數昔日之諐**殃（影紐ʔ-）**。〈長門賦〉

（31）貫列缺之倒**景（見紐 k-）兮（匣紐 g-）**，涉豐隆之滂濞。
騁遊道而脩**降（見紐 k-）兮（匣紐 g-）**，騖遺霧而遠逝。〈大人賦〉

（32）蛭踱**輵（匣紐 g-）蟜（匣紐 g-）**容以骪麗兮，
蜩蟉**偃（影紐ʔ-）蹇（見紐 k-）**怵㚼以梁倚。〈大人賦〉

2、群、云、匣紐

無。

3、疑紐

（1）六**玉（疑紐 ŋ-）**虯，
拖**蜺（疑紐 ŋ-）**旌。〈上林賦〉

（五）句中有兩類以上聲母相諧之例

（1）聲（書紐 sthj-）流喝（曉紐 h-），
水（書紐 sthj-）蟲駭（匣紐 g-）。〈子虛賦〉

（2）乘（船紐 dji-）遺（以紐 r-）風，
射（船紐 dji-）游（以紐 r-）騏。〈子虛賦〉

此爲兩種聲母的相諧現象，跟前一節「句中的兩種聲母相諧」一樣，運用了發音方式頗爲省力的 r-聲母。

（3）纚乎（匣紐 g-）淫（以紐 r-）淫（以紐 r-），
班乎（匣紐 g-）裔（以紐 r-）裔（以紐 r-）。〈子虛賦〉

（4）禹不（幫紐 p-）能（泥紐 n-）名，
离不（幫紐 p-）能（泥紐 n-）計。〈子虛賦〉

（5）山陵爲（匣紐 g-）之（章紐 tj-）震動，
川谷爲（匣紐 g-）之（章紐 tj-）蕩波。〈上林賦〉

本句這樣重複同字的排偶，〈上林賦〉還有「千人（日紐 nj-）倡，萬人（日紐 nj-）和」「奏陶唐氏（禪紐 dji-）之（章紐 tj-）舞，聽葛天氏（禪紐 dji-）之（章紐 tj-）歌。」等多例；因爲朗誦時其聲母必定有往複重唱的效果，基於聽覺上這樣的事實，本文將之列入有心設計的「同句聲母相諧」之例。

（6）頫杳眇而（日紐 nj-）無（明紐 m-）見，
仰攀橑而（日紐 nj-）捫（明紐 m-）天。〈上林賦〉

（7）櫻（影紐ʔ-）桃蒲陶（定紐 d-），
隱（影紐ʔ-）夫薁棣（定紐 d-）。〈上林賦〉

（8）羅（來紐 l-）乎（匣紐 g-）後宮，
列（來紐 l-）乎（匣紐 g-）北園。〈上林賦〉

（9）沙棠櫟櫧，華楓（幫紐 p-）枰（並紐 b-）櫨（來紐 l-），
留落胥邪，仁頻（並紐 b-）并（幫紐 p-）閭（來紐 l-）。〈上林賦〉

（10）垂條扶（並紐 b-）疏（生紐 sr-），
落英幡（滂紐 ph-）纚（生紐 sr-），
紛溶蔘（生紐 sr-），猗柅從風。〈上林賦〉

（11）視之（章紐 tj-）無（明紐 m-）端，
究之（章紐 tj-）亡（明紐 m-）窮。〈上林賦〉

（12）後宮（見紐 k-）不（幫紐 p-）移，

百官（見紐 k-）備（並紐 b-）具。〈上林賦〉

（13）陵（來紐 l-）驚（見紐 k-）風（幫紐 p-），

歷（來紐 l-）駭（匣紐 g-）猋（幫紐 p-）。〈上林賦〉

這組相諧的聲母很特別，是由兩次重複的「來紐 l-—見或匣紐—幫紐 p-」組成，一方面是相諧的呼應，而聲音表現又更爲多元。

（14）藺（來紐 l-）玄（匣紐 g-）鶴（匣紐 g-），

亂（來紐 l-）昆（見紐 k-）雞（見紐 k-）。〈上林賦〉

這組的相諧聲母跟上一組同中有異，將第三個排偶相諧的成分換爲跟第二個相似，念起來較和諧。

（15）實陂池而（日紐 nj-）勿（明紐 m-）禁，

虛宮館而（日紐 nj-）勿（明紐 m-）仞。〈上林賦〉

（16）恣（精紐 ts-）群臣（禪紐 dji-），

奏（精紐 ts-）得失（書紐 sthj-）。〈上林賦〉

除了句首皆爲精紐字外，第三個字也採照三的聲母

（17）聞齊饋女而（日紐 nj-）遐（匣紐 g-）逝（禪紐 dji-），

望朝歌而（日紐 nj-）迴（匣紐 g-）車（昌紐 thj-）。〈美人賦〉

（18）獨處室（書紐 sthj-）兮（匣紐 g-）廓無依，

思佳人（日紐 nj-）兮（匣紐 g-）情傷悲。〈美人賦〉

（19）玉釵掛臣（禪紐 dji-）冠（見紐 k-），

羅袖拂臣（禪紐 dji-）衣（影紐ʔ-）。〈美人賦〉

（20）裀（影紐ʔ-）褥（日紐 nj-）重陳，

角（見紐 k-）枕（章紐 tj-）橫施。〈美人賦〉

（21）臣乃氣服於內，心（心紐 s-）正（章紐 tj-）於懷，

信（心紐 s-）誓（禪紐 dji-）旦旦，秉志不回。〈美人賦〉

（22）秉（幫紐 p-）志（章紐 tj-）不回，

翻（滂紐 ph-）然（日紐 nj-）高舉。〈美人賦〉

（23）　心煩**於（影紐ʔ-）慮（來紐 l-）**，

　　　而身親**其（群紐 gj-）勞（來紐 l-）**。〈難蜀父老〉

去掉第二句的「而」字，眞正排偶的是「心煩於慮」和「身親其勞」。

（24）普**天（透紐 th-）之（章紐 tj-）**下，莫非王土；

　　　率**土（透紐 th-）之（章紐 tj-）**濱，莫非王臣。〈難蜀父老〉

（25）普天之下，**莫（明紐 m-）非（幫紐 p-）**王土；

　　　率土之濱，**莫（明紐 m-）非（幫紐 p-）**王臣。〈難蜀父老〉

（26）故北出**師（生紐 sr-）以（以紐 r-）**討強胡，

　　　南馳**使（生紐 sr-）以（以紐 r-）**誚勁越。〈難蜀父老〉

（27）**夫（幫紐 p-）拯（章紐 tj-）**民於沈溺，

　　　奉（並紐 p-）至（章紐 tj-）尊之休德。〈難蜀父老〉

（28）**脩（心紐 s-）薄（並紐 p-）具（群紐 gj-）**而自設兮，

　　　君**曾（精紐 ts-）不（幫紐 p-）肯（溪紐 kh-）**乎幸臨。〈長門賦〉

除掉稱呼所思的「君」後，眞正的排偶實爲「脩薄具而自設兮」、「曾不肯乎幸臨」兩句，故以此爲觀察對象；這組的特色是三個發音部位不同的字，在兩句相同的部位進行呼應。

（29）浮雲鬱而四塞兮，天**窈（影紐ʔ-）窈（影紐ʔ-）而（日紐 nj-）晝陰**；

　　　雷**殷（影紐ʔ-）殷（影紐ʔ-）而（日紐 nj-）**響起兮，聲象君之車音。〈長門賦〉

（30）飄風**迴（匣紐 g-）而（日紐 nj-）**起閨兮，

　　　舉帷**幄（影紐ʔ-）之（章紐 tj-）**襜襜。〈長門賦〉

（31）刻木蘭**以（以紐 r-）爲（匣紐 g-）**榱兮，

　　　飾文杏**以（以紐 r-）爲（匣紐 g-）**梁。〈長門賦〉

（32）惕寤**覺（見紐 k-）而（日紐 nj-）**無見兮，

　　　魂迋**迋（見紐 k-）若（日紐 nj-）**有亡。〈長門賦〉

（33）低卬夭蟜**裾（見紐 k-）以（以紐 r-）**驕驁兮，

　　　詘折隆窮**躩（見紐 k-）以（以紐 r-）**連卷。〈大人賦〉

（34）**沛（滂紐 ph-）**艾糾蜈仡**以（以紐 r-）**佁**儗（疑紐 ŋ-）**兮，

　　　放（幫紐 p-）散畔岸驤**以（以紐 r-）孱顏（疑紐 ŋ-）**。〈大人賦〉

（35）煥（曉紐 h-）然（日紐 nj-）霧除，

霍（曉紐 h-）然（日紐 nj-）雲消。〈大人賦〉

（36）與（匣紐 g-）眞（章紐 tj-）人乎相求；

互（匣紐 g-）折（章紐 tj-）窈窕以右轉兮。〈大人賦〉

（37）攢羅列叢聚以（以紐 r-）蘢（來紐 l-）茸兮，

衍曼流爛痑以（以紐 r-）陸（來紐 l-）離。〈大人賦〉

這組排偶中，前一句的「羅列」和後一句的「流爛」，都爲來紐字；只是並沒有工整的相諧關係，故僅此說明。

（38）遺（以紐 r-）屯騎於（影紐ʔ-）玄（匣紐 g-）闕兮，

軼（以紐 r-）先驅於（影紐ʔ-）寒（匣紐 g-）門。〈大人賦〉

（39）故軌跡夷易，易（以紐 r-）遵（精紐 ts-）也（匣紐 g-）；湛恩濛涌，易豐也；

憲度著明，易（以紐 r-）則（精紐 ts-）也（匣紐 g-）；垂統理順，易繼也。〈封禪文〉

（40）夫修德以（以紐 r-）錫（心紐 s-）符，

奉符以（以紐 r-）行（邪紐 rj-）事。〈封禪文〉

（41）詩大澤之（章紐 tj-）愽（幫紐 p-），

廣符瑞之（章紐 tj-）富（幫紐 p-）。〈封禪文〉

（42）非（幫紐 p-）惟（以紐 r-）雨之，又潤澤之。

非（幫紐 p-）惟（以紐 r-）濡之，氾專濩之。〈封禪文〉

（43）興（曉紐 h-）必（幫紐 p-）慮衰，

安（影紐ʔ-）必（幫紐 p-）思危。〈封禪文〉

下表統計「聲母相諧的排偶句」之例，比較各篇句中聲母設計的異同，並作一初步說明；「首」、「三」、「他」三欄，分別代表「首字相諧」、「三角結構相諧」，以及「其他聲母相諧的排偶句」例子的數目。爲了便於比較，乃將三項列入一表之中。其中「泥娘透徹」和「群云匣」全無相諧的例句，故表中不列此二項：

表 2-2　〈排偶句聲母相諧的發音部位統計表〉

各發音部位＼賦名		子虛賦	上林賦	美人賦	難蜀父老	長門賦	大人賦	封禪文	各發音部位例子總計
幫滂並非敷奉	首	2	2	4	1	1	0	2	12
	三	0	3	0	1	0	1	2	7
	他	0	5	0	0	1	0	0	6
明、微	首	0	1	1	0	0	0	0	2
	三	2	2	0	0	0	0	1	5
	他	0	1	0	0	0	0	0	1
端透定	首	0	4	1	0	0	1	0	6
	三	0	5	0	0	0	1	2	8
	他	0	1	1	0	0	0	1	3
章昌船禪日	首	2	2	2	1	1	2	4	14
	三	2	7	2	2	5	4	7	29
	他	1	8	0	0	0	0	4	13
以邪端定	首	0	4	0	0	1	0	0	5
	三	0	2	0	0	0	0	1	3
	他	0	0	0	0	0	0	1	1
來	首	0	1	0	0	1	0	0	2
	三	2	2	0	1	1	0	0	6
	他	1	2	1	0	1	0	0	5
精清從心邪	首	0	1	0	0	0	1	1	3
	三	1	3	0	0	2	0	2	8
	他	1	1	0	0	0	1	0	3
莊初崇生	首	0	0	0	0	0	0	1	1
	三	0	0	0	0	0	0	0	0
	他	0	0	0	0	0	0	0	0
見溪群曉匣影	首	5	15	5	1	7	0	17	50
	三	9	27	7	3	6	5	14	71
	他	7	12	3	5	3	2	0	32
疑	首	0	0	1	0	0	0	0	1
	三	0	2	0	0	0	0	0	2
	他	0	1	0	0	0	0	0	1

二種以上聲母相諧	首	0	0	0	0	0	0	0	0
	三	0	3	0	0	0	0	0	3
	他	4	12	6	5	5	6	5	43
各篇總數	首	9	30	14	3	12	4	24	96
	三	16	56	9	7	14	11	29	142
	他	14	43	11	10	10	9	11	108

由右下角的總計可知，三種聲母相諧的例子，以「三角結構」的 142 例最多，七篇賦中的〈子虛賦〉〈上林賦〉〈大人賦〉〈長門賦〉〈封禪文〉五篇，也最多三角頭韻的現象。而「首字相諧」、「三角結構相諧」最常採用的聲母，和「句中聲母相諧」一樣，都是「見溪群曉匣影」一類；「首字相諧」、「三角結構相諧」例子次多的發音部位，則是照三的聲母。至於「其他聲母相諧的排偶句」，以「二種以上聲母相諧」爲最常見的形式，舌根塞音一類的聲母次之。

有趣的是，在「兩種以上的聲母相諧」例子中，有不少夾雜以紐字（r-）的例子，或爲複聲母的雙聲現象；如〈上林賦〉「紆（影紐ʔ-）餘（以紐 r-）委（影紐ʔ-）蛇（以紐 r-），經（見紐 k-）營（以紐 r-）其內」，還有〈大人賦〉「遺（以紐 r-）屯騎於（影紐ʔ-）玄（匣紐 g-）闕兮，軼（以紐 r-）先驅於（影紐ʔ-）寒（匣紐 g-）門」，念起來都很順口且不費力。但有些以紐字是因爲介詞「以」才被列入兩種以上的聲母相諧形式中，那就跟順口與無甚關係了。〈封禪文〉中 「夫修德以（以紐 r-）錫（心紐 s-）符，奉符以（以紐 r-）行（邪紐 rj-）事」，就是一個例子。

第三節　頂眞的聲母複沓

根據董季棠《修辭析論》中的定義，「頂眞」是「上句的末字，和下句的首字相同；或前段的末句，和後段的首句相同；這樣上遞下接，蟬聯而下的修辭法，叫做『頂眞』。」〔註 20〕頂眞爲常見的修辭手法，又可細分爲「上下句用相同的字詞遞接」的「聯珠格」，還有「前後段用相同的字句遞接」的「連環格」。

例如《老子・第十六章》「知常曰『明』。不知常，妄作，凶。知常容，容乃公，公乃王，王乃天，天乃道，道乃久，沒身不殆。」〔註 21〕，即爲「聯

〔註 20〕見董季棠：《修辭析論》（台北：文史哲出版社，1994 年），頁 399。

〔註 21〕見王弼註：《老子註》（台北：藝文印書館，2006 年），頁 31、32。

珠格」；曹植〈贈白馬王彪〉詩的第二段，末兩句爲「修坂造雲日，我馬玄以黃」、第三段首二句爲「玄黃猶能進，我思鬱以紆」〔註 22〕，這樣的修辭則屬「連環格」。其作用在「有利於表現事物間的連鎖關係，揭示事物的發展過程，而且能使句式整齊，語勢暢達」〔註 23〕，亦能夠「加強節奏，表達回環曲折的感情」〔註 24〕。相如賦有不少聲母頂眞的例句，多屬「上下句用相同的字詞遞接」的「聯珠格」；共 235 例，雖然音韻頂眞不必然有意義上的關聯，其朗誦時聲音複沓的效果仍十分明顯，故特列此節，加以討論。

本節分就唇、舌、齒、喉牙和「兩類以上聲母複沓」五項，列出七篇賦聲母頂眞的例子，再製表統計、比較之。由於頂眞考察的對象，是「前一句的末字」和「後一句的首字」，所以「兮」「其」「而」一類常見的語氣詞或指示代詞、轉折連詞和上下句的舌根字也將列入統計中；如此勢必使得楚辭體的〈長門賦〉、〈大人賦〉，有了大量舌根塞音的頂眞現象。許多舌根塞音的頂眞例句，畢竟是朗誦時明顯的音韻表現，所以下文仍將之列出。

（一）唇　音

1、幫非、滂敷、並奉紐

（1）於是乃羣相與獠於蕙**圃（幫紐 p-），媻（並紐 b-）**珊勃窣。〈子虛賦〉

（2）觀乎成山，射乎之**罘（並紐 b-）；浮（並紐 b-）**勃澥，游孟諸。〈子虛賦〉

（3）洶涌滂**湃（滂紐 ph-）。滭（幫紐 p-）**弗宓汩。〈上林賦〉

（4）蔣芧青**薠（並紐 b-）。布（幫紐 p-）**濩閎澤。〈上林賦〉

（5）巖突洞**房（並紐 b-）。頫（幫紐 p-）**杳眇而無見。〈上林賦〉

（6）楟柰厚**朴（滂紐 ph-），梬（滂紐 ph-）**棗楊梅。〈上林賦〉

（7）生貔**豹（幫紐 p-），搏（幫紐 p-）**豺狼。〈上林賦〉

（8）驚憚**讋伏（並紐 b-）。不（幫紐 p-）**被創刃而死者。〈上林賦〉

〔註 22〕見《曹子建集》卷五（台北：中華書局，1966 年），頁 7。

〔註 23〕見黎運漢、張維耿：《現代漢語修辭學》（台北：書林出版社，2005 年），頁 161。

〔註 24〕見黎運漢、張維耿：《現代漢語修辭學》（台北：書林出版社，2005 年），頁 162。

（9）山陵爲之震動，川谷爲之蕩**波（幫紐 p-）。〈巴（幫紐 p-）**俞〉宋蔡，淮南《干遮》。〈上林賦〉

（10）〈激楚〉〈結**風（幫紐 p-）〉，俳（並紐 b-）**優侏儒。〈上林賦〉

（11）與世殊**服（並紐 b-）。芬（滂紐 ph-）**香漚鬱。〈上林賦〉

（12）恐後世靡麗，遂往而不**返（幫紐 p-），非（幫紐 p-）**所以爲繼嗣創業垂統也。〈上林賦〉

（13）女乃弛其上**服（並紐 b-），表（幫紐 p-）**其褻衣。〈美人賦〉

（14）躬傶胼胝無**胈（並紐 b-），膚（幫紐 p-）**不生毛。〈難蜀父老〉

（15）中外禔**福（幫紐 p-），不（幫紐 p-）**亦康乎？〈難蜀父老〉

（16）猶以爲德**薄（並紐 b-），不（幫紐 p-）**敢道封禪。〈封禪文〉

（17）夫修德以錫**符（並紐 b-），奉（並紐 b-）**符以行事。〈封禪文〉

（18）揚微**波（幫紐 p-），蜚（幫紐 p-）**英聲。〈封禪文〉

（19）樂我君**圃（幫紐 p-）。白（並紐 b-）**質黑章。〈封禪文〉

2、明、微紐

無。

（二）舌　音

1、端、透、定紐

（1）齊王悉發車騎與使者出**田（定紐 d-）。田（定紐 d-）**罷，子虛過奼烏有先生。〈子虛賦〉

（2）其南則有平原廣**澤（定紐 d-），登（端紐 t-）**降阤靡。〈子虛賦〉

（3）其中則有神龜蛟**鼉（定紐 d-），瑇（定紐 d-）**瑁鼈黿。〈子虛賦〉

（4）其獸則麒麟角**端（端紐 t-），騊（定紐 d-）**駼橐駝。〈上林賦〉

（5）隱夫薁**棣（定紐 d-），荅（端紐 t-）**遝離支。〈上林賦〉

（6）相背異**態（透紐 th-）。東（端紐 t-）**西南北。〈上林賦〉

（7）瀺灂賈**隊（定紐 d-）。沈（定紐 d-）**沈隱隱。〈上林賦〉

（8）豫章女**貞（端紐 t-），長（定紐 d-）**千仞。〈上林賦〉

（9）捷垂**條（定紐 d-），掉（定紐 d-）**希間。〈上林賦〉

（10）於是乎背秋涉**冬（端紐 t-），天（透紐 th-）**子校獵。〈上林賦〉

（11）於是乎游戲懈**怠（定紐 d-），置（端紐 t-）**酒乎顥天之臺。〈上林賦〉

（12）置酒乎顥天之**臺（定紐 d-），張（端紐 t-）**樂乎膠葛之寓。〈上林賦〉

（13）姣冶閑**都（端紐 t-），靚（端紐 t-）**莊刻飾。〈上林賦〉

（14）道由桑**中（端紐 t-），朝（端紐 t-）**發臻洧。〈美人賦〉

（15）循誦習**傳（定紐 d-），當（端紐 t-）**世取說云爾哉！〈難蜀父老〉

（16）遐邇一**體（透紐 th-），中（端紐 t-）**外禔福。〈難蜀父老〉

2、泥、娘、透、徹紐

無。

3、章、昌、船禪、日、書紐（照三）

（1）僕樂王之欲夸僕以車騎之**眾（章紐 tj-），而（日紐 nj-）**僕對以雲夢之事也。〈子虛賦〉

（2）蜀石黃**碝（日紐 nj-），水（書紐 sthj-）**玉磊砢。〈上林賦〉

（3）日出東**沼（章紐 tj-），入（日紐 nj-）**虖西陂。〈上林賦〉

（4）騎之所**蹂（日紐 nj-）若（日紐 nj-），人（日紐 nj-）**之（章紐 tj-）所蹈籍。〈上林賦〉

這一組跟前一組同中有異的，是他聲母複沓的四個字都是照三和相叶的日紐。

（5）荊吳鄭衛之**聲（書紐 sthj-），〈韶（禪紐 dji-）〉**、〈濩〉、〈武〉、〈象〉之樂。〈上林賦〉

（6）無事棄**日（日紐 nj-），順（船紐 dji-**）天道以殺伐。〈上林賦〉

（7）若臣**者（章紐 tj-），少（書紐 sthj-）**長西土。〈美人賦〉

（8）鰥居獨**處（昌紐 thj-），室（書紐 sthj-）**宇遼廓。〈美人賦〉

（9）時來親**臣（禪紐 dji-），柔（禪紐 dji-）**滑如脂。〈美人賦〉

（10）柔滑如**脂（章紐 tj-）。臣（禪紐 dji-）**乃氣服於內。〈美人賦〉

（11）僕尚惡聞若**說（書紐 sthj-）。然（日紐 nj-）**斯事體大。〈難蜀父老〉

（12）蓋世必有非常之**人（日紐 nj-），然（日紐 nj-）**後有非常之事。〈難蜀父老〉

（13）莫非王**臣（禪紐 dji-）。是（禪紐 dji-）**以六合之內。〈難蜀父老〉

（14）人跡罕**至（章紐 tj-），政（章紐 tj-）**教未加。〈難蜀父老〉

（15）大行越**成（禪紐 dji-），而（日紐 nj-）**後陵夷衰微。〈封禪文〉

（16）武節飄**逝（禪紐 dji-），邇（日紐 nj-）**陜遊原。〈封禪文〉

（17）蓋號以況**榮（日紐 nj-），上（禪紐 dji-）**帝垂恩儲祉。〈封禪文〉

（18）若然辭**之（章紐 tj-），是（禪紐 dji-）**泰山靡記而梁甫罔幾也。〈封禪文〉

（19）願陛下全**之（章紐 tj-）。而（日紐 nj-）**後因雜薦紳先生之略術。〈封禪文〉

4、端、定、以、邪紐

（1）時從出**遊（以紐 r-），遊（以紐 r-）**於後園。〈子虛賦〉

（2）苑囿之**大（定紐 d-），欲（以紐 r-）**以奢侈相勝。〈上林賦〉

（3）宛潭膠**盭（端紐 t-）。踰（以紐 r-）**波趨浥。〈上林賦〉

（4）隨風澹**淡（定紐 d-）。與（以紐 r-）**波搖蕩。〈上林賦〉

（5）陂池貏**豸（定紐 d-），允（以紐 r-）**溶淫鬻。〈上林賦〉

（6）布濩閎**澤（定紐 d-），延（以紐 r-）**曼太原。〈上林賦〉

（7）淫淫裔**裔（以紐 r-），緣（以紐 r-）**陵流澤。〈上林賦〉

（8）軼赤**電（定紐 d-），遺（以紐 r-）**光耀。〈上林賦〉

（9）遺光**耀（以紐 r-）。追（端紐 t-）**怪物。〈上林賦〉。

（10）改制**度（定紐 d-），易（以紐 r-）**服色。〈上林賦〉

（11）將欲媚辭取**悅（以紐 r-），遊（以紐 r-）**王後宮。〈美人賦〉

（12）載籍之**傳（定紐 d-），維（以紐 r-）**見可觀也。〈封禪文〉

（13）故軌跡夷**易（以紐 r-），易（以紐 r-）**遵也。〈封禪文〉

（14）湛恩濛**涌（以紐 r-），易（以紐 r-）**豐也。〈封禪文〉

（15）君徂郊**祀（邪紐 rj-）。馳（定紐 d-）**我君輿。〈封禪文〉

（16）馳我君**輿（以紐 r-），帝（端紐 t-）**以享祉。〈封禪文〉

5、來　紐

（1）儵胂倩**浰（來紐 l-），雷（來紐 l-）**動猋至。〈子虛賦〉

（2）足下不遠千**里（來紐 l-），來（來紐 l-）**況齊國。〈子虛賦〉

（3）華楓枰**櫨（來紐 l-），留（來紐 l-）**落胥邪。〈上林賦〉

（4）牢落陸**離（來紐 l-），爛（來紐 l-）**漫遠遷。〈上林賦〉

（5）先後陸**離（來紐 l-），離（來紐 l-）**散別追。〈上林賦〉

（6）推蜚**廉（來紐 l-），弄（來紐 l-）**獬豸。〈上林賦〉

（三）齒　音

1、精、清、從、心、邪紐

（1）楚使子虛使於**齊（從紐 dz-），齊（從紐 dz-）**王悉發車騎與使者出田。〈子虛賦〉

（2）隆崇律**崒（從紐 dz-），岑（從紐 dz-）**崟參差。〈子虛賦〉

（3）脟割輪**淬（清紐 tsh-），自（從紐 dz-）**以爲娛。〈子虛賦〉

（4）唼喋菁**藻（精紐 ts-），咀（從紐 dz-）**嚼菱藕。〈上林賦〉

（5）葴持若**蓀（心紐 s-），鮮（心紐 s-）**支黃礫。〈上林賦〉

（6）青龍蚴蟉於東**箱（邪紐 rj-），象（邪紐 rj-）**輿婉僤於西清。〈上林賦〉

（7）補不**足（精紐 ts-），恤（心紐 s-）**鰥寡。〈上林賦〉

（8）舞干**戚（清紐 tsh-），載（精紐 ts-）**雲罕。〈上林賦〉

（9）樂〈樂**胥（心紐 s-）〉，脩（心紐 s-）**容乎《禮》園。〈上林賦〉

（10）遂設旨**酒（精紐 ts-），進（精紐 ts-）**鳴琴。〈美人賦〉

（11）豈惟民**哉（精紐 ts-）？心（心紐 s-）**煩於慮。〈難蜀父老〉

（12）拘文牽**俗（邪紐 rj-），循（邪紐 rj-）**誦習傳。〈難蜀父老〉

（13）敞罔靡**徙（心紐 s-），遷（清紐 tsh-）**延而辭避。〈難蜀父老〉

2、莊、初、崇、生紐

無。

（四）喉牙音

1、見、溪、群、匣、曉、影紐

（1）矜而自**功（見紐 k-），顧（見紐 k-）**謂僕曰。〈子虛賦〉

（2）楚國之鄙人**也（匣紐 g-），幸（匣紐 g-）**得宿衛十有餘年。〈子虛賦〉

（3）然猶未能遍睹**也（匣紐 g-）；又（匣紐 g-）**烏足以言其外澤者乎？〈子虛賦〉
（4）臣之所**見（見紐 k-），蓋（見紐 k-）**特其小小者耳。〈子虛賦〉
（5）其中有山**焉（影紐ʔ-）。其（群紐 gj-）**山則盤紆岪鬱。〈子虛賦〉
（6）日月蔽**虧（溪紐 kh-），交（見紐 k-）**錯糾紛。〈子虛賦〉
（7）下屬江**河（匣紐 g-）。其（群紐 gj-）**土則丹青赭堊。〈子虛賦〉
（8）緣以大**江（見紐 k-），限（匣紐 g-）**以巫山。〈子虛賦〉
（9）騰遠射**干（見紐 k-）。其（群紐 gj-）**下則有白虎玄豹。〈子虛賦〉
（10）曳明月之珠**旗（群紐 gj-），建（見紐 k-）**干將之雄戟。〈子虛賦〉
（11）左烏號之彫**弓（見紐 k-），右（匣紐 g-）**夏服之勁箭。〈子虛賦〉
（12）星流電**擊（見紐 k-），弓（見紐 k-）**不虛發。〈子虛賦〉
（13）絕乎心**繫（見紐 k-），獲（匣紐 g-）**若雨獸。〈子虛賦〉
（14）與猛獸之恐**懼（群紐 gj-），徼（見紐 k-）**谻受詘。〈子虛賦〉
（15）雙鶬**下（匣紐 g-），玄（匣紐 g-）**鶴加。〈子虛賦〉
（16）張翠**帷（匣紐 g-），建（見紐 k-）**羽蓋。〈子虛賦〉
（17）擊靈**鼓（見紐 k-），起（溪紐 kh-）**烽燧。〈子虛賦〉
（18）車案**行（匣紐 g-），騎（群紐 gj-）**就隊。〈子虛賦〉
（19）來況齊**國（見紐 k-），王（匣紐 g-）**悉境內之士。〈子虛賦〉
（20）吞若雲夢者八**九（見紐 k-），其（群紐 gj-）**於匈中曾不蔕芥。〈子虛賦〉
（21）不可勝**記（見紐 k-），禹（群紐 gj-）**不能名。〈子虛賦〉
（22）所以禁淫**也（匣紐 g-）。今（見紐 k-）**齊列爲東蕃。〈上林賦〉
（23）捐國踰**限（匣紐 g-），越（匣紐 g-）**海而田。〈上林賦〉
（24）且夫齊楚之事又烏足道**乎（匣紐 g-）！君（見紐 k-）**未覩夫巨麗也。〈上林賦〉
（25）酆鎬潦**潏（見紐 k-），紆（影紐ʔ-）**餘委蛇。〈上林賦〉
（26）出乎椒丘之**闕（溪紐 kh-），行（匣紐 g-）**乎州淤之浦。〈上林賦〉
（27）滂濞沆**溉（溪紐 kh-），穹（溪紐 kh-）**隆雲橈。〈上林賦〉
（28）砰磅訇**礚（匣紐 g-）。潏（見紐 k-）**潏淈淈。〈上林賦〉

（29）安翔徐**徊（匣紐 g-）。翯（見紐 k-）**乎滈滈。〈上林賦〉

（30）振溪通**谷（見紐 k-），蹇（見紐 k-）**產溝瀆。〈上林賦〉

（31）阜陵別**隝（影紐ʔ-），崴（影紐ʔ-）**磈瘣。〈上林賦〉

（32）崴磈瘣**瘣（見紐 k-），丘（溪紐 kh-）**墟堀礨。〈上林賦〉

（33）眾香發**越（匣紐 g-），肸（曉紐 h-）**蠁布寫。〈上林賦〉

（34）彌山跨**谷（見紐 k-）。高（見紐 k-）**廊四注。〈上林賦〉

（35）重坐曲**閣（見紐 k-），華（匣紐 g-）**榱璧璫。〈上林賦〉

（36）靈圄燕於閒**館（見紐 k-），偓（影紐ʔ-）**佺之倫暴於南榮。〈上林賦〉

（37）崔錯癹**骫（匣紐 g-），坑（溪紐 kh-）**衡閜砢。〈上林賦〉

（38）藰莅芔**歙（曉紐 h-），蓋（見紐 k-）**象金石之聲。〈上林賦〉

（39）翩幡互**經（見紐 k-），夭（影紐ʔ-）**蟜枝格。〈上林賦〉

（40）夭蟜枝**格（見紐 k-），偃（影紐ʔ-）**蹇杪顛。〈上林賦〉

（41）前皮**軒（曉紐 h-），後（匣紐 g-）**道游。〈上林賦〉

（42）車騎靁**起（溪紐 kh-），殷（影紐ʔ-）**天動地。〈上林賦〉

（43）徑峻赴**險（曉紐 h-），越（匣紐 g-）**壑厲水。〈上林賦〉

（44）箭不苟**害（匣紐 g-），解（見紐 k-）**脰陷腦。〈上林賦〉

（45）揜乎反**鄉（曉紐 h-）。蹷（見紐 k-）**石闕。〈上林賦〉

（46）望露**寒（匣紐 g-）。下（匣紐 g-）**堂犂。〈上林賦〉

（47）與其窮極倦**𠛬（見紐 k-），驚（見紐 k-）**憚讋伏。〈上林賦〉

（48）填阬滿**谷（見紐 k-），掩（影紐ʔ-）**平彌澤。〈上林賦〉

（49）立萬石之**虡（群紐 gj-），建（見紐 k-）**翠華之旗。〈上林賦〉

（50）族居遞奏，金鼓迭**起（溪紐 kh-），鏗（溪紐 kh-）**鎗闛鞈，洞心駭耳。〈上林賦〉

（51）陰淫案衍之**音（影紐ʔ-），鄢（影紐ʔ-）**郢繽紛。〈上林賦〉

（52）芬香漚**鬱（影紐ʔ-），酷（溪紐 kh-）**烈淑郁。〈上林賦〉

（53）實陂池而勿**禁（見紐 k-），虛（溪紐 kh-）**宮館而勿仞。〈上林賦〉

（54）乘法**駕（見紐 k-），建（見紐 k-）**華旗。〈上林賦〉

（55）靡不受**獲（匣紐 g-）。於（影紐ʔ-）**斯之時。〈上林賦〉

（56）隨流而**化（曉紐 h-），芔（曉紐 h-）**然興道而遷義。〈上林賦〉

（57）德隆於三**皇（匣紐 g-），功（見紐 k-）**羨於五帝。〈上林賦〉

（58）乃今日見**教（見紐 k-），謹（見紐 k-）**受命矣。〈上林賦〉

（59）載**雲（匣紐 g-）**罕**（見紐 k-），揜（影紐ʔ-）群（群紐 gj-）**雅。〈上林賦〉

這組聲母複沓的四個字，都是舌根塞音，故而複沓效果特別明顯。

（60）遊王後**宮（見紐 k-），王（匣紐 g-）**不察之乎？〈美人賦〉

（61）景曜光**起（溪紐 kh-）。恆（匣紐 g-）**翹翹而西顧。〈美人賦〉

（62）臣遂撫**弦（匣紐 g-），爲（匣紐 g-）**〈幽蘭〉、〈白雪〉之曲。〈美人賦〉

（63）服玩珍**奇（群紐 gj-），金（見紐 k-）**鉔薰香。〈美人賦〉

（64）表其褻**衣（影紐ʔ-），皓（匣紐 g-）**體呈露。〈美人賦〉

（65）飜然高**舉（見紐 k-），與（匣紐 g-）**彼長辭。〈美人賦〉

（66）湛恩汪**濊（曉紐 h-），群（群紐 gj-）**生霑濡。〈難蜀父老〉

（67）蓋聞天子之牧夷狄**也（匣紐 g-），其（群紐 gj-）**義覊縻勿絕而已。〈難蜀父老〉

（68）百姓力**屈（溪紐 kh-），恐（溪紐 kh-）**不能卒業。〈難蜀父老〉

（69）意者其殆不可**乎（匣紐 g-）！今（見紐 k-）**割齊民以附夷狄。〈難蜀父老〉

（70）余之行**急（見紐 k-），其（群紐 gj-）**詳不可得聞已。〈難蜀父老〉

（71）黎民懼**焉（影紐ʔ-），及（群紐 gj-）**臻厥成。〈難蜀父老〉

（72）崎嶇而不**安（影紐ʔ-）。夏（匣紐 g-）**后氏戚之。〈難蜀父老〉

（73）當斯之**勤（群紐 gj-），豈（溪紐 kh-）**惟民哉？〈難蜀父老〉

（74）且夫賢君之踐位**也（匣紐 g-），豈（溪紐 kh-）**特委瑣握齱。〈難蜀父老〉

（75）父老不**辜（見紐 k-），幼（影紐ʔ-）**孤爲奴虜。〈難蜀父老〉

（76）願得受號者以億**計（見紐 k-）。故（見紐 k-）**乃關沬若。〈難蜀父老〉

（77）爲萬世**規（見紐 k-）。故（見紐 k-）**馳騖乎兼容并包。〈難蜀父老〉

（78）浸淫衍**溢（影紐ʔ-），懷（匣紐 g-）**生之物有不浸潤於澤者。〈難蜀父老〉

（79）魂踰佚而不反**兮（匣紐 g-），形（匣紐 g-）**枯槁而獨居。〈長門賦〉

（80）言我朝往而暮來**兮（匣紐 g-），飲（影紐ʔ-）**食樂而忘人。〈長門賦〉

（81）心慊移而不省故**兮（匣紐 g-），交（見紐 k-）**得意而相親。〈長門賦〉

（82）伊予志之慢愚**兮（匣紐 g-），懷（匣紐 g-）**貞愨之懽心。〈長門賦〉

（83）奉虛言而望誠**兮（匣紐 g-），期（見紐 k-）**城南之離宮。〈長門賦〉

（84）脩薄具而自設**兮（匣紐 g-），君（見紐 k-）**曾不肯乎幸臨。〈長門賦〉

（85）飄風迴而起閨**兮（匣紐 g-），舉（見紐 k-）**帷幄之襜襜。〈長門賦〉

（86）孔雀集而相存**兮（匣紐 g-），玄（匣紐 g-）**猿嘯而長吟。〈長門賦〉

（87）正殿塊以造天**兮（匣紐 g-），鬱（影紐ʔ-）**並起而穹崇。〈長門賦〉

（88）間徙倚於東廂**兮（匣紐 g-），觀（見紐 k-）**夫靡靡而無窮。〈長門賦〉

（89）聲噌吰而似鐘**音（影紐ʔ-）。刻（溪紐 kh-）**木蘭以爲榱兮。〈長門賦〉

（90）飾文杏以爲**梁（來紐 l-）。羅（來紐 l-）**丰茸之遊樹兮。〈長門賦〉

（91）施瑰木之欂櫨**兮（匣紐 g-），委（影紐ʔ-）**參差以糠梁。〈長門賦〉

（92）白鶴噭以哀號**兮（匣紐 g-），孤（見紐 k-）**雌跱於枯楊。〈長門賦〉

（93）貫歷覽其中操**兮（匣紐 g-），意（影紐ʔ-）**慷慨而自卬。〈長門賦〉

（94）席荃蘭而茝**香（曉紐 h-）。忽（曉紐 h-）**寢寐而夢想兮。〈長門賦〉

（95）惕寤覺而無見**兮（匣紐 g-），魂（匣紐 g-）**迋迋若有亡。〈長門賦〉

（96）眾雞鳴而愁予**兮（匣紐 g-），起（溪紐 kh-）**視月之精光。〈長門賦〉

（97）起視月之精**光（匣紐 g-）。觀（見紐 k-）**眾星之行列兮。〈長門賦〉

（98）夜曼曼其若歲**兮（匣紐 g-），懷（匣紐 g-）**鬱鬱其不可再更。〈長門賦〉

（99）澹偃蹇而待曙**兮（匣紐 g-），荒（曉紐 h-）**亭亭而復明。〈長門賦〉

（100）妾人竊自悲**兮（匣紐 g-），究（見紐 k-）**年歲而不敢忘。〈長門賦〉

（101）悲俗世之迫隘**兮（匣紐 g-），朅（溪紐 kh-）**輕舉而遠遊。〈大人賦〉

（102）掉指橋以偃蹇**兮（匣紐 g-），又（匣紐 g-）**猗抳以招搖。〈大人賦〉

（103）低卬夭蟜裾以驕驁**兮（匣紐 g-），詘（溪紐 kh-）**折隆窮躩以連卷。〈大人賦〉

（104）蜩蟉偃寋怵㚖以梁**倚（影紐ʔ-）。糾（見紐 k-）**蓼叫奡踏以朡路兮。〈大人賦〉

（105）蒞颯芔歙猋至電過**兮（匣紐 g-），煥（曉紐 h-）**然霧除。〈大人賦〉

（106）邪絕少陽而登太陰**兮（匣紐 g-），與（匣紐 g-）**眞人乎相求。〈大人賦〉

（107）與眞人乎相**求（群紐 gj-）。互（匣紐 g-）**折窈窕以右轉兮。〈大人賦〉

（108）互折窈窕以右轉**兮（匣紐 g-），橫（匣紐 g-）**厲飛泉以正東。〈大人賦〉

（109）歷唐堯於崇山**兮（匣紐 g-），過（見紐 k-）**虞舜於九疑。〈大人賦〉

（110）徧覽八紘而觀四海**兮（匣紐 g-），朅（溪紐 kh-）**度九江越五河。〈大人賦〉

（111）朅度九江越五**河（匣紐 g-）。經（見紐 k-）**營炎火而浮弱水兮。〈大人賦〉

（112）經營炎火而浮弱水**兮（匣紐 g-），杭（匣紐 g-）**絕浮渚涉流沙。〈大人賦〉

（113）登閬風而遙集**兮（匣紐 g-），亢（溪紐 kh-）**鳥騰而壹止。〈大人賦〉

（114）咀噍芝英嘰瓊**華（曉紐 h-）。僸（見紐 k-）祲**尋而高縱兮。〈大人賦〉

（115）軒轅之前，遐哉邈**乎（匣紐 g-）！其（群紐 gj-）**詳不可得聞已。〈封禪文〉

（116）而崇冠於二后（匣紐 g-）。揆（群紐 gj-）厥所元。〈封禪文〉

（117）上暢九垓（見紐 k-），下（匣紐 g-）泝八埏。〈封禪文〉

（118）然後囿騶虞之珍群（群紐 gj-），徼（見紐 k-）麋鹿之怪獸。〈封禪文〉

（119）賓於閒館（見紐 k-）。奇（群紐 gj-）物譎詭。〈封禪文〉

（120）周躍魚隕杭（匣紐 g-），休（曉紐 h-）之以燎。〈封禪文〉

（121）不特創見（見紐 k-）。意（影紐ʔ-）者泰山梁父設壇場望幸。〈封禪文〉

（122）意者泰山梁父設壇場望幸（匣紐 g-），蓋（見紐 k-）號以況榮。〈封禪文〉

（123）陛下謙讓而弗發也（匣紐 g-）。挈（見紐 k-）三神之驩。〈封禪文〉

（124）挈三神之驩（曉紐 h-），缺（溪紐 kh-）王道之儀。〈封禪文〉

（125）群臣恧焉（影紐ʔ-）。或（匣紐 g-）謂且天爲質闇。〈封禪文〉

（126）是泰山靡記而梁甫罔幾也（匣紐 g-）。亦（匣紐 g-）各並時而榮。〈封禪文〉

（127）不爲進越（匣紐 g-）。故（見紐 k-）聖王不替。〈封禪文〉

（128）而修禮地祇（群紐 gj-），謁（影紐ʔ-）欵天神。〈封禪文〉

（129）天下之壯觀（見紐 k-），王（匣紐 g-）者之丕業。〈封禪文〉

（130）甘露時雨（匣紐 g-），厥（見紐 k-）壤可遊。〈封禪文〉

（131）萬物熙熙（曉紐 h-），懷（匣紐 g-）而慕思。〈封禪文〉

（132）君乎君乎（匣紐 g-），侯（匣紐 g-）不邁哉！〈封禪文〉

（133）蓋未嘗有（匣紐 g-）。宛（影紐ʔ-）宛黃龍。〈封禪文〉

（134）正陽顯見（見紐 k-），覺（見紐 k-）悟黎烝。〈封禪文〉

2、群、云、匣紐

無。

3、疑紐

（1）潛處乎深巖（疑紐 ŋ-）。魚（疑紐 ŋ-）鼈讙聲。〈上林賦〉

（2）南山峨峨（疑紐 ŋ-），巖（疑紐 ŋ-）阤甗錡。〈上林賦〉

（四）兩類以上聲母複沓之例

（1）觀士大夫之**勤（群紐 gj-）略（來紐 l-），鈞（見紐 k-）獵（來紐 l-）**者之所得獲。〈上林賦〉

（2）遊於**梁（來紐 l-）王（匣紐 g-），梁（來紐 l-）王（匣紐 g-）**悅之。〈美人賦〉

（3）此乃未見其**可（溪紐 kh-）欲（以紐 r-），何（匣紐 g-）以（以紐 r-）**明不好色乎？〈美人賦〉

（4）暮宿**上（禪紐 dji-）宮（見紐 k-），上（禪紐 dji-）宮（見紐 k-）**閒館。〈美人賦〉

（5）門**閤（見紐 k-）**晝**掩（影紐ʔ-），曖（影紐ʔ-）**若神**居（見紐 k-）**。〈美人賦〉

（6）君莫盛於唐堯，臣莫賢於**后（匣紐 g-）稷（精紐 ts-）。后（匣紐 g-）稷（精紐 ts-）**創業於唐堯，公劉發跡於西戎。〈封禪文〉

（7）首惡**湮（影紐ʔ-）沒（明紐 m-），闇（影紐ʔ-）昧（明紐 m-）**昭晳。〈封禪文〉

（8）放龜于岐，招翠黃乘龍**於（影紐ʔ-）沼（章紐 tj-）。鬼（見紐 k-）神（船紐 dji-）**接靈圉，賓於閒館。〈封禪文〉

（9）**發（幫紐 p-）號（匣紐 g-）榮（日紐 nj-），受（禪紐 dji-）厚（匣紐 g-）福（幫紐 p-）**。〈封禪文〉

正如上文所言，「○○○而○○○兮，○○○而○○○」一類的楚辭體賦句，其頂眞的例子都是「見溪群曉」一類，故七篇 234 個頂眞例子中，竟有 134 個是喉牙音，佔了二分之一強。除了〈長門賦〉和〈大人賦〉各有 22 和 14 例楚辭體的頂眞句外，還有不少如〈上林賦〉「捐國隃**限（匣紐 g-），越（匣紐 g-）**海而田」、「酆鎬潦**潏（見紐 k-），紆（影紐ʔ-）**餘委蛇」的句子；足見剔除語助詞「兮」一類的聲紐頂眞句後，還是有不少舌根塞音一類的頂眞例句。下表分就發音部位，列出各篇賦頂眞的例子數：

表 2-3　〈頂真聲母的發音部位統計表〉

賦名 聲母	子虛賦	上林賦	美人賦	難蜀父老	長門賦	大人賦	封禪文	各部位總　數
幫滂並非敷奉	2	10	1	2	0	0	4	19
明、微	0	0	0	0	0	0	0	0
端透定	3	10	1	2	0	0	0	16
泥娘透徹	0	0	0	0	0	0	0	0
章昌船禪日	1	5	4	4	0	0	5	19
以邪端定	1	9	1	0	0	0	5	16
來	2	4	0	0	0	0	0	6
精清從心邪	3	6	1	3	0	0	0	13
莊初崇生	0	0	0	0	0	0	0	0
見溪群曉匣影	21	38	6	13	22	14	20	134
群云匣	0	0	0	0	0	0	0	0
疑	0	2	0	0	0	0	0	2
二種以上	0	1	4	0	0	0	4	9
各篇總數	33	85	18	24	22	14	38	234

從統計表最右欄的總計可知，相如賦最常採用「見溪群曉匣影」一類的聲母，作爲聲母頂眞的語音成分；其數目大幅領先位居第二的「幫滂並、非敷奉」和照三一類的聲母，而且，正如上文所言，舌根塞音的頂眞例句不僅出現在〈長門賦〉、〈大人賦〉等騷體賦中，也出現在另外五篇中。多舌根塞音的語音特徵，亦見於前一節討論「聲母相諧排偶句」的統計結果。

第四節　小　結

本節綜合前二節的討論結果，列表比較各篇賦聲母的設計。相如七篇賦聲母設計的頻率略有差異，下文將一一列出其聲母相諧的數目；利用「見溪群曉匣影」一類的聲母進行複沓，則是本章各項聲母相諧的共通形式。

一、排偶句聲母相諧的音韻特色

下表根據第二節整理「首字相諧」「三角結構的聲母相諧」和「其他聲母相諧的排偶句」的結果，列出各篇排偶句聲母相諧的統計表。百分比的算法和前文一樣，是舉「聲母相諧的排偶句數」除以「各篇總句數」的結果，來觀察此一現象在文中的出現頻率：

表 2-4 〈相如賦排偶句的聲母相諧比較表〉

	子虛賦	上林賦	美人賦	難蜀父老	長門賦	大人賦	封禪文
首字相諧例數	9	30	14	3	12	4	24
首字相諧百分比	3.46%	5.87%	13.73%	1.65%	12.5%	3.92%	10.48%
三角結構例數	16	56	9	7	14	11	29
三角結構百分比	6.04%	10.96%	8.82%	3.85%	14.58%	10.79%	12.66%
其餘排偶數	14	43	11	10	10	9	11
其餘排偶相諧百分比	5.28%	8.41%	10.78%	5.49%	10.42%	8.82%	4.80%
排偶相諧總數	39	129	34	20	37	24	64
排偶句相諧總百分比	14.72%	25.24%	33.33%	10.99%	38.54%	23.53%	27.95%
備　　註	總句數 265 句	總句數 511 句	總句數 102 句	總句數 182 句	總句數 96 句	總句數 102 句	總句數 229 句

所謂「首字相諧的例子數」，舉〈子虛賦〉為例，指的是通篇共有 9 組首句相諧之例，「首字相諧組數百分比」則將例子數除以句數，來考察一篇之中相諧的密度，以便於進行七篇的比較，餘此類推。而「排偶句相諧組數總百分比」則是將三項總數除以總句數，算出通篇「聲母相諧的排偶句」比例。

同樣的，「首字相諧組數百分比」是將首字相諧的組數除以各篇總句數，以求得各篇首字相諧比例的高低，作爲七篇比較的參考。以「首字相諧組數百分比」的數據為例，〈美人賦〉以 13.73%居冠，就是說，平均每一百句中有 13.73 組，其排偶句的兩個首字，聲母的發音部位相同。準此觀之，〈美人賦〉在「其他排偶相諧組數」的百分比，亦以 10.78%居冠；而〈長門賦〉在兩項統計都位居第二。三角頭韻現象則以〈長門賦〉14.58%最高，〈封禪文〉12.66%次之。

從排偶句中聲母相諧的「總百分比」看來，〈長門賦〉也以超過五個百分比的差距，領先位居第二的〈長門賦〉。

另外，組數特別多的〈上林賦〉，在「三角結構聲母相諧的百分比」仍能以10.96%奪得第三，這一方面是因爲賦篇多排偶句，而作者特別的用心經營也是要因。排偶的聲母相諧現象，在作者創作時不必然成爲關注焦點，故而，即使〈上林賦〉在各項聲母相諧的百分比明顯高於〈子虛賦〉，與兩篇內容爲一體的事實並無扞格。

七篇賦排偶的聲母相諧現象，大抵有如下的特徵：

1. 聲母相諧的比例，和「句式整齊與否」，以及「排偶句的多少」成正相關。

例如〈長門賦〉排偶相諧的句數百分比最高，這是因爲其句式最整齊，利於統計三角形式等聲母相諧的現象；至於〈難蜀父老〉在「排偶相諧組數總百分比」遠落後其他篇的主因，也在於句式的紛雜。

2. 聲母相諧的排偶多為三角結構；音韻協調的形式多元，各有特色。

相如賦有三種排偶的聲母相諧之例，包括「首字相諧」「三角結構」、「其他的排偶相諧現象」，爲數都不少，分別有96、142、108例；三項之中，「三角結構」的聲母相諧現象又最多，可以視爲相如賦音韻排偶時的偏好。

而所謂三角結構的音韻相諧（或稱「三角頭韻現象」），又有雙音節的大三角等形式；例如〈上林賦〉出現三組兩音節的頭韻大三角，其中兩組都是影紐、以紐的相諧，其形式如：

> **陰（影紐ʔ-）淫（以紐r-）案（影紐ʔ-）衍（以紐r-）**之音，
>
> **鄢（影紐ʔ-）郢（以紐r-）**繽紛。

以兩字爲一組，形成六字的三角頭韻，十分特殊；此外，〈封禪文〉的三角頭韻現象，不少出現在兩句對兩句、句式較長的排偶中，例如：「故軌跡**夷（以紐r-）易（以紐r-）**，易遵也；湛恩濛**涌（以紐r-）**，易豐也。」這也是該篇的特色。

3. 就發音部位而言，聲母相諧的排偶句多採舌根音。

「首字相諧」、「三角結構相諧」最常採用的聲母，和「句中聲母相諧」一樣，都是「見、溪、群、曉、匣、影」一類聲母；這兩類例子次多的發音部位，則是照三一類的聲母。至於「其他的排偶相諧現象」，以「二種以上聲母相諧」

爲最常見的形式，舌根塞音一類的聲母次之。

有趣的是，在「兩種以上聲母相諧」的形式中，也有不少夾雜以紐字（r-）的例子，可能是複聲母的諧聲，或者是作者爲朗誦設計的音韻特徵；如〈上林賦〉「**紆（影紐ʔ-）餘（以紐 r-）委（影紐ʔ-）蛇（以紐 r-），經（見紐 k-）營（以紐 r-）**其內」，還有〈大人賦〉「**遺（以紐 r-）**屯騎**於（影紐ʔ-）玄（匣紐 g-）**闕兮，**軼（以紐 r-）**先驅**於（影紐ʔ-）寒（匣紐 g-）**門」，念起來都很順口且不費力；但有些以紐字是因爲介詞「以」才列入兩種以上的聲母相諧中，那就跟順口與無甚關係了。

二、聲母頂眞的音韻特色

至於相如賦聲母頂眞的比例，較「首字相諧」、「三角結構」等其他排偶的聲母相諧都來的高，各篇聲母頂眞的統計表如下：

表 2-5 〈相如賦的聲母頂真比較表〉

	子虛賦	上林賦	美人賦	難蜀父老	長門賦	大人賦	封禪文
聲母頂眞組數	33	85	18	24	22	14	38
頂眞句百分比	12.45%	16.63%	17.65%	13.19%	22.92%	13.73%	16.59%
備　註	總句數 265 句	總句數 511 句	總句數 102 句	總句數 182 句	總句數 96 句	總句數 102 句	總句數 229 句

從表中可以看出，〈長門賦〉聲母頂眞的百分比爲 22.92%，冠於七篇；這是因爲〈長門賦〉句式爲「○○○而○○○兮，○○○而○○○」，很多匣紐的「兮」字不斷出現，已經構成一種音韻的節奏；在這樣規律的節奏中，只要下一句的首字亦爲舌根或喉部塞音，便會構成聲母的複沓。〈大人賦〉情形也是一樣。此外，七篇 235 個頂眞的例子中，竟有 135 個是喉牙音，佔了二分之一強；除了〈長門賦〉和〈大人賦〉各有 22 和 14 例楚辭體的頂眞句，還有不少如〈上林賦〉「捐國踰**限（匣紐 g-），越（匣紐 g-）**海而田」、「酆鎬潦**潏（見紐 k-），紆（影紐ʔ-）**餘委蛇。」的句子，足見即使剔除語助詞「兮」一類的頂眞句，還是有不少舌根塞音的頂眞現象。

頂眞的現象不限於排偶句，有一些具承上啓下關係的句子，仍有聲母的頂眞，例如：

1. 仁者不以德來，強者不以力并，意者其殆不可<u>乎（匣紐 g-）！今（見紐 k-）</u>割齊民以附夷狄，弊所恃以事無用。鄙人固陋，不識所謂。〈難蜀父老〉

2. 四海之內，靡不受<u>獲（匣紐 g-）。於（影紐ʔ-）</u>斯之時，天下大說。〈上林賦〉

上例（1）先是指出，照理講、不可輕易以武力併吞夷狄；從頂眞字「今」後一轉，指出武帝現在勞師動眾地擾民，似乎沒有意義。例（2）說的則是「四海之內，靡不受獲」之時，「天下大悅」；這兩個例子的頂眞修辭，有敘述時的層遞關係。但也有聲韻頂眞的例子，上下句內容完全無關。像是：

1. 蛭踱輵螛容以骫麗兮，蜩蟉偃寋怵㚼以梁<u>倚（影紐ʔ-）。糾（見紐 k-）</u>蓼叫奡踏以艐路兮，蔑蒙踴躍而狂趭。〈大人賦〉

2. 顏盛色茂，景曜光<u>起（溪紐 kh-）。恆（匣紐 g-）</u>翹翹而西顧，欲留臣而共止。〈美人賦〉

上述兩例，第一是形容「大人」乘龍而上，座騎徘徊張望的生動模樣；「梁倚」是「互相依傍，如屋梁之相倚」，「糾蓼」是「相引」的樣子〔註 25〕，其實是兩個不同的動作。第二例則是先說鄰女之美，再寫鄰女是如何愛慕自己，時時隔牆窺伺。可見聲母頂眞的前後兩句，與修辭學上的頂眞例子一樣，在意義上不必然有關係，而其音韻複沓的效果畢竟十分明顯。

〔註 25〕關於「梁倚」、「糾蓼」的解釋，見費振剛、胡雙寶、宋明華：《全漢賦》（北京：北京大學出版社，1997 年），頁 121。

第三章　相如賦韻部表現的音韻風格

本章第一節先列出丁邦新先生的西漢韻部擬音，來作隨文標音的依據；再介紹羅常培、周祖謨《兩漢魏晉南北朝韻部演變研究》書中，歸納的西漢合用韻部，以進行語音相諧的考察。此外，相如賦有其韻部通押的慣例，部分慣例反映了蜀郡作家特有的方音特徵〔註 1〕，故第二節將羅列七篇賦的韻腳、統計其頻率和換韻情形，並展現其音響效果的概況，也指出司馬相如用韻的偏好。

相如賦中有不少「韻部相諧的虛字排比句」、「韻部相諧的排偶句」，以及「陽入韻搭配的排偶句」，本章將於第三、四、五節中逐一考察，列出例句，再進行統計、歸納，來具體呈現相如賦韻部的語言風格。

第一節　西漢韻部的特徵

本節先列出丁邦新先生的西漢擬音，以便隨文標註；爲了歸納相如賦的用韻習慣，本章第二節將整理簡宗梧師〈司馬相如賦篇用韻考〉一文的歸納結果，作爲第三、四節考察「韻部相諧」的依據。

〔註 1〕相如賦中的方音特色不只表現在音韻上，更可見於一些方言底層詞的使用。相關討論請參考王啓濤：〈司馬相如賦與四川方言〉一文，收入熊良智編：《辭賦研究》（北京：商務印書館，2006 年），頁 263～272。

一、丁邦新的西漢擬音

下表分韻部爲五大類，簡師指出，「依司馬相如用韻情形觀之，耕部韻尾可能已讀 n 音」，下表亦據此修改。從左到右的排序根據〈Part of the Tongue Involved〉〔註 2〕一表，從後低部位、後高（圓唇）部位、央元音到前高元音羅列之；爲配合唐作藩《上古音手冊》一書的韻部名稱，列表以王力的韻部名稱爲準，遇與羅常培、周祖謨異名者，則加注說明：

表 3-1　〈丁邦新西漢擬音簡表〉

主要元音	a		o		u		ə		e	
音值	西漢韻部	西漢擬音	西漢韻部	西漢擬音	西漢韻部	西漢擬音	西漢韻部	西漢擬音	西漢韻部	西漢擬音
	宵	$-ag^w$	幽	$-og^w$					支〔註 3〕	-iei
	藥	$-ak^w$	覺〔註 4〕	$-ok^w$					錫	-iek
	魚侯〔註 5〕	-ag					之	-əg		
	鐸	-ak			屋	-uk	職	-ək		
	祭〔註 6〕	-ad					脂微〔註 7〕	-əd		
	月	-at					質物〔註 8〕	-ət		

〔註 2〕Victoria Fromkin,Robert Rodman, *An Introduction to Language*（Fort Worth:Harcourt Brace College Publishers,1998）,p.237.

〔註 3〕此即上古佳部，見丁邦新：《魏晉音韻研究》（台北：中研院史語所專刊第六十五，1975 年），頁 239。

〔註 4〕即羅周所謂「沃」部。

〔註 5〕上古侯部併入西漢魚部，見丁邦新：《魏晉音韻研究》（台北：中研院史語所專刊第六十五，1975 年），頁 239。

〔註 6〕據李文所言，其陰聲韻皆爲去聲。見李方桂：〈上古音研究〉，收入《清華學報》新九卷一、二期合刊，1971 年，頁 38。

〔註 7〕上古微部改入脂部、歌部，見丁邦新：《魏晉音韻研究》（台北：中研院史語所專刊第六十五，1975 年），頁 240。本文暫時皆列入脂部。

〔註 8〕即羅周所謂「術」部。質術在西漢通用爲一例，此說見羅常培、周祖謨：《漢魏晉南北朝韻部演變研究．第一分冊》（北京：科學出版社，1958 年），頁 30。

	葉〔註 9〕	-ap					緝	-əp		
	陽	-aŋ	冬	-oŋ	東	-uŋ	蒸	-əŋ		
	元	-an					眞文〔註 10〕	-ən	耕	-ien〔註 11〕
	談	-am					侵	˜əm		
	歌	-ar								

表中三十一個韻部，有四個在西漢已經整併，故共計二十七個擬音，十二個是-a-元音。然而，考察其諧聲狀況時，若因元音皆爲-a-，便逕將一句之中有宵部（$-ag^w$）、葉部（-ap）和談部（-am）韻的句子、視爲相諧的設計，其說服力實在不足。爲了確實掌握韻部間的諧音關係，並貼近作者創作時的語感，下一小節將參考《兩漢魏晉南北朝韻部演變研究》和〈司馬相如賦篇用韻考〉歸納的韻部通押，整理出西漢音各部的相諧情況，以提供本章第三、四節考察韻部呼應的標準。

二、西漢蜀郡音的各部關係

由於整理韻部的過程較複雜，故本文先就羅常培、周祖謨《兩漢魏晉南北朝韻部演變研究・兩漢韻譜分論》的結論，呈現西漢合韻的狀況，再列出簡師歸納的，蜀地韻部通押的規律。就周書觀之，西漢各部的合韻大抵如下：

1. 陰聲韻的合韻情形

（1）之幽宵魚通押：之幽、幽宵、魚侯皆有通押之例，「魚侯」在西漢併入魚部；而陰聲和入聲通押的情形多見於魚部去聲和屋部字，以及侯部去聲和鐸部字；此外還有祭部和質、月兩部相押的例子

〔註 9〕 即羅周所謂「盍」部。

〔註 10〕 上古文部併入西漢眞部，見丁邦新：《魏晉音韻研究》（台北：中研院史語所專刊第六十五，1975 年），頁 246。

〔註 11〕 簡宗梧師在〈司馬相如賦篇用韻考〉一文中指出：「眞耕合韻之例，於西漢頗不乏人，如賈誼、嚴忌、枚乘、王褒、劉向、揚雄等皆有其例。羅氏謂眞耕兩部韻尾不同，但在個別方言中，耕部韻尾舌根鼻音 ŋ（ng）或有讀舌尖鼻音 n 者，而眞耕通押在元音方面必然較爲接近。依司馬相如用韻情形觀察之，耕部韻尾可能已讀 n 音，因長卿耕部字未與蒸冬東陽等韻尾-ŋ 音者合韻，而耕眞合韻竟有三例（兩例見於眞部），易林一書用韻亦如此。」故本文耕部的擬音改爲-ien，以符合相如用韻時的音感。此說見簡宗梧：〈司馬相如賦篇用韻考〉，收入《中華學苑》第 10 期（1972 年），頁 24、25。

（2）歌支脂祭通押：歌部和支部、脂部的通押在西漢常見〔註12〕，脂部去聲和祭部通押。「脂微」〔註13〕在兩漢除了上聲有點分用的跡象，平上入〔註14〕則無分別。簡師〈司馬相如賦篇用韻考〉更指出「歌支」「歌之」「歌脂」通押在西漢十分普遍。〔註15〕

（3）微部去聲和祭部通押，在西漢也很常見〔註16〕

2. 陽聲韻的合韻情形

（1）「東冬」可通押，其別則在於其別則在於冬近於侵蒸，東近於陽〔註17〕；東陽可通押、冬蒸亦可，但東蒸、冬陽則界線分明

（2）陽部和耕部：多爲分用，惟陽部庚韻字如「京」「明」「行」「兄」，有和耕部通押的現象。

（3）眞部、文部和元部：「眞文」在漢代已合用，文元則非；元部元山仙等韻和眞部通諧的例子較多。

3. 入聲韻的合韻情形

質部和術部：分爲脂微兩部的入聲，在兩漢時已經完全合用。

要之，西漢「侯魚」「脂微」「眞文」「質術」已不分，此外之幽宵魚、歌支脂祭，還有微部去聲和祭部，乃至東冬、東陽、冬蒸的通押都很常見，可稱爲西漢的「斷代特徵」。另外，簡宗梧師〈司馬相如賦篇用韻考〉〔註18〕一文歸納

〔註12〕周書又辨其微異，乃在歌部支韻字和支部支韻通押，歌部支韻字也有和脂部通押的狀況，可見三者聲音相近；歌部歌韻和麻韻字則與支部佳韻通押，但歌魚可通押，支魚則否。

〔註13〕羅書中提到，「簡單說，脂皆兩韻的開口和齊支是一部，脂皆兩類的合口和微灰咍是一部，前一部我們稱脂部，後一部我們稱爲微部」，此說可爲參考。見羅常培、周祖謨：《漢魏晉南北朝韻部演變研究．第一分冊》（北京：科學出版社，1958年），頁26。

〔註14〕羅書中還指出，「王氏所分脂至兩部的入聲，質術兩部，漢代也是通用爲一類的，這在後面質部下再談。」見羅常培、周祖謨：《漢魏晉南北朝韻部演變研究．第一分冊》（北京：科學出版社，1958年），頁30。

〔註15〕見簡宗梧師：〈司馬相如賦篇用韻考〉，收入《中華學苑》第10期（1972年），頁15。

〔註16〕見簡宗梧師：〈司馬相如賦篇用韻考〉，收入《中華學苑》第10期（1972年），頁20。

〔註17〕江有誥《音學十書．復王石臞先生書》原文爲「東每與陽通，冬每與蒸侵通，此東冬之界線也。」見江有誥：《音學十書》（北京：中華書局，1993年），頁13。

〔註18〕見簡宗梧師：〈司馬相如賦篇用韻考〉，收入《中華學苑》第10期（1972年），頁

司馬相如用韻的特色，則反應部份蜀音特徵。本文並參考〈王褒辭賦用韻考〉〔註 19〕，試圖更接近作者創作時的語感：

1. 陰聲韻以「之幽宵魚」爲元音相近之一組，小異則在「之幽」通押，之宵則否；觀司馬相如賦篇，「幽宵」的蜀郡方音尤其接近。
2. 「歌支脂祭」爲元音相近的另一組，歌部支韻和支部關係最密。而東漢才有的支脂通押和魚部麻韻與歌部通押，在相如賦中已開風氣。
3. 相承之陰聲韻與入聲韻通押，爲相如慣用之方法〔註 20〕；同郡揚雄王褒亦然。包刮宵藥、魚屋、魚鐸、支錫、脂質、祭月都有通押情形，簡師指出「蜀郡三子，既有魚鐸合韻，又有魚屋合韻多則，足見絕非偶然。疑西漢蜀郡方音，魚部韻尾收『g』音」〔註 21〕，丁邦新先生的擬音亦符合此一現象。
4. 陽聲韻尾爲舌根鼻音（-ŋ）者，包括蒸東冬陽耕，在相如賦中僅有蒸陽、冬陽通押之例；另亦有眞耕、冬侵合韻之例，簡師指出，「依司馬相如用韻情形觀之，耕部韻尾可能已讀 n 音」〔註 22〕，前述擬音已據此修改。
5. 「東冬」在王褒、揚雄賦可通押，司馬相如賦篇中則迥然分明。
6. 眞元二部多合用
7. 入聲韻收-t 的「質月」無別，「職沃屋藥鐸錫韻尾皆收-k，故彼此皆有通押之例。甚至難分其疆界，此爲漢代韻文普遍之現象。」〔註 23〕收-p 的葉緝兩部則因資料太少，不能確定其通押情形。雖有通押，亦可見明確分用的狀況。

據簡師整理之結果，收-g 或-g^w 的之幽宵魚、魚部麻韻和歌部，還有歌部支韻和支部、脂支兩部在相如作品中都有通押，陰聲韻「魚」「宵」「支」「脂」

1～40。

〔註 19〕見簡宗梧師：〈王褒辭賦用韻考〉，收入《中華學苑》第 17 期（1976 年），頁 203～226。

〔註 20〕見簡宗梧師：〈司馬相如賦篇用韻考〉，收入《中華學苑》第 10 期（1972 年），頁 7。

〔註 21〕見簡宗梧師：〈司馬相如賦篇用韻考〉，收入《中華學苑》第 10 期（1972 年），頁 12。

〔註 22〕見簡宗梧師：〈司馬相如賦篇用韻考〉，收入《中華學苑》第 10 期（1972 年），頁 25。王褒賦篇尚有「蒸耕」「耕陽」通押之例，相如作品中則未見到。

〔註 23〕見簡宗梧師：〈司馬相如賦篇用韻考〉，收入《中華學苑》第 10 期（1972 年），頁 33。

「祭」與相承之入聲韻通押，其中魚祭兩部情形更明顯，故簡師言「疑魚部（麻韻字除外）韻尾收『g』音，祭部韻尾收『d』音」。〔註24〕

陽部韻中，收-n的眞元最近、眞談亦通押；入聲則以收-t的「質」「月」最近。大抵說來，叶韻現象多見於韻尾相同的韻部，此現象在入聲字尤其明顯〔註25〕；陽聲韻則見冬侵、眞談等韻尾相異的通押現象。爲了尊重相如創作時的音感，並且彌補擬音與蜀郡音之間的落差，下文考察韻部呼應時，將據通押的各部爲觀察判準。

而東冬二部在西漢文學作品中可通押，在相如賦卻劃然分明，還有賦中「冬陽通押」的情形，亦略異於西漢音的共相；凡此皆以〈司馬相如賦篇用韻考〉爲標準，大致分成如下幾類韻部：〔註26〕

一、陰聲韻

（一）之幽宵魚（侯）

（二）歌脂（微）支祭

二、陰入通押

（一）宵、藥部

（二）魚侯、鐸部

（三）祭、月部

（四）幽、沃部

（五）之、職部

（六）脂微、質部

（七）支錫

〔註24〕見簡宗梧師：〈司馬相如賦篇用韻考〉，收入《中華學苑》第10期（1972年），頁38。

〔註25〕簡宗梧師〈司馬相如賦篇用韻考〉中指出，「以輔音『p』爲韻尾之盍緝兩部，則司馬相如用爲韻字太少，不足以探究。」另兩組收-t和-k的韻部，則有確切的韻部作爲音韻效果相近的證據。見簡宗梧師：〈司馬相如賦篇用韻考〉，收入《中華學苑》第10期（1972年），頁38。本文句此類推，猶視收-p的兩組韻字爲音近的關係。

〔註26〕這裡只是初步的分類，眞正進行逐句考察時，再針對韻部相諧的實況，列出相關的項目。例如本章的第五節，便是按照「主要元音相同、發音部位亦同」、「主要元音相同、發音部位不同」，還有「主要元音不同、發音部位相同」「主要元音不同、發音部位亦不同」四種情形，考察陽入聲韻的排偶。

三、陽聲韻

（一）眞文元耕部（-n）

（二）侵談部（-m）

（三）蒸陽、東陽、蒸冬部（-ŋ）

（四）眞文耕

（五）陽耕

（六）眞文侵

（七）元談

（八）冬侵

四、入聲韻

（一）質、物、月部（-t）

（二）葉、緝部（-p）

（三）職、沃、藥、屋、鐸部（-k 或-k^w）

五、兩種以上韻部的相諧

第二節　相如賦篇的用韻

本節先列出七篇賦的韻腳，製表統計相如的用韻習慣，再比較各篇韻腳的頻率和韻部設計。韻腳的羅列，與作者行文之順序相同，這是爲了觀察其韻腳是否隨著內容而改變，或者因應某些內容，而有「聲情相合」的情況。

一、相如賦的用韻概況

韻腳因爲其後有句讀，停頓時間比句中的其他字長，遂成爲作品音韻表現最突出的部分；每篇韻腳分布或許不規律，韻腳分布較密集的幾段，其聲韻調的設計是否也特別精密呢？這些問題，都必須細加整理後，才能進行討論。下文便逐一列出各篇韻腳，並討論七篇賦換韻的方式和押韻頻率。

（一）〈子虛賦〉

〈子虛賦〉作於相如遊仕梁王的時候，內容敘述楚使子虛出使齊國，隨齊王田獵之後，往見烏有先生，敘述自己對齊王誇耀楚國物產的博大，以及楚王遊獵的壯觀；烏有先生聽完後，遂指責子虛「不稱楚王之德厚，而盛推雲夢以爲驕，奢言淫樂而顯侈靡」。篇中借子虛和烏有兩人之口，分述齊楚二侯田獵出遊、覽觀山水的景況；共有 37 個韻組、計 119 個韻腳。以下先列出各韻組字，再加以說明。

（1）眞元合韻（平聲）：濱、山、麟、輪、年、園

（2）職部：鬱、崒

（3）歌部平聲：差、虧

（4）眞部平聲：紛、雲

（5）歌部平聲：陁、河

（6）魚鐸合韻：堊、坿

（7）眞部平聲：銀、鱗

（8）魚部平聲：吾、夫〔註 27〕、圃、蒲、蕪、苴

（9）鐸部（入聲）〔註 28〕：若、澤

（10）元部平聲：曼、山、蘋

（11）魚部平聲：葭、胡、蘆、于〔註 29〕、圖

（12）歌魚合韻（平聲）：池、移、華、沙

（13）元部平聲：鼉、黿

（14）陽部平聲：章、楊、芳

（15）元部平聲〔註 30〕：鸞、干、犴

（16）魚之合韻（平聲）：輿、旗

（17）蒸部平聲〔註 31〕：弓、乘

（18）魚幽合韻（去聲）：御、舒、獸

（19）魚之合韻（平聲）：虛、駼、騏

（20）質部（入聲）〔註 32〕：俐、至

（21）錫支合韻〔註 33〕：擊、貲、繫

〔註 27〕簡宗梧師〈司馬相如賦篇用韻考〉作「砆」。

〔註 28〕本組不出現在簡師整理的結果中，屬個人觀察到的隔句押韻現象。

〔註 29〕簡宗梧師〈司馬相如賦篇用韻考〉作「芋」。

〔註 30〕簡宗梧師〈司馬相如賦篇用韻考〉多一「挺」字。

〔註 31〕本組不出現在簡師整理的結果中。

〔註 32〕本組不出現在簡師整理的結果中。

（22）魚之合韻（去聲）：與、怒、懼、態

（23）屋藥合韻：縞、穀、谷

（24）宵藥合韻：削、髾

（25）祭部（去聲）：蔡、蓋

（26）脂部平聲：蕤、綏

（27）職部（入聲）：忽、髴〔註34〕、窣

（28）歌支合韻（平聲）：隄、鱶、施、鵝、加、池

（29）祭脂合韻：枻、蓋、貝、籟、喝、沸、會、磕、外、燧、隊、裔

（30）之部上聲〔註35〕：駭、起

（31）之部平聲：臺、爲、持、之

（32）魚部平聲：輿、娛、之、如

（33）之部上聲：里、士

（34）魚之合韻（平聲）：邪、罘、諸

（35）祭部（去聲）：界、外、芥

（36）脂之合韻（去聲）：類、萃、記、計

（37）祭脂合韻：位、大

本篇押韻始於子虛答烏有先生問，回溯隨齊王田獵的過程：齊王馳騁山海間，意氣風發地問楚使子虛「楚王之獵，孰與寡人？」子虛答覆時，提到自己「幸得宿衛十有餘年，時從出遊，遊於後園」，這裡出現兩個韻腳「年」與「園」；對話的其他部分則無押韻。

〈子虛賦〉押韻密集的高峰，出現在子虛介紹「雲夢大澤」及其四方設施的一段。第二到第十五組、共40個韻腳中，27字句句押韻，另13字隔句押韻〔註36〕；第二組爲職部韻，第三到九組是眞、歌、魚韻穿插鐸韻，第八組「吾」、「夫」、「圃」後有押鐸部的「若」字，再隔三個韻腳，又有押鐸韻的「澤」字。

〔註33〕本組「毗」字不出現在簡師整理的結果中。

〔註34〕簡宗梧師〈司馬相如賦篇用韻考〉作「佛」。

〔註35〕本組不出現在簡師整理的結果中，屬個人觀察到的隔句押韻現象。

〔註36〕即「轔」、「吾」、「夫」、「曼」、「山」、「蘋」、「圖」、「章」、「楊」、「芳」、「鸞」、「干」、「犴」。

第十到十五組押魚、歌、元、陽韻，主要元音幾全爲-a-。

接著「於是乃使剸諸之倫，手格此獸」之後，敘述楚王駕車田獵的排場與活動，第十六到三十二韻組的 56 個韻腳，分布密度略略下降，隔句押韻〔註 37〕的字增爲 35 字；緊接上個韻腳出現的，僅「俐」、「至」、「髾」、「蕤」、「緌」、「忽」、「髴」「隄」「臺」、「爲」、「持」11 字。

又有穿插在第二十九組韻腳「喝」、「沸」、「會」之間，以 ABABA 形式呈現的之部上聲「駭」、「起」二字，使此一韻組重複中略有變化。大抵上，本段從第十六到二十四組韻腳，是聲音相近的「魚之幽部」〔註 38〕與「質、屋、藥」等入聲韻的穿插；第二十五、二十六、二十九組爲韻尾屬-d 的祭部和脂部，三十到三十二組又再出現韻尾爲-g 的之部和魚部。

末一段三十三到三十七組，烏有先生駁斥子虛「章君惡，傷私義」的炫耀行爲，在開頭第二和第四句押之部上聲的「里」、「士」後，隔 24 句才繼續押韻，韻腳出現的頻率一下子降低了；第三十四組後皆爲隔句押韻，一直到整個對話結束。烏有先生的發言中，前兩組接續子虛使用的之魚兩韻腳，後轉爲祭脂合韻，也呼應子虛話語中收尾爲-d 的押韻特性。

要之，〈子虛賦〉似是「之魚二部」爲主調進行的交響曲，37 組中前 19 組夾雜陽聲韻部，後 18 組穿插去入聲調的韻腳，聲音效果形成對比；密集押韻的高峰出現在第二到十五個韻組，並且，這十四組韻腳的主要元音全爲-a-。

（二）〈上林賦〉

〈上林賦〉承接〈子虛賦〉的對話情境，續寫「亡是公」聽完子虛和烏有的口舌交鋒後的反應：他「听然而笑」，指出兩人「徒事爭於游戲之樂」；接著談起天子上林苑之巨麗，相較之下，齊楚二國的風景便失色不少。萬光治比較兩篇的主旨，點出〈子虛賦〉有逢迎諸侯王的意思；〈上林賦〉則「不獨有司馬相如對天子的頌揚，也有他對歷史的反思、現實的批評以及他對理想社會的嚮

〔註 37〕即「旗」、「弓」、「乘」、「獸」「虛」、「駼」、「騏」「毗」、「繫」、「怒」「態」、「穀」、「谷」、「削」、「蔡」、「蓋」、「窣」、「鱶」、「施」、「鵝」、「加」、「池」「枻」、「蓋」、「貝」、「籟」、「喝」、「磕」、「外」、「隊」、「裔」、「之」、「輿」、「娱」、「如」。

〔註 38〕據簡師宗梧觀察，陰聲韻之幽宵魚音近，尤其幽魚在蜀郡方音中常見通押，見簡宗梧師〈司馬相如賦篇用韻考〉，收入《中華學苑》第十期（1972 年），頁 37、38。

往。但更主要的，還在於告誡諸侯要尊崇天子，維護統一，不能妄自尊大，逾越禮制，無視君臣大義」。〔註39〕兩篇主題實不相同，而皆與相如的生平經歷緊密相關。

〈上林賦〉說的既是天子之事，自然比描摹諸侯出獵時，更加講究音韻設計和韻腳變換，方能凸顯其豪奢、大氣。本篇共有89個韻組、計268個韻腳。下文先列出各韻組的韻腳字，再加以說明。

（1）職部（入聲）：得、職

（2）月部（入聲）：大、越

（3）職部（入聲）：極、北

（4）脂部去聲：渭、內

（5）之幽合韻：流、態、來

（6）魚幽合韻：浦、野、流、下、口、怒、橈、盩〔註40〕

（7）質月祭脂合韻：濆、汩、瀄、折、洌、慨〔註41〕、瀨、沛、墜、磕、淈、沸、沫、疾

（8）脂部平聲：懷、歸、回

（9）歌部平聲：池、螭、離、魹

（10）歌部上聲：夥、靡、砢

（11）元部去聲：爛、汗

（12）屋覺合韻（入聲）：鳿〔註42〕、玉、目

（13）魚部平聲：渠〔註43〕、盧〔註44〕

（14）談部去聲：濫、淡

（15）魚宵合韻：渚、藻、藹

（16）歌脂合韻（平聲）：巍、差〔註45〕、峨、錡、崎

〔註39〕見萬光治：《漢賦通論》（北京：中國社科院、華齡出版社，2006年），頁161。

〔註40〕簡宗梧師〈司馬相如賦篇用韻考〉作「盭」。

〔註41〕簡宗梧師〈司馬相如賦篇用韻考〉作「瀣」。

〔註42〕簡宗梧師〈司馬相如賦篇用韻考〉作「鳿」。

〔註43〕簡宗梧師〈司馬相如賦篇用韻考〉作「鱋」。

〔註44〕簡宗梧師〈司馬相如賦篇用韻考〉作「鸕」。

〔註45〕簡宗梧師〈司馬相如賦篇用韻考〉作「嵯」。

（17）屋部（入聲）：谷、瀆

（18）魚幽〔註46〕合韻（上聲）：鬬〔註47〕、隖

（19）脂部上聲：廆、礨、㠑〔註48〕

（20）歌支合韻（上聲）：靡、豸

（21）覺部（入聲）：鸑、陸、築

（22）歌脂合韻（平聲）：離〔註49〕、夷、莎

（23）元眞合韻（平聲）：蘭、干、蓀、蘋、原、衍

（24）月部（入聲）：烈、越

（25）質部（入聲）：茀〔註50〕、芴、忽〔註51〕

（26）歌支合韻（平聲）：涯、陂、波

（27）歌之合韻（平聲）：犛、麋、題、犀、地

（28）歌部平聲：河、駝、羸

（29）屋覺鐸合韻：谷、閣、屬、宿

（30）陽部平聲：堂、房

（31）眞元合韻（平聲）：天、軒

（32）耕部平聲：清、榮、庭、傾、嶸、生

（33）魚屋合韻：榛、朴

（34）之幽合韻：梅、陶

（35）元部平聲：園、原

（36）耕部平聲：莖、榮

（37）魚部上聲：扈、野

（38）魚部平聲：櫧、櫨、邪〔註52〕、閭

（39）幽部上聲：抱、楙

〔註46〕據唐作藩《上古音手冊》，則爲歌魚合韻。

〔註47〕簡宗梧師〈司馬相如賦篇用韻考〉作「鬪」。

〔註48〕簡宗梧師〈司馬相如賦篇用韻考〉作「㠑」。

〔註49〕簡宗梧師〈司馬相如賦篇用韻考〉作「蘺」。

〔註50〕簡宗梧師〈司馬相如賦篇用韻考〉作「葧」。

〔註51〕簡宗梧師〈司馬相如賦篇用韻考〉作「惚」。

〔註52〕簡宗梧師〈司馬相如賦篇用韻考〉作「餘」。

（40）歌部上聲：倚、佹、骩、砢、纚〔註53〕

（41）侵眞合韻：蔘、紛

（42）侵冬合韻：風、音、宮、窮

（43）緝部（入聲）：歙〔註54〕、輯、隰

（44）脂歌合韻（上聲）：鸓、蛫

（45）耕部平聲：鳴、經

（46）眞部平聲：顚、榛

（47）元部平聲：間、遷

（48）魚部去聲：處、舍、具

（49）幽部平聲：糾、遊

（50）蒸冬合韻（平聲）：乘、中

（51）魚部上聲：者、櫓

（52）歌脂合韻（平聲）：離、追、施

（53）陽部平聲：狼、羊

（54）魚部上聲：虎、馬

（55）歌脂合韻（平聲）：危、坻

（56）歌支合韻（上聲）：水、豸、氏、豕

（57）宵部上聲：腦、倒

（58）歌之合韻（平聲）：徊〔註55〕、來

（59）脂之合韻（去聲）：退、態

（60）魚幽宵合韻（去聲）：去、獸、菟〔註56〕、耀、宙

（61）魚部上聲：羽〔註57〕、遽

（62）魚部去聲：處、仆

（63）幽宵合韻（平聲）：浮、猋

〔註53〕簡宗梧師〈司馬相如賦篇用韻考〉作「縭」。

〔註54〕簡宗梧師〈司馬相如賦篇用韻考〉未列「歙」。

〔註55〕簡宗梧師〈司馬相如賦篇用韻考〉作「回」。

〔註56〕簡宗梧師〈司馬相如賦篇用韻考〉作「兔」。

〔註57〕簡宗梧師〈司馬相如賦篇用韻考〉作「虞」。

（64）魚侯合韻（平聲）：亡、俱
（65）歌支合韻（平聲）：鵝、鸃
（66）陽部平聲：凰、明
（67）元部平聲：殫、還
（68）陽蒸合韻（平聲）：羊、紘、鄉
（69）元眞合韻（平聲）：巒、寒、春
（70）幽部上聲：首、柳
（71）鐸藥職合韻：略、獲、轢、若、藉、谻、伏、藉、澤
（72）魚部上聲：寓、虡、鼓、舞
（73）歌魚合韻：歌、和、波、遮、歌
（74）之部上聲：起、耳
（75）侵部平聲：音、風
（76）魚部平聲：徒、都
（77）藥職合韻：約、嫋、削、服、郁、皪、藐、側
（78）歌支合韻（上聲）：侈、此、麗、也
（79）脂部去聲：隸、至
（80）眞侵合韻（去聲）：禁、仞
（81）屋職合韻：足、獨、色
（82）鐸部（入聲）：度、朔
（83）職部（入聲）：戒、服
（84）魚幽合韻：塗、首、虞
（85）魚部上聲：雅、胥、圃
（86）幽宵合韻（上聲）：道、獸、廟
（87）歌支合韻（去聲）：化、義、帝〔註 58〕
（88）耕眞合韻（平聲）：騁、形、精、恩
（89）之部上聲：事、里

賦篇開頭的押韻頻率不高，這跟〈子虛賦〉引言的現象頗爲相似。亡是公

〔註 58〕唐作藩《上古音手冊》據王力之說，列入錫部，見唐作藩：《上古音手冊》（南京：江蘇人民出版社，1982 年），頁 28。

「君未覩夫巨麗也，獨不聞天子之上林乎？」之前的十句話中，僅「得」「職」「大」「越」四個韻腳；第三組之後隔句押韻，這樣的形式到第七組「瀵」字一轉，「汨」、「瀄」、「折」、「冽」和隔一段的「磕」、「淈」、「沸」、「沫」、「疾」、「懷」則句句押韻。

第八組開始，才有隔句出現的平聲韻腳，「池」、「螭」、「離」、「魠」更是接連出現，與之前的仄聲韻腳明顯不同。第一到第九個韻組中，除了間隔較大的第一、二組外，33 個韻腳中有 16 字隔句押〔註59〕，15 字逐句押〔註60〕，2 字隔兩句押〔註61〕，韻腳出現頗爲頻繁。

而亡是公敘述完匯聚八川的大湖內「鰅鰫鰬魠，禺禺魼鰨，揵鰭掉尾，振鱗奮翼，潛處乎深巖」，各種魚類棲息其間的景況，又從「魚鼈讙聲，萬物眾夥」一轉，講起湖畔的明月，青藻搖漾、磷爛蜀石與棲習的水鳥；「歌部平聲」韻也換爲第十組隔句押的「歌部上聲」韻腳。

緊接在兩個元部（-an）韻腳「爛」、「汗」後的，是第十二組的入聲韻字「鳿」「目」，再回到主要元音爲-a-的魚部平聲韻。寫水畔風光的 13 個韻腳中，除了第一個「夥」字外，7 字是隔句押韻〔註62〕，5 字句句押韻，〔註63〕頻率大抵同上一小段；接著第十五到二十九組，以「魚」、「歌」、「脂」部字夾雜入聲韻腳，描述崇山巨木的 42 字中，「句句押韻」和「隔句押韻」的頻率〔註64〕也平分秋色。

接著第三十到三十三組，採用陽聲韻腳敘述「彌山跨谷」、矗立山水之間的豪華離宮，先有 4 個隔句出現的入聲韻腳，緊接第 1 個陽部「堂」字，8 個鼻音

〔註59〕即「極」、「北」、「渭」、「內」、「態」、「來」「浦」、「野」、「下」、「口」「瀨」、「沛」、「墜」、「磕」、「歸」、「回」16 字。

〔註60〕即「瀵」、「汨」、「瀄」、「折」、「冽」、「慨」、「淈」、「沸」、「沫」、「疾」、「懷」、「池」、「螭」、「離」、「魠」15 字。

〔註61〕即「怒」「盭」2 字。

〔註62〕即「靡」、「砢」、「鳿」、「目」、「濫」、「渚」、「藹」。

〔註63〕即「爛」、「汗」、「渠」、「鸕」、「淡」。

〔註64〕第十六到二十八組中，21 字句句押韻，即「錡」、「崎」、「谷」、「瀆」、「閜」、「隖」、「廆」、「礱」、「嵓」、「靡」、「豸」、「鬻」、「陸」、「蘭」、「忽」、「犛」、「麋」、「題」、「犀」、「地」、「河」；21 字隔句押韻，即「巍」、「差」、「峨」、「築」、「蘺」、「夷」、「莎」、「干」、「蒸」、「蘋」、「原」、「衍」、「烈」、「越」、「勃」、「芴」、「涯」、「陂」、「波」、「駝」、「贏」。

韻尾隨之隔句出現，越發襯托陽聲韻腳的悠揚音效。離宮別館的四周，布滿「煌煌扈扈，照曜鉅野」、「視之無端，究之亡窮」的花草樹木，第三十四、三十五組先出以主要元音相近的「之幽宵魚」部，再穿插第三十六、三十七組的陽聲韻腳，押韻頻率也提高了。第三十四到四十三組的 29 個韻腳中，除「園」「抱」與前一個韻腳隔了三句外，11 個隔句押韻〔註 65〕，16 個句句押韻。〔註 66〕接著第四十五到四十七組，描述棲息其間的禽鳥，則在 8 字之中僅「經」字緊接上句押韻，餘皆隔句出現，並從脂歌兩部的合韻、轉而全押陽聲韻部。

「若此者數千百處。娛游往來，宮宿館舍，庖廚不徙，後宮不移，百官備具」，亡是公總結了前述宮館的環境，接著從第四十九組韻腳開始，講起秋冬之際、天子出獵的情況。前兩字「糾」「遊」都是隔三句出現，和之前「處」「舍」「具」一樣，頻率較不穩定，從隔句押韻的「生貔豹，搏豺狼，手熊羆，足壄羊」之後，第五十三到六十二組韻腳間隔較小，33 字中有 23 字隔句押，10 字句句押韻；「句句押韻」的部分主要是描寫天子「弭節徘徊，翱翔往來，睨部曲之進退，覽將帥之變態」，自得的模樣，密集出現 4 個韻腳。〔註 67〕

下一小段連著四句押韻的，是「道盡塗殫，迴車而還，消搖乎襄羊，降集乎北紘」，裡面的四個韻腳「殫」、「還」、「羊」、「紘」；作者描寫迴車的行陣十分壯大，受人車驚擾致死的野獸極多，又出現另個句句押韻的高峰，即「觀士大夫之勤略，鈞獵者之所得獲。徒車之所閵轢，騎之所蹂若，人之所蹈籍。與其窮極倦𠑺，驚憚讋伏，不被創刃而死者，它它藉藉，填阬滿谷，掩平彌澤」中的前六個韻腳，「略」「獲」、「轢」、「若」、「𠑺」、「伏」。第六十七到七十一組的 19 個韻腳中 8 字隔句押韻〔註 68〕，11 字句句押韻〔註 69〕，韻腳出現的頻率又

〔註 65〕即韻腳「榛」、「朴」、「原」、「莖」、「榮」、「楙」、「纚」、「音」、「宮」、「窮」、「隰」。

〔註 66〕即韻腳「梅」、「陶」、「扈」、「野」、「櫧」、「櫨」、「邪」、「閭」、「倚」、「佹」、「𩨨」、「砢」、「蔘」、「風」、「歙」、「輯」。

〔註 67〕五十二到六十五組 33 個韻腳當中，隔句押的有「狼」、「羊」「馬」「水」、「豸」、「氏」、「豕」、「腦」、「倒」、「去」、「獸」、「菟」、「耀」、「宙」、「羽」、「遽」、「處」、「仆」、「猋」、「鷄」、「䳺」、「凰」、「明」，句句押的有「虎」、「危」、「坻」、「徊」、「來」、「退」、「態」、「浮」、「亡」、「俱」。

〔註 68〕隔句押韻的有「鄉」、「繼」、「寒」、「春」、「首」、「柳」、「藉」、「澤」。

〔註 69〕句句押韻的有「殫」、「還」、「羊」、「紘」、「略」、「獲」、「轢」、「若」、「藉」、「𠑺」、「伏」。

下降了；而韻腳先採元音爲-a-的元部和陽部，後一組寫回駕的隊伍壯盛、眾獸驚怖致死，乃改採入聲韻。

返回離宮，設宴同歡的一段敘述中，除「奏陶唐氏之舞，聽葛天氏之歌」外，皆屬隔句押韻；美女陪侍，酒酣耳熱之際，天子樂極而思：

> 嗟乎，此大奢侈！朕以覽聽餘閒，無事棄日，順天道以殺伐，時休息於此，恐後世靡麗，遂往而不返，非所以爲繼嗣創業垂統也。

有感自己生活太靡麗，恐怕後世效法，遂命官員墾荒地、發倉糧，施惠於民；改田獵山野之舉，爲「游于六藝之囿，馳騖乎仁義之塗」。從隔句押韻的七十七組一轉，描述天子自省感悟、普施仁政的一段，隔句押韻〔註70〕和句句押韻〔註71〕的比例提高爲一比一左右，韻腳也以去入聲調爲主。至於文末亡是公的評論，則十分口語，21 句中僅 6 個韻腳。

要之，〈上林賦〉規模宏大，韻組數爲七篇之冠，音韻表現較爲複雜，韻腳密度的分布也比〈子虛賦〉多元。前七組多去入聲調的韻腳，並且在第七組出現 11 字逐句押的韻腳字；第八組轉平聲韻後多用主要元音爲-a-的歌部和魚部，敘述天子田獵所見的山水景觀。其中，第三組到二十九組描述天子上林苑的山水風光，隔句及句句押韻的韻腳各約一半，分布頗密集。

接著第三十到三十三組描寫矗立其間的豪華館舍，先入聲韻後陽聲韻，皆爲隔字出現，頻率略降，而音響效果又自不同。第三十四到四十七組形容館舍附近的花木禽鳥，韻腳用之幽宵魚一類蜀音相近的韻部，到四十二到四十四組陽聲和入聲韻交錯出現後，又多用陽聲韻部，大抵變換了三種風格，而除卻「園」「抱」二字的韻腳中，句句押韻較隔句的多了七個，出現頻率爲全篇第一。

從第四十九到六十六組，亡是公談起天子出獵的景況，韻腳分部較不規律，惟「生貔豹，搏豺狼，手熊羆，足壄羊」到「擇肉而后發，先中而命處。弦矢分，藝殪仆。」，寫「弓不虛發，應聲而倒」的一段，33 個韻腳中 23 個隔句押，10 個句句押韻，較爲規律，韻部的主要元音也多是-a-。第六十七到七十一組寫天子回車時儀容狀大，眾獸驚怖的一段，隔句和句句押韻的韻腳分別爲 8 和 11

〔註70〕隔句押韻的有 10 字「侈」、「也」、「至」、「足」、「獨」、「度」、「朔」、「胥」、「圃」、「帝」。

〔註71〕句句押韻的有 11 字「此」、「麗」、「禁」、「仞」、「戒」、「服」、「道」、「獸」、「廟」、「化」、「義」。

字，「元」「陽」「蒸」「真」等陽聲韻腳較頻繁地出現，節奏似乎更悠揚；接著天子設宴同歡，又有六組隔句出現的韻腳，顯得規律從容。

其後天子恍悟奢靡之風不可長，遂轉而普施仁政，第七十八到八十六組韻腳多為去入聲調，隔句和句句押韻的比例大抵各半；末一段亡是公的評論則十分口語，轉以陰聲韻為主，多平上聲調，韻腳分布也十分鬆散，21 句中僅 6 個韻腳。

《史記》記載，漢武帝是先看到〈子虛賦〉文本，才命司馬相如晉見，並獻上〈上林賦〉；正如何沛雄所說，「〈上林賦〉對相如個人的文章事業很有關係」，因此「〈上林賦〉的內容比〈子虛賦〉豐富得多，構裁較精巧，氣勢較宏肆，辭藻更瑰麗」〔註 72〕，這是為了讓武帝有「目不暇給」的驚喜感。通篇韻腳高峰的設置、和韻腳音韻的經營較〈子虛賦〉紊亂，其亟於措意音韻效果，或也折射出相如性格中搖曳、張揚的一面。

（三）〈美人賦〉

本篇記述司馬相如從侍梁王的一段對話；先是有人向梁王打小報告，說相如「服色容冶，妖麗不忠，將欲媚辭取悅，遊王後宮」，梁王遂問相如是否真有此事？相如乃舉鄰女和萍水相逢的美人如何大獻殷勤，他卻無動於衷的情形，以證明自己實非好色之徒。本篇共有 12 個韻組、計 46 個韻腳。以下先列出各韻組字，再加以說明。

（1）冬部平聲：忠、宮

（2）職部（入聲）：色、墨

（3）魚部平聲：徒、車、隅、土、處〔註 73〕、娛

（4）之部上聲：子、齒、茂、起、止、顧、矣

（5）冬部平聲：中、宮

（6）魚部平聲：虛、居

（7）陽部平聲〔註 74〕：堂、章、牀、光

（8）元部平聲：延、言

（9）脂微合韻（平聲）：依、悲、遲、衰、私、衣

〔註 72〕見何沛雄：《漢魏六朝賦論集・序》（台北：聯經出版事業公司，1990 年），頁 16。

〔註 73〕簡宗梧師〈司馬相如賦篇用韻考〉作「居」。

〔註 74〕第七、九、十一組韻腳，未見於簡宗梧師〈司馬相如賦篇用韻考〉。

（10）耕部平聲：冥、零、聲

（11）歌部平聲：奇、垂、施

（12）脂之合韻（平聲）：衣、肌、脂、懷、回、辭

「服色容冶，妖麗不忠，將欲媚辭取悅，遊王後宮」，這是第一組韻腳；接著梁王問、相如答，第三、四組韻腳敘述鄰女對自己的迷戀，第五組採冬部韻描述赴梁國的途中，第六組轉回魚部韻，寫起途中的豔遇。

赴梁途中的館舍，比鄰著獨居的美人；相如「排其戶而造其堂」，眼前出現的是這樣一副香豔景況：

芳香芬烈，黼帳高張。有女獨處，婉然在牀。奇葩逸麗，淑質豔光。

美人「覩臣遷延，微笑而言」，溫柔地招呼他，接著進酒設琴，就在相如的琴聲中，輕輕唱起歌來：「獨處室兮廓無依，思佳人兮情傷悲。有美人兮來何遲，日既暮兮華色衰。敢託身兮長自私」這段歌詞（第八組和第九組前五字）句句押韻的 7 個韻腳，是本篇押韻最頻繁的高潮；從-a-元音的兩個陽聲韻轉為密集出現的脂微韻（-əd），好似照應女子殷勤婉轉的心意。

之後的韻腳全為隔句出現，推開原本緊湊的節奏；不管相如是否眞的逕自「飜然高舉，與彼長辭」了，從第九組第六字開始的 13 個韻腳，規律地隔句出現，成功地與之前「一句一韻」的節奏作區隔，他「氣服於內，心正於懷」、從容正直的形象似也呼之欲出了。然而，〈美人賦〉的寫作目的，果眞不是出於好色嗎？

正如康正果所言，「用文字描繪女人的美色也是好色的一種表現，至少在宮廷文學中，描寫美色可滿足王公大臣無意識中好色的願望」〔註 75〕；康正果特別以相如〈美人賦〉為例，指出「作者似乎一再要讓讀者相信，談色歸談色，實際上什麼也沒發生。於是，在考驗的藉口掩蓋下，作者盡情發揮了他描寫美色的才能。」〔註 76〕在「上宮閑館」的相如，推開了靜掩的門扉，也似乎引領讀者，一起進入了另一個香豔旖旎的世界：「就在這願望的滿足即將到達高潮之時，作者筆鋒一轉，以那公式化的『曲終奏雅』戛然而止。考驗的過程雖不盡相同，結果總是一樣的。結果預先已設置好了，寫作的興趣全在那過程中。」〔註 77〕

〔註 75〕見康正果：《風騷與艷情》（台北：雲龍出版社，1991 年），頁 92。

〔註 76〕見康正果：《風騷與艷情》（台北：雲龍出版社，1991 年），頁 93。

〔註 77〕見康正果：《風騷與艷情》（台北：雲龍出版社，1991 年），頁 95。

從本篇押韻的高峰看來，相如眞正的目的，實在引導聽眾專注在美女微笑斜睇、柔聲唱曲的一段。密集分部的韻腳，是主要元音屬-a-的元韻和-ə-的脂微合韻；「覩臣遷延，微笑而言」之後，描寫女子解衣薦席，而自己翩然而去的從容樣子，則變爲隔句押韻，緩緩推散了原本緊湊、拔高的氛圍。即使文裡文外的相如，都想證明自己是如何的「不好色」；但韻腳分布的安排，其實已透露賦篇重點所在了。

（四）〈難蜀父老〉

本篇敘述天子命使西征夜郎，蜀地耆老因此拜訪使臣、陳述當地「百姓力屈，恐不能卒業」的苦處；使臣則以雄辯的口才說服之，使耆老士紳終於接受天子的意旨。文中的天子使臣是以如何說服故鄉父老的呢？從傳播學的角度來看，以這類非強制手段維繫階級權力的方式，便是建立霸權（hememony）〔註 78〕，將符合統治階級利益的行爲，粉飾成能帶給全民幸福的大事業。

根據 John Fiske《傳播符號學理論》的說法，「贏得霸權的主要策略之一是建構常識（common sense）。如果統治階級的意見都能被視爲『常識』，而不是階級意識，那麼意識形態的目標能達成，而且其意識形態運作不被察覺。」〔註 79〕以〈難蜀父老〉一文來說，使臣標榜著帝國的建立是如何艱辛，而人民在帝王統治之下又過得多麼富庶幸福；因此，爲了讓渴望聖治的外族也能一起享受這樣的太平盛世，人民的犧牲是很有意義的。從今天的眼光看來，這樣冠冕的說辭背後，實隱藏著武帝個人的野心。然而「意識會受到主流意識形態傳播的影響，在此情況下社會中強而有力的機構，便能滲透人們的思維，並影響人們的行動。」〔註 80〕在當時的政治、社會環境下，不論這些爭戰的實際受益者到底是誰，「爲了國家大局而犧牲」的意識形態，仍能取得廣大的社會認同。

所以，當相如標舉「普天之下，莫非王土；率土之濱，莫非王臣」的國家

〔註 78〕見 John Fiske 著，張錦華等譯：《傳播符號學理論》（台北：遠流出版事業股份有限公司，2006 年），頁 231。文中又將 hememony 譯爲「爭霸」，而本文考量敘述時的需要，仍採用翻譯上較爲常見的用法，以「霸權」稱之。

〔註 79〕見 John Fiske 著，張錦華等譯：《傳播符號學理論》（台北：遠流出版事業股份有限公司，2006 年），頁 232。

〔註 80〕見 James Lull 著，陳芸芸譯：《全球化下的傳播與文化》（台北：韋伯文化國際出版有限公司，2004 年），頁 34。

政策，論述天子欲「博恩廣施」的「德政」；再反問蜀父老「夫拯民於沈溺，奉至尊之休德，反衰世之陵夷，繼周氏之絕業，天子之急務也。百姓雖勞，又惡可以已哉？」在大漢帝國冠冕堂皇的聲威底下，百姓們遂不得不屈服了。而這些的寫作背景及目的，又如何影響其音韻設計呢？下文列出 35 個韻組、計 86 個韻腳，再說明用韻與內容的搭配。

（1）祭部（入聲）：世、濊、外

（2）支部平聲：被、靡

（3）冬部平聲：駹、邛

（4）魚部平聲〔註 81〕：榆、蒲、都

（5）錫月合韻：狄、絕

（6）之魚合韻：士、塗

（7）元談合韻：倦、贍、患

（8）脂之合韻（去聲）：記、謂

（9）職屋合韻：服、俗

（10）魚鐸合韻：覲、略

（11）之部平聲：事、事、異

（12）元部平聲〔註 82〕：元、焉

（13）質部（入聲）：出、溢

（14）之部平聲：之、災〔註 83〕、哉、茲

（15）元部平聲：安、原

（16）宵部平聲：勞、毛

（17）屋部（入聲）：躅、俗

（18）支部去聲：議、規、地

（19）魚部上聲：下、土

（20）眞部平聲：濱、臣

（21）之部上聲：恥、祉、遺

〔註 81〕簡宗梧師〈司馬相如賦篇用韻考〉多了魚部平聲的「懼」、「如」。

〔註 82〕第六、十二、十五、十九、二十組，未見於簡宗梧師〈司馬相如賦篇用韻考〉。

〔註 83〕簡宗梧師〈司馬相如賦篇用韻考〉作「菑」。

（22）職部（入聲）：國、域

（23）脂部去聲：至、微、位

（24）魚部上聲：序、虜、普、所、慕、雨

（25）脂之合韻（上聲）：涕、已

（26）質月合韻（入聲）〔註 84〕：越、計、閉

（27）元部平聲：山、原

（28）歌部平聲：施、駕

（29）支部上聲：此、彼

（30）藥職合韻（入聲）：福、溺、德

（31）冬部平聲：封、頌

（32）侵談合韻：三、音

（33）鐸部（入聲）：廓、澤

（34）眞部平聲：進、聞、先

（35）支部上聲：徙、避

對話展開前，先有一段稱頌漢帝國聲威「洋溢乎方外」的文字，第一到四組的 10 個韻腳，前 3 個隔句而出〔註 85〕，餘 7 字中、除首尾各一字是隔兩句出現外，中間 5 字句句押韻〔註 86〕，頻率緊湊。至於描寫「蜀郡縉紳」提問的部分，除前兩句「蓋聞天子之牧夷狄也，其義羈縻勿絕而已」是句句押韻外，韻腳密度明顯降低，或隔四句、或隔三句，分布也不固定〔註 87〕。

使者（即相如本人）答覆蜀父老詢問時，從「蓋世必有非常之人，然後有非常之事；有非常之事，然後有非常之功」開始，到「夏后氏戚之，乃堙洪原，決江疏河，灑沈澹災，東歸之於海，而天下永寧」一段，敘述上位者眼光超卓，而能爲人民排憂解危；第十一組到十五組韻腳，13 字中 5 字句句押韻、4 字隔句押

〔註 84〕簡文中將「計、閉」列入脂之合韻（上聲）。

〔註 85〕即「世」、「濊」、「外」。

〔註 86〕即「靡」、「駹」、「邛」、「榆」、「蒲」。

〔註 87〕如「倦」字隔四句才出現，下句緊接「贍」字後，又隔了四句才有另一個韻腳「患」；下一組去聲的脂之合韻，「記」字和前一個韻腳間隔三句、再又隔了六句才有合韻的「謂」字，十分鬆散。

韻，〔註 88〕押韻頻率明顯高於蜀郡父老的部分。相如應答時胸有成竹，流暢從容的形象遂躍然欲出。

第十六組後，韻腳的頻率又開始不穩定，僅引用《詩經》的「普天之下，莫非王土；率土之濱，莫非王臣」四句，密集出現兩對「魚部上聲」和「真部平聲」韻字；從「盭夫爲之垂涕，況乎上聖，又焉能已？」一轉，相如逐一道出天子南徵北討、仁義教化等德政，此處便有四組句句押韻，即第二十五到二十八組「鏤靈山，梁孫原」、「將博恩廣施，遠撫長駕」、「以偃甲兵於此，而息討伐於彼」、「夫拯民於沈溺，奉至尊之休德」。

從「夫拯民於沈溺，奉至尊之休德」之後，他闡述「始於憂勤」「終於佚樂」的道理，全無押韻。隔了八句的「將增太山之封，加梁父之事」，才又開始隔句或句句押韻。有似高歌之後的休止符，聽眾在旋律止息時意猶未盡、若有所失；咀嚼之際忽聞一縷低吟：第三十一組韻腳是入聲的鐸韻，兩句急促的問句、音韻效果迥異於前兩組的陽聲韻腳，「觀者未睹指，聽者未聞音，猶焦朋已翔乎寥廓，而羅者猶視乎藪澤，悲夫！」數語，恩威並施、情理兼備。

聽聞相如愷切的答覆，蜀郡父老遂「知錯請罪」，鞠躬退出。此處隔句使用「真部平聲」的韻腳，寫出他們「茫然喪其所懷來，失厥所以進」的情狀，最後「敞罔靡徙，遷延而辭避」，改採仄聲字結束全篇。總觀全文，相如的使臣身分，使他必須進行這樣的說服工作；但是，在他仔細地敘述父老問話的過程中，或已曲折地透露出身爲蜀人的他，實能理解武帝政策可能帶給人民的困擾。

另外，從韻腳來看，本篇第一到第四組在稱頌大漢聲威、十一到十五組敘述天子仁政的部分，句句和隔句押韻的韻腳分別爲五比三、五比四；接著，敘述天子「創道德之塗，垂仁義之統」的二十五到二十八組句句押韻，第三十一組、使者的反詰也句句押韻，足見韻腳字多集中在使者的話語，這樣的設計，頗符合〈難蜀父老〉的創作宗旨——也就是安撫蜀地百姓——。至於韻腳集中處的韻部設計，則未有一定。

（五）〈長門賦〉

〈長門賦〉韻腳的分布極規律，不以韻腳密度的變化來彰顯題旨；而通篇

〔註 88〕隔句押韻的有「事」、「元」、「茲」、「安」，句句押韻的有「事」、「焉」、「溢」、「之」、「原」；餘四字中「異」「出」「災」隔兩句出現，「哉」與前一個韻腳則隔三句。

將陳皇后閨居寂寥的景況凝縮於一日作息中，「雖爲代言之作，然相如以其浪漫奔放的才情，透過客觀景物的描寫，塑造出一個足以突顯陳皇后愁悶心境的環境氛圍，使人一踏入便能感受到強烈怨愁的情感，而寄予同情」〔註 89〕；韻腳中除了第四組的「紛」「存」和第六組的「想」字外，皆爲隔句出現，共有 6 個韻組、計 51 個韻腳。以下先列出各韻組字，再加以說明。

（1）魚部平聲：虞、居

（2）眞部平聲：人、親

（3）侵冬合韻：心、音、宮、臨、風、淫、陰、音

（4）眞談合韻（平聲）：襜、紛、誾、存

（5）侵冬合韻：吟、南、中、宮、崇、窮、音

（6）陽部平聲：梁、撐、粱、將、光、章、綱、央、楊、堂、房、長、揚、卬、横、徨、殃、牀、香、想、旁、亡、光、方、霜、更、明、忘

剛開始的四句「夫何一佳人兮，步逍遙以自虞。魂踰佚而不反兮，形枯槁而獨居」，押的是陰聲韻；此下皆爲陽聲韻腳，描述夫君另結新寵，自己孤身一人的景況。接著大量使用-m 或-ŋ 收尾的鼻音韻尾，表現鬱悶的心情：「登蘭臺而遙望」的她，乍聽雷聲，還以爲是武帝車駕來了。在期望與失落間擺蕩的陳皇后，眼見「孔雀集而相存兮，玄猿嘯而長吟。翡翠脅翼而來萃兮，鸞鳳翔而北南」，飛鳥們雙雙對對的形影多麼刺目，她心裡一沉，韻腳也從收-n 的談韻字「存」，轉爲雙唇緊閉的-m 韻尾字「吟」、「南」。

接下來，她「下蘭臺而周覽」，心緒越發低落，「步從容於深宮。正殿塊以造天兮，鬱並起而穹崇。間徙倚於東廂兮，觀夫靡靡而無窮」；這段的韻腳是冬韻（-oŋ）字，接下來的內容，則盡量地描摹宮殿的構造和佈置。爲什麼要這樣寫呢？葉慶炳先生有很精闢的解釋：

> 作者表面上雖在寫宮殿的構造和佈置，實際上還是在寫陳皇后，越是寫她細觀這些「靡靡而無窮」，就越顯出她此時百無聊賴的神情。所以我們讀到這一段，必須了解作者的苦心。這不但不是浪費筆墨，

〔註 89〕見陳曉雯：〈〈長門賦〉與〈自悼賦〉之比較研究〉，收入《思辯集》第七集，國立台灣師範大學國文系，2004 年 3 月，頁 142。

> 相反的，正是作者忠於藝術的表現。他情願費這麼大的力來描寫陳皇后百無聊賴的神態，而不用幾個空洞的形容詞形容一下了事，這正是他對得起讀者之處。〔註90〕

她徘徊在希望與失落間，天幕也漸漸浮現如銀的月色；「懸明月以自照兮，徂清夜於洞房。援雅琴以變調兮，奏愁思之不可長」，陳皇后回到空蕩的房中，勉力奏曲以求自寬；韻腳自此一揚，改採響度較高的陽部（-aŋ）字，描寫陳皇后「貫歷覽其中操兮，意慷慨而自卬」的激動心情。葉先生特別指出，〈長門賦〉寫聽琴的宮女「涕流離而從橫」地悲泣著，卻很有分寸地，用「舒息悒而增欷」襯托出陳皇后生長在帝王家的尊貴身分，使她能在悲痛難堪之際，仍保有雍容矜持的樣子。〔註91〕

文末她夜半醒來，驚見自己月光下孤獨的身影；夢中相依的景況，畢竟還是一場空啊。「眾雞鳴而愁予兮，起視月之精光」，陳皇后雖然知道「夜曼曼其若歲兮，懷鬱鬱其不可再更」，這樣的愁緒怕是無法消解了，而中夜不眠，眼見日照出升的她，仍懷抱期盼，溫厚地寄語夫君一份「究年歲而不敢忘」的相思。

本篇的韻腳分布明顯異於他篇，在規律的韻腳間，緩緩吐露溫柔敦厚的情意；韻腳的音韻表現也較為單純，貫串全篇的鼻音韻尾-m 或-ŋ，其發音時舌根下降，氣流由口鼻溢出〔註 92〕，似照應著女主人翁抑鬱難舒的心情。第六組陽部平聲韻共有 28 字，比前六組合起來的 21 字還多；利用-a-元音增加響度的同時，韻尾仍採-ŋ 鼻音，是否在堅定溫婉的期盼中，仍有揮之不去的遺憾呢？

（六）〈大人賦〉

〈大人賦〉描寫「悲俗世之迫隘兮，朅輕舉而遠遊」的主人公，乘蛟龍、曳彗星，遊歷東南西北四方的豪華旅程。孫晶將之與陰陽五行之說合而觀之，認為：

> 〈大人賦〉直接利用了陰陽五行學說及其相關的物類事項，建構了

〔註90〕見葉慶炳先生：〈長門賦的寫作技巧〉，收入張健、簡錦松編：《中國古典文學論文精選叢刊》（文學批評、散文與賦類）（台北：幼獅出版社，1980 年），頁 406。

〔註91〕見葉慶炳先生：〈長門賦的寫作技巧〉，收入張健、簡錦松編：《中國古典文學論文精選叢刊》（文學批評、散文與賦類）（台北：幼獅出版社，1980 年），頁 407、408。

〔註92〕此說參黃宣範：《語言學新引》（台北：文鶴出版社，2003），頁 320。

一個主人公神遊的四方世界，與〈遠遊〉相比，哲理性減弱了，文學性增強了。它沒有〈遠遊〉那種對人生艱難的反覆詠嘆和對成仙得道的期盼，直接呈現給讀者的是一個宏闊的神遊世界和一個活生生的大人形象，表現出「氣號凌雲」的賦仙風格，成爲漢代騷體賦中利用陰陽五行學説來建構空間世界的一個成功之作。〔註93〕

本篇是相如爲迎合武帝喜歡仙道神異的興趣，而創作的大賦；共有15個韻組、計51個韻腳。下文先列出各韻組字，再加以說明。

（1）幽部平聲：州、留、游、浮
（2）宵部平聲：旄、髾、搖
（3）幽部平聲：綢、浮
（4）元部平聲：蜒、卷、顏
（5）歌部上聲：麗、倚
（6）幽宵合韻（平聲）：轑、消、求
（7）陽東合韻（平聲）：東、光、陽、皇、方、行
（8）之部平聲：旗、娭〔註94〕、疑
（9）歌脂合韻（平聲）：馳、離、離、魁
（10）歌部平聲：河、沙
（11）脂歌合韻（平聲）：夷、師、危、歸
（12）之部上聲：止、母、使、喜
（13）魚部平聲：都、霞、華
（14）祭部（去聲）：厲、濞〔註95〕、逝
（15）眞部平聲：垠、門、天、聞、存

本篇韻腳大抵隔句一出〔註96〕：旅程的開始，採用蜀音相近的「幽」「宵」二部字，「驂赤螭青虯之蚴蟉宛蜒」以降，第四、五組皆爲-a-元音的陽聲韻腳；

〔註93〕見孫晶：《漢代辭賦研究》（濟南：齊魯書社，2007年7月），頁246。

〔註94〕簡宗梧師〈司馬相如賦篇用韻考〉作「嬉」。

〔註95〕簡宗梧師〈司馬相如賦篇用韻考〉作「沛」。

〔註96〕例外者僅句句押韻的「麗」、「倚」、「霞」、「華」及隔三句出現的「師」字、隔二句出現的「都」字。

主人公遍歷極東的「少陽」和極北的「太陰」，求索得道的仙人，第七組則採用平聲的「陽東合韻」，描述廣招眾神同行的景況。

整隊後南行，主人公遊歷山林河海，一邊「使靈媧鼓琴而舞馮夷」，一邊奔向天庭的閶闔門；見到「暠然白首載勝而穴處」的西王母，也順利達成長生不老的願望。其中第八到十二組的韻腳採「歌脂合韻」和「之部」韻，與前一組的鼻音韻尾形成對比。

至「必長生若此而不死兮，雖繼萬世不足以喜」以下，第十三組韻腳描寫回駕後飲朝露、食長生果，自在飛行的樣子；僅最後一組的五個眞部平聲字，帶過主人公成仙後「乘虛亡而上遐兮，超無友而獨存」、淡淡的寂寞，眞是「勸百而諷一」，無怪乎史遷云「相如既奏大人之頌，天子大說，飄飄有凌雲之氣，似遊天地之間意」〔註 97〕了。

本篇的韻腳分布頗爲規律，多陰聲韻尾，還有穿插其間的第四、七還有最後一組元部、陽東合韻和眞部的鼻音韻組。文中全無入聲字，去聲韻腳也只有第十四組祭部的三個字。

（七）〈封禪文〉

〈封禪文〉回溯遠古聖王登上泰山「建顯號，施尊名」的封禪儀式，盛讚大漢帝國，並勸說漢武帝也應登山封禪。這篇賦是相如死前叮嚀家人交給使者的作品〔註 98〕，這透露相如作爲「言語侍從之臣」、「親近帝王而不尊貴」〔註 99〕的處境：相如有其政治理想，囿於身分限制而不得暢言，生前即因此「常稱疾避事」〔註 100〕；但最中仍用他最擅長的方式表達出來了。本篇共有 31 個韻組、計 79 個韻腳。以下先列出各韻組字，再說明之。

（1）眞耕合韻（平聲）：民、秦、聲

（2）眞部平聲：君、存、聞

〔註 97〕見《史記》第九冊（北京：中華書局，2007 年），頁 3063。

〔註 98〕見《史記．司馬相如列傳第五十七》，收入《史記》第九冊（北京：中華書局，2007 年），頁 3063

〔註 99〕見曹淑娟：《漢賦之寫物言志傳統》（台北：文津出版社有限公司，1987 年），頁 80。

〔註 100〕見《漢書．嚴朱吾丘主父徐嚴終王賈傳第三十四》，收入《漢書》第九冊（北京：中華書局，2007 年），頁 2775。

（3）元部平聲：傳、觀

（4）陽部平聲：明、良

（5）冬部平聲：〔註101〕戎、隆

（6）耕部平聲：成、聲

（7）元部平聲：〔註102〕端、前、元、山、泉、蜒

（8）祭脂合韻（平聲）：逝、沫

（9）幽宵合韻（上聲）：獸、獸、沼

（10）元部去聲：館、變、禪

（11）脂部去聲：憓、贄

（12）元部去聲：變、見

（13）耕部平聲：榮、成

（14）脂之合韻（平聲）：辭、幾

（15）質月合韻：屈、越

（16）職屋合韻：嶽、德、福

（17）元部平聲：觀、全

（18）耕部平聲：聲、名

（19）之部去聲：事、富

（20）幽部平聲：油、游

（21）屋覺合韻：漉、育、蓄

（22）魚鐸合韻：澤、濩、慕

（23）之部平聲：來、哉

（24）魚幽合韻：獸、圃

（25）之部去聲：能〔註103〕、來

（26）蒸部平聲：徵、興

（27）之部上聲：時、祀、祉、有

（28）蒸陽合韻（平聲）：升、煌、烝、乘

〔註101〕簡宗梧師〈司馬相如賦篇用韻考〉多「終」字。

〔註102〕簡宗梧師〈司馬相如賦篇用韻考〉未列第七組、十二組韻腳。

〔註103〕簡宗梧師〈司馬相如賦篇用韻考〉作「態」。

（29）眞元合韻（平聲）：諄、巒

（30）職部（入聲）：德、翼

（31）脂歌合韻（平聲）：衰、危、祇、遺

本篇第一到第七組都是陽聲韻尾，除第七組外的 14 個韻腳中，8 個隔句一出〔註 104〕，4 個緊接上句而出〔註 105〕；之後從稱頌「大漢之德」「上暢九垓，下泝八埏」後，轉爲陰聲韻尾，且韻腳分布極不規律。到第十組「鬼神接靈圉，賓於閒館。奇物譎詭，俶儻窮變。欽哉！符瑞臻茲，猶以爲德薄，不敢道封禪。」一段，又回到三個隔句一出的「元部韻腳」。

接著大司馬晉見，勸天子封禪的部分，第十一到十八組採元部、耕部夾雜入聲的「質」「月」等入聲韻腳，而天子「遷思回慮，總公卿之議，詢封禪之事，詩大澤之博，廣符瑞之富」時，則轉爲第十九組的「之部」和「幽部」。「乃作頌曰」以降，第二十到三十組的韻腳幾乎都隔句一出〔註 106〕，採用規律的節奏，頌揚大漢帝國的壯盛，並微諷天子應「允答聖王之德，兢兢翼翼」，記取開國以來的光榮。

本篇前七個韻組，採「鼻音韻腳」敘述先秦聖王的封禪及大漢盛世；除第七組韻腳分布較錯雜外，14 個字中句句和隔句押韻的比例爲二比一（8 字／4 字），韻腳最密集的高鋒就在這開始的一段。接著大司馬勸天子封禪的說辭，韻腳大抵隔句一出，至封禪作頌的禱詞，仍維持這樣的頻率。

二、七篇賦韻腳的音韻特徵

這個小節中，我們先統計相如賦韻腳的音韻特徵，待第六節再比較七篇賦押韻和換韻的頻率，作更宏觀的處理。最左欄列出通押韻部的項目，相如賦韻腳的音韻特徵統計如下，其中「○組○字」代表的是一篇之中某韻部出現的組數和字數，以〈長門賦〉爲例，最後一列統計出通篇 6 組、51 個韻腳，其中屬「之幽宵魚」一類的是第一組魚部平聲的韻腳，有「虞」、「居」2 字，在表格中記爲「1 組 2 字」，其餘類推。最右欄則統計七篇賦在各韻類的韻組和韻腳數，

〔註 104〕即「民」、「秦」、「聲」、「存」、「聞」、「傳」、「明」、「聲」。

〔註 105〕即「觀」、「良」、「隆」、「成」。

〔註 106〕除了「能」字隔四句出現，「德」字隔三句出現，還有緊接上句的「翼」、「危」二字外，餘 25 字跟前一個韻腳都間隔一句。

以「之幽宵魚」爲例，共有64組、192字。

表3-2 〈相如賦韻腳的音韻特徵統計表〉

賦名 / 通押韻類	子虛賦	上林賦	美人賦	難蜀父老	長門賦	大人賦	封禪文	各類韻部總計
之幽宵魚	11組 38字	27組 73字	3組 15字	8組 25字	1組 2字	7組 22字	7組 17字	64組 192字
歌脂支祭	8組 31字	19組 58字	2組 9字	7組 17字	0組 0字	5組 15字	3組 8字	44組 138字
歌之	0組 0字	2組 7字	0組 0字	0組 0字	0組 0字	0組 0字	0組 0字	2組 7字
脂之	1組 4字	1組 2字	1組 6字	2組 4字	0組 0字	0組 0字	1組 2字	6組 18字
魚部麻韻／歌	1組 4字	1組 5字	0組 0字	0組 0字	0組 0字	0組 0字	0組 0字	2組 9字
質月祭脂	0組 0字	1組 0字	0組 0字	0組 0字	0組 0字	0組 0字	0組 0字	1組 14字
錫支	1組 3字	0組 0字	0組 0字	0組 0字	0組 0字	0組 0字	0組 0字	1組 3字
魚侯鐸	1組 2字	0組 0字	0組 0字	1組 2字	0組 0字	0組 0字	1組 3字	3組 7字
魚侯屋	0組 0字	1組 2字	0組 0字	0組 0字	0組 0字	0組 0字	0組 0字	1組 2字
眞文元耕〔註107〕（-n）	6組 18字	11組 31字	2組 5字	5組 11字	1組 2字	2組 8字	11組 29字	38組 104字
侵談（-m）	0組 0字	2組 4字	0組 0字	1組 2字	0組 0字	0組 0字	0組 0字	3組 6字
東冬陽蒸（-ŋ）	2組 5字	5組 11字	3組 8字	2組 4字	1組 28字	1組 6字	4組 10字	18組 72字
眞耕	0組 0字	1組 4字	0組 0字	0組 0字	0組 0字	0組 0字	0組 0字	1組 4字

〔註107〕全爲耕韻字的歸入此類，眞耕一類另外挑出。其餘列表亦同。

眞談	0 組 0 字	0 組 0 字	0 組 0 字	0 組 0 字	1 組 4 字	0 組 0 字	0 組 0 字	1 組 4 字
眞侵	0 組 0 字	2 組 4 字	0 組 0 字	0 組 0 字	0 組 0 字	0 組 0 字	0 組 0 字	2 組 4 字
元談	0 組 0 字	0 組 0 字	0 組 0 字	1 組 3 字	0 組 0 字	0 組 0 字	0 組 0 字	1 組 3 字
冬侵	0 組 0 字	1 組 4 字	0 組 0 字	0 組 0 字	2 組 15 字	0 組 0 字	0 組 0 字	3 組 19 字
質物月（-t）	1 組 2 字	5 組 12 字	0 組 0 字	2 組 5 字	0 組 0 字	0 組 0 字	1 組 2 字	9 組 21 字
葉緝（-p）	0 組 0 字	1 組 3 字	0 組 0 字	0 組 0 字	0 組 0 字	0 組 0 字	0 組 0 字	1 組 3 字
藥覺錫鐸屋職（-k）	5 組 12 字	11 組 40 字	1 組 2 字	5 組 11 字	0 組 0 字	0 組 0 字	3 組 8 字	25 組 73 字
錫月	0 組 0 字	0 組 0 字	0 組 0 字	1 組 2 字	0 組 0 字	0 組 0 字	0 組 0 字	1 組 2 字
各篇賦韻腳總計	37 組 119 字	91 組 274 字	12 組 45 字	35 組 84 字	6 組 51 字	15 組 53 字	31 組 79 字	227 組 705 字

七篇賦一共有 227 組韻腳，705 個韻字：觀統計表最左欄的各組韻字，我們發現陰聲韻共 364 字，佔了二分之一強，陽聲韻 216 字居次，入聲韻 99 字，陰入通押的則有 26 字。從韻組來看的話，陰聲韻 120 組，也比陽聲 67 組、和入聲韻 36 組加起來還多。陰聲韻中，相如最常用「之幽宵魚」一類的韻部，共 64 組、192 字；「歌脂支祭」一類則有 44 組，138 字，不管是韻組數或韻腳數，都緊追在「之幽宵魚」之後。

陽聲韻中，「眞文元耕」等收舌尖鼻音（-n）這一類，韻組和韻腳數最多，有 38 組、104 字；韻組數排名第四的，則是「藥覺錫鐸屋職」這類收舌根塞音（-k）的韻部，共 25 組，73 字。而發音部位與「藥覺錫鐸屋職」相同的鼻音韻尾，即「東冬陽蒸（-ŋ）」一類，也有 18 組、72 字。就各篇來說，全無入聲韻腳的是〈大人賦〉、〈長門賦〉兩篇，而〈長門賦〉除兩個「之幽宵魚」一類的韻腳外，其餘 43 個都是鼻音韻尾，尤其是陽部平聲韻，竟然佔了 28 字。

陽聲韻的鼻腔共鳴，可以從成阻延續到持組期〔註108〕，自由地延長發音時間，因此音韻效果較爲悠遠；〈長門賦〉是七篇中最富抒情色彩的作品，採取鼻音韻尾表露綿密的情意，頗有相得益彰之功。至於表中最末一列各篇韻組、韻腳的統計，則留待本章小結時，作一總體分析。

第三節　韻部相諧的虛字排比句

第二章第三節曾提到，相如賦中常可見到聲母相諧的排偶句，由於排比句採用的虛字，大多爲陰聲韻的之、魚、歌、支部，因此本文特闢此節，從嘆詞、助詞、介詞、連詞等「虛詞」的韻部複沓，討論句式排比造成的音韻效果。另外，「不」字爲否定的副詞〔註109〕、「相」字多用於修飾動詞，還有「以爲」、「非惟」、「莫非」、「不能」等雙聲詞組的複沓，這些字詞的排比例句也暫置於此節。各韻部的常見虛字見下表：

表3-3　〈相如賦虛字韻部表〉

之部	而、其、之、哉、茲、以、矣、不
魚部	夫、於、無、乎、者、與、也、所
支部	是、此、斯、兮
歌部	爲、得、可
元部	焉、然
陽部	相
月部	曰
質部	即
職部	則
鐸部	亦、若

本節關注的焦點，是「虛字排比」造成的音韻效果，下一節則針對「對偶

〔註108〕此說參陳新雄、竺家寧等人編：《語言學辭典》（台北：三民書局，2005年），頁357。

〔註109〕此說參王力：《漢語語法史》（北京：商務出版社，2003年），頁134；王力討論否定詞「弗」「勿」時，指出他們「是副詞兼代賓語的職能，在意義上等於『不之』和『毋之』。」故知「不」字爲副詞。

句」的音韻相諧，加以討論。其實，第二章並未嚴格切割「對偶」和「排比」的概念，本章則因爲虛詞多屬陰聲韻部，遂選擇切割擔負「語法功能」和「語意功能」的虛實二類詞，以離析出兩者不同的音韻特色，下文先說明「對偶」和「排比」的異同。

對偶和排比都有著上下句成雙出現的整齊形式，其差異則在於「對偶」字數、詞性相同，但字面不同；例如「花紅」、「柳綠」或是「水流濕，火就燥」等。〔註 110〕董季棠比較兩者的差異，指出：

> 對偶的字句，必須字數相等，排比卻不一定；對偶的句意要求相對，排比的句意卻是相並的；對偶要極力避免字面相同，律詩發達後，還講究平仄相嵌，排比卻往往字面相同，至於平仄更不計較了。〔註 111〕

> 排比，雖不及對偶的鉤心鬥角的巧思，但比對偶更有涉人心魂的說服的力量。原因是它比較闊大、雄壯，周洽而自然。〔註 112〕

相如賦的句式有不少「○○○之○○○，○○○之○○」一類、甚至兩句以上的句式排比，皆能烘托出「西漢大賦」宏偉恢闊的氣象；又因爲其結構異於採用形容詞、名詞、動詞的「對偶」現象，故而分爲兩節，各別整理其例句。

相如的七篇賦中，〈長門賦〉、〈大人賦〉屬於夾雜「兮」字的騷體賦，所以有不少「○○○而○○兮，○○○而○○」一類節奏的排比句，皆列入第一小節；針對帶兮字的騷體賦，本文只擷取字數相同的例子，至於〈大人賦〉「糾蓼叫奡踏<u>以</u>膠路兮，蔑蒙踴躍<u>而</u>狂趡」這種字數不等的例子，則暫不收入。

陳姿蓉師在其博論《漢代散體賦研究》中，將〈子虛上林賦〉、〈封禪文〉、〈美人賦〉、〈難蜀父老〉這幾篇歸入句式靈活變化、夾雜三、四、五、七言的「散體賦」中〔註 113〕；故下文針對「騷體賦的排比句」、「散體賦的排比句」，分別列出〈長門賦〉、〈大人賦〉和另外五篇賦（拆〈子虛〉、〈上林〉爲二篇）虛字複沓的例子。「散體賦」又分爲「四字句等雙式節奏」和「其他的排比句」

〔註 110〕此說參董季棠：《修辭析論》（台北：文史哲出版社，1994 年），頁 327。

〔註 111〕見董季棠：《修辭析論》（台北：文史哲出版社，1994 年），頁 341。

〔註 112〕見董季棠：《修辭析論》（台北：文史哲出版社，1994 年），頁 351。

〔註 113〕陳姿蓉：《漢代散體賦研究》（國立政治大學，民 85 年博論，簡宗梧指導），頁 24～39。

兩項討論之。

分析節奏則參考陳淵泉分析詩句短語規則的方式，即先找出雙音節的韻步，再將剩餘的單音節編入相鄰韻步，採用二或三音節的節律來討論其韻律結構〔註114〕。這和第一章許世瑛先生〈談談登樓賦的平仄規律及朗誦節奏〉、〈談談思舊賦的平仄規律及朗誦節奏〉〔註115〕兩篇文章的分法一樣，都是按照「文法功能」切割賦句，而不以表面字數爲準；例如〈子虛賦〉「駕馴駮之駟，乘彫玉之輿」兩句的節奏爲「駕／馴駮之駟，乘／彫玉之輿」，這組五字句屬於「一四節奏」，故應該歸入雙式中。

一、騷體賦的排比句

（一）之、魚部

（1）魂踰佚而不反兮，
　　形枯槁而獨居。〈長門賦〉

（2）心慊移而不省故兮，
　　交得意而相親。〈長門賦〉

（3）伊予志之慢愚兮，
　　懷貞愨之懽心。〈長門賦〉

（4）願賜問而自進兮，
　　得尚君之玉音。〈長門賦〉

（5）奉虛言而望誠兮，
　　期城南之離宮。〈長門賦〉

（6）廓獨潛而專精兮，
　　天飄飄而疾風。〈長門賦〉

（7）登蘭臺而遙望兮，
　　神怳怳而外淫。〈長門賦〉

〔註114〕見陳淵泉：〈文學品味背後的語言結構原則——從詩的格式窺探語言〉，收入香港城市大學20週年文史論文集《依舊悠然見南山》（香港：香港城市大學出版社，2004年），頁78。

〔註115〕分見《許世瑛先生論文集》第三集（台北：弘道文化，1974年），頁932～962，963～984。

（8）浮雲鬱而四塞兮，

天窈窈而晝陰。〈長門賦〉

（9）雷殷殷而響起兮，

聲象君之車音。〈長門賦〉

（10）飄風迴而起閨兮，

舉帷幄之襜襜。〈長門賦〉

（11）桂樹交而相紛兮，

芳酷烈之誾誾。〈長門賦〉

（12）孔雀集而相存兮，

玄猿嘯而長吟。〈長門賦〉

（13）心憑噫而不舒兮，

邪氣壯而攻中。〈長門賦〉

（14）下蘭臺而周覽兮，

步從容於深宮。〈長門賦〉

（15）正殿塊以造天兮，

鬱並起而穹崇。〈長門賦〉

（16）擠玉戶以撼金鋪兮，

聲噌吰而似鐘音。〈長門賦〉

（17）羅丰茸之遊樹兮，

離樓梧而相撐。〈長門賦〉

（18）施瑰木之欂櫨兮，

委參差以槺梁。〈長門賦〉

（19）時彷彿以物類兮，

像積石之將將。〈長門賦〉

（20）五色炫以相曜兮，

爛耀耀而成光。〈長門賦〉

（21）緻錯石之瓴甓兮，

像瑇瑁之文章。〈長門賦〉

（22）張羅綺之幔帷兮，
　　垂楚組之連綱。〈長門賦〉
（23）撫柱楣以從容兮，
　　覽曲臺之央央。〈長門賦〉
（24）白鶴噭以哀號兮，
　　孤雌跱於枯楊。〈長門賦〉
（25）日黃昏而望絕兮，
　　悵獨託於空堂。〈長門賦〉
（26）懸明月以自照兮，
　　徂清夜於洞房。〈長門賦〉
（27）援雅琴以變調兮，
　　奏愁思之不可長。〈長門賦〉
（28）按流徵以卻轉兮，
　　聲幼妙而復揚。〈長門賦〉
（29）左右悲而垂淚兮，
　　涕流離而從橫。〈長門賦〉
（30）舒息悒而增欷兮，
　　蹝履起而彷徨。〈長門賦〉
（31）揄長袂以自翳兮，
　　數昔日之諐殃。〈長門賦〉
（32）無面目之可顯兮，
　　遂頹思而就床。〈長門賦〉
（33）摶芬若以為枕兮，
　　席荃蘭而茝香。〈長門賦〉
（34）忽寢寐而夢想兮，
　　魄若君之在旁。〈長門賦〉
（35）眾雞鳴而愁予兮，
　　起視月之精光。〈長門賦〉

（36）望中庭之藹藹兮，

若季秋之降霜。〈長門賦〉

（37）澹偃蹇而待曙兮，

荒亭亭而復明。〈長門賦〉

（38）悲俗世之迫隘兮，

朅輕舉而遠遊。〈大人賦〉

（39）乘絳幡之素蜺兮，

載雲氣而上浮。〈大人賦〉

（40）建格澤之修竿兮，

總光耀之采旄。〈大人賦〉

（41）掉指橋以偃蹇兮，

又猗抳以招搖。〈大人賦〉

（42）紅杳眇以玄湣兮，

猋風涌而雲浮。〈大人賦〉

（43）駕應龍象輿之蠖略委麗兮，

驂赤螭青虯之蚴蟉宛蜒。〈大人賦〉

（44）低卬夭蟜裾以驕驁兮，

詘折隆窮躩以連卷。〈大人賦〉

（45）沛艾糾螑仡以佁儗兮，

放散畔岸驤以孱顏。〈大人賦〉

（46）互折窈窕以右轉兮，

橫厲飛泉以正東。〈大人賦〉

（47）悉徵靈圉而選之兮，

部署眾神於搖光。〈大人賦〉

（48）左玄冥而右黔雷兮，

前長離而後矞皇。〈大人賦〉

（49）祝融警而蹕御兮，

清氣氛而后行。〈大人賦〉

（50）屯余車而萬乘兮，
粹雲蓋而樹華旗。〈大人賦〉

（51）歷唐堯於崇山兮，
過虞舜於九疑。〈大人賦〉

（52）攢羅列叢聚以蘢茸兮，
衍曼流爛痑以陸離。〈大人賦〉

（53）徑入雷室之砰磷鬱律兮，
洞出鬼谷之堀礱崴魁。〈大人賦〉

（54）使句芒其將行兮，
吾欲往乎南娭。〈大人賦〉

（55）排閶闔而入帝宮兮，
載玉女而與之歸。〈大人賦〉

（56）登閬風而遙集兮，
亢鳥騰而壹止。〈大人賦〉

（57）僸祲尋而高縱兮，
分鴻溶而上厲。〈大人賦〉

（58）貫列缺之倒景兮，
涉豐隆之滂濞。〈大人賦〉

（59）騁遊道而脩降兮，
騖遺霧而遠逝。〈大人賦〉

（60）近區中之隘陝兮，
舒節出乎北垠。〈大人賦〉

（61）遺屯騎於玄闕兮，
軼先驅於寒門。〈大人賦〉

（62）下崢嶸而無地兮，
上嵺廓而無天。〈大人賦〉

（63）視眩泯而亡見兮，
聽敞怳而亡聞。〈大人賦〉

（64）乘虛亡而上遐兮，

超無友而獨存。〈大人賦〉

（二）兩類以上韻部

（1）刻木蘭以爲榱兮，

飾文杏以爲梁。〈長門賦〉

（2）攙纚搶以爲旌兮，

靡屈虹而爲綢。〈大人賦〉

（3）垂旬始以爲幓兮，

曳彗星以爲髾。〈大人賦〉

二、散體賦的排比句

（一）四字句等雙式節奏

本項列出的是虛詞排比的四字句，還有像〈上林賦〉「撞／千石之鐘」、〈封禪文〉「君／莫・盛於唐堯」一類，句末的語意結構爲偶數之例；詳細的分析法在本節開頭已經談過，此處不再贅言。至於兩句以上的排比形式、和散體賦單式節奏的排比句，則另外列出。

1、之、魚部

（1）遊於後園，

覽於有無。〈子虛賦〉

（2）緣以大江，

限以巳巫山。〈子虛賦〉

（3）纚乎淫淫，

班乎裔裔。〈子虛賦〉

（4）泊乎無爲，

澹乎自持。〈子虛賦〉

（5）觀乎成山，

射乎之罘。〈子虛賦〉

（6）駕馴駮之駟，

乘彫玉之輿。〈子虛賦〉

（7）出乎椒丘之闕，
行乎州淤之浦。〈上林賦〉

（8）徑乎桂林之中，
過乎泱莽之壄。〈上林賦〉

（9）揜以綠蕙，
被以江離。〈上林賦〉

（10）糅以蘼蕪，
雜以流夷。〈上林賦〉

（11）羅乎後宮，
列乎北園。〈上林賦〉

（12）蓋象金石之聲，
管籥之音。〈上林賦〉

（13）視之無端，
究之亡窮。〈上林賦〉

（14）庖廚不徙，
後宮不移。〈上林賦〉

（15）箭不苟害，解脰陷腦，
弓不虛發，應聲而倒。〈上林賦〉

（16）率乎直指，
揜乎反鄉。〈上林賦〉

（17）徒車之所閵轢，
騎之所蹂若。〈上林賦〉

（18）置酒乎顥天之臺，
張樂乎膠葛之寓。〈上林賦〉

（19）荊吳鄭衛之聲，
〈韶〉、〈濩〉、〈武〉、〈象〉之樂，
陰淫案衍之音。〈上林賦〉

（20）麗靡爛漫於前，
靡曼美色於後。〈上林賦〉

（21）鄉風而聽，
　　　隨流而化。〈上林賦〉

（22）徒事爭於游戲之樂，
　　　　　　　苑囿之大。〈上林賦〉

（23）不務明君臣之義，
　　　　　正諸侯之禮。〈上林賦〉

（24）奔星更於閨闥，
　　　宛虹拖於楯軒。〈上林賦〉

（25）靈圄燕於閒館，
　　　偓佺之倫暴於南榮。〈上林賦〉

（26）醴泉湧於清室，
　　　通川過於中庭。〈上林賦〉

（27）陵三嵕之危，
　　　下磧歷之坻。〈上林賦〉

（28）撞千石之鐘，
　　　立萬石之虡。〈上林賦〉

（29）建翠華之旗，
　　　樹靈鼉之鼓。〈上林賦〉

（30）罷車馬之用，
　　　抏士卒之精，
　　　費府庫之財。〈上林賦〉

（31）忘國家之政，
　　　貪雉兔之獲。〈上林賦〉

（32）恆翹翹而西顧，
　　　欲留臣而共止。〈美人賦〉

（33）女乃弛其上服，
　　　　　表其褻衣。〈美人賦〉

（34）臣乃氣服於內，
　　　　　心正於懷。〈美人賦〉

（35）仁者不以德來，
強者不以力并。〈難蜀父老〉

（36）則是蜀不變服，
而巴不化俗也。〈難蜀父老〉

（37）故休烈顯乎無窮，
聲稱浹乎于茲。〈難蜀父老〉

（38）是以六合之內，
八方之外。〈難蜀父老〉

（39）夷狄殊俗之國，
遼絕異黨之域。〈難蜀父老〉

（40）且夫王者固未有不始於憂勤，
而終於佚樂者也。〈難蜀父老〉

（41）今罷三郡之士，
通夜郎之塗。〈難蜀父老〉

（42）創道德之塗，
垂仁義之統。〈難蜀父老〉

（43）方將增太山之封，
加梁父之事。〈難蜀父老〉

（44）猶焦朋已翔乎寥廓，
而羅者猶視乎藪澤。〈難蜀父老〉

（45）罔若淑而不昌，
疇逆失而能存？〈封禪文〉

（46）亦各並時而榮，
咸濟厥世而屈。〈封禪文〉

（47）蓋聞其聲，
今觀其來。〈封禪文〉

（48）率邇者踵武，
逖聽者風聲。〈封禪文〉

（49）總公卿之議，
　　詢封禪之事。〈封禪文〉
（50）詩大澤之博，
　　廣符瑞之富。〈封禪文〉
（51）愼所由於前，
　　謹遺教於後耳。〈封禪文〉

2、歌、支部

（1）江河爲阹，
　　泰山爲櫓。〈上林賦〉

3、陽部

（1）欲以奢侈相勝，
　　荒淫相越。〈上林賦〉

4、職、鐸部

（1）興必慮衰，
　　安必思危。〈封禪文〉

5、兩類以上韻部

（1）禹不能名，
　　离不能計。〈子虛賦〉
（2）山陵爲之震動，
　　川谷爲之蕩波。〈上林賦〉
（3）普天之下，莫非王土；
　　率土之濱，莫非王臣。〈難蜀父老〉
（4）君莫盛於唐堯，
　　臣莫賢於后稷。〈封禪文〉
（5）非惟雨之，又潤澤之。
　　非惟濡之，氾專濩之。〈封禪文〉

（二）其他的排比句

本項羅列兩句以上的排比句，或是〈子虛賦〉「秋田乎青丘，傍偟乎海外。」一類的五字句、還有〈上林賦〉「青龍蚴蟉於東箱，象輿婉僤於西清」這類，七字的排比例句。

1、之、魚部

（1）靡魚須之橈旃，
　　曳明月之珠旗，
　　建干將之雄戟。〈子虛賦〉

（2）左烏號之彫弓，
　　右夏服之勁箭。〈子虛賦〉

（3）觀壯士之暴怒，
　　與猛獸之恐懼。〈子虛賦〉

（4）願聞大國之風烈，
　　　先生之餘論也。〈子虛賦〉

（5）邪與肅愼爲鄰，
　　右以湯谷爲界。〈子虛賦〉

（6）秋田乎青丘，
　　傍偟乎海外。〈子虛賦〉

（7）丹水更其南，
　　紫淵徑其北。〈上林賦〉

（8）頫杳眇而無見，
　　仰攀橑而捫天。〈上林賦〉

（9）青龍蚴蟉於東箱，
　　象輿婉僤於西清。〈上林賦〉

（10）睨部曲之進退，
　　覽將帥之變態。〈上林賦〉

（11）擇肉而后發，
　　先中而命處。〈上林賦〉

（12）消搖乎襄羊，
　　降集乎北紘。〈上林賦〉

（13）觀士大夫之勤略，
　　鈞獵者之所得獲。〈上林賦〉

（14）奏陶唐氏之舞，

聽葛天氏之歌。〈上林賦〉

（15）實陂池而勿禁，

虛宮館而勿仞。〈上林賦〉

（16）脩容乎《禮》園，

翱翔乎《書》圃。〈上林賦〉

（17）德隆於三皇，

功羨於五帝。〈上林賦〉

（18）獨處室兮廓無依，

思佳人兮情傷悲。〈美人賦〉

（19）有美人兮來何遲，

日既暮兮華色衰。

敢託身兮長自私。〈美人賦〉

（20）今割齊民以附夷狄，

弊所恃以事無用。〈難蜀父老〉

（21）夫拯民於沈溺，

奉至尊之休德。〈難蜀父老〉

（22）反衰世之陵夷，

繼周氏之絕業，

天子之急務也。〈難蜀父老〉

（23）故馳騖乎兼容并包，

而勤思乎參天貳地。〈難蜀父老〉

（24）后稷創業於唐堯，

公劉發跡於西戎。〈封禪文〉

（25）業隆於繦褓，

而崇冠於二后。〈封禪文〉

（26）然後囿騶虞之珍群，

徼麋鹿之怪獸。〈封禪文〉

（27）夫修德以錫符，

奉符以行事。〈封禪文〉

2、兩種以上韻部

（1）其土則丹青赭堊，雌黃白坿，錫碧金銀；眾色炫耀，照爛龍鱗。

其石則赤玉玫瑰，琳瑉昆吾，瑊玏玄厲，碝石武夫。〈子虛賦〉

（2）其東則有蕙圃，衡蘭芷若，穹窮昌蒲，江離麋蕪，諸柘巴且。

其南則有平原廣澤，登降陁靡，案衍壇曼，緣以大江，限以巫山。〈子虛賦〉

（3）其高燥則生葴析苞荔，薛莎青薠。

其卑溼則生藏莨蒹葭，東蘠彫胡，蓮藕觚蘆，奄閭軒于。眾物居之，不可勝圖。〈子虛賦〉

（4）其西則有涌泉清池，激水推移。外發夫容𦵔華，內隱鉅石白沙。

其中則有神龜蛟鼉，瑇瑁鼈黿。

其北則有陰林巨樹，楩柟豫章，桂椒木蘭，檗離朱楊，樝梨梬栗，橘柚芬芳。〈子虛賦〉

（5）其上則有宛雛孔鸞，騰遠射干。

其下則有白虎玄豹，蟃蜒貙豻。〈子虛賦〉

（6）有而言之，是章君之惡也，

無而言之，是害足下之信也。〈子虛賦〉

（7）夫使諸侯納貢者，非為財幣，所以述職也；

封疆畫界者，非為守禦，所以禁淫也。〈上林賦〉

（8）其南則隆冬生長，涌水躍波，

其獸則㺎旄貘犛，沈牛麈麋，赤首圜題，窮奇象犀。〈上林賦〉

（9）其北則盛夏含凍裂地，涉冰揭河；

其獸則麒麟角端，騊駼橐駝，蛩蛩驒騱，駃騠驢鸁。〈上林賦〉

（10）故軌跡夷易，易遵也；

湛恩濛涌，易豐也。〈封禪文〉

（11）憲度著明，易則也；

垂統理順，易繼也。〈封禪文〉

下表先統計相如賦排比句的常用韻部，再討論其數據代表的意義；因爲散體賦又分「四字句等雙式節奏」和「其他的排比句」兩項，爲了便於觀察，下表分別列出例子數，除了騷體賦的〈大人賦〉〈長門賦〉兩篇以外，統計時皆以斜線（／）隔開；分別寫出「散體賦」中「雙式節奏」和「其他」兩類的例子數。

以〈美人賦〉爲例，其「之魚」諧韻的排比句共有 5 句，其中 3 例屬於「四字句等雙式節奏」，即「恆翹翹而西顧，欲留臣而共止」，「西顧」、「共止」屬偏正的複合詞組，所以歸爲「雙式節奏」；另外兩個例子，則是「女乃弛其上服，表其褻衣」「臣乃氣服於內，心正於懷」。還有 2 例屬於「其他的排比句」，即「獨處室兮廓無依，思佳人兮情傷悲」和「有美人兮來何遲，日既暮兮華色衰。敢託身兮長自私。」兩組。在統計表中，簡寫爲「3／2」。各韻類例句的總數，也分「騷（體賦）」、「散（體賦）」兩項來統計；以「之魚」諧韻爲例，共有 64 個「騷體賦」的排比採用此類韻，「散體賦」則有 51 加上 27 例，共計 78 例採「之魚」諧韻。

表 3-4　〈相如賦虛字排比句統計表〉

賦名／韻部	子虛賦	上林賦	美人賦	難蜀父老	長門賦	大人賦	封禪文	各韻類例句總數	
								騷	散
之魚	6／6	25／11	3／2	10／4	37	27	7／4	64	51／27
歌支	0／0	1／0	0／0	0／0	0	0	0／0	0	1／0
元	0／0	0／0	0	0／0	0	0	0／0	0	0
陽	0／0	1／0	0／0	0／0	0	0	0／0	0	1／0
月質	0	0	0	0	0	0	0／0	0	0
職鐸	0／0	0／0	0／0	0／0	0	0	1／0	0	1／0
兩種以上	1／6	1／3	0／0	1／0	1	2	2／2	3	5／11
各篇總數	7／12	28／14	3／2	11／4	38	29	10／6	67	59／38

從統計表可以看出，不管是騷體賦或是散體賦，大多數排比句都採用「之魚部」的字；歌支一類和陽部、職鐸一類則各有一例。此外，散體賦「兩種以上韻部的排比」，共有 16 例，其中 10 例是陰聲韻和入聲韻的搭配，例如〈子虛賦〉「其上則有宛雛孔鸞，騰遠射干。其下則有白虎玄豹，蟃蜒貙犴」，便是「之部」和「職部」虛字間出的例子。至於陰聲韻和陽聲韻搭配的排比句，只有〈子

虛賦〉「禹不能名，离不能計」一例。

「散體賦」排比的例子中，「四字句等雙式節奏」共計 60 例，明顯比非雙式節奏的 38 例多；或許可以說，相如散體賦的虛字排比，主要出現在四字句等雙式節奏中。這剛好與他寫作「騷體賦」時，常用的單式節奏形成對比。

第四節　韻部相諧的排偶句

接下來，本文針對相如賦韻部相諧的其他特徵，即「韻部相諧的排偶句」、「陽入聲韻搭配的排偶句」兩項，在本節及下一節列出例句，以便統計、歸納；本章第二節已介紹各篇的韻腳，因此不再列入本節。

考察韻部相諧的標準，就是第一、二節所討論，有通押關係的韻部組合；通押現象的反映作者語感，應予以尊重。有一些同屬鼻音韻尾的例子，像是〈子虛賦〉中的「**緣（元部-an）**以大江，**限（文部-ən）**以巫山」、「錫**碧（鐸部-ak）金（侵部-əm）**銀，眾**色（職部-ək）炫（文部-ən）**燿」，雖然是陽聲韻的排偶句，但由於兩個韻部沒有「通押關係」，遂不列入下例中。下文便按照「陰聲韻」和「陰入通押」、「陽聲韻」還有「入聲韻」、「兩種以上韻部相諧」五項，羅列韻部相諧的排偶句。

一、陰聲韻

（一）之幽宵魚

（1）王駕**車（魚部-ag）**千乘，
　　選**徒（魚部-ag）**萬騎。〈子虛賦〉

（2）選**徒（魚部-ag）**萬騎，
　　田**於（魚部-ag）**海濱。〈子虛賦〉

（3）**時（之部-əg）**從出遊，
　　遊（幽部-og^{w}）於後園。〈子虛賦〉

（4）東薔**彫（幽部-og^{w}）**胡，
　　蓮藕**觚（魚部-ag）**蘆。〈子虛賦〉

（5）其中則有神**龜（之部-əg）**蛟鼉，
　　　　　瑇**瑁（幽部-og^{w}）**鼈黿。〈子虛賦〉

（6）左烏（魚部-ag）號之彫弓，

右夏（魚部-ag）服之勁箭。〈子虛賦〉

（7）轔距（魚部-ag）虛（魚部-ag），

軼野（魚部-ag）馬（魚部-ag）。〈子虛賦〉

（8）軼野（魚部-ag）馬（魚部-ag），

轊騊（幽部-og^{w}）駼（魚部-ag）。〈子虛賦〉

（9）紆徐（魚部-ag）委曲，

鬱橈（宵部-ag^{w}）谿谷。〈子虛賦〉

（10）繆（幽部-og^{w}）繞（宵部-ag^{w}）玉綏，

眇（宵部-ag^{w}）眇（宵部-ag^{w}）忽忽。〈子虛賦〉

（11）足下不（之部-əg）遠千里，

來（之部-əg）況齊國。〈子虛賦〉

（12）備車（魚部-ag）騎之眾，

與使（之部-əg）者出田。〈子虛賦〉

（13）且齊東陼（魚部-ag）鉅海（之部-əg），

南有（之部-əg）琅邪（魚部-ag）。〈子虛賦〉

（14）浮（幽部-og^{w}）勃澥，

游（幽部-og^{w}）孟諸。〈子虛賦〉

（15）邪（魚部-ag）與（魚部-ag）肅愼爲鄰，

右（之部-əg）以（之部-əg）湯谷爲界。〈子虛賦〉

（16）徒事争於游戲（魚部-ag）之樂，

苑囿（之部-əg）之大。〈上林賦〉

（17）出乎椒丘（魚部-ag）之（之部-əg）闕，

行乎州淤（之部-əg）之（之部-əg）浦。〈上林賦〉

（18）酆鎬（宵部-ak^{w}）潦潏，

紆餘（魚部-ag）委蛇。〈上林賦〉

（19）置酒乎顥（宵部-ag^{w}）天之臺，

張樂乎膠（幽部-og^{w}）葛之寓。〈上林賦〉

（20）宛潬膠（幽部-og^{w}）盭，

踰波趨（侯部-ag）浥。〈上林賦〉

（21）踰波趨（侯部-ag）浥，

涖涖下（魚部-ag）瀨。〈上林賦〉

（22）馳波跳（宵部-ag^{w}）沫，

汩㶆漂（宵部-ag^{w}）疾。〈上林賦〉

（23）寂漻（幽部-og^{w}）無聲，

肆乎（魚部-ag）永歸。〈上林賦〉

（24）潏乎（魚部-ag）滈滈（宵部-ag^{w}），

東注（侯部-ag）大湖（魚部-ag）。〈上林賦〉

（25）亭皋（幽部-og^{w}）千里，

靡不（之部-əg）被築。〈上林賦〉

（26）其獸則庸旄（宵部-ag^{w}）貘犛，

沈牛（之部-əg）麈麋。〈上林賦〉

（27）頫杳眇（宵部-ag^{w}）而無見，

仰攀橑（宵部-ag^{w}）而捫天。〈上林賦〉

（28）煌煌扈（魚部-ag）扈（魚部-ag），

照曜鉅（魚部-ag）野（魚部-ag）。〈上林賦〉

（29）於是乎背秋（幽部-og^{w}）涉冬，

天子（之部-əg）校獵。〈上林賦〉

（30）江河爲阹（魚部-ag），

泰山爲櫓（魚部-ag）。〈上林賦〉

（31）箭不（之部-əg）苟害，

解脰（侯部-ag）陷腦。〈上林賦〉

（32）追怪（之部-əg）物，

出宇（魚部-ag）宙。〈上林賦〉

（33）射游梟（宵部-ag^{w}），

櫟蜚遽（魚部-ag）。〈上林賦〉

（34）道盡塗（魚部-ag）殫，
迴車而（之部-əg）還。〈上林賦〉

（35）建翠華之旗（之部-əg），
樹靈鼉之鼓（魚部-ag）。〈上林賦〉

（36）族居（魚部-ag）遞奏，
金鼓（魚部-ag）迭起。〈上林賦〉

（37）絕殊（侯部-ag）離俗，
姣冶（魚部-ag）閑都。〈上林賦〉

（38）色授（幽部-og^w）魂予，
心愉（侯部-ag）於側。〈上林賦〉

（39）天子芒然而（之部-əg）思，
似若有（之部-əg）亡。〈上林賦〉

（40）發倉廩以救（幽部-og^w）貧窮，
補（魚部-ag）不足。〈上林賦〉

（41）四海（之部-əg）之（之部-əg）內，
靡不（之部-əg）受（幽部-og^w）獲。〈上林賦〉

（42）罷車（魚部-ag）馬之用，
抏士（之部-əg）卒之精。〈上林賦〉

（43）費府庫（魚部-ag）之財，
而無德厚（侯部-ag）之恩。〈上林賦〉

（44）務（侯部-ag）在（之部-əg）獨樂，
不（之部-əg）顧（魚部-ag）眾庶。〈上林賦〉

（45）忘國家（魚部-ag）之政，
貪雉菟（魚部-ag）之獲。〈上林賦〉

（46）齊楚（魚部-ag）之事（之部-əg），
豈不（之部-əg）哀哉（之部-əg）！〈上林賦〉

（47）鄙（之部-əg）人固（魚部-ag）陋，
不（之部-əg）知忌（之部-əg）諱。〈上林賦〉

（48）司將欲媚辭**取**（侯部-ag）悅，

遊王**後**（侯部-ag）宮。〈美人賦〉

（49）臣之東鄰，有一**女**（魚部-ag）子，

雲髮豐豔，蛾眉**皓**（幽部-og^{w}）齒。〈美人賦〉

（50）恆**翹**（宵部-ag^{w}）翹而西顧，

欲**留**（幽部-og^{w}）臣而共止。〈美人賦〉

（51）有美人兮**來**（之部-əg）何遲，

日既暮兮**華**（魚部-ag）色衰。〈美人賦〉

（52）**時**（之部-əg）來親臣，

柔（幽部-og^{w}）滑如脂。〈美人賦〉

（53）於是乃命**使**（之部-əg）西征，

隨**流**（幽部-og^{w}）而攘。〈難蜀父老〉

（54）風**之**（之部-əg）所被，

罔**不**（之部-əg）披靡。〈難蜀父老〉

（55）三年**於**（魚部-ag）茲，

而功**不**（之部-əg）竟。〈難蜀父老〉

（56）歷年**茲**（之部-əg）多，

不可**記**（之部-əg）已。〈難蜀父老〉

（57）**鄙**（之部-əg）人**固**（魚部-ag）陋，

不（之部-əg）識**所**（魚部-ag）謂。〈難蜀父老〉

（58）烏謂**此**（之部-əg）乎？

必若**所**（魚部-ag）云。〈難蜀父老〉

（59）非常**之**（之部-əg）元，

黎民**懼**（魚部-ag）焉。〈難蜀父老〉

（60）故休烈顯乎**無**（魚部-ag）窮，

聲稱浹乎**于**（魚部-ag）茲。〈難蜀父老〉

（61）舟**車**（魚部-ag）不通，人跡罕至，

政**教**（宵部-ag^{w}）未加，流風猶微。〈難蜀父老〉

（62）父（魚部-ag）老（幽部-og^w）不辜，
幼（幽部-og^w）孤（魚部-ag）爲奴虜。〈難蜀父老〉

（63）猶焦朋已（之部-əg）翔乎（魚部-ag）寥（幽部-og^w）廓，
而羅者猶（幽部-og^w）視乎（魚部-ag）藪（侯部-ag）澤。〈難蜀父老〉

（64）按流（幽部-og^w）徵以卻轉兮，
聲幼（幽部-og^w）妙而復揚。〈長門賦〉

（65）惕寤覺而無（魚部-ag）見兮，
魂廷廷若有（之部-əg）亡。〈長門賦〉

（66）邪（魚部-ag）絕少陽而登太陰兮，
與（魚部-ag）眞人乎相求。〈大人賦〉

（67）左玄冥而右（之部-əg）黔雷兮，
前長離而後（侯部-ag）矞皇。〈大人賦〉

（68）呼（魚部-ag）吸沆瀣兮餐朝霞，
咀（魚部-ag）噍芝英嘰瓊華。〈大人賦〉

（69）騁遊道（幽部-og^w）而脩降兮，
騖遺霧（侯部-ag）而遠逝。〈大人賦〉

（70）乘虛（魚部-ag）亡（魚部-ag）而上遐兮，
超無（魚部-ag）友（之部-əg）而獨存。〈大人賦〉

（71）五（魚部-ag）三六經，
載（之部-əg）籍之傳。〈封禪文〉

（72）續韶（宵部-ag^w）夏，
崇號（宵部-ag^w）謚。〈封禪文〉

（73）憲度著（魚部-ag）明，易則也；
垂統理（魚部-ag）順，易繼也。〈封禪文〉

（74）揆厥所（魚部-ag）元，
終都攸（幽部-og^w）卒。〈封禪文〉

（75）未有殊尤（之部-əg）絕跡，
可考（幽部-og^w）於今者也。〈封禪文〉

（76）雲專霧（侯部-ag）散，

上暢九（幽部-og^{w}）垓。〈封禪文〉

（77）獲周（幽部-og^{w}）餘（魚部-ag）珍，

放龜（之部-əg）于（魚部-ag）岐。〈封禪文〉

（78）猶（幽部-og^{w}）以爲德薄，

不（之部-əg）敢道封禪。〈封禪文〉

（79）蓋周躍魚（魚部-ag）隕杭，

休之（之部-əg）以燎。〈封禪文〉

（80）以（之部-əg）登介丘（之部-əg），

不（之部-əg）亦恧乎（魚部-ag）！〈封禪文〉

（81）德侔（幽部-og^{w}）往初，

功無（魚部-ag）與二。〈封禪文〉

（82）休（幽部-og^{w}）烈浹洽，

符（侯部-ag）瑞衆變。〈封禪文〉

（83）期（之部-əg）應紹至，

不（之部-əg）特創見。〈封禪文〉

（84）發號（宵部-ag^{w}）榮，

受厚（侯部-ag）福。〈封禪文〉

（85）天下（魚部-ag）之壯觀，

王者（魚部-ag）之丕業。〈封禪文〉

（86）君乎（魚部-ag）君乎（魚部-ag），

侯不（之部-əg）邁哉（之部-əg）！〈封禪文〉

（87）茲（之部-əg）亦於（魚部-ag）舜，

虞（魚部-ag）氏以（之部-əg）興。〈封禪文〉

（88）於（魚部-ag）傳載之，

云受（幽部-og^{w}）命所乘。〈封禪文〉

（89）興必慮（魚部-ag）衰，

安必思（之部-əg）危。〈封禪文〉

（二）歌脂支祭

（1）蜚纖垂（歌部-ar）髾，
扶輿猗（歌部-ar）靡。〈子虛賦〉

（2）登降施（歌部-ar）靡（歌部-ar），
陂池貏（支部-iei）豸（支部-iei）。〈上林賦〉

這組的兩個上古歌部字，都屬於中古支部；與上古支部有通押關係，故仍視爲韻部相諧的例子。

（3）拖（歌部-ar）蜺旌，
靡（歌部-ar）雲旗。〈上林賦〉

（4）麗（支部-iei）靡爛漫於前，
靡（歌部-ar）曼美色於後。〈上林賦〉

（5）地可（歌部-ar）墾辟，
悉爲（歌部-ar）農郊。〈上林賦〉

（6）羅（歌部-ar）丰茸之遊樹兮，
離（歌部-ar）樓梧而相撐。〈長門賦〉

（7）施（支部-iei）瑰木之欂櫨兮，
委（微部-əd）參差以糠梁。〈長門賦〉

（8）眾雞（支部-iei）鳴而愁予兮，
起視（脂部-əd）月之精光。〈長門賦〉

（9）掉指（脂部-əd）橋以偃蹇兮，
又猗（歌部-ar）抳以招搖。〈大人賦〉

（10）徑入雷（微部-əd）室之砰磷鬱律兮，
洞出鬼（微部-əd）谷之堀礱崴魁。〈大人賦〉

（11）嘉（歌部-ar）穀六穗，
我（歌部-ar）穡曷蓄。〈封禪文〉

二、陰入通押

（一）魚侯、鐸部

（1）射（鐸部-ak）麋格麟，
騖（侯部-ag）於鹽浦。〈子虛賦〉

（2）於是乃使剸諸（魚部-ag）之倫，
　　　　　　手格（鐸部-ak）此獸。〈子虛賦〉

（3）鼓嚴薄（鐸部-ak），
　　縱獵者（魚部-ag）。〈上林賦〉

（4）夫（魚部-ag）何一佳人兮，
　　步（鐸部-ak）逍遙以自虞。〈長門賦〉

（5）下（魚部-ag）蘭臺而周覽兮，
　　步（鐸部-ak）從容於深宮。〈長門賦〉

（6）低卬夭蟜裾（魚部-ag）以驕驁兮，
　　詘折隆窮躩（鐸部-ak）以連卷。〈大人賦〉

（7）非惟雨（魚部-ag）之，又潤澤（鐸部-ak）之。
　　非惟濡（魚部-ag）之，氾尃濩（鐸部-ak）之。〈封禪文〉

（二）支、錫部

（1）桂（支部-iei）椒木蘭，
　　檗（錫部-iek）離朱楊。〈子虛賦〉

三、入聲通押

（一）質、物、月部（-t）

（1）其山則盤紆岪（物部-ət）鬱（物部-ət），
　　　　　　隆崇律（物部-ət）崒（物部-ət）。〈子虛賦〉

（2）下靡蘭蕙（質部-ət），
　　上拂羽蓋（月部-at）。〈子虛賦〉

（3）脟（月部-at）割輪淬，
　　自（質部-ət）以為娛。〈子虛賦〉

（4）滭弗宓（質部-ət）汩（物部-ət），
　　偪側泌（質部-ət）瀄（質部-ət）。〈上林賦〉

（5）魚鼈（月部-at）讙聲，
　　萬物（物部-ət）眾夥。〈上林賦〉

（6）谽呀**豁（月部-at）**閜，
阜陵**別（月部-at）**隝。〈上林賦〉

（7）布**結（質部-ət）**縷，
攢**戾（月部-at）**莎。〈上林賦〉

（8）郁郁菲菲，眾香**發（月部-at）**越，
肸蠁布寫，晻薆**咇（質部-ət）**茀。〈上林賦〉

（9）其北則盛夏含凍**裂（月部-at）**地，
涉冰**揭（月部-at）**河。〈上林賦〉

（10）於是乎離宮**別（月部-at）**館，彌山跨谷。
高廊**四（質部-ət）**注，重坐曲閣。〈上林賦〉

（11）**軼（質部-ət）**白鹿，捷狡兔。
軼（質部-ət）赤電，遺光耀。〈上林賦〉

（12）有**一（質部-ət）**女子，
雲**髮（月部-at）**豐豔。〈美人賦〉

（13）今**割（月部-at）**齊民以附夷狄，
弊（月部-at）所恃以事無用。〈難蜀父老〉

（14）僕尚惡聞若**說（月部-at）**。
然斯事體**大（月部-at）**。〈難蜀父老〉

（15）爰周**郅（質部-ət）**隆，
大行**越（月部-at）**成。〈封禪文〉

（16）協**氣（物部-ət）**橫流，
武**節（質部-ət）**飄逝。〈封禪文〉

（17）**挈（月部-at）**三神之驩，
缺（月部-at）王道之儀。〈封禪文〉

（18）三**代（月部-at）**之前，
蓋**未（物部-ət）**嘗有。〈封禪文〉

（二）葉、緝部（-p）

無。

（三）職、沃、藥、屋、鐸部（-k 或-k^w）

（1）瑊玏（職部-ək）玄厲，

礝石（鐸部-ak）武夫。〈子虛賦〉

（2）孅繳（藥部-akʷ）施，

弋白（鐸部-ak）鵠。〈子虛賦〉

（3）觸（屋部-uk）穹石，

激（藥部-akʷ）堆埼。〈上林賦〉

（4）蜀石（鐸部-ak）黃碝，

水玉（屋部-uk）磊砢。〈上林賦〉

（5）鳿鷫鵠（覺部-okʷ）鴇，

駕鵞屬（屋部-uk）玉。〈上林賦〉

（6）於是乎崇山矗矗（職部-ək），巃嵸崔巍，

深林巨木（屋部-uk），嶄巖參差。〈上林賦〉

（7）揭車衡蘭，稾本射（鐸部-ak）干。

茈薑蘘荷，葴持若（鐸部-ak）蓀。〈上林賦〉

（8）靚莊刻（職部-ək）飾（職部-ək），

便嬛綽（藥部-akʷ）約（藥部-akʷ）。〈上林賦〉

（9）蓋象金石（鐸部-ak）之聲，

管龠（藥部-akʷ）之音。〈上林賦〉

（10）門閣（鐸部-ak）晝掩，

曖若（鐸部-ak）神居。〈美人賦〉

（11）仁者不以德（職部-ək）來，

強者不以力（職部-ək）并。〈難蜀父老〉

（12）則是蜀不變服（職部-ək），

而巴不化俗（屋部-uk）也。〈難蜀父老〉

（13）刻（職部-ək）木蘭以爲榱兮，

飾（職部-ək）文杏以爲梁。〈長門賦〉

（14）若（鐸部-ak）季秋之降霜。

夜（鐸部-ak）曼曼其若歲兮。〈長門賦〉

（15）罔若（鐸部-ak）淑而不昌，
疇逆（鐸部-ak）失而能存？〈封禪文〉

（16）詩大澤之博（鐸部-ak），
廣符瑞之富（職部-ək）。〈封禪文〉

四、陽聲通押

（一）元、真文、耕部（-n）

（1）選（元部-an）徒萬騎，
田（眞部-ən）於海濱。〈子虛賦〉

（2）弋白鵠，連（元部-an）駕鵞，
雙鶬下，玄（眞部-ən）鶴加。〈子虛賦〉

（3）珍（眞部-ən）怪鳥獸，
萬（元部-an）端鱗崒。〈子虛賦〉

（4）揵（元部-an）鰭掉尾，
振（文部-ən）鱗奮翼。〈上林賦〉

（5）振（文部-ən）溪通谷，
蹇（元部-an）產溝瀆。〈上林賦〉

（6）允（文部-ən）溶淫鬻，
散（元部-an）渙夷陸。〈上林賦〉

（7）醴泉（元部-an）湧於清室，
通川（文部-ən）過於中庭。〈上林賦〉

（8）奔（文部-ən）星更於閨闥，
宛（元部-an）虹拖於楯軒。〈上林賦〉

（9）玟（眞部-ən）玉旁唐，
玢（文部-ən）豳文鱗。〈上林賦〉

（10）長千（眞部-ən）仞，
大連（元部-an）抱。〈上林賦〉

（11）攢（元部-an）立叢倚，
連（元部-an）卷欐佹。〈上林賦〉

（12）被山（元部-an）緣谷，

循阪（元部-an）下隰。〈上林賦〉

（13）鋋（元部-an）猛氏，

羂（元部-an）要褭。〈上林賦〉

（14）彎（元部-an）蕃弱，

滿（元部-an）白羽。〈上林賦〉

（15）山（元部-an）陵爲之震動，

川（文部-ən）谷爲之蕩波。〈上林賦〉

（16）睨部曲之進（眞部-ən）退，

覽將帥之變（元部-an）態。〈上林賦〉

（17）藺（眞部-ən）玄（眞部-ən）鶴，

亂（元部-an）昆（文部-ən）雞。〈上林賦〉

（18）觀（元部-an）士大夫之勤略，

鈞（眞部-ən）獵者之所得獲。〈上林賦〉

（19）淮南〈干（元部-an）遮〉，

文成顚（眞部-ən）歌。〈上林賦〉

（20）載雲（文部-ən）罕，

揜群（文部-ən）雅。〈上林賦〉

（21）臣（眞部-ən）之東鄰，有一女子，

雲（文部-ən）髮豐豔，蛾眉皓齒。〈美人賦〉

（22）登垣（元部-an）而望臣，

三年（眞部-ən）于茲矣。〈美人賦〉

（23）上宮閒（元部-an）館，

寂寞雲（文部-ən）虛。〈美人賦〉

（24）信（眞部-ən）誓旦旦，秉志不回，

翻（元部-an）然高舉，與彼長辭。〈美人賦〉

（25）君（文部-ən）臣易位，

尊（文部-ən）卑失序。〈難蜀父老〉

（26）殷殷（文部-ən）而響起兮，

聲象君（文部-ən）之車音。〈長門賦〉

（27）飄風迴而起閨（文部-ən）兮，

舉帷幄之襜襜（真部-ən）。〈長門賦〉

（28）間（元部-an）徙倚於東廂兮，

觀（元部-an）夫靡靡而無窮。〈長門賦〉

（29）懸（元部-an）明月以自照兮，徂清夜於洞房。

援（元部-an）雅琴以變調兮，奏愁思之不可長。〈長門賦〉

（30）按（元部-an）流徵以卻轉兮，聲幼妙而復揚。

貫（元部-an）歷覽其中操兮，意慷慨而自卬。〈長門賦〉

（31）摶芬（文部-ən）若以為枕兮，

席荃（元部-an）蘭而茝香。〈長門賦〉

（32）紅杳眇以玄（真部-ən）湣兮，

猋風涌而雲（文部-ən）浮。〈大人賦〉

（33）攢（元部-an）羅列叢聚以蘢茸兮，

衍（元部-an）曼流爛痑以陸離。〈大人賦〉

（34）遺屯（文部-ən）騎於玄（真部-ən）闕兮，

軼先（文部-ən）驅於寒（元部-an）門。〈大人賦〉

（35）視眩泯而亡見（元部-an）兮，

聽敞怳而亡聞（文部-ən）。〈大人賦〉

（36）文（文部-ən）王改制，

爰（元部-an）周郅隆。〈封禪文〉

（37）建顯（元部-an）號，

施尊（文部-ən）名。〈封禪文〉

（38）旼（真部-ən）旼睦睦，

君（文部-ən）子之能。〈封禪文〉

（39）蓋聞（文部-ən）其聲，

今觀（元部-an）其來。〈封禪文〉

（二）侵、談部（-m）

（1）鶩於**鹽（談部-am）**浦，
割鮮**染（談部-am）**輪。〈子虛賦〉

（2）**臨（侵部-əm）**坻注壑，
瀺（談部-am）灂霣隊。〈上林賦〉

（3）汎**淫（侵部-əm）氾（談部-am）濫（談部-am）**，
隨**風（侵部-əm）澹（談部-am）淡（談部-am）**。〈上林賦〉

（4）深**林（侵部-əm）**巨木，
嶄**巖（談部-am）**參差。〈上林賦〉

（三）蒸、東、陽、蒸、冬部（-ŋ）

（1）**衡（陽部-aŋ）**蘭芷若，
穹（蒸部-əŋ）窮昌蒲。〈子虛賦〉

（2）**弓（蒸部-əŋ）**不虛發，
中（冬部-oŋ）必決眦。〈子虛賦〉

（3）其卑溼則生**藏（陽部-aŋ）莨（陽部-aŋ）**蒹葭，
東（東部-uŋ）薔（陽部-aŋ）彫胡。〈子虛賦〉

（4）**揚（陽部-aŋ）**旌枻，
張（陽部-aŋ）翠帷。〈子虛賦〉

（5）**罔（陽部-aŋ）**毒冒，釣紫貝，
摐（東部-uŋ）金鼓，吹鳴籟。〈子虛賦〉

（6）不若大王**終（冬部-oŋ）**日馳騁，
曾（蒸部-əŋ）不下輿。〈子虛賦〉

（7）**章（陽部-aŋ）**君惡，
傷（陽部-aŋ）私義。〈子虛賦〉

（8）若乃俶**儻（陽部-aŋ）**瑰偉，
異**方（陽部-aŋ）**殊類。〈子虛賦〉

（9）**滂（陽部-aŋ）**濞沆溉，
穹（蒸部-əŋ）隆雲橈。〈上林賦〉

（10）揭車衡（陽部-aŋ）蘭，槀本射干。

茈薑蘘（陽部-aŋ）荷，葴持若蓀。〈上林賦〉

（11）眾香（陽部-aŋ）發越，

肸蠁（陽部-aŋ）布寫。〈上林賦〉

（12）落英（陽部-aŋ）幡纚，

紛溶（東部-uŋ）萷蔘。〈上林賦〉

（13）弓（蒸部-əŋ）不虛發，

應（蒸部-əŋ）聲而倒。〈上林賦〉

（14）陵（蒸部-əŋ）驚風，歷駭猋。

乘（蒸部-əŋ）虛亡，與神俱。〈上林賦〉

（15）芳香（陽部-aŋ）芬烈，

黼帳（陽部-aŋ）高張。〈美人賦〉

（16）裀褥重（東部-uŋ）陳，

角枕橫（陽部-aŋ）施。〈美人賦〉

（17）將博恩廣（陽部-aŋ）施，

遠撫長（陽部-aŋ）駕。〈難蜀父老〉

（18）孔雀集而相（陽部-aŋ）存兮，

玄猿嘯而長（陽部-aŋ）吟。〈長門賦〉

（19）撫柱楣以從（東部-uŋ）容（東部-uŋ）兮，

覽曲臺之央（陽部-aŋ）央（陽部-aŋ）。〈長門賦〉

（20）日黃昏而望（陽部-aŋ）絕兮，

悵獨託於空（東部-uŋ）堂。〈長門賦〉

（21）舒息悒而增（蒸部-əŋ）欷兮，

蹝履起而彷（陽部-aŋ）徨。〈長門賦〉

（22）觀眾星之行（陽部-aŋ）列兮，

畢昴出於東（東部-uŋ）方。〈長門賦〉

（23）攙纏搶（陽部-aŋ）以為旌兮，

靡屈虹（東部-uŋ）而為綢。〈大人賦〉

（24）登（蒸部-əŋ）閬風而遙集兮，

亢（陽部-aŋ）鳥騰而壹止。〈大人賦〉

（25）元首明（陽部-aŋ）哉！

股肱良（陽部-aŋ）哉！〈封禪文〉

（26）文王（陽部-aŋ）改制，爰周郅隆，

大行（陽部-aŋ）越成，而後陵夷衰微。〈封禪文〉

（27）上（陽部-aŋ）帝垂恩儲祉，

將（陽部-aŋ）以薦成。〈封禪文〉

（28）總公（東部-uŋ）卿之議，

詢封（東部-uŋ）禪之事。〈封禪文〉

（四）真文侵合韻

（1）傑（侵部-əm）祲尋而高縱兮，

分（文部-ən）鴻溶而上厲。〈大人賦〉

（五）真文耕合韻

（1）樝梨梬（耕部-ien）栗，

橘柚芬（文部-ən）芳。〈子虛賦〉

相如賦中有眞耕合韻之例，而西漢時眞文已經整併，故亦視文耕二部爲可合韻之關係。

（2）於是乎周覽（談部-am）氾觀，

縝紛（文部-ən）軋芴。〈上林賦〉

（3）沈沈隱（文部-ən）隱，

砰磅訇（耕部-ien）磕。〈上林賦〉

（4）允（文部-ən）溶淫鬻，散渙夷陸；

亭（耕部-ien）皐千里，靡不被築。〈上林賦〉

（5）鏤靈（耕部-ien）山，

梁孫（文部-ən）原。〈難蜀父老〉

（6）心慊移而不省（耕部-ien）故兮，

交得意而相親（眞部-ən）。〈長門賦〉

（7）緻錯石之瓴（耕部-ien）甓兮，

像瑇瑁之文（文部-ən）章。〈長門賦〉

（8）祝融警（耕部-ien）而蹕御兮，

清氣氛（文部-ən）而后行。〈大人賦〉

（六）元談合韻

（1）鼂采琬琰（談部-am），

和氏出焉（元部-an）。〈上林賦〉

（七）冬侵合韻

（1）隆（冬部-oŋ）崇（冬部-oŋ）律崒，

岑（侵部-əm）崟（侵部-əm）參差。〈子虛賦〉

（2）於是乎崇（冬部-oŋ）山矗矗，巃嵷崔巍，

深（侵部-əm）林巨木，嶄巖參差。〈上林賦〉

（八）陽耕合韻

（1）榜（陽部-aŋ）人歌，

聲（耕部-ien）流喝。〈子虛賦〉

（2）鮮支黃（陽部-aŋ）礫，

蔣芧青（耕部-ien）薠。〈上林賦〉

（3）登明（陽部-aŋ）堂，

坐清（耕部-ien）廟。〈上林賦〉

（4）丹水更（陽部-aŋ）其南，

紫淵徑（耕部-ien）其北。〈上林賦〉

（5）青（耕部-ien）龍蚴蟉於東箱（陽部-aŋ），

象（陽部-aŋ）輿婉僤於西清（耕部-ien）。〈上林賦〉

（6）鳴（耕部-ien）和鸞，

揚（陽部-aŋ）樂頌。〈難蜀父老〉

（7）懸明（陽部-aŋ）月以自照兮，

徂清（耕部-ien）夜於洞房。〈長門賦〉

（8）經（耕部-ien）營炎火而浮弱水兮，

杭（陽部-aŋ）絕浮渚涉流沙。〈大人賦〉

（9）名（耕部-ien）山（元部-an）顯位，
望（陽部-aŋ）君（文部-ən）之來。〈封禪文〉

五、兩種以上的韻部相諧

（1）其土則丹青（耕部-ien）赭（魚部-ag）堊（鐸部-ak），
雌黃（陽部-aŋ）白（鐸部-ak）坿（侯部-ag）。〈子虛賦〉

本例眞正的排偶在「丹青赭堊，雌黃白坿」；「青」、「黃」都是收舌根鼻音-ŋ 的字，由於西漢魚侯兩部已經整併，後兩字也在進行「**-ag—-ak**」、「**-ak—-ag**」的回文，頗爲特別。

（2）錫碧（鐸部-ak）金（侵部-əm）銀，
眾色（職部-ək）炫（眞部-ən）燿。〈子虛賦〉

（3）琳（侵部-əm）珉昆（文部-ən）吾，
瑊（侵部-əm）玏玄（眞部-ən）厲。〈子虛賦〉

（4）蓮（元部-an）藕（侯部-ag）觚蘆（魚部-ag），
奄（談部-am）閭（魚部-ag）軒于（魚部-ag）。〈子虛賦〉

（5）外（月部-at）發夫（魚部-ag）容蔆華，
內（物部-ət）隱鉅（魚部-ag）石白沙。〈子虛賦〉

（6）其北則有陰（侵部-əm）林（侵部-əm）巨（魚部-ag）樹，
楩（元部-an）枏（談部-am）豫（魚部-ag）章。〈子虛賦〉

（7）軼（質部-ət）野馬（魚部-ag），
轊（質部-ət）駒駼（魚部-ag）。〈子虛賦〉

（8）星流（幽部-og^w）電擊（錫部-iek），
弓不（之部-əg）虛發（月部-at）。〈子虛賦〉

（9）觀壯（陽部-aŋ）士（之部-əg）之暴怒，
與猛（陽部-aŋ）獸（幽部-og^w）之恐懼。〈子虛賦〉

（10）浮文（文部-ən）鷁（錫部-iek），
揚旌（耕部-ien）栧（月部-at）。〈子虛賦〉

（11）今齊列（月部-at）爲東蕃（元部-an），
而外（月部-at）私肅愼（眞部-ən）。〈上林賦〉

（12）捐國隃（侯部-ag）限（文部-ən），

越海而（之部-əg）田（眞部-ən）。〈上林賦〉

（13）其獸則麒（之部-əg）麟角（屋部-uk）端，

騊（幽部-og^w）駼橐（鐸部-ak）駝。〈上林賦〉

（14）夷（脂部-əd）嵕築堂（陽部-aŋ），

絫（微部-əd）臺增成（耕部-ien）。〈上林賦〉

（15）象（陽部-aŋ）輿（魚部-ag）婉（元部-an）僤於西清，

靈（耕部-ien）圉（魚部-ag）燕（元部-an）於閒館。〈上林賦〉

（16）梬（耕部-ien）棗（幽部-og^w）楊梅（之部-əg），

櫻（耕部-ien）桃（宵部-ag^w）蒲陶（幽部-og^w）。〈上林賦〉

（17）偓佺（文部-ən）之倫暴於南（侵部-əm）榮；

醴泉（元部-an）湧於清（耕部-ien）室。〈上林賦〉

這一組除了兩個主詞「偓佺之倫」、「醴泉」的第二字有文元合韻之例，還有「暴於南榮」、「湧於清室」這組排偶，第三字也是侵耕合韻。

（18）蛭蜩（幽部-og^w）蠼（鐸部-ak）蝚，

獑胡（魚部-ag）豰（屋部-uk）蛫。〈上林賦〉

（19）騎之所蹂（幽部-og^w）若（鐸部-ak），

人之所蹈（幽部-ogw）籍（鐸部-ak）。〈上林賦〉

（20）塡（眞部-ən）阬（陽部-aŋ）滿谷，

掩（談部-am）平（耕部-ien）彌澤。〈上林賦〉

（21）柔（幽部-og^w）橈嫚（元部-an）嫚，

嫵（魚部-ag）媚孅（談部-am）弱。〈上林賦〉

（22）長眉（脂部-əd）連（元部-an）娟，

微睇（脂部-əd）（元部-an）藐。〈上林賦〉

（23）實陂池而勿禁（侵部-əm），

虛宮館而勿仞（文部-ən）。〈上林賦〉

（24）弋玄（眞部-ən）鶴（藥部-ak^w），

舞干（元部-an）戚（覺部-ok^w）。〈上林賦〉

（25）脩（幽部-og^{w}）容（東部-uŋ）乎《禮》園，

翺（幽部-og^{w}）翔（陽部-aŋ）乎《書》圃。〈上林賦〉

（26）室宇（魚部-ag）遼廓（鐸部-ak），

莫與（魚部-ag）爲娛（魚部-ag）。〈美人賦〉

（27）途（魚部-ag）出鄭（耕部-ien）衛，

道（幽部-og^{w}）由桑（陽部-aŋ）中。〈美人賦〉

（28）心（侵部-əm）煩（元部-an）於慮，

而身（眞部-ən）親（眞部-ən）其勞。〈難蜀父老〉

（29）故馳騖（侯部-ag）乎兼（談部-am）容并包，

而勤思（之部-əg）乎參（侵部-əm）天貳地。〈難蜀父老〉

（30）故北出師以討（幽部-og^{w}）強（陽部-aŋ）胡，

南馳使以誚（宵部-ag^{w}）勁（耕部-ien）越。〈難蜀父老〉

（31）魂（文部-ən）踰（侯部-ag）佚而不反兮，

形（耕部-ien）枯（魚部-ag）槁而獨居。〈長門賦〉

（32）伊（脂部-əd）予志之慢（元部-an）愚兮，

懷（微部-əd）貞愨之懽（元部-an）心。〈長門賦〉

（33）願賜問（文部-ən）而自進（眞部-ən）兮，

得尙君（文部-ən）之玉音（侵部-əm）。〈長門賦〉

（34）五色（職部-ək）炫以相（陽部-aŋ）曜兮，

爛耀（藥部-ak^{w}）耀而成（耕部-ien）光。〈長門賦〉

（35）張（歌部-ar）羅綺之幔（元部-an）帷兮，

垂（歌部-ar）楚組之連（元部-an）綱。〈長門賦〉

（36）白（鐸部-ak）鶴噭（宵部-ag^{w}）以哀號兮，

孤（魚部-ag）雌跱（之部-əg）於枯楊。〈長門賦〉

（37）左（歌部-ar）右（之部-əg）悲（微部-əd）而垂淚兮，

涕（脂部-əd）流（幽部-og^{w}）離（歌部-ar）而從橫。〈長門賦〉

（38）揄（侯部-ag）長袂（月部-at）以自翳兮，

數（侯部-ag）昔日（質部-ət）之諐殃。〈長門賦〉

（39）建格**澤（鐸部-ak）**之**修（幽部-og^w）**竿兮，
總光**耀（藥部-ak^w）**之**采（之部-əg）**旄。〈大人賦〉
（40）駕應龍**象（陽部-aŋ）輿（魚部-ag）**之蠖略委麗兮，
驂赤螭**青（耕部-ien）虯（幽部-og^w）**之蚴蟉宛蜒。〈大人賦〉
（41）**邪（魚部-ag）絕（月部-at）**少陽而登太陰兮，與眞人乎相求；
互（魚部-ag）折（月部-at）窈窕以右轉兮，橫厲飛泉以正東。〈大人賦〉
（42）**使（之部-əg）**句**芒（陽部-aŋ）其（之部-əg）**將行兮，
吾（魚部-ag）欲**往（陽部-aŋ）乎（魚部-ag）**南娭。〈大人賦〉
（43）騷擾**衝（東部-uŋ）**蓯其相**紛（文部-ən）**挐兮，
滂濞**泱（陽部-aŋ）**軋麗以**林（侵部-əm）**離。〈大人賦〉
（44）**絕（月部-at）**道**不（之部-əg）周（幽部-og^w）**，
會（月部-at）食**幽（幽部-og^w）都（魚部-ag）**。〈大人賦〉
（45）**君（文部-ən）莫（鐸部-ak）盛（耕部-ien）**於唐堯，
臣（眞部-ən）莫（鐸部-ak）賢（眞部-ən）於后稷。〈封禪文〉
（46）**愼（眞部-ən）**所**由（幽部-og^w）**於前，
謹（文部-ən）遺**教（宵部-ag^w）**於後耳。〈封禪文〉

接下來我們列表統計各類韻的例子數，以找出相如賦習慣用哪些韻部，來設計音韻相諧的排偶句：

表 3-5　〈排偶句的音韻特徵統計表〉

賦名 通押韻類	子虛賦	上林賦	美人賦	難蜀父老	長門賦	大人賦	封禪文	各類韻部總計
之幽宵魚	15	32	5	11	2	5	19	89
歌脂支祭	1	4	0	0	3	2	1	11
魚侯鐸	2	1	0	0	2	1	1	7
錫支	1	0	0	0	0	0	0	1
眞文元耕〔註116〕（-n）	3	17	4	1	6	4	4	39

〔註116〕全爲耕韻字的歸入此類，眞耕一類另外挑出。其餘列表亦同。

侵談（-m）	1	3	0	0	0	0	0	4
東冬陽蒸（-ŋ）	8	6	2	1	5	2	4	28
眞文耕	1	3	0	1	2	1	0	8
陽耕	1	4	0	1	1	1	1	9
眞文侵	0	0	0	0	0	1	0	1
元談	0	1	0	0	0	0	0	1
冬侵	1	1	0	0	0	0	0	2
質物月（-t）	3	8	1	2	0	0	4	18
葉緝（-p）	0	0	0	0	0	0	0	0
藥覺錫鐸屋職（-k）	2	7	1	2	2	0	2	16
兩種以上	10	15	2	3	8	6	2	46
各篇總計	49	102	15	22	31	23	38	280

相如賦共計 280 組「韻部相諧」的排偶句，其中「之幽宵魚」一類佔了 89 例，數目最多；相如慣用的韻腳也是「之幽宵魚」一類，兩者搭配起來，能增添朗誦時的協調度。而「兩種以上韻部相諧」次之，共有 46 例，其中不少陰聲韻、陽聲韻和入聲韻混雜的例子，和 6 例「陽聲韻」與「入聲韻」搭配的現象：陽入聲對比的排偶句，時緩時疾的節奏變換，也是相如賦對偶時常用的設計手法，下一節會談到。數目位居第三的相諧韻部，則是「眞文元耕」等收-n 的舌尖鼻音字，有意思的是，舌尖鼻音也是相如賦最常用的陽聲韻韻腳。

第五節　陽入聲韻搭配的排偶句

陽聲韻鼻腔共鳴的特徵，可以從成阻延續到持組期，自由地拉長發音時間，因此聽起來較爲悠遠；發「入聲韻」時，則維持-p、-t、-k 等塞音韻尾在口腔中「持阻」的狀態，不加以除組，故口腔會一直保持緊張。相較之下，上古收塞音韻尾-d、-g 的陰聲韻字，便無法與同爲爆發音的入聲韻構成音韻對比的現象。

如果用法器來比喻的話，陽入聲韻對比的效果、就像是地鐘和木魚的搭配：地鐘由金屬片圍繞成共鳴的空間，受敲擊時能輕易地延伸其波長，故唐代張繼才有「夜半鐘聲到客船」的詩句；團圓狀的木魚因爲構造較厚，發出的「篤篤」聲往往較「鏜鏜」的鐘聲短促得多〔註 117〕。兩者搭配，敲出一緩一急的節奏，遂使得梵唄儀式莊嚴有韻地進行。

其實，相如賦中也有許多一徐一促、陽入聲搭配的排偶句，數量比上一節「韻部相諧的排偶句」還多。高友工先生曾指出，律體有「相反相成現象的相等性」，「這在音律是平仄的相反，在意律是對仗的相成」〔註 118〕；文學作品中也常有音韻對比的搭配，例如湯慧麗觀察王昌齡七言絕句，發現有入聲韻和陽聲韻的組合，方伯琪研究《文心雕龍．聲律篇》的節奏，也有類似的發現。足見詩律安排的原則本非憑虛而起，早在其誕生之前，相如和劉勰便以其敏銳的語感，來設計音韻對比和相諧的文本。在無規矩可遵的狀況下，這些文本中精細的音韻，對後代詩詞曲律的設計實具有啓發的價值。在本文結論將針對這點再加以討論、說明。

下文便依照其音韻相諧的程度，由高至低分成「主要元音和韻尾發音部位相同」、「主要元音相同，韻尾發音部位不同」，還有「主要元音相異，韻尾發音部位相同」、「主要元音和韻尾發音部位皆異」四個部分，分別統計其例子，以具體呈現相如創作時，陽聲韻和入聲韻對比的音韻特徵。

一、主要元音和韻尾發音部位相同

（一）主要元音為-a-

1、韻尾為-k、-k^{w}、-ŋ

（1）<u>上（陽部-aŋ）</u>金隄，揜翡翠，

<u>射（鐸部-ak）</u>鵔鸃，微矰出。〈子虛賦〉

〔註 117〕林久惠在其碩論《台灣佛教音樂：早晚課主要經典的音樂研究》曾指出，木魚是念誦經文時控制節奏最主要的法器，可見其波長必定較短、較無共鳴的情況，否則便無法自由控制梵唄節奏的快慢。而張繼當年所聽到的晨鐘，是寺廟大鐘敲擊的聲響；「因台灣的佛教少有大叢林制度，且寺院面積狹小，宏亮的鐘聲少有用武之地，況且位於市區的寺院，爲避免擾亂人們的作息，甚至也沒有暮鼓晨鐘，代之以打版而已。」我們在台灣很少可以聽到這樣的鐘聲，也是由於大鐘的聲音較爲宏亮悠揚的緣故。見林久惠：《台灣佛教音樂：早晚課主要經典的音樂研究》（國立師範大學音樂研究所，民國 72 年碩論，呂炳川指導），頁 77、78。

〔註 118〕見高友工：《中國美典與文學研究論集》（台北：國立臺灣大學出版中心，2004 年），頁 145。

（2）弋白（鐸部-ak）鵠，連駕鵞，
雙鶬（陽部-aŋ）下，玄鶴加。〈子虛賦〉
（3）雙鶬（陽部-aŋ）下，
玄鶴（鐸部-ak）加。〈子虛賦〉
（4）罔（陽部-aŋ）毒冒，
釣（藥部-ak^{w}）紫貝。〈子虛賦〉
（5）揭車衡（陽部-aŋ）蘭，
槀本射（鐸部-ak）干。〈上林賦〉
（6）茈薑蘘（陽部-aŋ）荷，
葴持若（鐸部-ak）蓀。〈上林賦〉
（7）明（陽部-aŋ）月珠子，
的（藥部-ak^{w}）皪江靡。〈上林賦〉
（8）步（鐸部-ak）櫩周流，
長（陽部-aŋ）途中宿。〈上林賦〉
（9）煌煌（陽部-aŋ）扈扈，
照曜（藥部-ak^{w}）鉅野。〈上林賦〉
（10）崔錯（鐸部-ak）登骫，
坑衡（陽部-aŋ）閜砢。〈上林賦〉
（11）言「我朝往（陽部-aŋ）而暮來」兮，
飲食樂（藥部-akw）而忘人。〈長門賦〉
（12）施瑰木之欂（鐸部-ak）櫨兮，
委參差以糠（陽部-aŋ）梁。〈長門賦〉
（13）揄長（陽部-aŋ）袂以自翳兮，
數昔（鐸部-ak）日之諐殃。〈長門賦〉
（14）建格（鐸部-ak）澤之修竿兮，
總光（陽部-aŋ）耀之采旄。〈大人賦〉
（15）雲尃（鐸部-ak）霧散，
上暢（陽部-aŋ）九垓。〈封禪文〉

（16）上**暢（陽部-aŋ）**九垓垓，

下**泝（鐸部-ak）**八埏。〈封禪文〉

（17）**獲（鐸部-ak）**周餘珍，

放（陽部-aŋ）龜于岐。〈封禪文〉

（18）俾萬世得**激（藥部-ak^{w}）**清流，

揚（陽部-aŋ）微波。〈封禪文〉

2、韻尾為-p、-m

（1）**奄（談部-am）**薄水陼，

唼（葉部-ap）喋菁藻。〈上林賦〉

（2）鼓**嚴（談部-am）**薄，

縱**獵（葉部-ap）**者。〈上林賦〉

（3）**捷（葉部-ap）**鵷雛，

揜（談部-am）焦明。〈上林賦〉

3、韻尾為 t、n

（1）**捐（元部-an）**國隃限，

越（月部-at）海而田。〈上林賦〉

（2）蒙**鶡（月部-at）**蘇，絝白虎，

被**斑（元部-an）**文，跨壄馬。〈上林賦〉

（3）信**誓（月部-at）**旦旦，秉志不回，

翻**然（元部-an）**高舉，與彼長辭。〈美人賦〉

（二）主要元音為-o-

1、韻尾為-k、-k^{w}、-ŋ

無。

2、韻尾為-p、-m

無。

3、韻尾為-t、-n

無。

（三）主要元音為-u-

1、韻尾為-k、-kʷ、-ŋ

（1）揜以**綠（屋部-uk）**蕙，

被以**江（東部-uŋ）**離。〈上林賦〉

2、韻尾為-p、-m

無。

3、韻尾為-t、-n

無。

（四）主要元音為-ə-

1、韻尾為-k、-kʷ、-ŋ

無。

2、韻尾為-p、-m

（1）猗柅從**風（侵部-əm）**，

蔛莅芔**歙（緝部-əp）**。〈上林賦〉

3、韻尾為-t、-n

（1）**鬱（物部-ət）**橈谿谷，

紛（文部-ən）紛裶裶。〈子虛賦〉

（2）夸條**直（質部-ət）**暢，

實葉**葰（文部-ən）**楙。〈上林賦〉

（3）**恤（質部-ət）**鰥寡，

存（文部-ən）孤獨。〈上林賦〉

（4）恣**群（文部-ən）臣（眞部-ən）**，

奏**得（職部-ək）失（質部-ət）**。〈上林賦〉

（5）若夫終**日（質部-ət）**馳騁，

勞**神（眞部-ən）**苦形。〈上林賦〉

（6）**門（文部-ən）**閤晝掩，

曖（物部-ət）若神居。〈美人賦〉

（7）士**卒（物部-ət）**勞倦，

萬**民（眞部-ən）**不贍。〈難蜀父老〉

（8）屯（文部-ən）余車而萬乘兮，
　　粹（物部-ət）雲蓋而樹華旗。〈大人賦〉

（9）懷生之類（物部-ət），
　　霑濡浸潤（眞部-ən）。〈封禪文〉

（10）自（質部-ət）我天覆，
　　雲（文部-ən）之油油。〈封禪文〉

（五）主要元音為-e-

1、韻尾為-k、-kʷ、-ŋ

無。

2、韻尾為-p、-m

無。

3、韻尾為 t、n

無。

二、主要元音相同，韻尾發音部位不同

（一）主要元音為-a-

（1）交錯（鐸部-ak）糾紛，
　　上干（元部-an）青雲。〈子虛賦〉

（2）曳（月部-at）明月（月部-at）之珠旗，
　　建（元部-an）干將（陽部-aŋ）之雄戟。〈子虛賦〉

（3）獲（鐸部-ak）若雨獸，
　　揜（談部-am）屮蔽地。〈子虛賦〉

（4）泊（鐸部-ak）乎無爲，
　　澹（談部-am）乎自持。〈子虛賦〉

（5）觀（元部-an）乎成山，
　　射（鐸部-ak）乎之罘。〈子虛賦〉

（6）鮮支黃礫（藥部-akʷ），
　　蔣芧青薠（元部-an）。〈上林賦〉

（7）於是蛟龍赤（鐸部-ak）螭，

䱭鰽漸（談部-am）離。〈上林賦〉

（8）長（陽部-aŋ）千仞，

大（月部-at）連抱。〈上林賦〉

（9）於是玄（元部-an）猨素雌，

蜼（鐸部-ak）玃飛蠝。〈上林賦〉

（10）蜎（元部-an）要褭，

射（鐸部-ak）封豕。〈上林賦〉

（11）彎蕃（元部-an）弱，

滿白（鐸部-ak）羽。〈上林賦〉

（12）過鳷鵲（鐸部-ak），

望露寒（元部-an）。〈上林賦〉

（13）它它藉（鐸部-ak）藉，

塡阬滿（元部-an）谷。〈上林賦〉

（14）柔橈嫚嫚（元部-an），

嫵媚孅（元部-an）弱（藥部-ak^{w}）。〈上林賦〉

（15）皓齒粲（元部-an）爛（元部-an），

宜笑的（藥部-ak^{w}）皪（藥部-ak^{w}）。〈上林賦〉

（16）長眉連娟（元部-an），

微睇藐（藥部-ak^{w}）。〈上林賦〉

（17）射（鐸部-ak）〈貍首〉，

兼（談部-am）〈騶虞〉。〈上林賦〉

（18）天子芒然（元部-an）而思，

似若（鐸部-ak）有亡。〈上林賦〉

（19）以贍氓隸（月部-at），

隤牆塡塹（談部-am）。〈上林賦〉

（20）槃石（鐸部-ak）裖崖，

嶔巖（談部-am）倚傾。〈上林賦〉

（21）赤瑕駁**犖（藥部-ak^{w}）**，

雜臿其**間（元部-an）**。〈上林賦〉

（22）遊於**梁（陽部-aŋ）**王。

梁王**悅（月部-at）**之。〈美人賦〉

（23）芳香芬**烈（月部-at）**，

黼帳高**張（陽部-aŋ）**。〈美人賦〉

（24）女乃弛其**上（陽部-aŋ）**服，

表其**褻（月部-at）**衣。〈美人賦〉

（25）因朝**冉（談部-am）**從駹，

定**筰（鐸部-ak）**存邛。〈難蜀父老〉

（26）創**業（葉部-ap）**垂統，

爲**萬（元部-an）**世規。〈難蜀父老〉

（27）外之則邪**行（陽部-aŋ）**橫**作（鐸部-ak）**，

放**殺（月部-at）**其**上（陽部-aŋ）**。〈難蜀父老〉

（28）方將增**太（月部-at）**山之封，

加**梁（陽部-aŋ）**父之事。〈難蜀父老〉

（29）**盭（月部-at）**夫爲之垂涕，

況（陽部-aŋ）乎上聖。〈難蜀父老〉

（30）故乃關**沬（月部-at）**若，

徼**牂（陽部-aŋ）**牁。〈難蜀父老〉

（31）將**博（鐸部-ak）**恩廣施，

遠（元部-an）撫長駕。〈難蜀父老〉

（32）孔**雀（藥部-ak^{w}）**集而相存兮，

玄**猿（元部-an）**嘯而長吟。〈長門賦〉

（33）**摶（元部-an）**芬**若（鐸部-ak）**以爲枕兮，

席（鐸部-ak）荃**蘭（元部-an）**而茝香。〈長門賦〉

（34）**煥（元部-an）**然霧除，

霍（鐸部-ak）然雲消。〈大人賦〉

（35）后稷**創（陽部-aŋ）**業於唐堯，
公劉**發（月部-at）**跡於西戎。〈封禪文〉

（36）天下之壯**觀（元部-an）**，
王者之丕**業（葉部-ap）**。〈封禪文〉

（37）邇**陜（談部-am）**遊**原（元部-an）**，
迥**闊（月部-at）**泳**末（月部-at）**。〈封禪文〉

（38）**般（元部-an）**般之獸，
樂（藥部-ak^w）我君圃。〈封禪文〉

（39）**甘（談部-am）露（鐸部-ak）**時雨，
厥（月部-at）壤（陽部-aŋ）可遊。〈封禪文〉

（二）主要元音為-o-

無。

（三）主要元音為-u-

無。

（四）主要元音為-ə-

（1）夫使諸侯納貢者，非爲財幣，所以**述（物部-ət）職（職部-ək）**也；
封疆畫界者，非爲守禦，所以**禁（侵部-əm）淫（侵部-əm）**
也。〈上林賦〉

（2）丹水更其**南（侵部-əm）**，
紫淵徑其**北（職部-ək）**。〈上林賦〉

（3）磷**磷（眞部-ən）**爛爛，
采**色（職部-ək）**澔汗。〈上林賦〉

（4）**隱（文部-ən）**夫薁棣，
荅（緝部-əp）遝離支。〈上林賦〉

（5）**色（職部-ək）**授魂予，
心（侵部-əm）愉於側。〈上林賦〉

（6）**襲（緝部-əp）**朝服，
乘（蒸部-əŋ）法駕。〈上林賦〉

（7）於是**寢（侵部-əm）**具**既（物部-ət）**設，
服（職部-ək）玩**珍（眞部-ən）**奇。〈美人賦〉

（8）鄙**人（眞部-ən）**固陋，
不**識（職部-ək）**所謂。〈難蜀父老〉

（9）**物（物部-ət）**靡不得其所，
今（侵部-əm）獨曷爲遺己！〈難蜀父老〉

（10）故**北（職部-ək）**出師以討強胡，
南（侵部-əm）馳使以誚勁越。〈難蜀父老〉

（11）浮雲鬱而四**塞（職部-ək）**兮，
天窈窈而晝**陰（侵部-əm）**。〈長門賦〉

（12）左玄冥而右**黔（侵部-əm）**雷兮，
前長離而後**矞（質部-ət）**皇。〈大人賦〉

（13）**紛（文部-ən）湛（侵部-əm**）湛其差錯兮，
雜（緝部-əp）遝（緝部-əp）膠輵以方馳。〈大人賦〉

（14）**或（職部-ək）**謂且天爲質闇，
珍（眞部-ən）符固不可辭。〈封禪文〉

（五）主要元音為-e-

（1）群**生（耕部-ien）**霑濡，
洋**溢（錫部-iek）**乎方外。〈難蜀父老〉

三、主要元音相異，韻尾發音部位相同

1、韻尾為-k、$-k^w$、-ŋ

（1）其西則有**涌（東部-uŋ）**泉清池，
激（藥部-ak^w）水推移。〈子虛賦〉

（2）其上則有宛雛**孔（東部-uŋ）**鸞，
騰遠**射（鐸部-ak）**干。〈子虛賦〉

（3）**乘（蒸部-əŋ）**遺風，
射（鐸部-ak）游騏。〈子虛賦〉

（4）觀壯士之**暴（藥部-ak^{w}）**怒，
與猛獸之**恐（東部-uŋ）**懼。〈子虛賦〉

（5）**郁（職部-ək）郁（職部-ək）**菲菲，
眾（冬部-oŋ）香（陽部-aŋ）發越。〈上林賦〉

（6）**赤（鐸部-ak）**首圜題，
窮（冬部-oŋ）奇象犀。〈上林賦〉

（7）華榱璧**璫（陽部-aŋ）**，
輦道纚**屬（屋部-uk）**。〈上林賦〉

（8）夷嵕**築（覺部-ok^{w}）**堂，
絫臺**增（蒸部-əŋ）**成。〈上林賦〉

（9）玫瑰**碧（鐸部-ak）**琳，
珊瑚**叢（東部-uŋ）**生。〈上林賦〉

（10）**乘（蒸部-əŋ）**鏤象，
六（覺部-ok^{w}）玉虯。〈上林賦〉

（11）**弄（東部-uŋ）**獬豸，
格（鐸部-ak）蝦蛤。〈上林賦〉

（12）**陵（蒸部-əŋ）**驚風，
歷（錫部-iek）駭猋。〈上林賦〉

（13）消搖乎**襄（陽部-aŋ）**羊，
降集乎**北（職部-ək）**紘。〈上林賦〉

（14）蹷**石（鐸部-ak）**闕，
歷**封（東部-uŋ）**巒。〈上林賦〉

（15）過鳷鵲，**望（陽部-aŋ）**露寒。
下堂犂，**息（職部-ək）**宜春。〈上林賦〉

（16）山**陵（蒸部-əŋ）**爲之震動，
川**谷（屋部-uk）**爲之蕩波。〈上林賦〉

（17）發倉廩以救貧**窮（冬部-oŋ）**，
補不**足（屋部-uk）**。〈上林賦〉

（18）**德（職部-ək）**隆於三**皇（陽部-aŋ）**，

功（東部-uŋ）羨於五**帝（錫部-iek）**。〈上林賦〉

（19）今齊列爲**東（東部-uŋ）**蕃，

而外私**肅（覺部-ok^{w}）**愼。〈上林賦〉

（20）務在**獨（屋部-uk）**樂，

不顧**眾（冬部-oŋ）**庶。〈上林賦〉

（21）譬於**防（陽部-aŋ）**火水中，

避（錫部-iek）溺山隅。〈美人賦〉

（22）**恆（蒸部-əŋ）**翹翹而西顧，

欲（屋部-uk）留臣而共止。〈美人賦〉

（23）**強（陽部-aŋ）**者不以力并，

意（職部-ək）者其殆不可乎！〈難蜀父老〉

（24）今割齊民以附夷**狄（錫部-iek）**，

弊所恃以事無**用（東部-uŋ）**。〈難蜀父老〉

（25）而夷狄殊**俗（屋部-uk）**之國，

遼絕異**黨（陽部-aŋ）**之域。〈難蜀父老〉

（26）擠**玉（屋部-uk）**戶以撼金鋪兮，

聲**噌（蒸部-əŋ）**吰而似鐘音。〈長門賦〉

（27）駕**應（蒸部-əŋ）**龍象輿之蠖略委麗兮，

驂**赤（鐸部-ak）**螭青虯之蚴鏐宛蜒。〈大人賦〉

（28）攢羅列叢聚以**蘢（東部-uŋ）**茸兮，

衍曼流爛痑以**陸（藥部-ak^{w}）**離。〈大人賦〉

（29）排**閶（陽部-aŋ）**闔而入帝宮兮，

載**玉（屋部-uk）**女而與之歸。〈大人賦〉

（30）乘虛亡而**上（陽部-aŋ）**遐兮，

超無友而**獨（屋部-uk）**存。〈大人賦〉

（31）**續（屋部-uk）**韶夏，

崇（冬部-oŋ）號謚。〈封禪文〉

（32）憲度（鐸部-ak）著明，易則也；

垂統（東部-uŋ）理順，易繼也。〈封禪文〉

（33）采色（職部-ək）炫燿（藥部-akʷ），

熿炳（陽部-aŋ）煇煌（陽部-aŋ）。〈封禪文〉

（34）依類託（鐸部-ak）寓，

喻以封（東部-uŋ）巒。〈封禪文〉

（35）德（職部-ək）侔往初，

功（東部-uŋ）無與二。〈封禪文〉

（36）夫修德以錫（錫部-iek）符，

奉符以行（陽部-aŋ）事。〈封禪文〉

（37）嘉穀（屋部-uk）六穗，

我穡（陽部-aŋ）曷蓄。〈封禪文〉

2、韻尾為-p、-m

（1）其北則盛夏含（侵部-əm）凍裂地，

涉（葉部-ap）冰揭河。〈上林賦〉

3、韻尾為-t、-n

（1）揚旌（耕部-ien）枻，

張翠（物部-ət）帷。〈子虛賦〉

（2）禹不能名（耕部-ien），

离不能計（質部-ət）。〈子虛賦〉

（3）潏潏淈（物部-ət）淈，

湁潗鼎（耕部-ien）沸。〈上林賦〉

（4）巖陁甗（元部-an）錡，

摧崣崛（物部-ət）崎。〈上林賦〉

（5）醴泉湧於清室（質部-ət），

通川過於中庭（耕部-ien）。〈上林賦〉

（6）鼂采琬（元部-an）琰，

和氏出（物部-ət）焉。〈上林賦〉

（7）徑（耕部-ien）峻（文部-ən）赴險，

越（月部-at）壑（月部-at）厲水。〈上林賦〉

（8）建翠（物部-ət）華之旗，

樹靈（耕部-ien）鼉之鼓。〈上林賦〉

（9）媥姺（文部-ən）嫳屑，

與世（月部-at）殊服。〈上林賦〉

（10）朕以覽聽餘閒（元部-an），

無事棄日（質部-ət）。〈上林賦〉

（11）遂設（月部-at）旨酒，

進（眞部-ən）鳴琴。〈美人賦〉

（12）獨處室（質部-ət）兮廓（鐸部-ak）無依，

思佳人（眞部-ən）兮情（耕部-ien）傷悲。〈美人賦〉

（13）威武紛紜（文部-ən），

湛恩汪濊（月部-at）。〈難蜀父老〉

（14）昔者洪水沸（物部-ət）出，

氾濫衍（元部-an）溢。〈難蜀父老〉

（15）奉至尊（文部-ən）之休德，

反衰世（月部-at）之陵夷。〈難蜀父老〉

（16）正（耕部-ien）殿塊以造天兮，

鬱（物部-ət）並起而穹崇。〈長門賦〉

（17）眾雞鳴（耕部-ien）而愁予兮，

起視月（月部-at）之精光。〈長門賦〉

（18）夜曼（元部-an）曼（元部-an）其若歲兮，

懷鬱（物部-ət）鬱（物部-ət）其不可再更。〈長門賦〉

（19）垂甸（眞部-ən）始以爲幓兮，

曳彗（月部-at）星以爲髾。〈大人賦〉

（20）攙纏（元部-an）搶以爲旌兮，

靡屈（物部-ət）虹而爲綢。〈大人賦〉

（21）邪絕少陽而登太陰兮，與眞（眞部-ən）人乎相求；

互折窈窕以右轉兮，橫厲（月部-at）飛泉以正東。〈大人賦〉

（22）徑入雷室之砰（耕部-ien）磷鬱律兮，

洞出鬼谷之堀（月部-at）礱崴魁。〈大人賦〉

（23）經營（耕部-ien）炎火而浮弱水兮，

杭絕（月部-at）浮渚涉流沙。〈大人賦〉

（24）遺屯騎於玄闕（月部-at）兮，

軼先驅於寒門（文部-ən）。〈大人賦〉

（25）缺（月部-at）王道之儀，

群（文部-ən）臣恧焉。〈封禪文〉

（26）揆厥所元（元部-an），

終都攸卒（物部-ət）。〈封禪文〉

（27）蜚英聲（耕部-ien），

騰茂實（質部-ət）。〈封禪文〉

（28）厥（月部-at）塗靡蹤，

天（眞部-ən）瑞之徵。〈封禪文〉

4、兩種以上韻尾的對比

（1）外發（月部-at）夫容（東部-uŋ）蔆（蒸部-əŋ）華，

內隱（文部-ən）鉅石（鐸部-ak）白（鐸部-ak）沙。〈子虛賦〉

（2）置（職部-ək）酒乎顥天（眞部-ən）之臺，

張（陽部-aŋ）樂乎膠葛（月部-at）之寓。〈上林賦〉

（3）乘絳幡（元部-an）之素（鐸部-ak）蜺兮，

載雲氣（物部-ət）而上（陽部-aŋ）浮。〈大人賦〉

（4）陛下仁育（覺部 okʷ）群生（耕部-ien），

義徵（蒸部-əŋ）不憓（質部-ət）。〈封禪文〉

（5）期應（蒸部-əŋ）紹至（質部-ət），

不特（職部-ək）創見（元部-an）。〈封禪文〉

四、主要元音和韻尾發音部位皆異

（一）韻尾有一組發音部位相同者

（1）田（眞部-ən）於海濱（眞部-ən），
列（月部-at）卒滿澤（鐸部-ak）。〈子虛賦〉

（2）錫（錫部-iek）碧金銀（文部-ən），
眾（冬部-oŋ）色炫燿（藥部-ak^{w}）。〈子虛賦〉

本組兩個四字句，中間兩字皆爲入聲和鼻音韻尾，前後則爲都是鼻音和入聲韻尾的對比，設計很精細。

（3）案（元部-an）節（質部-ət）未舒，
即（質部-ət）陵（蒸部-əŋ）狡獸。〈子虛賦〉

（4）礧石（鐸部-ak）相（陽部-aŋ）擊，
琅琅（陽部-aŋ）礚（葉部-ap）礚。〈子虛賦〉

（5）願聞大（月部-at）國（職部-ək）之風烈（月部-at），
先（文部-ən）生（耕部-ien）之餘論（文部-ən）也。〈子虛賦〉

（6）邪與肅（覺部-ok^{w}）愼（眞部-ən）爲鄰（眞部-ən），
右以湯（陽部-aŋ）谷（屋部-uk）爲界（月部-at）。〈子虛賦〉

（7）終（冬部-oŋ）始霸（鐸部-ak）產（元部-an），
出（物部-ət）入涇（耕部-ien）渭（物部-ət）。〈上林賦〉

（8）沸（物部-ət）乎暴（藥部-ak^{w}）怒，
洶（東部-uŋ）涌滂（陽部-aŋ）湃。〈上林賦〉

（9）偓佺之倫暴（藥部-ak^{w}）於南榮（耕部-ien）；
醴泉湧（東部-uŋ）於清室（質部-ət）。〈上林賦〉

（10）孫（文部-ən）叔（覺部-ok^{w}）奉轡（質部-ət），
衛（月部-at）公（東部-uŋ）參乘（蒸部-əŋ）。〈上林賦〉

（11）生（耕部-ien）貔豹（藥部-ak^{w}），
搏（鐸部-ak）豺狼（陽部-aŋ）。〈上林賦〉

（12）陵三（侵部-əm）嵕（東部-uŋ）之危，
下磧（錫部-iek）歷（錫部-iek）之坻。〈上林賦〉

（13）軼赤（鐸部-ak）電（眞部-ən），

遺光（陽部-aŋ）耀（藥部-ak^{w}）。〈上林賦〉

（14）擇（鐸部-ak）肉（屋部-uk）而后發，

先（文部-ən）中（冬部-oŋ）而命處。〈上林賦〉

（15）弦（眞部-ən）矢分（文部-ən），

藝（月部-at）殪仆（屋部-uk）。〈上林賦〉

（16）鄢（元部-an）郢繽（眞部-ən）紛，

〈激（藥部-ak^{w}）楚〉〈結（質部-ət）風〉。〈上林賦〉

（17）出（物部-ət）德（職部-ək）號，

省（耕部-ien）刑（耕部-ien）罰。〈上林賦〉

（18）流風（侵部-əm）慘冽（月部-at），

素雪（月部-at）飄零（耕部-ien）。〈美人賦〉

（19）閒房寂（覺部-ok^{w}）謐（質部-ət），

不聞人（眞部-ən）聲（耕部-ien）。〈美人賦〉

（20）東（東部-uŋ）鄉將（陽部-aŋ）報，

至（質部-ət）於蜀（屋部-uk）都。〈難蜀父老〉

（21）及（緝部-əp）臻厥（月部-at）成，

天（眞部-ən）下晏（元部-an）如也。〈難蜀父老〉

（22）循誦（東部-uŋ）習傳（元部-an），

當世（月部-at）取說（月部-at）云爾哉！〈難蜀父老〉

本句眞正對仗的是「循誦習傳，當世取說」，「云爾哉」三字，口語或可譯爲「只是這樣嗎？」與排偶的句式無關，而是賦篇較爲口語化的表現。

（23）今封疆（陽部-aŋ）之內（物部-ət），

冠帶（月部-at）之倫（文部-ən）。〈難蜀父老〉

（24）脩薄（鐸部-ak）具而自設（月部-at）兮，

君曾（蒸部-əŋ）不肯乎幸臨（侵部-əm）。〈長門賦〉

（25）廓（鐸部-ak）獨潛而專（元部-an）精兮，

天（眞部-ən）飄飄而疾（質部-ət）風。〈長門賦〉

（26）心憑（蒸部-əŋ）噫（職部-ək）而不舒兮，

邪氣（物部-ət）壯（陽部-aŋ）而攻中。〈長門賦〉

（27）時彷（陽部-aŋ）彿以物（物部-ət）類（物部-ət）兮，

像積（錫部-iek）石之將（陽部-aŋ）將（陽部-aŋ）。〈長門賦〉

（28）五色炫（眞部-ən）以相曜（藥部-ak^w）兮，

爛耀耀（藥部-ak^w）而成光（陽部-aŋ）。〈長門賦〉

（29）緻（質部-ət）錯石之瓴甓（錫部-iek）兮，

像（陽部-aŋ）瑇瑁之文章（陽部-aŋ）。〈長門賦〉

（30）日（質部-ət）黃（陽部-aŋ）昏（文部-ən）而望絕（月部-at）兮，

悵（陽部-aŋ）獨（屋部-uk）託（鐸部-ak）於空堂（陽部-aŋ）。〈長門賦〉

（31）貫（元部-an）歷（錫部-iek）覽（談部-am）其中操兮，

意（職部-ək）慷（陽部-aŋ）慨（物部-ət）而自卬。〈長門賦〉

（32）忽寢（侵部-əm）寐（物部-ət）而夢想兮，

魄若（鐸部-ak）君（文部-ən）之在旁。〈長門賦〉

（33）惕（錫部-iek）寤覺（覺部-ok^w）而無見兮，

魂（文部-ən）迋迋（陽部-aŋ）若有亡。〈長門賦〉

（34）觀（元部-an）眾星（耕部-ien）之行列（月部-at）兮，

畢（質部-ət）昴出（物部-ət）於東方（陽部-aŋ）。〈長門賦〉

（35）望（陽部-aŋ）中庭之藹（月部-at）藹（月部-at）兮，

若（鐸部-ak）季秋之降（冬部-oŋ）霜（陽部-aŋ）。〈長門賦〉

（36）沛（月部-at）艾（月部-at）糾蟆仡（物部-ət）以佁儗兮，

放（陽部-aŋ）散（元部-an）畔岸驤（陽部-aŋ）以孱顏。〈大人賦〉

（37）蛭踱輵（月部-at）螛（月部-at）容（東部-uŋ）以骫麗兮，

蜩蟉偃（元部-an）蹇（元部-an）怵（物部-ət）臭以梁倚。〈大人賦〉

（38）徧（眞部-ən）覽（談部-am）八紘而觀（元部-an）四海兮，

朅（月部-at）度（鐸部-ak）九江越（月部-at）五河。〈大人賦〉

（39）歷撰（元部-an）列辟（錫部-iek），
以迄（物部-ət）於秦（真部-ən）。〈封禪文〉
（40）故軌跡（錫部-iek）夷易（錫部-iek），易遵也；
湛恩（真部-ən）濛涌（東部-uŋ），易豐也。〈封禪文〉
（41）汋（物部-ət）濊曼（元部-an）羨（元部-an），
旁（陽部-aŋ）魄四（質部-ət）塞（職部-ək）。〈封禪文〉
（42）導一（質部-ət）莖（耕部-ien）六（覺部 ok^w）穗於庖，
犧雙（東部-uŋ）觡（鐸部-ak）共（東部-uŋ）柢之獸。〈封禪文〉
（43）猶以爲德（鐸部-ak）薄（職部-ək），
不敢道封（東部-uŋ）禪（元部-an）。〈封禪文〉
（44）謁欽（藥部-ak^w）天神（真部-ən），
勒功（東部-uŋ）中嶽（屋部-uk）。〈封禪文〉
（45）以彰至（質部-ət）尊（文部-ən），
舒盛（耕部-ien）德（職部-ək）。〈封禪文〉

（二）韻尾發音部位全異者

（1）列卒（物部-ət）滿澤（鐸部-ak），
罘罔（陽部-aŋ）彌山（元部-an）。〈子虛賦〉
（2）掩（談部-am）菟轔（真部-ən）鹿（屋部-uk），
射（鐸部-ak）麋格（鐸部-ak）麟（真部-ən）。〈子虛賦〉
（3）射（鐸部-ak）中獲多，
矜（侵部-əm）而自功。〈子虛賦〉
（4）楚王之獵（葉部-ap），
孰與寡人（真部-ən）？〈子虛賦〉
（5）岑（侵部-əm）崟（侵部-əm）參（侵部-əm）差，
日（質部-ət）月（月部-at）蔽（月部-at）虧。〈子虛賦〉
（6）眾色（職部-ək）炫燿（藥部-ak^w），
照爛（元部-an）龍鱗（真部-ən）。〈子虛賦〉
（7）其石則赤（鐸部-ak）玉（屋部-uk）玫瑰，
琳（侵部-əm）珉（真部-ən）昆吾。〈子虛賦〉

（8）其高燥則生葴（侵部-əm）析苞荔（鐸部-ak），
薛（月部-at）莎青薠（元部-an）。〈子虛賦〉

（9）其中則有神（眞部-ən）龜蛟鼉，
瑇（覺部-ok^w）瑁鼈黿。〈子虛賦〉

（10）其下則有白（鐸部-ak）虎玄豹（藥部-ak^w），
蟃（元部-an）蜒貙犴（元部-an）。〈子虛賦〉

（11）蹵（覺部-ok^w）蛩蛩，
轔（眞部-ən）距虛。〈子虛賦〉

（12）洞（東部-uŋ）胷達（月部-at）腋，
絕（月部-at）乎心（侵部-əm）繫。〈子虛賦〉

（13）於是楚王乃弭節（質部-ət）徘徊，
翱翔（陽部-aŋ）容與。〈子虛賦〉

（14）扶輿猗靡，翕（緝部-əp）呷萃蔡，
下靡蘭蕙，上（陽部-aŋ）拂羽蓋。〈子虛賦〉

（15）孅（談部-am）繳施，
弋（職部-ək）白鵠。〈子虛賦〉

（16）弋（職部-ək）白鵠，
連（元部-an）駕鵞。〈子虛賦〉

（17）若（鐸部-ak）雷霆之聲，
聞（文部-ən）乎數百里之外。〈子虛賦〉

（18）車案（元部-an）行（陽部-aŋ），
騎就（覺部-ok^w）隊（物部-ət）。〈子虛賦〉

（19）纚乎淫（侵部-əm）淫（侵部-əm），
班乎裔（月部-at）裔（月部-at）。〈子虛賦〉

（20）有而言之，是章（陽部-aŋ）君（文部-ən）之惡（鐸部-ak）也，
無而言之，是害（月部-at）足（屋部-uk）下之信（眞部-ən）也。
〈子虛賦〉

（21）浮勃（物部-ət）澥，
游孟（陽部-aŋ）諸。〈子虛賦〉

（22）若乃俶儻瑰偉，**異（職部-ək）**方殊類，

珍怪鳥獸，**萬（元部-an）**端鱗崒。〈子虛賦〉

（23）欲以奢侈相**勝（蒸部-əŋ）**，

荒淫相**越（月部-at）**。〈上林賦〉

（24）蕩蕩乎**八（質部-ət）川（文部-ən）分（文部-ən）**流，

相（陽部-aŋ）背（職部-ək）異（職部-ək）態。〈上林賦〉

（25）**出（物部-ət）**乎椒丘之闕，

行（陽部-aŋ）乎州淤之浦。〈上林賦〉

（26）**滭（物部-ət）**弗宓汨，偪側泌瀄，

橫（陽部-aŋ）流逆折，轉騰潎洌。〈上林賦〉

（27）滭弗宓汨，**偪（職部-ək）**側泌瀄，

橫流逆折，**轉（元部-an）**騰潎洌。〈上林賦〉

（28）滂**濞（月部-at）**沆溉，

穹**隆（冬部-oŋ）**雲橈。〈上林賦〉

（29）批巖**衝（東部-uŋ）擁（東部-uŋ）**，

奔揚**滯（月部-at）沛（月部-at）**。〈上林賦〉

（30）沈沈隱**隱（文部-ən）**，

砰磅訇**礚（葉部-ap）**。〈上林賦〉

（31）汩**㶿（緝部-əp）**漂疾，

悠**遠（元部-an）**長懷。〈上林賦〉

（32）揵鰭**掉（藥部-akʷ）**尾，

振鱗**奮（文部-ən）**翼。〈上林賦〉

（33）駕鵞**屬（屋部-uk）**玉，

交精**旋（元部-an）**目。〈上林賦〉

（34）布**濩（鐸部-ak）閎（蒸部-əŋ）澤（鐸部-ak）**，

延**曼（元部-an）太（月部-at）原（元部-an）**。〈上林賦〉

（35）**肸（物部-ət）蠁（陽部-aŋ）**布寫，

晻（談部-am）薆（物部-ət）咇茀。〈上林賦〉

（36）繽紛軋（物部-ət）芴，

芒芒怳（陽部-aŋ）忽。〈上林賦〉

（37）其南則隆冬生（耕部-ien）長，

涌水躍（藥部-ak^{w}）波。〈上林賦〉

（38）於是乎離宮別館（元部-an），

彌山跨谷（屋部-uk）。〈上林賦〉

（39）靈（耕部-ien）圉燕於閒館，

偓（屋部-uk）佺之倫暴於南榮

（40）嵯峨嶕（緝部-əp）嶫（葉部-ap），

刻削崢（耕部-ien）嶸（耕部-ien）。〈上林賦〉

（41）槃石裖崖，嶔（侵部-əm）巖（談部-am）倚傾，

嵯峨嶕嶫，刻（職部-ək）削（藥部-ak^{w}）崢嶸。〈上林賦〉

（42）珉（眞部-ən）玉旁唐，玢（文部-ən）豳文鱗，

赤（鐸部-ak）瑕駁犖，雜（緝部-əp）臿其間。〈上林賦〉

（43）於是乎盧橘（物部-ət）夏孰，

黃甘（談部-am）橙楱。〈上林賦〉

（44）揚（陽部-aŋ）翠葉（葉部-ap），

杌（物部-ət）紫莖（耕部-ien）。〈上林賦〉

（45）沙棠櫟（藥部-ak^{w}）櫧，

華楓枰（耕部-ien）櫨。〈上林賦〉

（46）留落（鐸部-ak）胥邪，

仁頻（眞部-ən）并閭。〈上林賦〉

（47）攢立（緝部-əp）叢倚，

連卷（元部-an）欐佹。〈上林賦〉

（48）落（鐸部-ak）英幡（元部-an）纚，

紛（文部-ən）溶萷（藥部-ak^{w}）蔘。〈上林賦〉

（49）雜襲（緝部-əp）絫輯，

被山（元部-an）緣谷。〈上林賦〉

（50）**蛭（質部-ət）**蜩蠼蝚，

獑（談部-am）胡豰蛫。〈上林賦〉

（51）夭蟜枝**格（鐸部-ak）**，

偃蹇杪**顛（眞部-ən）**。〈上林賦〉

（52）牢**落（鐸部-ak）陸（覺部-ok^w）**離，

爛**漫（元部-an）遠（元部-an）**遷。〈上林賦〉

（53）於是乎**背（職部-ək）**秋涉**冬（冬部-oŋ）**，

天（眞部-ən）子校**獵（葉部-ap）**。〈上林賦〉

（54）**江（東部-uŋ）**河爲阹，

泰（月部-at）山爲櫓。〈上林賦〉

（55）於是乎乘**輿（質部-ət）**弭節徘徊，

翺**翔（陽部-aŋ）**往來。〈上林賦〉

這兩句話的主詞都是「乘輿」，故排偶的是「弭節徘徊，翺翔往來」兩句。

（56）然後**侵（侵部-əm）**淫**促（屋部-uk）**節，

儵（覺部-ok^w）敻**遠（元部-an）**去。〈上林賦〉

（57）**率（物部-ət）**乎**直（職部-ək）**指，

揜（談部-am）乎**反（元部-an）**鄉。〈上林賦〉

（58）與其窮**極（職部-ək）**倦谻，

驚**憚（元部-an）**讋伏。〈上林賦〉

（59）**撞（東部-uŋ）**千石之鐘，

立（緝部-əp）萬石之虡。〈上林賦〉

（60）**奏（屋部-uk）**陶唐氏之舞，

聽（耕部-ien）葛天氏之歌。〈上林賦〉

（61）**族（屋部-uk）**居遞奏，

金（侵部-əm）鼓迭起。〈上林賦〉

（62）荊吳鄭**衛（月部-at）**之**聲（耕部-ien）**，

〈韶〉、〈濩〉、〈武〉、〈**象（陽部-aŋ）**〉之**樂（藥部-ak^w）**。〈上林賦〉

（63）金鼓**迭（質部-ət）**起，

鏗鎗**闛（陽部-aŋ）**鞈。〈上林賦〉

（64）麗靡爛漫（元部-an）於前，

靡曼美色（職部-ək）於後。〈上林賦〉

（65）曳獨（屋部-uk）繭（元部-an）之褕袘，

眇閻（談部-am）易（錫部-iek）恤削。〈上林賦〉

（66）芬（文部-ən）香（陽部-aŋ）漚鬱，

酷（覺部-okʷ）烈（月部-at）淑郁。〈上林賦〉

（67）恐（東部-uŋ）後世靡麗，

遂（物部-ət）往而不返。〈上林賦〉

（68）述（物部-ət）《易》道，

放（陽部-aŋ）怪獸。〈上林賦〉

（69）忘國家之政（耕部-ien），

貪雉菟之獲（鐸部-ak）。〈上林賦〉

（70）於是二子愀然（元部-an）改容（東部-uŋ），

超若（鐸部-ak）自失（質部-ət）。〈上林賦〉

（71）超若（鐸部-ak）自失，

逡巡（文部-ən）避席曰。〈上林賦〉

（72）將欲媚辭取悅（月部-at），

遊王後宮（冬部-oŋ）。〈美人賦〉

（73）顏盛（耕部-ien）色（職部-ək）茂，

景曜（藥部-akʷ）光（陽部-aŋ）起。〈美人賦〉

（74）途出鄭衛（月部-at），

道由桑中（冬部-oŋ）。〈美人賦〉

（75）上（陽部-aŋ）宮（冬部-oŋ）閒館，

寂（覺部-okʷ）寞（鐸部-ak）雲虛。〈美人賦〉

（76）奇葩逸（質部-ət）麗，

淑質豔（談部-am）光。〈美人賦〉

（77）有美人（眞部-ən）兮來何遲，

日既暮（鐸部-ak）兮華色衰。〈美人賦〉

（78）日既暮（鐸部-ak）兮華色衰，

敢託身（眞部-ən）兮長自私。〈美人賦〉

（79）時日（質部-ət）西夕（鐸部-ak），

玄陰（侵部-əm）晦冥（耕部-ien）。〈美人賦〉

（80）金（侵部-əm）鉔（葉部-ap）薰香，

黻（月部-at）帳（陽部-aŋ）低垂。〈美人賦〉

（81）裀（眞部-ən）褥（屋部-uk）重陳，

角（屋部-uk）枕（侵部-əm）橫施。〈美人賦〉

（82）臣乃氣（物部-ət）服（職部-ək）於內，

心（侵部-əm）正（耕部-ien）於懷。〈美人賦〉

（83）漢（元部-an）興七十有八載，

德（職部-ək）茂存乎六世。〈難蜀父老〉

（84）結（質部-ət）軌還轅，

東（東部-uŋ）鄉將報。〈難蜀父老〉

（85）今罷三（侵部-əm）郡之士，

通夜（鐸部-ak）郎之塗。〈難蜀父老〉

（86）故休烈（月部-at）顯（元部-an）乎無窮，

聲稱（蒸部-əŋ）浹（葉部-ap）乎于茲。〈難蜀父老〉

（87）豈特委瑣握（屋部-uk）躖，

拘文牽（眞部-ən）俗。〈難蜀父老〉

（88）必將崇論（文部-ən）谹議，

創業（葉部-ap）垂統。〈難蜀父老〉

（89）是以六合（緝部-əp）之內，

八方（陽部-aŋ）之外。〈難蜀父老〉

（90）舟車不通（東部-uŋ），

人跡罕至（質部-ət）。〈難蜀父老〉

（91）舟車不通，人跡（錫部-iek）罕至，

政教未加，流風（侵部-əm）猶微。〈難蜀父老〉

（92）係絫號泣（緝部-əp），

內鄉而怨（元部-an）。〈難蜀父老〉

（93）以偃（元部-an）甲兵於此，

而息（職部-ək）討伐於彼。〈難蜀父老〉

（94）反（元部-an）衰世之陵（蒸部-əŋ）夷，

繼（錫部-iek）周氏之絕（月部-at）業。〈難蜀父老〉

（95）且夫王者固未有不始於憂勤（文部-ən），

而終於佚樂（藥部-ak^{w}）者也。〈難蜀父老〉

（96）於是諸大夫茫然喪（陽部-aŋ）其所懷來，

失（質部-ət）厥所以進。〈難蜀父老〉

（97）願（元部-an）賜問而自進兮，

得（職部-ək）尙君之玉音。〈長門賦〉

（98）翡翠（物部-ət）脅（葉部-ap）翼而來萃（物部-ət）兮，

鸞鳳（冬部-oŋ）翔（陽部-aŋ）而北南（侵部-əm）。〈長門賦〉

（99）刻木（屋部-uk）蘭以爲榱兮，

飾文（文部-ən）杏以爲梁。〈長門賦〉

（100）援（元部-an）雅琴以變調兮，

奏（屋部-uk）愁思之不可長。〈長門賦〉

（101）世有大（月部-at）人兮，

在於中（冬部-oŋ）州。〈大人賦〉

（102）悲俗（屋部-uk）世之迫（鐸部-ak）隘兮，

朅輕（耕部-ien）舉而遠（元部-an）遊。〈大人賦〉

（103）低卬（陽部-aŋ）夭蟜裾以驕驁兮，

詘折（月部-at）隆窮蠼以連卷。〈大人賦〉

（104）祝（覺部-ok^{w}）融（冬部-oŋ）警而蹕御兮，

清（耕部-ien）氣（物部-ət）氛而后行。〈大人賦〉

（105）騷擾衝蓯（東部-uŋ）其相紛挐兮，

滂濞泱軋（物部-ət）麗以林離。〈大人賦〉

（106）傑浸尋而高**縱**（東部-uŋ）兮，
分鴻溶而上**厲**（月部-at）。〈大人賦〉

（107）**貫**（元部-an）**列**（月部-at）**缺**（月部-at）之倒**景**（陽部-aŋ）兮，
涉（葉部-ap）**豐**（冬部-oŋ）**隆**（冬部-oŋ）之滂**濞**（質部-ət）。〈大人賦〉

（108）騁遊道而脩**降**（冬部-oŋ）兮，
騖遺霧而遠**逝**（月部-at）。〈大人賦〉

（109）近區**中**（冬部-oŋ）之隘陜兮，
舒節**出**（物部-ət）乎北垠。〈大人賦〉

（110）下峥**嶸**（耕部-ien）而無地兮，
上嵺**廓**（鐸部-ak）而無天。〈大人賦〉

（111）五**三**（侵部-əm）六經，
載**籍**（鐸部-ak）之傳。〈封禪文〉

（112）文王改**制**（月部-at），
爰周郅**隆**（冬部-oŋ）。〈封禪文〉

（113）是以**業**（葉部-ap）隆於繦褓，
而**崇**（冬部-oŋ）冠於二后。〈封禪文〉

（114）未有殊尤絕**跡**（錫部-iek），
可考於**今**（侵部-əm）者也。〈封禪文〉

（115）然猶**躡**（葉部-ap）**梁**（陽部-aŋ）父，
登（蒸部-əŋ）**泰**（月部-at）山。〈封禪文〉

（116）**大**（月部-at）漢之**德**（職部-ək），
逢（東部-uŋ）涌原**泉**（元部-an）。〈封禪文〉

（117）奇**物**（物部-ət）**譎**（質部-ət）詭，
俶**儻**（陽部-aŋ）**窮**（冬部-oŋ）變。〈封禪文〉

（118）諸夏樂**貢**（東部-uŋ），
百蠻執**贄**（質部-ət）。〈封禪文〉

（119）休烈**浹**（葉部-ap）洽，
符瑞**衆**（冬部-oŋ）變。〈封禪文〉

（120）亦（鐸部-ak）各並（陽部-aŋ）時而榮（耕部-ien），
咸（侵部-əm）濟厥（月部-at）世而屈（物部-ət）。〈封禪文〉

（121）發號榮（耕部-ien），
受厚福（職部-ək）。〈封禪文〉

（122）受厚福（職部-ək），
以浸黎元（元部-an）。〈封禪文〉

（123）猶兼正列（月部-at）其義，
校飭（東部-uŋ）厥文。〈封禪文〉

（124）滋液（鐸部-ak）滲漉，
何生（耕部-ien）不育。〈封禪文〉

（125）君乎君（文部-ən）乎，
侯不邁（月部-at）哉！〈封禪文〉

（126）蓋（月部-at）聞其聲，
今（侵部-əm）觀其來。〈封禪文〉

（127）三（侵部-əm）代之前，
蓋（月部-at）未嘗有。〈封禪文〉

（128）宛宛（元部-an）黃龍，
興德（職部-ək）而升。〈封禪文〉

（129）正（耕部-ien）陽顯見，
覺（覺部-ok^w）悟黎烝。〈封禪文〉

下表爲 336 組例句的音韻特徵統計表，也是分四大項，從音韻表現最相近的組合開始，由上至下列出「主要元音和韻尾發音部位相同」、「主要元音相同，韻尾發音部位不同」，還有「主要元音相異，韻尾發音部位相同」、「主要元音和韻尾發音部位皆異」等四個項目，比較其陽入聲韻搭配的例子數。「k」格代表的是「-k、-k^w、-ŋ 一類舌根韻尾」，「p」代表「-p、-m 一類雙唇韻尾」；「t」則表示「-t、-n 一類舌尖韻尾」。

表 3-6 〈陽入聲韻的排偶韻部統計表〉

發音特徵＼篇名			子虛賦	上林賦	美人賦	難蜀父老	長門賦	大人賦	封禪文	各項總計
主要元音和韻腳發音部位相同	a	k	4	6	0	0	3	1	4	18
		p	0	3	0	0	0	0	0	3
		t	0	2	1	0	0	0	0	3
	o	k	0	0	0	0	0	0	0	0
		p	0	0	0	0	0	0	0	0
		t	0	0	0	0	0	0	0	0
	u	k	0	1	0	0	0	0	0	1
		p	0	0	0	0	0	0	0	0
		t	0	0	0	0	0	0	0	0
	ə	k	0	0	0	0	0	0	0	0
		p	0	1	0	0	0	0	0	1
		t	1	4	1	1	0	1	2	10
	e	k	0	0	0	0	0	0	0	0
		p	0	0	0	0	0	0	0	0
		t	0	0	0	0	0	0	0	0
主要元音同	a		5	19	3	4	2	1	5	39
	o		0	0	0	0	0	0	0	0
	u		0	0	0	0	0	0	0	0
	ə		6	3	1	0	1	2	1	14
	e		0	0	0	1	0	0	0	1
韻尾部位同	k		4	16	2	3	1	4	7	37
	p		0	1	0	0	0	0	0	1
	t		2	8	2	3	3	6	4	28
	兩種以上		1	1	0	0	0	1	2	5
主元音和韻尾部位皆異	一同		6	11	2	4	12	3	7	45
	全異		22	49	11	14	4	10	19	129
各篇總數			51	125	23	30	26	29	51	335

從上表可知，相如賦中雖然有 335 個陽入聲韻搭配的排偶句，但是，超過半數的「主要元音」與「韻尾的發音部位」都不一樣；至於「主要元音相異，韻尾發音部位相同」這一類，則以 71 例居次，「主要元音相同，韻尾發音部位不同」還有「主要元音和韻尾發音部位相同」的例子，各有 54 和 36 例，隨著音韻條件設定的嚴格程度，陽入聲對比的例子也越來越少。

換句話說，如果仔細分析相如賦陽入聲韻字的搭配，可以發現，其設計並不精細，主要元音相同、或是韻尾的發音部位一樣的例子反而很少。相如應該只是希望營造聽覺上長短節奏的對比，以求讀者在聆聽時，可以感受到其語言一張一馳、急徐錯綜的音樂性，並不要求排偶時「主元音」和「韻尾」部位的嚴格對應。

從主要元音來看，前兩項「主要元音和韻尾發音部位相同」、「主要元音相同，韻尾發音部位不同」的統計中，主元音皆爲-a-的陽入聲搭配，各有 24 例和 39 例，數目最多；-ə-元音的各有 11 例和 14 例，居於第二。至於同爲-u-元音和-e-元音的陽入聲搭配各有一例，-o-元音則全無陽入聲韻對比的例子。從韻尾來看，「主要元音和韻尾發音部位相同」「主要元音相異，韻尾發音部位相同」的數據中，舌根音（-k、-k^{w}、-ŋ）各有 19 和 37 例，數目最多；「-t、-n」一類舌尖音則有 13 加 28 一共 41 例，居於第二；最少的是雙唇塞音和鼻音的對比。

第六節　小　結

本章討論相如賦「韻腳」、「虛字排比句」，還有「韻部相諧的排偶句」乃至「陽入聲韻搭配出現」的情形。因爲韻腳後面有較長的停頓，韻部相諧的表現最明顯，因此下表先作「押韻」及「換韻頻率」的統計，說明七篇賦韻部安排的概況，再比較前四節歸納的音韻風格。表中的「押韻句百分比」、是押韻字除以各篇句數的結果，呈現出通篇押韻句的密度；「換韻的頻率」則以韻腳數除以韻組數，算出「平均多少個韻腳換一韻」。以〈子虛賦〉爲例，通篇 119 個韻腳中佔總句數的 44.9%，而將 119 個韻腳除以 37 個韻組，則可算出，〈子虛賦〉平均間隔 3.22 個韻腳換一韻。

表 3-7 〈相如賦押韻及換韻頻率比較表〉

	子虛賦	上林賦	美人賦	難蜀父老	長門賦	大人賦	封禪文
韻腳字數	119	274	45	84	51	53	79
押韻句百分比	44.9%	53.6%	44.1%	46.2%	53.13%	52.0%	34.5%
韻組數	37	91	12	35	6	15	31
換韻頻率（單位：字）	3.22	3.01	3.75	2.4	8.5	3.53	2.55
備　註	總句數 265 句	總句數 511 句	總句數 102 句	總句數 182 句	總句數 96 句	總句數 102 句	總句數 229 句

全篇押韻頻率最高的是〈上林賦〉，最低的則是〈封禪文〉；足見〈上林賦〉韻腳密集，音韻的設計也頗受重視，確實是「相如辭賦中的極品」〔註 119〕。〈封禪文〉也是相如賦篇中第二常換韻的，平均每 2.55 個韻腳就換一次韻，只比換韻最頻繁的〈難蜀父老〉多了 0.15 字；至於〈長門賦〉則最少換韻，平均 8.5 字才換一次，大約是〈難蜀父老〉的 3.54 倍，主要是因爲〈長門賦〉第六組「陽部平聲」的韻腳，比其他部韻腳的總字數還多；〈長門賦〉在朗誦時，因此有整體協調的感覺。

在音韻特徵方面，〈封禪文〉多「眞文元耕」等舌尖鼻音的韻尾，〈長門賦〉則多舌根鼻音的韻尾，其餘五篇的韻腳多爲陰聲韻部，且與鼻音韻腳的字數相距甚大。此外，各篇相同之處在於押韻密度與內文的配合，還有換韻後第二個韻腳往往緊接著出現；至於各篇韻腳分布的頻率，和經營各篇押韻高峰的方式則都不一樣。

1、押韻高峰與文旨密切相關，主角所說的話，押韻頻率也較高。

例如〈難蜀父老〉中，押韻高峰在開頭稱頌大漢聲威的一段；〈美人賦〉韻腳則密集出現在美人微笑相邀，輕聲唱曲的部分。〈上林賦〉因爲篇幅較長，形容天子回駕陣仗的、第 66 至 70 組韻腳特別密集，而描寫天子林園的部分，即第 33 至 42 組韻腳，出現的頻率亦頗高。

〔註 119〕見何沛雄：《漢魏六朝賦論集．序》（台北：聯經出版事業公司，1990 年），頁 16。

2、換韻之後的第二個韻組字，與上一個韻腳幾多為隔句或句句押韻

七篇賦的韻腳中，除了九個韻腳字〔註120〕外，其他各韻組的第二個韻腳都隔句或句句地出現，與上個韻腳緊密相連，使得「轉韻」之後的音韻效果，能藉由密集出現而更加凸顯。

3、韻腳出現的頻率不定，不存在嚴格的規律

例如〈子虛賦〉的韻腳有一明顯集中的高峰，〈上林賦〉韻腳則無；其分布猶如山脈一般高高低低，第三組到二十八組、第七十八到八十六組韻腳隔句和句句押韻的比例大抵各半，第六十六到七十組則分別有8隔句押韻、11句句押韻，第四十八到六十五組隔句押韻和句句押韻的字各有23個和10個。

〈長門賦〉的韻腳則十分規律地隔句一出，〈大人賦〉也大多爲隔句押韻。至於〈難蜀父老〉、〈美人賦〉和〈封禪文〉，其論述重點的押韻頻率往往特別高，因此分布很不均勻。

4、押韻高峰或採用後低元音-a-，或舌根鼻音-ŋ。

如〈子虛賦〉的押韻高峰採用-a-元音增加其響度，〈上林賦〉韻組數達八十八組，音韻表現較爲複雜，韻腳最集中的第四十一到四十三組，音韻上則採陽聲和入聲韻交錯。

〈長門賦〉的韻腳中僅兩字非陽聲韻，且多爲響度較大的陽部（-aŋ）字，似與女主人翁抑鬱難安，又強自寬慰，因而不斷沉吟、思量的處境相呼應；另一篇韻腳分布較規律的〈大人賦〉多陰聲韻尾，全無入聲字。〈難蜀父老〉韻腳集中在稱頌大漢盛世、與使者說服蜀地耆老的部分，但押韻較集中處的韻部，未見有特別的設計偏好。

〈美人賦〉在美人微笑斜睇、柔聲唱曲的部分句句押韻，此後又改爲規律地隔句一出，唱曲時採取平聲的脂微合韻；〈封禪文〉韻腳高峰在開頭一段的陽聲韻，韻部不定，而韻尾爲-n、-ŋ兩類。

總而言之，相如賦最常用「陰聲韻腳」押韻，其數目占了二分之一強；尤

〔註120〕即〈上林賦〉幽部平聲的「遊」字、歌支合韻的「此」字，還有〈大人賦〉中幽宵合韻的「消」字，以及〈封禪文〉中祭脂合韻的「沫」字、元部平聲的「全」字，和〈難蜀父老〉中魚鐸合韻的「略」、之部上聲的「祉」、質月合韻的「計」還有眞部平聲的「聞」等九字。

以「之幽宵魚」一類的韻部最多。有意思的是，其虛字排比句幾乎都採用「之魚」一類字，第四節中 280 組「韻部相諧的排偶句」中，「之幽宵魚」也佔了 89 例。三者的搭配，遂使朗誦的音韻搭配分外協調。「韻部相諧的排比句」使用次多的是「兩種以上的韻部搭配」，像是〈子虛賦〉「**其**上**則**有宛雛孔鸞，騰遠射干。**其**下**則**有白虎玄豹，蟃蜒貙豻」，就是之部和職部字的搭配。「韻部相諧的排偶句」中，數量第二的也是「兩種以上韻部相諧」的一類，足見相如賦韻部設計的豐富。46 例中有 6 個是陽入聲韻的搭配，例如〈上林賦〉「今齊**列（月部-at）**爲東**蕃（元部-an）**，而**外（月部-at）**私肅**愼（眞部-ən）**」，即爲一例。豐富的節奏，使得聽眾在相諧的音韻中，明確感受其語音緩急交替的變化。

本章第四節探討相如賦「陽入聲韻的排偶句」，發現其數目共 335 個例，比前一節「韻部相諧」的 280 例還多；雖然例句的「主要元音」和「韻腳的發音部位」多不相同，如此大量陽聲韻、入聲韻搭配的排偶句，仍可證明他確實有心營造聽覺上長短交錯，一張一馳的音樂性。相如又常採用響度較高的-a-元音和-k、-k^{w}、-ŋ 等舌根音來進行陽入聲韻的對比，這和他處理〈子虛賦〉押韻高峰的手法，十分相近。

第四章　相如賦聲調表現的音韻風格

本章先介紹上古聲調的特徵，再分就「聲調複沓的排偶句」，和「聲調對比的排偶句」兩節，整理相如賦常見的聲調設計。

第一節　上古聲調的特徵

上古亦有四聲，丁邦新和陳新雄兩位先生都曾爲文討論過〔註 1〕，上古四聲的差異，恐怕也不像王力所言，僅是長短的區別。丁邦新先生指出，王力以「舒促」、「長短」分別四聲，會有三個問題。舉例來說，中古和上古聲調，其實不能直接畫上等號；僅以「舒促」、「長短」稱之，也無法明確凸顯四聲的差異。他說：

> 王力利用中古詩人「平仄」交替的節奏猜想那就類似西洋的「長短律」，因而訂出上古長短兩類元音來。其實中古的平仄未必就是上古的平仄，而仄聲中所包含的上去入三聲字如王氏所說並不都是短的，如何能跟舒而長的平聲相對成長短律呢？〔註 2〕

〔註 1〕 分別見丁邦新：〈論語、孟子、及詩經中並列語成分之間的聲調關係〉，收入《中研院史語所研究集刊》第 47 本，1975 年 11 月，頁 17～51。以及陳新雄：〈上古聲調析論〉，收入《音史新論——慶祝邵榮芬先生八十壽辰學術論文集》（北京：學苑出版社，2005 年），頁 23～29。

〔註 2〕 見丁邦新：〈論語、孟子、及詩經中並列語成分之間的聲調關係〉，收入《中研院

陳新雄鑒於王力之說「只能解釋-p、-t、-k 韻尾的字失去韻尾變陰聲的去聲，但不能說明陽聲去聲是怎麼來的。如有鼻音韻尾的字，是怎麼產生去聲的，也不能解釋爲甚麼在任何字中去聲能成爲一種構詞的手段」〔註3〕，因此兼採王力和雅洪托夫-s 韻尾之說，將聲調起源定爲「長短元音與韻尾共同決定說」〔註4〕。上述兩位學者的說法，皆指出王說的瑕疵；只是，上古的四聲調值爲何，目前仍未有定見。

擬定上古聲調的難度頗高，這是因爲調值易變，方音的差異又大，加上難以準確紀錄，且較乏理論方法的支持，相關文獻也少的緣故〔註5〕。故李方桂以-x、-h 表示上古的上去二調〔註6〕，陳新雄則以-s 標注與入聲韻發生關係的去聲字。不論採用一種標注法，都無法提供四聲齊備的聲調符號。目前可見的資料中，似僅有平山久雄〈漢語聲調起源窺探〉有提出標注上古調值的方式〔註7〕，但文中也指出，其調值需視聲韻的清濁、陰陽而調整。換言之，因爲聲調難以紀錄，其調值未有定論，即使採用平山久雄的研究成果，還得根據個別字音的清濁狀況，加以一一調整。

鑒於標注調值的種種困難，本章根據唐作藩《上古音手冊》〔註8〕的聲調分類，逕標爲「平」「上」「去」「入」四聲，來考整理相如賦的音韻風格，不另以符號替代；附錄一〈長門賦〉的擬音，也以「平」「上」「去」「入」標注之。此外，陳新雄在〈上古聲調析論〉一文中，提及《詩經》音中「平上通押，去入通押」〔註9〕的界線分明，足見四聲之中，又可概分爲「平上」和「去入」二類。

史語所研究集刊》第 47 本，1975 年 11 月，頁 23。

〔註3〕陳新雄：〈上古聲調析論〉，收入《音史新論——慶祝邵榮芬先生八十壽辰學術論文集》（北京：學苑出版社，2005 年），頁 27、28。

〔註4〕見陳新雄：〈上古聲調析論〉，收入《音史新論——慶祝邵榮芬先生八十壽辰學術論文集》（北京：學苑出版社，2005 年），頁 28。

〔註5〕關於聲調擬構的困難，可參考鄭鎮椌：《上古漢語聲調之研究》（政治大學中國文學研究所，民國 83 年博論，謝雲飛指導），頁 278。

〔註6〕李方桂：〈上古音研究〉，收入《清華學報》新九卷一、二期合刊，1971 年，頁 25。

〔註7〕其說見平山久雄〈漢語聲調起源窺探〉，收入平山久雄：《平山久雄語言學論文集》（北京：商務印書館，2005 年），頁 290、291。

〔註8〕唐書中有部分平仄需再商榷者，如「不」、「遠」、「麗」等，據《校正宋本廣韻》改之，文中不再贅述。

〔註9〕收入董琨、馮蒸主編：《音史新論：慶祝邵榮芬先生八十壽辰學術論文集》（北京

但若考察時僅以二類爲別，又似乎太過籠統，因爲非此即彼的二分法，將使得音韻相諧及對比的例句暴增，恐怕有異於朗誦的實際情況。故下文仍分爲四類，希望對相如賦的音韻設計，有更細緻的掌握。

第二節　聲調複沓的排偶句

觀察相如賦的聲調，似應從單句的聲調設計下手：同一句而有「聲調複沓」的現象，在相如賦篇中時時可見，例如〈長門賦〉「言我朝往而暮來兮」中的「言我朝往」，聲調是「平上平上」，即爲聲調錯綜之例。然而，由於聲調只有平、上、去、入四種，故「四字句有兩字以上同聲調」的組合機率爲 29/32，大約 90.6%；「七字句有三字以上同聲調」的組合機率也有 84.6%左右。從四聲分配的機率來看，考察一句之中聲調相諧的例子，意義恐怕不大。

因此本節考察的對象爲「聲調複沓的排偶句」，且因爲聲調僅有四類，若排偶句只有一組（二字）同聲調，則不列入複沓的例子中。考察聲調複沓的方式，就是以兩個「句數相同」或「形式對仗」的句子爲對象，找出兩組（四字）以上、同聲調的複沓之例。例如〈長門賦〉「懸明月以自照兮，徂清夜於洞房」中，「懸明月」「徂清夜」的聲調皆爲「平平入」，便收入此節。以下便按照聲調搭配的方式，分成「一種聲調的複沓」、「兩種聲調的複沓」，還有「三種以上聲調的複沓」三項，列出各種聲調複沓的例子。

一、一種聲調的複沓

（一）平　聲

（1）時（平）從（平）出遊（平），
　　遊（平）於（平）後園（平）。〈子虛賦〉

（2）遊於（平）後園（平），
　　覽於（平）有無（平）。〈子虛賦〉

（3）罷池陂（平）陁（平），
　　下屬江（平）河（平）。〈子虛賦〉

（4）交（平）錯糾（平）紛（平），

市：學苑出版社，2005 年），頁 27。

上（平）干青（平）雲（平）。〈子虛賦〉

（5）其土則丹（平）青（平）赭堊，
雌（平）黃（平）白坿。〈子虛賦〉

（6）其石則赤玉玫（平）瑰（平），
琳珉昆（平）吾（平）。〈子虛賦〉

（7）衡（平）蘭（平）芷若，
穹（平）窮（平）昌蒲。〈子虛賦〉

（8）穹（平）窮（平）昌（平）蒲（平），
江（平）離（平）麋（平）蕪（平）。〈子虛賦〉

（9）其卑溼則生藏（平）莨（平）蒹（平）葭（平），
東（平）蘠（平）彫（平）胡（平）。〈子虛賦〉

（10）蓮藕觚（平）蘆（平），
奄閭軒（平）于（平）。〈子虛賦〉

（11）眾物居（平）之（平），
不可勝（平）圖（平）。〈子虛賦〉

（12）其西則有涌泉清（平）池（平），
激水推（平）移（平）。〈子虛賦〉

（13）其上則有宛雛（平）孔鸞（平），
騰遠（平）射干（平）。〈子虛賦〉

（14）楚王乃駕（平）馴（平）駮之駟，
乘（平）彫（平）玉之輿。〈子虛賦〉

（15）靡魚（平）須之（平）橈（平）旃（平），
曳明（平）月之（平）珠（平）旗（平）。〈子虛賦〉

（16）陽（平）子驂（平）乘，
孅（平）阿爲（平）御。〈子虛賦〉

（17）乘遺（平）風（平），
射游（平）騏（平）。〈子虛賦〉

（18）於是楚王乃弭節徘（平）徊（平），
翺翔容（平）與（平）。〈子虛賦〉

（19）翺翔容（平）與（平），
　　覽乎陰（平）林（平）。〈子虛賦〉

（20）鬱橈（平）谿（平）谷；
　　衯衯（平）裶（平）裶。〈子虛賦〉

（21）衯（平）衯（平）裶裶，
　　揚（平）衪（平）戌削。〈子虛賦〉

（22）蜚（平）纖（平）垂（平）髾（平），
　　扶（平）輿（平）猗（平）靡（平）。〈子虛賦〉

（23）摐（平）金（平）鼓，
　　吹（平）鳴（平）籟。〈子虛賦〉

（24）纚（平）乎（平）淫淫，
　　班（平）乎（平）裔裔。〈子虛賦〉

（25）泊乎（平）無爲（平），
　　澹乎（平）自持（平）。〈子虛賦〉

（26）觀乎（平）成（平）山（平），
　　射乎（平）之（平）罘（平）。〈子虛賦〉

（27）秋（平）田（平）乎（平）青丘，
　　傍（平）偟（平）乎（平）海外。〈子虛賦〉

（28）臣（平）竊觀之（平），
　　齊（平）殆不如（平）。〈子虛賦〉

（29）願聞大國之（平）風（平）烈，
　　先生之（平）餘（平）論也。〈子虛賦〉

（30）　且二君（平）之（平）論（平），
　　不務明君臣（平）之（平）義（平）。〈上林賦〉

（31）不務明（平）君（平）臣（平）之（平）義，
　　　正（平）諸（平）侯（平）之（平）禮。〈上林賦〉

（32）欲以奢（平）侈相（平）勝，
　　荒（平）淫相（平）越。〈上林賦〉

（33）酆（平）鎬潦（平）潏，
　　紆（平）餘委（平）蛇。〈上林賦〉

（34）紆（平）餘（平）委（平）蛇，

經（平）營（平）其（平）內。〈上林賦〉

（35）東（平）西（平）南北，

馳（平）騖（平）往來。〈上林賦〉

（36）出乎（平）椒丘（平）之（平）闕，

行乎（平）州淤（平）之（平）浦。〈上林賦〉

（37）徑乎（平）桂林之（平）中，

過乎（平）泱莽之（平）壄。〈上林賦〉

（38）穹隆雲（平）橈（平），

宛潬膠（平）盭（平）。〈上林賦〉

（39）批（平）巖（平）衝擁，

奔（平）揚（平）滯沛。〈上林賦〉

（40）然後灝溔（平）潢（平）漾，

安翔（平）徐（平）徊。〈上林賦〉

（41）於是蛟（平）龍（平）赤螭（平），

䱭（平）䲛（平）漸離（平）。〈上林賦〉

（42）鰅（平）鰫（平）鰬魠，

禺（平）禺（平）魼鰨。〈上林賦〉

（43）禺（平）禺（平）魼鰨，

揵（平）鰭（平）掉尾。〈上林賦〉

（44）揵（平）鰭（平）掉尾，

振（平）鱗（平）奮翼。〈上林賦〉

（45）煩（平）鶩（平）庸（平）渠（平），

箴（平）疵（平）鵁（平）盧（平）。〈上林賦〉

（46）於是乎崇（平）山（平）矗矗，

巃（平）嵷（平）崔巍。〈上林賦〉

（47）深（平）林（平）巨木，

嶄（平）巖（平）參差。〈上林賦〉

（48）巖（平）阤（平）甗錡（平），

摧（平）崣（平）崛崎（平）。〈上林賦〉

（49）登（平）降施（平）靡，

陂（平）池貏（平）豸。〈上林賦〉

（50）茈（平）薑（平）蘘荷，

葴（平）持（平）若蓀。〈上林賦〉

（51）離（平）靡（平）廣衍，

應（平）風（平）披靡。〈上林賦〉

（52）應風（平）披（平）靡，

吐芳（平）揚（平）烈。〈上林賦〉

（53）視之（平）無（平）端（平），

察之（平）無（平）涯（平）。〈上林賦〉

（54）其獸則庸（平）旄（平）貘犛（平），

沈（平）牛（平）麈麋（平）。〈上林賦〉

（55）蛩蛩（平）驒騱（平），

駃騠（平）驢驘（平）。〈上林賦〉

（56）於是乎離（平）宮（平）別館，

彌（平）山（平）跨谷。〈上林賦〉

（57）步櫚（平）周（平）流，

長途（平）中（平）宿。〈上林賦〉

（58）夷嵕（平）築堂（平），

絫臺（平）增成（平）。〈上林賦〉

（59）奔星（平）更（平）於（平）閨闥，

宛虹（平）拖（平）於（平）楯軒。〈上林賦〉

（60）　靈（平）圄燕於（平）閒（平）館，

偓佺之（平）倫暴於（平）南（平）榮。〈上林賦〉

（61）醴泉（平）湧於（平）清（平）室，

通川（平）過於（平）中（平）庭。〈上林賦〉

（62）玫（平）瑰（平）碧琳（平），

珊（平）瑚（平）叢生（平）。〈上林賦〉

（63）珉（平）玉旁（平）唐（平），

玢（平）豳文（平）鱗（平）。〈上林賦〉

（64）楟（平）柰楊（平）梅（平），

樱（平）桃蒲（平）陶（平）。〈上林賦〉

（65）羅乎（平）後宮（平），

列乎（平）北園（平）。〈上林賦〉

（66）貤丘（平）陵（平），

下平（平）原（平）。〈上林賦〉

（67）發紅（平）華（平），

垂朱（平）榮（平）。〈上林賦〉

（68）沙（平）棠（平）櫟櫧，

華（平）楓（平）枰櫨。〈上林賦〉

（69）留（平）落胥（平）邪（平），

仁（平）頻并（平）閭（平）。〈上林賦〉

（70）欃檀（平）木蘭（平），

豫章（平）女貞（平）。〈上林賦〉

（71）崔（平）錯發骫（平），

坑（平）衡閜砢（平）。〈上林賦〉

（72）垂條（平）扶（平）疏，

落英（平）幡（平）纚。〈上林賦〉

（73）紛（平）溶葥蔘（平），

猗（平）柅從風（平）。〈上林賦〉

（74）視之（平）無（平）端（平），

究之（平）亡（平）窮（平）。〈上林賦〉

（75）於是玄（平）猨素雌（平），

蜼（平）玃飛蠝（平）。〈上林賦〉

（76）長（平）嘯哀鳴（平），

翩（平）幡互經（平）。〈上林賦〉

（77）隃（平）絕梁（平），
　　　騰（平）殊榛（平）。〈上林賦〉
（78）拖（平）蜺（平）旌（平），
　　　靡（平）雲（平）旗（平）。〈上林賦〉
（79）靡（平）雲（平）旗（平），
　　　前（平）皮（平）軒（平）。〈上林賦〉
（80）衛公（平）參（平）乘（平），
　　　扈從（平）橫（平）行（平）。〈上林賦〉
（81）江河（平）爲（平）阹，
　　　泰山（平）爲（平）櫓。〈上林賦〉
（82）搏豺（平）狼（平），
　　　手熊（平）羆（平）。〈上林賦〉
（83）陵三嵕之（平）危（平），
　　　下磧歷之（平）坻（平）。〈上林賦〉
（84）弓（平）不虛（平）發，
　　　應（平）聲而（平）倒。〈上林賦〉
（85）乘虛（平）亡（平），
　　　與神（平）俱（平）。〈上林賦〉
（86）捎鳳（平）凰（平），
　　　捷鵷（平）雛（平）。〈上林賦〉
（87）捷鵷（平）雛（平），
　　　揜焦（平）明（平）。〈上林賦〉
（88）道盡塗（平）殫（平），
　　　迴車而（平）還（平）。〈上林賦〉
（89）消搖乎（平）襄羊（平），
　　　降集乎（平）北紘（平）。〈上林賦〉
（90）下堂（平）犂（平），
　　　息宜（平）春（平）。〈上林賦〉
（91）建翠華（平）之（平）旗，
　　　樹靈鼉（平）之（平）鼓。〈上林賦〉

（92）山（平）陵爲（平）之（平）震動，
　　川（平）谷爲（平）之（平）蕩波。〈上林賦〉

（93）〈巴（平）俞（平）〉宋蔡，
　　淮（平）南（平）〈干遮〉。〈上林賦〉

（94）淮（平）南（平）〈干（平）遮（平）〉，
　　文（平）成（平）顛（平）歌（平）。〈上林賦〉

（95）荊（平）吳鄭衛之（平）聲（平），
　　〈韶（平）〉、〈濩〉、〈武〉、〈象〉之（平）聲（平）。〈上林賦〉

（96）麗（平）靡（平）爛漫於（平）前，
　　靡（平）曼（平）美色於（平）後。〈上林賦〉

（97）長（平）眉連（平）娟，
　　微（平）睇（平）藐。〈上林賦〉

（98）馳鶩乎仁（平）義（平）之（平）塗（平），
　　覽觀《春（平）秋（平）》之（平）林（平）。〈上林賦〉

（99）脩（平）容（平）乎（平）《禮》園，
　　翶（平）翔（平）乎（平）《書》圃。〈上林賦〉

（100）鄉（平）風（平）而（平）聽，
　　隨（平）流（平）而（平）化。〈上林賦〉

（101）芔然興（平）道而（平）遷義（去），
　　刑（平）錯而（平）不用（去）。〈上林賦〉

（102）罷（平）車馬之（平）用（平），
　　抏（平）士卒之（平）精（平）。〈上林賦〉

（103）忘（平）國家（平）之（平）政，
　　貪（平）雉菟（平）之（平）獲。〈上林賦〉

（104）司馬相如美麗（平）閑（平）都（平），
　　遊於（平）梁（平）王（平）。〈美人賦〉

（105）遊（平）於（平）梁王（平），
　　梁（平）王（平）悅之（平）。〈美人賦〉

（106）恆翹（平）翹（平）而（平）西顧，
　　欲留（平）臣（平）而（平）共止。〈美人賦〉

（107）婉然（平）在牀（平），
奇葩（平）逸麗（平）。〈美人賦〉
（108）覩臣遷（平）延（平），
微笑而（平）言（平）。〈美人賦〉
（109）獨處室兮（平）廓無（平）依（平），
思佳人兮（平）情傷（平）悲（平）。〈美人賦〉
（110）有美人兮（平）來（平）何遲（平），
日既暮兮（平）華（平）色衰（平）。〈美人賦〉
（111）玉釵掛臣（平）冠（平），
羅袖拂臣（平）衣（平）。〈美人賦〉
（112）金鉔薰（平）香（平），
黻帳低（平）垂（平）。〈美人賦〉
（113）裀褥重（平）陳（平），
角枕横（平）施（平）。〈美人賦〉
（114）時（平）來親（平）臣（平），
柔（平）滑如（平）脂（平）。〈美人賦〉
（115）湛恩（平）汪（平）濊，
群生（平）霑（平）濡。〈難蜀父老〉
（116）於是乃命（平）使西（平）征（平），
隨（平）流而（平）攘（平）。〈難蜀父老〉
（117）因朝冉從（平）駹（平），
定僰存（平）邛（平）。〈難蜀父老〉
（118）略斯（平）榆（平），
舉苞（平）蒲（平）。〈難蜀父老〉
（119）三（平）年（平）於茲，
而（平）功（平）不竟。〈難蜀父老〉
（120）普天（平）之（平）下，
莫非（平）王（平）土。〈難蜀父老〉
（121）非（平）常（平）之（平）元（平），
黎（平）民（平）懼（平）焉（平）。〈難蜀父老〉

（122）決江（平）疏河（平），
灑沈（平）澹災（平）。〈難蜀父老〉

（123）當斯（平）之（平）勤（平），
豈惟（平）民（平）哉（平）？〈難蜀父老〉

（124）心（平）煩（平）於（平）慮，
而身（平）親（平）其（平）勞。〈難蜀父老〉

（125）故休（平）烈顯乎（平）無（平）窮（平），
聲（平）稱浹乎（平）于（平）茲（平）。〈難蜀父老〉

（126）拘（平）文（平）牽俗，
循（平）誦（平）習傳。〈難蜀父老〉

（127）必將崇（平）論谹（平）議，
創（平）業垂（平）統。〈難蜀父老〉

（128）故馳（平）騖乎（平）兼（平）容（平）并包，
而勤（平）思乎（平）參（平）天（平）貳地。〈難蜀父老〉

（129）普天之下，莫（平）非（平）王（平）土；
率土之濱，莫（平）非（平）王（平）臣。〈難蜀父老〉

（130）今封（平）疆之（平）內，
冠（平）帶之（平）倫。〈難蜀父老〉

（131）徼牂（平）牁（平），
鏤靈（平）山（平）。〈難蜀父老〉

（132）鏤靈（平）山（平），
梁孫（平）原（平）。〈難蜀父老〉

（133）創（平）道德之（平）塗，
垂（平）仁義之（平）統。〈難蜀父老〉

（134）反衰（平）世之（平）陵夷，
繼周（平）氏之（平）絕業。〈難蜀父老〉

（135）方將增（平）太山之（平）封，
加（平）梁父之（平）事。〈難蜀父老〉

（136）鳴（平）和鸞（平），
揚（平）樂頌（平）。〈難蜀父老〉

（137）　百姓（平）雖（平）勞（平），

請以身（平）先（平）之（平）。〈難蜀父老〉

（138）魂（平）踰（平）佚而（平）不反兮，

形（平）枯（平）槁而（平）獨居。〈長門賦〉

（139）言我朝往而而（平）暮來（平）兮，

飲食樂而（平）忘人（平）。〈長門賦〉

（140）奉虛（平）言（平）而（平）望誠（平）兮，

期城（平）南（平）之（平）離宮（平）。〈長門賦〉

（141）登（平）蘭臺而（平）遙望（平）兮，

神（平）怳怳而（平）外淫（平）。〈長門賦〉

（142）雷（平）殷殷（平）而（平）響起兮，

聲（平）象君（平）之（平）車音。〈長門賦〉

（143）桂樹交而（平）相紛（平）兮，

芳酷烈之（平）誾誾（平）。〈長門賦〉

（144）羅丰（平）茸（平）之（平）遊樹兮，

離樓（平）梧（平）而（平）相撐。〈長門賦〉

（145）白鶴噭以哀（平）號（平）兮，

孤雌跱於枯（平）楊（平）。〈長門賦〉

（146）左右悲而（平）垂（平）淚兮，

涕流離而（平）從（平）橫。〈長門賦〉

（147）摶芬（平）若以爲（平）枕（平）兮，

席荃（平）蘭而茝（平）香（平）。〈長門賦〉

（148）眾雞鳴而（平）愁（平）予（平）兮，

起視月之（平）精（平）光（平）。〈長門賦〉

（149）望中（平）庭（平）之（平）藹藹兮，

若季（平）秋（平）之（平）降霜。〈長門賦〉

（150）乘絳幡之（平）素蜺（平）兮，

載雲氣而（平）上浮（平）。〈大人賦〉

（151）攙纚搶（平）以爲（平）旌（平）兮，

靡屈虹（平）而爲（平）綢（平）。〈大人賦〉

（152）駕應龍（平）象輿（平）之（平）蠖略委麗（平）兮，
驂赤螭（平）青虯（平）之（平）蚴蟉宛蜒（平）。〈大人賦〉
（153）煥然（平）霧（平）除（平），
霍然（平）雲（平）消（平）。〈大人賦〉
（154）悉徵靈（平）圉而（平）選之（平）兮，
部署眾（平）神於（平）搖光（平）。〈大人賦〉
（155）左玄（平）冥（平）而（平）右黔雷（平）兮，
前長（平）離（平）而（平）後矞皇（平）。〈大人賦〉
（156）屯余（平）車而（平）萬乘（平）兮，
粹雲（平）蓋而（平）樹華（平）旗。〈大人賦〉
（157）使句芒其（平）將（平）行（平）兮，
吾欲往乎（平）南（平）娭（平）。〈大人賦〉
（158）歷唐（平）堯於（平）崇山（平）兮，
過虞（平）舜於（平）九疑（平）。〈大人賦〉
（159）騷（平）擾衝（平）蓯其（平）相紛（平）挐（平）兮，
滂（平）濞泱（平）軋麗（平）以林（平）離（平）。〈大人賦〉
（160）召（平）屏（平）翳，
誅（平）風（平）伯。〈大人賦〉
（161）排閶闔而（平）入帝宮（平）兮，
載玉女而（平）與之歸（平）。〈大人賦〉
（162）登閬風（平）而（平）遙集兮，
亢鳥騰（平）而（平）壹止。〈大人賦〉
（163）呼吸沆瀣兮餐（平）朝（平）霞（平），
咀噍芝英嘰（平）瓊（平）華（平）。〈大人賦〉
（164）僸祲（平）尋（平）而（平）高縱兮，
分鴻（平）溶（平）而（平）上厲。〈大人賦〉
（165）騁遊（平）道而（平）脩降兮，
騖遺（平）霧而（平）遠逝。〈大人賦〉
（166）遺屯（平）騎於（平）玄（平）闕兮，
軼先（平）驅於（平）寒（平）門。〈大人賦〉

（167）下**峥（平）**嶸**而（平）無（平）地（平）**兮，
上**嵺（平）**廓**而（平）無（平）天（平）**。〈大人賦〉
（168）視眩泯**而（平）亡（平）見（平）**兮，
聽敞怳而（平）亡（平）聞（平）。〈大人賦〉
（169）**乘（平）虛（平）**亡**而（平）**上**遐（平）**兮，
超（平）無（平）友**而（平）**獨**存（平）**。〈大人賦〉
（170）伊上古**之（平）初（平）**肇，
自昊穹**兮（平）生（平）**民。〈封禪文〉
（171）**軒（平）轅（平）**之**前（平）**，
遐（平）哉（平）邈**乎（平）**！〈封禪文〉
（172）元首**明（平）哉（平）**！
股肱**良（平）哉（平）**！〈封禪文〉
（173）**文（平）王（平）**改制，
爰（平）周（平）郅隆。〈封禪文〉
（174）而後**陵（平）**夷**衰（平）微（平）**，
千（平）載**無（平）聲（平）**。〈封禪文〉
（175）是以業**隆（平）於（平）**繦褓，
而崇**冠（平）於（平）**二后。〈封禪文〉
（176）**懷（平）生（平）**之類，
霑（平）濡（平）浸潤。〈封禪文〉
（177）然後囿**騶（平）**虞**之（平）**珍群，
徼**麋（平）**鹿**之（平）**怪獸。〈封禪文〉
（178）獲**周（平）餘（平）珍（平）**，
放**龜（平）于（平）岐（平）**。〈封禪文〉
（179）進**讓（平）之（平）**道，
何**其（平）爽（平）**歟？〈封禪文〉
（180）**天（平）**下**之（平）**壯觀，
王（平）者**之（平）**丕業。〈封禪文〉
（181）猶兼**正（平）**列其**義（平）**，
校（平）飭厥**文（平）**。〈封禪文〉

（182）俾萬世得激清（平）流（平），
揚微（平）波（平）。〈封禪文〉

（183）揚（平）微（平）波（平），
蜚（平）英（平）聲（平）。〈封禪文〉

（184）總公（平）卿之（平）議，
詢封（平）禪之（平）事。〈封禪文〉

（185）雲（平）之油（平）油，
甘（平）露時（平）雨。〈封禪文〉

（186）名（平）山（平）顯位，
望（平）君（平）之來。〈封禪文〉

（187）君（平）乎君乎（平），
侯（平）不邁哉（平）！〈封禪文〉

（188）其（平）儀（平）可嘉。
旼（平）旼（平）睦睦。〈封禪文〉

（189）蓋聞（平）其（平）聲（平），
今觀（平）其（平）來（平）。〈封禪文〉

（190）厥塗靡（平）蹤（平）。
天瑞之（平）徵（平）。〈封禪文〉

（191）君（平）徂郊（平）祀。
馳（平）我君（平）輿。〈封禪文〉

（192）宛宛黃（平）龍（平），
興德而（平）升（平）。〈封禪文〉

（193）正陽（平）顯見（平），
覺悟（平）黎烝（平）。〈封禪文〉

（194）喻以封（平）巒（平）。
披藝觀（平）之（平）。〈封禪文〉

（二）上　聲

（1）與（上）波搖蕩（上），
奄（上）薄水渚（上）。〈上林賦〉

（2）揜（上）以（上）綠蕙，
被（上）以（上）江離。〈上林賦〉

（三）去　聲

無。

（四）入　聲

（1）滭（入）弗（入）宓（入）汨（入），
偪（入）側（入）泌（入）瀄（入）。〈上林賦〉

（2）潏（入）潏（入）淈淈（入），
湁（入）潗（入）鼎沸（入）。〈上林賦〉

（3）煌煌扈（入）扈（入），
照曜鉅（入）野（入）。〈上林賦〉

（4）改制（入）度（入），
易服（入）色（入）。〈上林賦〉

（5）易（入）服色（入），
革（入）正朔（入）。〈上林賦〉

（6）逈闊（入）泳末（入），
首惡（入）湮沒（入）。〈封禪文〉

（7）嘉穀六（入）穗（入），
我穡曷（入）蓄（入）。〈封禪文〉

二、兩種聲調的複沓

（一）平上聲

（1）左（上）烏號之（平）彫弓，
右（上）夏服之（平）勁箭。〈子虛賦〉

（2）水（上）蟲（平）駭（上），波鴻沸，
涌（上）泉（平）起（上），奔揚會。〈子虛賦〉

（3）且齊東（平）陼（上）鉅海，
南（平）有（上）琅邪。〈子虛賦〉

（4）左（上）蒼（平）梧，
右（上）西（平）極。〈上林賦〉

（5）瀺（平）灂霣（上）隊。
沈（平）沈隱（上）隱。〈上林賦〉

（6）崴（平）磈（平）嵔瘣（上），
丘（平）墟（平）堀礨（上）。〈上林賦〉

（7）糅以（上）蘼（平）蕪（平），
雜以（上）流（平）夷（平）。〈上林賦〉

（8）青龍（平）蚴（上）蟉於（平）東（平）箱（平），
象輿（平）婉（上）僤於（平）西（平）清（平）。〈上林賦〉

（9）槃（平）石裖（上）崖（平），
嶔（平）巖倚（上）傾（平）。〈上林賦〉

（10）鼂（平）采（上）琬琰，
和（平）氏（上）出焉。〈上林賦〉

（11）攢立叢（平）倚（上），
連卷欐（平）佹（上）。〈上林賦〉

（12）鋋猛（平）氏（上），
羂要（平）褭（上）。〈上林賦〉

（13）羂要（平）褭（上），
射封（平）豕（上）。〈上林賦〉

（14）奏陶唐（平）氏（上）之（平）舞，
聽葛天（平）氏（上）之（平）歌。〈上林賦〉

（15）　鄢郢（上）繽紛（平），
〈激楚（上）〉〈結風（平）〉。〈上林賦〉

（16）於（平）是（上）酒中（平）樂酣（平），
天（平）子（上）芒然（平）而思（平）。〈上林賦〉

（17）載（上）雲（平）罕，
掩（上）群（平）雅。〈上林賦〉

（18）抏士（上）卒之（平）精（平），
費府（上）庫之（平）財（平）。〈上林賦〉

（19）蛾（平）眉（平）皓齒（上），
顏（平）盛（平）色茂（上）。〈美人賦〉

（20）女乃弛（上）其（平）上服，
　　　　表（上）其（平）褻衣。〈美人賦〉

（21）蓋世必有（上）非（平）常（平）之（平）人，
　　　　然後有（上）非（平）常（平）之（平）事。〈難蜀父老〉

（22）　　有（上）非（平）常（平）之（平）事，
　　　然後有（上）非（平）常（平）之（平）功。〈難蜀父老〉

（23）以偃甲兵於（平）此（上），
　　　而息討伐於（平）彼（上）。〈難蜀父老〉

（24）擠玉戶以撼（上）金（平）鋪兮，
　　　聲噌吰而似（上）鐘（平）音。〈長門賦〉

（25）撫（上）柱楣（平）以從（平）容（平）兮，
　　　覽（上）曲臺（平）之央（平）央（平）。〈長門賦〉

（26）張（平）羅綺（上）之（平）幔帷（平）兮，
　　　垂（平）楚組（上）之（平）連綱（平）。〈長門賦〉

（27）垂甸始以（上）為（平）幓（平）兮，
　　　曳彗星以（上）為（平）髾（平）。〈大人賦〉

（28）紅杳眇（上）以玄（平）湣（平）兮，
　　　猋風涌（上）而雲（平）浮（平）。〈大人賦〉

（29）低卬夭（平）蟜裾以（上）驕（平）驁兮，
　　　詘折隆（平）窮躩以（上）連（平）卷。〈大人賦〉

（30）反（上）大壹而（平）從陵（平）陽（平）。
　　　左（上）玄冥而（平）右黔（平）雷（平）兮。〈大人賦〉

（31）攢（上）羅（平）列叢聚以（上）蘢茸（平）兮，
　　　衍（上）曼（平）流爛疹以（上）陸離（平）。〈大人賦〉

（32）經（平）營炎（平）火（上）而浮弱水兮，
　　　杭（平）絕浮（平）渚（上）涉流沙。〈大人賦〉

（33）五（上）三六經（平），
　　　載（上）籍之傳（平）。〈封禪文〉

（34）　　千載（上）無聲（平），
　　　豈不善始（上）善終（平）哉！〈封禪文〉

（35）武（上）節飄（平）逝，
　　邇（上）陜遊（平）原。〈封禪文〉
（36）德侔（平）往（上）初，
　　功無（平）與（上）二。〈封禪文〉
（37）般般之（平）獸（上），
　　樂我君（平）圃（上）。〈封禪文〉
（38）馳我（上）君（平）輿，
　　帝以（上）享（平）祉。〈封禪文〉
（39）　於傳（平）載（上）之（平），
　　云受命（平）所（上）乘（平）。〈封禪文〉
（40）云受命所（上）乘（平），
　　厥之有（上）章（平）。〈封禪文〉

（二）去入聲

（1）則是蜀不（去）變（去）服（入），
　　而巴不（去）化（去）俗（入）也。〈難蜀父老〉
（2）時彷佛（入）以物類（去）兮，
　　像積石（入）之將將（去）。〈長門賦〉

（三）平去聲

（1）禹不（去）能（平）名，
　　离不（去）能（平）計。〈子虛賦〉
（2）藺（去）玄（平）鶴，
　　亂（去）昆（平）雞。〈上林賦〉
（3）千人（平）倡（去），
　　萬人（平）和（去）。〈上林賦〉
（4）鄙人（平）固陋（去），
　　不知（平）忌諱（去）。〈上林賦〉
（5）汎淫（平）氾（去）濫（去），
　　隨風（平）澹（去）淡（去）。〈上林賦〉

（6）飄風迴而（平）起閨（去）兮，
　　舉帷幄之（平）襜襜（去）。〈長門賦〉
（7）心（平）憑噫（去）而（平）不舒（平）兮，
　　邪（平）氣壯（去）而（平）攻中（平）。〈長門賦〉
（8）下（去）蘭（平）臺（平）而（平）周（平）覽兮，
　　步（去）從（平）容（平）於（平）深（平）宮。〈長門賦〉
（9）浮（平）雲鬱而（平）四（去）塞兮，
　　天（平）窈窈而（平）晝（去）陰。〈長門賦〉
（10）伊（平）予（平）志之（平）慢（去）愚（平）兮，
　　懷（平）貞（平）愨之（平）懽（去）心（平）。〈長門賦〉
（11）間（去）徙倚於（平）東（平）廂（平）兮，
　　觀（去）夫靡靡而（平）無（平）窮（平）。〈長門賦〉

（四）平入聲

（1）射中獲（入）多（平），
　　矜而自（入）功（平）。〈子虛賦〉
（2）其山則盤（平）紆（平）岪（入）鬱（入），
　　　　　隆（平）崇（平）律（入）崒（入）。〈子虛賦〉
（3）瑊（平）玏（入）玄厲，
　　碝（平）石（入）武夫。〈子虛賦〉
（4）星（平）流電擊（入），
　　弓（平）不虛發（入）。〈子虛賦〉
（5）洞胷（平）達腋（入），
　　絕乎（平）心繫（入）。〈子虛賦〉
（6）浮（平）文（平）鷁（入），
　　揚（平）旌（平）枻（入）。〈子虛賦〉
（7）水蟲駭，波（平）鴻（平）沸（入），
　　涌泉起，奔（平）揚（平）會（入）。〈子虛賦〉
（8）礧（平）石相擊（入），
　　琅（平）琅磕磕（入）。〈子虛賦〉

（9）脟（入）割輪（平）淬，
自（入）以爲（平）娛。〈子虛賦〉

（10）若乃俶（入）儻（平）瑰（平）偉，
異（入）方（平）殊（平）類。〈子虛賦〉

（11）然在諸（平）侯之（平）位（入），
不敢言游（平）戲之（平）樂（入）。〈子虛賦〉

（12）今齊列（入）爲（平）東蕃，
而外（入）私（平）肅愼。〈上林賦〉

（13）徒事爭於游戲之（平）樂（入），
苑囿之（平）大（入）。〈上林賦〉

（14）此不可以揚名（平）發（入）譽，
而適足以貶君（平）自（入）損也。〈上林賦〉

（15）觸（入）穹（平）石，
激（入）堆（平）埼。〈上林賦〉

（16）馳波跳（平）沫（入），
汩㶇漂（平）疾（入）。〈上林賦〉

（17）寂（入）漻（平）無聲（平），
肆（入）乎（平）永歸（平）。〈上林賦〉

（18）魚鼈（入）讙（平）聲，
萬物（入）眾（平）夥。〈上林賦〉

（19）的（入）皪（入）江（平）靡，
蜀（入）石（入）黃（平）碝。〈上林賦〉

（20）橫流（平）逆（入）折（入），
轉騰（平）潎（入）洌（入）。〈上林賦〉

（21）駕鵞（平）屬玉（入），
交精（平）旋目（入）。〈上林賦〉

（22）振溪通（平）谷（入），
蹇產溝（平）瀆（入）。〈上林賦〉

（23）縝紛（平）軋芴（入），
芒芒（平）怳忽（入）。〈上林賦〉

（24）日（入）出東（平）沼，
入（入）虖西（平）陂。〈上林賦〉

（25）其北則盛夏含凍（平）裂（入）地（平），
涉冰（平）揭（入）河（平）。〈上林賦〉

（26）其獸則麒（平）麟（平）角（入）端（平），
騊（平）駼（平）橐（入）駝（平）。〈上林賦〉

（27）高（平）廊四（入）注，
重（平）坐曲（入）閣。〈上林賦〉

（28）於是乎盧（平）橘夏孰（入），
黃（平）甘橙榛（入）。〈上林賦〉

（29）蓋象金石（入）之（平）聲（平），
管龠（入）之（平）音（平）。〈上林賦〉

（30）蛭蜩（平）蠼（入）蝚（平），
獑胡（平）豰（入）蛫（平）。〈上林賦〉

（31）捷（入）垂（平）條（平），
掉（入）希（平）間（平）。〈上林賦〉

（32）先（平）後陸（入）離（平），
離（平）散別（入）追（平）。〈上林賦〉

（33）淫（平）淫（平）裔裔（入），
緣（平）陵（平）流澤（入）。〈上林賦〉

（34）遺（平）光耀（入），
追（平）怪物（入）。〈上林賦〉

（35）射（入）游（平）梟，
櫟（入）蜚（平）遽。〈上林賦〉

（36）鑿（入）石闕（平），
歷（入）封巒（平）。〈上林賦〉

（37）它（平）它藉藉（入），
填（平）阬滿谷（入）。〈上林賦〉

（38）填阬（平）滿谷（入），
掩平（平）彌澤（入）。〈上林賦〉

（39）撞千石（入）之（平）鐘，
立萬石（入）之（平）虡。〈上林賦〉

（40）若夫青琴虙（入）妃（平）之（平）徒，
絕（入）殊（平）離（平）俗。〈上林賦〉

（41）靚莊（平）刻（入）飾（入），
便嬛（平）綽（入）約（入）。〈上林賦〉

（42）眇閻（平）易恤（入）削（入），
嬥（平）姺嫳（入）屑（入）。〈上林賦〉

（43）弋玄（平）鶴（入），
舞干（平）戚（入）。〈上林賦〉

（44）悲〈伐（入）檀（平）〉，
樂〈樂（入）胥（平）〉。〈上林賦〉

（45）日既（入）暮兮（平）華（平）色（入）衰（平）。
敢託（入）身兮（平）長（平）自（入）私（平）。〈美人賦〉

（46）莫（入）非王（平）土；
率（入）土之（平）濱。〈難蜀父老〉

（47）率（入）土之（平）濱（平），
莫（入）非王（平）臣（平）。〈難蜀父老〉

（48）是以六（入）合之（平）內（入），
八（入）方之（平）外（入）。〈難蜀父老〉

（49）八方（平）之外（入），
浸淫（平）衍溢（入）。〈難蜀父老〉

（50）而夷（平）狄（入）殊俗之（平）國（入），
遼（平）絕（入）異黨之（平）域（入）。〈難蜀父老〉

（51）君（平）臣（平）易（入）位，
尊（平）卑（平）失（入）序。〈難蜀父老〉

（52）係（入）絫（平）號（平）泣，
內（入）鄉（平）而（平）怨。〈難蜀父老〉

（53）中外（入）禔（平）福，
不亦（入）康（平）乎？〈難蜀父老〉

（54）夫拯民（平）於（平）沈（平）溺（入），
奉至尊（平）之（平）休（平）德（入）。〈難蜀父老〉
（55）猶（平）焦（平）朋已翔乎（平）寥廓（入），
而（平）羅（平）者猶視乎（平）藪澤（入）。〈難蜀父老〉
（56）芳酷（入）烈（入）之（平）誾誾（平），
孔雀（入）集（入）而（平）相存（平）兮。〈長門賦〉
（57）五色（入）炫以相（平）曜兮，
爛耀（入）耀而成（平）光。〈長門賦〉
（58）緻錯（入）石（入）之（平）瓴（平）甓兮，
像瑇（入）瑁（入）之（平）文（平）章。〈長門賦〉
（59）懸（平）明（平）月（入）以自照兮，
徂（平）清（平）夜（入）於洞房。〈長門賦〉
（60）揄長袂（入）以自翳（平）兮，
數昔日（入）之諐殃（平）。〈長門賦〉
（61）忽（入）寢寐而（平）夢想兮，
魄（入）若君之（平）在旁。〈長門賦〉
（62）妾人（平）竊（入）自悲兮，
究年（平）歲（入）而不敢忘。〈長門賦〉
（63）建格澤（入）之（平）修竿（平）兮，
總光耀（入）之（平）采旄（平）。〈大人賦〉
（64）絕（入）道不周（平），
會（入）食幽都（平）。〈大人賦〉
（65）近區中之（平）隘（入）陜兮，
舒節出乎（平）北（入）垠。〈大人賦〉
（66）罔若淑（入）而（平）不昌（平），
疇逆失（入）而（平）能存（平）？〈封禪文〉
（67）君（平）莫（入）盛（平）於（平）唐堯，
臣（平）莫（入）賢（平）於（平）后稷。〈封禪文〉
（68）后稷創業（入）於（平）唐（平）堯（平），
公劉發跡（入）於（平）西（平）戎（平）。〈封禪文〉

（69）爰周（平）郅（入）隆（平），
大行（平）越（入）成（平）。〈封禪文〉

（70）旁（平）魄（入）四塞，
雲（平）專（入）霧散。〈封禪文〉

（71）協氣（入）橫（平）流，
武節（入）飄（平）逝。〈封禪文〉

（72）首惡（入）湮（平）沒（入），
闇昧（入）昭（平）晳（入）。〈封禪文〉

（73）以登介（入）丘（平），
不亦恧（入）乎（平）！〈封禪文〉

（74）百（入）蠻（平）執贄，
德（入）侔（平）往初。〈封禪文〉

（75）挈（入）三（平）神之（平）驩（平），
缺（入）王（平）道之（平）儀（平）。〈封禪文〉

（76）謁（入）欵天（平）神，
勒（入）功中（平）嶽。〈封禪文〉

（77）詩大澤之（平）博（入），
廣符瑞之（平）富（入）。〈封禪文〉

（78）三代（入）之（平）前，
蓋未（入）嘗（平）有。〈封禪文〉

（79）興（平）必（入）慮衰（平），
安（平）必（入）思危（平）。〈封禪文〉

（80）顧省（平）闕（入）遺，
此之（平）謂（入）也。〈封禪文〉

（五）上去聲

無。

（六）上入聲

（1）繆繞（上）玉（入）綏，
眇眇（上）忽（入）忽。〈子虛賦〉

（2）蜀石（入）黃碝（上），
水玉（入）磊砢（上）。〈上林賦〉

（3）徑峻赴（入）險（上），
越壑厲（入）水（上）。〈上林賦〉

（4）省（上）刑罰（入），
改（上）制度（入）。〈上林賦〉

（5）子不好（上）色（入），
何若孔（上）墨（入）乎？〈美人賦〉

（6）邪絕（入）少（上）陽而登太陰兮，與眞人乎相求。
互折（入）窈（上）窕以右轉兮，橫厲飛泉以正東。〈大人賦〉

（7）互折（入）窈窕以（上）右轉兮，
橫厲（入）飛泉以（上）正東。〈大人賦〉

（8）率（入）邇者（上）踵武，
逖（入）聽者（上）風聲。〈封禪文〉

三、三種以上聲調的複沓

（1）不敢言游戲（去）之（平）樂（入），
苑囿（去）之（平）大（入）。〈子虛賦〉

（2）夫使諸侯（平）納（入）貢者（上），非（平）爲（平）財幣，所（上）以（上）述職也；
封疆（平）畫（入）界者（上），非（平）爲（平）守禦，所（上）以（上）禁淫也。〈上林賦〉

（3）萬物（入）眾（平）夥（上），
明月（入）珠（平）子（上）。〈上林賦〉

（4）谽呀（平）豁（入）閜（上），
阜陵（平）別（入）隝（上）。〈上林賦〉

（5）唼喋（入）菁（平）藻（上），
咀嚼（入）菱（平）藕（上）。〈上林賦〉

（6）允（上）溶淫（平）鬻（入），
散（上）渙夷（平）陸（入）。〈上林賦〉

（7）宮（平）宿館（去）舍（上），

庖（平）廚不（去）徙（上）。〈上林賦〉

（8）睨部曲（入）之（平）進（去）退，

覽將帥（入）之（平）變（去）態。〈上林賦〉

（9）騎（平）之（平）所（上）蹂若（入），

人（平）之（平）所（上）蹈籍（入）。〈上林賦〉

（10）徒車（平）之（平）所（上）閵轢（入），

騎（平）之（平）所（上）蹂若（入）。〈上林賦〉

（11）實陂池而（平）勿（入）禁（去），

虛宮館而（平）勿（入）仞（去）。〈上林賦〉

（12）室（入）宇（上）遼（平）廓，

莫（入）與（上）爲（平）娛。〈美人賦〉

（13）仁（平）者（上）不（去）以（上）德（入）來（平），

強（平）者（上）不（去）以（上）力（入）并（平）。〈難蜀父老〉

（14）烏謂（入）此（上）乎（平）？

必若（入）所（上）云（平）。〈難蜀父老〉

（15）繼周（平）氏（上）之（平）絕（入）業，

天（平）子（上）之（平）急（入）務也。〈難蜀父老〉

（16）觀（平）者（上）未（入）睹指，

聽（平）者（上）未（入）聞音。〈難蜀父老〉

（17）刻（入）木蘭以（上）爲（平）榱（平）兮，

飾（入）文杏以（上）爲（平）梁（平）。〈長門賦〉

（18）沛艾糾螑（去）仡以（上）佁（平）儗（平）兮，

放散畔岸（去）驤以（上）孱（平）顏（平）。〈大人賦〉

（19）　蛭踱輵蠖（入）容以（上）骫（平）麗兮，

蜩蟉偃蹇怵（入）臭以（上）梁（平）倚。〈大人賦〉

（20）徑（去）入（入）雷室（入）之（平）砰磷（平）鬱律兮，

洞（去）出（入）鬼谷（入）之（平）堀礱（平）崴魁。〈大人賦〉

（21）故軌（上）跡夷（平）易，易（入）遵（平）也（上）；
湛（上）恩濛（平）涌，易（入）豐（平）也（上）。〈封禪文〉

（22）憲（平）度著明（平），易（入）則（平）也（上）；
垂（平）統理順（平），易（入）繼（平）也（上）。〈封禪文〉

（23）滋（平）液滲（去）漉（入），
何（平）生不（去）育（入）。〈封禪文〉

（24）昆（平）蟲凱（上）澤（入），
回（平）首面（上）內（入）。〈封禪文〉

（25）非（平）惟（平）雨之（平），又（上）潤澤（入）之（平）。
非（平）惟（平）濡之（平），氾（上）專濩（入）之（平）。〈封禪文〉

下表統計排偶句中，各聲調複沓的例子數，再加以說明、討論之，以了解相如賦聲調設計的偏好：

表 4-1　〈排偶句的聲調複沓統計表〉

篇名／聲調	子虛賦	上林賦	美人賦	難蜀父老	長門賦	大人賦	封禪文	聲調統計
平聲	29	74	11	23	12	20	25	194
上聲	0	2	0	0	0	0	0	2
去聲	0	0	0	0	0	0	0	0
入聲	0	5	0	0	0	0	2	7
平上	3	15	2	3	3	6	8	40
去入	0	0	0	1	1	0	0	2
平去	1	4	0	0	6	0	0	11
平入	11	33	1	10	7	3	15	80
上去	0	0	0	0	0	0	0	0
上入	1	3	0	2	1	1	1	8
平上去	0	1	0	0	0	1	0	2
平去入	1	2	0	0	0	1	1	5
上去入	0	0	0	0	0	0	0	0
上平入	0	7	1	3	1	1	4	17
四聲皆備	0	0	0	1	0	0	0	1
各篇統計	46	146	15	41	31	34	56	369

從表中可以看出，排偶句中「平聲複沓」的例子最多，共有 194 例，超過總數的一半；而有通押關係的「平上」複沓也有 40 例，不可謂不多。另外，「平入」複沓共 82 例，僅次於全爲平聲的複沓形式。丁邦新先生〈平仄新考〉一文曾指出：

> 四聲之中，由於平上去是普通長度的調，入聲是特別短促的調，所以前三者與後者構成一種「長短律」，這種律在中國文學中是「暗律」的一種，它的應用使文學作品富有韻律〔註 10〕。

舉〈子虛賦〉爲例，「水蟲駭，**波（平）鴻（平）沸（入）**，涌泉起，**奔（平）揚（平）會（入）**」這樣的句子，會在朗誦時構成一快一慢的對比；所以，相如賦不僅在韻部設計上有陽入聲韻排偶的現象，也重視聲調疾徐相間的搭配。這種對比的「暗律」，爲聲韻學家和研究文學的學者所注目，確實其來有自。

像是「平、上、入」三種聲調的複沓，也有 16 例，這類巧用入聲的聲調設計，例如〈上林賦〉「**允（上）**溶**淫（平）鬻（入）**，**散（上）**渙**夷（平）陸（入）**」一類的句子，一方面可使朗誦者不需要一直繃緊口腔肌肉，另方面也能製造舒徐有致的聽覺韻律。這種時而緊繃、時而放鬆的音響效果，便能夠幫助朗誦或閱讀的人，有韻地進入作者的文字世界。

第三節　聲調對比的排偶句

本節考察相如賦聲調對比的現象，如〈長門賦〉「白鶴噭以哀號兮，孤雌跱於枯楊」中，「白鶴」的聲調屬「入入」，「孤雌」則屬「平平」，即爲一例；凡是排偶句中出現兩組（四字）以上、同聲調的對比之例，皆錄於此。因爲聲調僅有四類，若句中僅有一組（二字）聲調對比的字，則不列入例句中。以下便分就「兩種聲調的對比」、「三種以上聲調的對比」兩項，分別整理各篇的例句。

一、兩種聲調的對比

（一）平上聲對比

〔註 10〕見《中央研究院歷史語言研究所集刊》47：1，1975 年，頁 13。文章收入《中央研究院歷史語言研究所集刊》47：1，1975 年，頁 1～15。

（1）於是乃使剸（平）諸之（平）倫，

手（上）格此（上）獸。〈子虛賦〉

（2）軼野（上）馬（上），

韢騊（平）駼（平）。〈子虛賦〉

（3）齊東陼鉅（上）海（上），

南有琅（平）邪（平）。〈子虛賦〉

（4）不若大王終日馳（平）騁（上），

曾不下（上）輿（平）。〈子虛賦〉

（5）徼（上）𠖥（平）受（上）詘，

殫（平）覩（上）眾（平）物之變態。〈子虛賦〉

（6）此不可以揚（平）名發譽（平），

而適足以貶（上）君自損（上）也。〈上林賦〉

（7）丹（平）水（上）更其南，

紫（上）淵（平）徑其北。〈上林賦〉

（8）隱（上）轔鬱𡾊（上），

登（平）降施靡（平）。〈上林賦〉

（9）振（平）溪（平）通谷，

蹇（上）產（上）溝瀆。〈上林賦〉

（10）鮮（平）支（平）黃礫，

蔣（上）芧（上）青蘋。〈上林賦〉

（11）離靡廣（上）衍（上），

應風披（平）靡（平）。〈上林賦〉

（12）於是乎周（平）覽（上）氾觀，

縝（上）紛（平）軋芴。〈上林賦〉

（13）其南則隆（平）冬（平）生長（上），

涌（上）水（上）躍波（平）。〈上林賦〉

（14）赤首（上）圜（平）題，

窮奇（平）象（上）犀。〈上林賦〉

（15）頫杳（上）眇（上）而無見，

仰攀（平）橑（平）而捫天。〈上林賦〉

（16）管（上）龠之音（平），
柴（平）池茈虒（上）。〈上林賦〉

（17）循（平）阪（上）下隰，
視（上）之（平）無端。〈上林賦〉

（18）夭（平）蟜枝（平）格，
偃（上）蹇杪（上）顛。〈上林賦〉

（19）被斑（平）文（平），
跨壄（上）馬（上）。〈上林賦〉

（20）推蜚（平）廉（平），
弄獬（上）豸（上）。〈上林賦〉

（21）於是乎乘輿弭（上）節徘（平）徊，
翱（平）翔往（上）來。〈上林賦〉

（22）儵敻遠（上）去（上），
流離輕（平）禽（平）。〈上林賦〉

（23）流離（平）輕（平）禽，
蹵履（上）狡（上）獸。〈上林賦〉

（24）道（上）盡（上）塗殫，
迴（平）車（平）而還。〈上林賦〉

（25）登（平）龍臺（平），
掩（上）細柳（上）。〈上林賦〉

（26）置酒乎顥（上）天之臺（平），
張樂乎膠（平）葛之寓（上）。〈上林賦〉

（27）建（平）翠華之旗（平），
樹（上）靈鼉之鼓（上）。〈上林賦〉

（28）山陵爲之震（平）動（上），
川谷爲之蕩（上）波（平）。〈上林賦〉

（29）天子芒（平）然而（平）思，
似（上）若有（上）亡。〈上林賦〉

（30）脩容乎《禮（上）》園（平），
翱翔乎《書（平）》圃（上）。〈上林賦〉

（31）若夫終日馳（平）騁（上），
　　勞神苦（上）形（平）。〈上林賦〉

（32）齊（平）楚之事（上），
　　豈（上）不哀哉（平）！〈上林賦〉

（33）少（上）長（上）西土，
　　鰥（平）居（平）獨處。〈美人賦〉

（34）臣（平）之東（平）鄰（平），
　　有（上）一女（上）子（上）。〈美人賦〉

（35）道（上）由桑中（平），
　　朝（平）發臻洧（上）。〈美人賦〉

（36）有女（上）獨處（上），
　　婉然（平）在牀（平）。〈美人賦〉

（37）遂設旨（上）酒（上），
　　進鳴（平）琴（平）。〈美人賦〉

（38）思（平）佳（平）人兮情傷悲。
　　有（上）美（上）人兮來何遲。〈美人賦〉

（39）翩（平）然高舉（上），
　　與（上）彼長辭（平）。〈美人賦〉

（40）威（平）武（上）紛紜，
　　湛（上）恩（平）汪濊。〈難蜀父老〉

（41）風之所（上）被（上），
　　罔不披（平）靡（平）。〈難蜀父老〉

（42）歷年（平）茲多（平），
　　不可（上）記已（上）。〈難蜀父老〉

（43）今割齊（平）民（平）以附夷狄，
　　弊所（上）恃（上）以事無用。〈難蜀父老〉

（44）東歸之（平）於（平）海（上），
　　而天下（上）永（上）寧（平）。〈難蜀父老〉

（45）豈特委（上）瑣（上）握齰，
　　拘（平）文（平）牽俗。〈難蜀父老〉

（46）尊（平）卑（平）失序（上），
父（上）老（上）不辜（平）。〈難蜀父老〉

（47）將博恩（平）廣（上）施，
遠撫（上）長（平）駕。〈難蜀父老〉

（48）方將增太山（平）之封（平），
加梁父（上）之事（上）。〈難蜀父老〉

（49）觀者未睹（上）指（上），
聽者未聞（平）音（平）。〈難蜀父老〉

（50）猶焦朋（平）已（上）翔（平）乎寥廓，
而羅者（上）猶（平）視（上）乎藪澤。〈難蜀父老〉

（51）登蘭（平）臺（平）而遙望兮，
神怳（上）怳（上）而外淫。〈長門賦〉

（52）雷殷（平）殷而響（上）起（上）兮，
聲象（上）君之車（平）音（平）。〈長門賦〉

（53）擠（上）玉戶（上）以（上）撼金鋪兮，
聲（平）噌吰（平）而（平）似鐘音。〈長門賦〉

（54）澹（上）偃（上）蹇（上）而待曙兮，
荒（平）亭（平）亭（平）而復明。〈長門賦〉

（55）掉指（上）橋（平）以偃（上）蹇（上）兮，
又猗（平）抳（上）以招（平）搖（平）。〈大人賦〉

（56）互折窈（上）窕（上）以右（上）轉（上）兮，
橫厲飛（平）泉（平）以正（平）東（平）。〈大人賦〉

（57）使（上）句芒（平）其將行兮，
吾（平）欲往（上）乎南娭。〈大人賦〉

（58）騁遊道（上）而脩（平）降兮，
騖遺霧（平）而遠（上）逝。〈大人賦〉

（59）視（上）眩（平）泯（平）而亡見兮，
聽（平）敞（上）怳（上）而亡聞。〈大人賦〉

（60）伊上（平）古（上）之初肇（上），
自昊（上）穹（平）兮生民（平）。〈封禪文〉

（61）率邇者踵（上）武（上），
　　　逖聽者風（平）聲（平）。〈封禪文〉

（62）載（上）籍之（平）傳，
　　　維（平）見可（上）觀也。〈封禪文〉

（63）元（平）首（上）明哉！
　　　股（上）肱（平）良哉！〈封禪文〉

（64）豈不善（上）始（上）善終哉！
　　　　然（平）無（平）異端。〈封禪文〉

（65）雲専霧（平）散（上），
　　　上暢九（上）垓（平）。〈封禪文〉

（66）上帝垂恩（平）儲祉（上），
　　　　將以（上）薦成（平）。〈封禪文〉

（67）　不可貶（上）也（上）。
　　　願陛下全（平）之（平）。〈封禪文〉

（68）君徂（平）郊祀（上）。
　　　馳我（上）君輿（平）。〈封禪文〉

（二）去入聲對比

（1）其下則有白（入）虎玄豹（入），
　　　　　　蟃（去）蜒貙豻（去）。〈子虛賦〉

（2）於是乎離宮別（入）館（去），
　　　　彌山跨（去）谷（入）。〈上林賦〉

（3）後（去）宮不（去）移，
　　　百（入）官備（入）具。〈上林賦〉

（4）徑（去）峻（去）赴險，
　　　越（入）壑（入）厲水。〈上林賦〉

（5）述（入）《易（入）》道，
　　　放（去）怪（去）獸。〈上林賦〉

（6）夜曼（去）曼（去）其若歲兮，
　　　懷鬱（入）鬱（入）其不可再更。〈長門賦〉

（7）放（去）散畔（去）岸（去）驤以孱顏。

蛭（入）踱輵（入）蜡（入）容以骫麗兮。〈大人賦〉

（8）　前長離而後（去）矞（入）皇。

廝征伯僑而役（入）羡（去）門兮。〈大人賦〉

（9）義徵不（去）憓（入），

諸夏樂（入）貢（去）。〈封禪文〉

（10）休烈（入）浹洽（入），

符瑞（去）衆變（去）。〈封禪文〉

（三）平去聲對比

（1）王駕車千（平）乘（平），

　選徒萬（去）騎（去）。〈子虛賦〉

（2）左烏號之彫（平）弓（平），

右夏服之勁（去）箭（去）。〈子虛賦〉

（3）珍（平）怪（去）鳥獸，

萬（去）端（平）鱗崪。〈子虛賦〉

（4）萬（去）端（平）鱗崪，

充（平）仞（去）其中者。〈子虛賦〉

（5）充（平）仞其中（平）者，

不（去）可勝記（去）。〈子虛賦〉

（6）長嘯（去）哀（平）鳴，

翩幡（平）互（去）經。〈上林賦〉

（7）放（去）怪（去）獸，

登（平）明（平）堂。〈上林賦〉

（8）結軌還（平）轅（平），

東鄉將（去）報（去）。〈難蜀父老〉

（9）三年於（平）茲（平），

而功不（去）竟（去）。〈難蜀父老〉

（10）士卒勞（平）倦（去），

萬民不（去）贍（平）。〈難蜀父老〉

（11）政（去）教（去）未加，
流（平）風（平）猶微。〈難蜀父老〉
（12）施（去）瑰（平）木之欂櫨兮，
委（平）參（去）差以糠梁。〈長門賦〉
（13）張羅（平）綺之幔（去）帷兮，
垂楚（去）組之連（平）綱。〈長門賦〉
（14）懸明月以自（去）照（去）兮，
徂清夜於洞（平）房（平）。〈長門賦〉
（15）按（去）流（平）徵以卻轉（去）兮，
聲（平）幼（去）妙而復揚（平）。〈長門賦〉
（16）無（平）面（去）目之可顯兮，
遂（去）頹（平）思而就床。〈長門賦〉
（17）呼吸沆（去）瀣（去）兮餐朝霞，
咀噍芝（平）英（平）嘰瓊華。〈大人賦〉
（18）愼所由（平）於前（平），
謹遺教（去）於後（去）耳。〈封禪文〉
（19）然後囿騶虞之珍（平）群（平），
徼麋鹿之怪（去）獸（去）。〈封禪文〉
（20）依（平）類託寓（去），
喻（去）以封巒（平）。〈封禪文〉

（四）平入聲對比

（1）田（平）於（平）海濱（平），
列（入）卒（入）滿澤（入）。〈子虛賦〉
（2）岑（平）崟（平）參（平）差，
日（入）月（入）蔽（入）虧。〈子虛賦〉
（3）雌（平）黃（平）白坿，
錫（入）碧（入）金銀。〈子虛賦〉
（4）其石則赤（入）玉（入）玫瑰，
琳（平）珉（平）昆吾。〈子虛賦〉

（5）外發夫容（平）蔆（平）華，
內隱鉅石（入）白（入）沙。〈子虛賦〉

（6）其中則有神（平）龜蛟（平）鼉，
瑇（入）瑁鼈（入）黿。〈子虛賦〉

（7）桂椒（入）木（入）蘭，
檗離（平）朱（平）楊。〈子虛賦〉

（8）樝（平）梨梬栗（入），
橘（入）柚芬芳（平）。〈子虛賦〉

（9）靡（平）魚須（平）之橈旃，
曳（入）明月（入）之珠旗。〈子虛賦〉

（10）曾（平）不（平）下輿（平），
脟（入）割（入）輪淬（入）。〈子虛賦〉

（11）衯衯裶（平）裶（平），
揚衪戌（入）削（入）。〈子虛賦〉

（12）揚衪戌（入）削（入），
蜚襳垂（平）髾（平）。〈子虛賦〉

（13）扶（平）輿（平）猗（平）靡（平），
翕（入）呷（入）萃（入）蔡（入）。〈子虛賦〉

（14）孅（平）繳施（平），
弋（入）白鵠（入）。〈子虛賦〉

（15）礧石（入）相（平）擊，
琅琅（平）磕（入）磕。〈子虛賦〉

（16）纚乎淫（平）淫（平），
班乎裔（入）裔（入）。〈子虛賦〉

（17）願聞大（入）國（入）之風烈（入），
先（平）生（平）之餘論（平）也。〈子虛賦〉

（18）而外（入）私（平）肅慎，
捐（平）國（入）隃限。〈上林賦〉

（19）蕩蕩乎八（入）川（平）分（平）流，
相（平）背（入）異（入）態。〈上林賦〉

（20）出（入）乎椒（入）丘之闕，
行（平）乎州（平）淤之浦。〈上林賦〉

（21）沸（入）乎暴（入）怒，
洶（平）涌滂（平）湃。〈上林賦〉

（22）滂濞（入）沆溉（入），
穹隆（平）雲橈（平）。〈上林賦〉

（23）踰（平）波（平）趨浥，
涖（入）涖（入）下瀨。〈上林賦〉

（24）批巖衝（平）擁（平），
奔揚滯（入）沛（入）。〈上林賦〉

（25）砰（平）磅（平）訇（平）礚，
潏（入）潏（入）淈（入）淈。〈上林賦〉

（26）馳（平）波（平）跳沫，
汩（入）漀（入）漂疾。〈上林賦〉

（27）於是乎崇山矗（入）矗（入），
巃嵸崔（平）巍（平）。〈上林賦〉

（28）九嵕巀（入）嶭（入），
南山峨（平）峨（平）。〈上林賦〉

（29）揜以綠（入）蕙（入），
被以江（平）離（平）。〈上林賦〉

（30）葴持若（入）蓀（平），
鮮支黃（平）礫（入）。〈上林賦〉

（31）布濩（入）閎（平）澤（入），
延曼（平）太（入）原（平）。〈上林賦〉

（32）吐芳（平）揚烈（入），
郁郁（入）菲菲（平）。〈上林賦〉

（33）郁（入）郁（入）菲（平）菲（平），
眾（平）香（平）發（入）越（入）。〈上林賦〉

（34）步（入）櫩周流（平），
長（平）途中宿（入）。〈上林賦〉

（35）嵯（平）峨（平）㠎（入）嶫（入），
刻（入）削（入）崢（平）嶸（平）。〈上林賦〉

（36）赤瑕（平）駁（入）犖（入），
雜臿（入）其（平）間（平）。〈上林賦〉

（37）隱夫（平）薁（入）棣（入），
荅遝（入）離（平）支（平）。〈上林賦〉

（38）揚（平）翠葉（入），
杌（入）紫莖（平）。〈上林賦〉

（39）夸（平）條（平）直暢，
實（入）葉（入）葰楙。〈上林賦〉

（40）於是玄猨（平）素（入）雌，
蜼玃（入）飛（平）蠝。〈上林賦〉

（41）於是乎背（入）秋涉冬（平），
天（平）子校獵（入）。〈上林賦〉

（42）六（入）玉（入）虯，
拖（平）蜺（平）旌。〈上林賦〉

（43）孫叔（入）奉轡（入），
衛公（平）參乘（平）。〈上林賦〉

（44）陵三（平）嵕（平）之危，
下磧（入）歷（入）之坻。〈上林賦〉

（45）軼（入）赤（入）電，
遺（平）光（平）耀。〈上林賦〉

（46）擇（入）肉（入）而后發，
先（平）中（平）而命處。〈上林賦〉

（47）弦（平）矢分（平），
藝（入）殪仆（入）。〈上林賦〉

（48）消搖（平）乎襄（平）羊，

降集（入）乎北（入）紘。〈上林賦〉

（49）過鳷（平）鵲（入），

望露（入）寒（平）。〈上林賦〉

（50）西（平）馳（平）宣曲，

濯（入）鷁（入）牛首。〈上林賦〉

（51）奏（入）陶（平）唐氏之舞，

聽（平）葛（入）天氏之歌。〈上林賦〉

（52）文（平）成顛歌（平），

族（入）居遞奏（入）。〈上林賦〉

（53）〈激（入）楚〉〈結（入）風〉，

俳（平）優侏（平）儒。〈上林賦〉

（54）俳（平）優（平）侏儒，

狄（入）鞮（入）之倡。〈上林賦〉

（55）姣冶閑（平）都（平），

靚莊刻（入）飾（入）。〈上林賦〉

（56）嫵媚（平）孌（入）屑，

與世（入）殊（平）服。〈上林賦〉

（57）芬（平）香（平）漚（平）鬱，

酷（入）烈（入）淑（入）郁。〈上林賦〉

（58）宜笑的（入）皪（入），

長眉連（平）娟（平）。〈上林賦〉

（59）存（平）孤（平）獨。

出（入）德（入）號。〈上林賦〉

（60）襲（入）朝（平）服（入），

乘（平）法（入）駕（平）。〈上林賦〉

（61）　游于六（入）藝（入）之囿，

馳騖乎仁（平）義（平）之塗。〈上林賦〉

（62）兼（平）〈騶虞（平）〉，
弋（入）玄鶴（入）。〈上林賦〉

（63）恣群（平）臣（平），
奏得（入）失（入）。〈上林賦〉

（64）於斯之（平）時（平），
天下大（入）說（入）。〈上林賦〉

（65）德（入）隆於三皇（平），
功（平）羨於五帝（入）。〈上林賦〉

（66）而無德厚之（平）恩（平），
務在獨（入）樂（入）。〈上林賦〉

（67）於是二子愀然（平）改容（平），
超若（入）自失（入）。〈上林賦〉

（68）然服（入）色（入）容冶，
妖（平）麗（平）不忠。〈美人賦〉

（69）古之（平）避（入）色，
孔墨（入）之（平）徒。〈美人賦〉

（70）命駕（平）東來（平），
途出（入）鄭衛（入）。〈美人賦〉

（71）途出（入）鄭衛（入），
道由（平）桑中（平）。〈美人賦〉

（72）顏盛（平）色（入）茂，
景曜（入）光（平）起。〈美人賦〉

（73）奇（平）葩（平）逸麗，
淑（入）質（入）豔光。〈美人賦〉

（74）獨（入）處室（入）兮廓（入）無依，
思（平）佳人（平）兮情（平）傷悲。〈美人賦〉

（75）有美人（平）兮來何（平）遲，
日既暮（入）兮華色（入）衰。〈美人賦〉

（76）時日（入）西夕（入），

玄陰（平）晦冥（平）。〈美人賦〉

（77）流風（平）慘冽（入），

素雪（入）飄零（平）。〈美人賦〉

（78）閒房寂（入）謐（入），

不聞人（平）聲（平）。〈美人賦〉

（79）於是寢具既（入）設（入），

服玩珍（平）奇（平）。〈美人賦〉

（80）臣乃氣（入）服（入）於內（入），

心（平）正（平）於懷（平）。〈美人賦〉

（81）拘文牽（平）俗（入），

循誦習（入）傳（平）。〈難蜀父老〉

（82）舟車（平）不通（平），

人跡（入）罕至（入）。〈難蜀父老〉

（83）放殺（入）其（平）上。

君臣（平）易（入）位。〈難蜀父老〉

（84）故北（入）出（入）師以討強胡（平），

南（平）馳（平）使以誚勁越（入）。〈難蜀父老〉

（85）故乃關沫（入）若（入），

徼牂（平）牁（平）。〈難蜀父老〉

（86）且夫王者固未有不始於憂（平）勤（平），

而終於佚（入）樂（入）者也。〈難蜀父老〉

（87）廓（入）獨（入）潛而專（平）精兮，

天（平）飄（平）飄而疾（入）風。〈長門賦〉

（88）日黃（平）昏（平）而望絕（入）兮，

悵獨（入）託（入）於空堂（平）。〈長門賦〉

（89）摶（平）芬若（入）以爲枕兮，

席（入）荃蘭（平）而茝香。〈長門賦〉

（90）望（平）中庭之藹藹（入）兮，

若（入）季秋之降霜（平）。〈長門賦〉

（91）垂（平）甸（平）始以爲幓兮，

曳（入）彗（入）星以爲髾。〈大人賦〉

（92）低（平）卬（平）夭蟜裾（平）以驕驁兮，

詘（入）折（入）隆窮躩（入）以連卷。〈大人賦〉

（93）蛭（入）踱（入）輵螛容（平）以骫麗兮，

蜩（平）蟉（平）偃寋怵（入）臭以梁倚。〈大人賦〉

（94）反大（入）壹（入）而從陵陽。

左玄（平）冥（平）而右黔雷兮。〈大人賦〉

（95）祝（入）融（平）警而蹕御兮，

清（平）氣（入）氛而后行。〈大人賦〉

（96）屯（平）余車（平）而萬乘兮，

粹（入）雲蓋（入）而樹華旗。〈大人賦〉

（97）滂濞（入）泱（平）軋（入）麗以林離。

攢羅（平）列（入）叢（平）聚以蘢茸兮。〈大人賦〉

（98）徑入雷室之砰（平）磷鬱（入）律（入）兮，

洞出鬼谷之堀（入）礨崴（平）魁（平）。〈大人賦〉

（99）經營炎火而浮（平）弱（入）水兮，

杭絕浮渚涉（入）流（平）沙。〈大人賦〉

（100）排閶（平）闔而入帝（入）宮兮，

載玉（入）女而與之（平）歸。〈大人賦〉

（101）貫（平）列（入）缺（入）之倒景兮，

涉（入）豐（平）隆（平）之滂濞。〈大人賦〉

（102）遺（平）屯騎於玄闕（入）兮，

軼（入）先驅於寒門（平）。〈大人賦〉

（103）五三（平）六（入）經，

載籍（入）之（平）傳。〈封禪文〉

（104）后稷（入）創（平）業於唐堯，
　　　公劉（平）發（入）跡於西戎。〈封禪文〉

（105）然猶躡（入）梁（平）父，
　　　　登（平）泰（入）山。〈封禪文〉

（106）大（入）漢之德（入），
　　　湊（平）涌原泉（平）。〈封禪文〉

（107）沕（入）潏曼（平）羨，
　　　旁（平）魄四（入）塞。〈封禪文〉

（108）下泝（入）八（入）埏（平）。
　　　懷生（平）之（平）類（入）。〈封禪文〉

（109）賓於（平）閒（平）館。
　　　奇物（入）譎（入）詭。〈封禪文〉

（110）奇（平）物譎（入）詭，
　　　俶（入）儻窮（平）變。〈封禪文〉

（111）陛下仁育（入）群生（平），
　　　　義徵（平）不憓（入）。〈封禪文〉

（112）亦（入）各並時（平）而榮（平），
　　　咸（平）濟厥世（入）而屈（入）。〈封禪文〉

（113）諰欽（入）天神（平），
　　　勒功（平）中嶽（入）。〈封禪文〉

（114）以彰至（入）尊（平），
　　　　舒盛（平）德（入）。〈封禪文〉

（115）舒（平）盛德（入），
　　　發（入）號榮（平）。〈封禪文〉

（116）而後因雜薦紳（平）先（平）生（平）之略術，
　　　　　使獲燿（入）日（入）月（入）之末光絕炎。〈封禪文〉

（117）猶兼正列（入）其（平）義，
　　　　校飭（平）厥（入）文。〈封禪文〉

（118）自（入）我天覆（入），
雲（平）之油油（平）。〈封禪文〉

（119）白（入）質（入）黑章，
其（平）儀（平）可嘉。〈封禪文〉

（五）上去聲對比

（1）箭（去）不苟（上）害，
解（上）脰陷（去）腦。〈上林賦〉

（2）睨（去）部（上）曲之進退，
覽（上）將（去）帥之變態。〈上林賦〉

（3）正殿（去）塊（去）以造天兮，
鬱並（上）起（上）而穹崇。〈長門賦〉

（4）蜩蟉偃（上）蹇（上）怵臭以梁倚，
糾蓼叫（去）奡（去）踏以艐路兮。〈大人賦〉

（5）是以業隆於繦（上）褓（上），
而崇冠於二（去）后（去）。〈封禪文〉

（六）上入聲對比

（1）擊（入）靈鼓（上），
起（上）烽燧（入）。〈子虛賦〉

（2）乃欲戮（入）力致（入）獲（入），
以（上）娛左（上）右（上）也。〈子虛賦〉

（3）肸（入）蠁布寫（上），
晻（上）薆咇茀（入）。〈上林賦〉

（4）然後侵淫促（入）節（入），
儵夐遠（上）去（上）。〈上林賦〉

（5）率（入）乎直（入）指，
揜（上）乎反（上）鄉。〈上林賦〉

（6）皓（上）體（上）呈露，
弱（入）骨（入）豐肌。〈美人賦〉

（7）以偃（上）甲（入）兵於此，
而息（入）討（上）伐於彼。〈難蜀父老〉

（8）遐邇（上）一體（上），
中外（入）禔福（入）。〈難蜀父老〉

（9）雜遝（入）膠輵（入）以方馳。
騷擾（上）衝蓯（上）其相紛挐兮。〈大人賦〉

（10）徧覽（上）八（入）紘而觀四海兮，
朅度（入）九（上）江越五河。〈大人賦〉

二、三種以上聲調對比

這類的例子比較複雜，舉例來說，〈上林賦〉「華（平）榱（平）璧（入）璫（平），輦（上）道（上）纚（平）屬（入）」的聲調對比，如果以「ABCD」代替「平上去入」的話，其形式可以「AADA，CCAD」表示，換句話說，前二字爲平上聲的對比，後二字爲平入聲的對比；因爲排偶句出現兩組「聲調對比」的現象，故而兩者都標出來。

〈封禪文〉「揆（上）厥（入）所（上）元（平），終（平）都（平）攸（平）卒（入）」，也是同樣的例子，而其形式爲「BDBA，AAAD」，是第一、三字一組，第二、四字一組的聲調對比。以下便按照篇名，逐一列出聲調對比的句子，之後再以表格統計各種聲調搭配的數目。

（1）楚（上）王（平）之（平）獵（入），
孰（入）與（上）寡（上）人（平）？〈子虛賦〉

（2）終（平）始（上）霸（入）產（上），
出（入）入（入）涇（平）渭（入）。〈上林賦〉

（3）徑（去）乎桂（去）林（平）之中（平），
過（平）乎泱（平）莽（上）之壄（上）。〈上林賦〉

（4）華（平）榱（平）璧（入）璫（平），
輦（上）道（上）纚（平）屬（入）。〈上林賦〉

（5）酷（入）烈（入）淑（入）郁（入），
皓（上）齒（上）粲（去）爛（去）。〈上林賦〉

(6) 朕以覽(上)聽(平)餘(平)閒(平),
無(平)事(上)棄(入)日(入)。〈上林賦〉
(7) 地(平)可(上)墾(上)辟(入),
悉(入)爲(平)農(平)郊(平)。〈上林賦〉
(8) 秉(上)志(去)不(去)回(平),
飄(平)然(平)高(平)舉(上)。〈美人賦〉
(9) 反(上)衰世(上)之陵(平)夷(平),
繼(入)周氏(入)之絕(入)業(入)。〈難蜀父老〉
(10) 夫(平)何(上)一佳(平)人(平)兮,
步(去)逍(平)遙以(上)自(去)虞。〈長門賦〉
(11) 白(入)鶴(入)噭(平)以(上)哀號兮,
孤(平)雌(平)跱(上)於(平)枯楊。〈長門賦〉
(12) 貫(平)歷(入)覽(上)其中(平)操(去)兮,
意(去)慷(上)慨(入)而自(去)卬(平)。〈長門賦〉
(13) 舒息(入)悒(入)而增(去)欷(去)兮,
蹝履(上)起(上)而彷(平)徨(平)。〈長門賦〉
(14) 悲(平)俗(入)世(入)之迫(入)隘(入)兮,
朅(入)輕(平)舉(上)而遠(上)遊(平)。〈大人賦〉
(15) 近(上)區(平)中(平)之隘陜(上)兮,
舒(平)節(入)出(入)乎北垠(平)。〈大人賦〉
(16) 歷(入)撰(上)列(入)辟(入),
以(上)迄(入)於(平)秦(平)。〈封禪文〉
(17) 揆(上)厥(入)所(上)元(平),
終(平)都(平)攸(平)卒(入)。〈封禪文〉
(18) 未有殊(平)尤(平)絕(入)跡(入),
可(上)考(上)於(平)今(平)者也。〈封禪文〉
(19) 霑(平)濡(平)浸(去)潤(去),
協(入)氣(入)橫(平)流(平)。〈封禪文〉

（20）導（上）一（入）莖（平）六穗於庖（平），

犧（平）雙（平）觡（入）共柢之獸（上）。〈封禪文〉

（21）意者泰山梁父設壇（平）場（平）望（平）幸（上），

蓋號（去）以（上）況（去）榮（平）。〈封禪文〉

（22）夫修（平）德（入）以錫（入）符（平），

奉（上）符（平）以行（平）事（上）。〈封禪文〉

下表統計例句中，各聲調對比的數目：

表 4-2　〈排偶句的聲調對比統計表〉

篇名 聲調	子虛賦	上林賦	美人賦	難蜀父老	長門賦	大人賦	封禪文	聲調統計
平上	5	27	7	11	4	5	9	68
去入	1	4	0	0	1	2	2	10
平去	5	2	0	4	5	1	3	20
平入	17	50	13	6	4	12	17	119
上去	0	2	0	0	1	1	1	5
上入	2	3	1	2	0	2	0	10
平上去	0	1	1	0	1	0	1	4
平去入	0	0	0	0	0	0	1	1
上去入	0	1	0	0	0	0	0	1
上平入	1	4	0	1	1	2	5	14
四聲皆備	0	0	0	0	2	0	0	2
各篇統計	31	94	22	24	19	25	39	254

254 例中，有 119 個是「平入對比」的例子，遠超過位居第二的「平上對比」；平上對比的例子僅 68 例，而「平去」或「平上入」搭配只有 20 和 14 例，又更少了。四聲皆備的音韻對比，因爲形式較爲複雜，在此補充說明。四聲皆備的有〈長門賦〉兩例，即：

（1）貫（平）歷（入）覽（上）其中（平）操（去）兮，

意（去）慷（上）慨（入）而自（去）卬（平）。〈長門賦〉

（2）舒息（入）悒（入）而增（去）欷（去）兮，

蹝履（上）起（上）而彷（平）徨（平）。〈長門賦〉

如果以 ABCD 代替平上去入的話，第一例的對比形式爲「ADB（其）AC，CBD（而）CA」，將平去（AC）對比視爲一組，上入（BD）對比視爲另一組，這個排偶句中，呈現兩組聲調對比的現象。第二例對比的形式則爲「（舒）DD（而）CC（兮），（蹝）BB 而 AA」，也是平去（AC）和上入（BD）各自的聲調對比。這類「三種以上聲調對比」的例子有 22 例，其聲調設計比較講究且複雜。

第四節　小　結

從以上兩節可發現，相如賦聲調的複沓，以「平聲」最多；從中古音看來，《校正宋本廣韻》一書、526 頁的正文有 232 頁是平聲字，因此，相如賦中多平聲字，或與文字的「組合」機率有關。然而，賦家遣辭用句是字斟句酌的，其排偶的音韻設計亦應如此；在賦篇中，有許多以對仗形式出現的平聲字，本文整理的是這種有心「排列」的結果，因此，其現象與組合機率的關聯性其實不大；本文結論也將就此點加以說明。而這與相如賦中多「平聲」的虛字，也能構成音韻相諧的關係。相如賦虛字和「不」「無」一類否定副詞的聲調統計表如下：

表 4-3　〈相如賦常用虛字或副詞聲調表〉

聲調	虛　　　字	數目
平聲	夫、於、無、乎、而、其、之、哉、茲、斯、兮、爲、焉、然、相	15
上聲	者、與、所、也、以、使、乃、有、矣、是、此	11
去聲	不	1
入聲	曰、則、即、亦、若	5

相如賦常用的這些連詞、代詞等字，多平聲和上聲字，這與排偶句中的平上聲複沓或對比，也會有相諧的效果。平上聲複沓的例子，像是〈上林賦〉「鋋**猛（平）氏（上）**，羂**要（平）褭（上）**」，還有平上聲對比的例子，如〈美人賦〉的「**飄（平）**然高**舉（上）**，**與（上）**彼長**辭（平）**」，都與行文時口語常用的平、上聲字相呼應，構成通篇音韻和諧的基調。

此外，平入複沓或對比的例子爲數不少，而相當數目的平、入聲調排偶句，也能符合相如賦韻腳以「平聲」和「入聲」爲主的狀況。相如賦韻腳的四聲表如下，705 個韻腳中，最多平聲韻字，共計 413 個；入聲韻次之，有 121 個。

表 4-4　〈相如賦韻腳聲調表〉

聲　調	字　數
平聲	413
上聲	94
去聲	77
入聲	121
計	705

以平聲和入聲的搭配情形來看，本章平入「聲調複沓」的排偶句有 82 例、平入「聲調對比」排偶句有 121 例，又能夠形成長短對比的「暗律」節奏，雖然其對比效果不如陽聲韻與入聲韻那樣明顯，這樣大量的平入聲搭配，仍可視爲相如作賦時，調節朗誦速度的設計。這些節奏鋪張的旋律美，明顯異於後代律詩或小令、長調「騁才於規矩間」的設計：高友工曾指出「一般抒情詩的詩律都避免一瀉無餘的節奏；特別是在意象的層次上完成一種空間性的圖案」〔註 11〕，而相如賦則是將音韻頓歇、延長的種種表現推到極至，這無疑反映了西漢賦跟詩詞美學的差異，本文結論也將試著略作說明。

〔註 11〕見高友工：《中國美典與文學研究論集》（台北：國立臺灣大學出版中心，2004 年 3 月），頁 270。

第五章　相如賦疊字及雙聲疊韻現象

本章先介紹重疊的構詞形式，是如何在賦篇中複沓出回環往復的音韻效果；再分就各個發音部位，一一羅列相如賦雙聲、疊韻和疊字的例子，最後加以統計、並說明其音韻風格。

第一節　「重疊形式（reduplicated form）」〔註1〕的特徵

周法高先生在《中國古代語法・構詞編》中，指出「重疊」爲構詞的形式之一，「重疊」的構詞「包括一個雙音形式（爲詞或詞的一部分）中的兩個音節的全部或部份重疊」：

> 所謂「全部重疊」，相當於過去所謂「重言」、「重字」、「疊字」等，我們又把牠叫做「疊音形式」，或省稱「疊音」。
>
> 所謂「部份重疊」，相當於過去所謂「雙聲」、「疊韻」、「（寬的）雙聲兼疊韻」等，我又把牠叫做「部分疊音形式」，或省稱「部分疊音」。〔註2〕

〔註1〕此詞見於周法高：《中國古代語法・構詞篇》（中研院史語所專刊之三十九，1962年8月），頁97。

〔註2〕此詞見於周法高：《中國古代語法・構詞篇》（中研院史語所專刊之三十九，1962年8月），頁100、101。

從聲韻來看，音韻的重疊、複沓加強了聽覺效果，這種排比聲母或韻部，使之重複出現的手法常見於辭賦，此即為孫梅在《四六叢話・後序》所提到的「兩京文賦諸家，莫不洞悉經史，鑽研六書，耀采騰文，駢音麗字」〔註3〕。

雙聲、疊韻和疊字，在最初以「朗誦」為表現形式的賦來說，十分重要，陳玉玲在其碩論《漢賦聯綿詞研究》中指出：

> 要能體察賦的節奏脈動，感受漢賦的節奏張力，就應該了解瑋字背後，其實是聯緜詞廣泛，且適時交叉運用，是這種詞彙豐富了賦篇詞藻；聲韻連綿間，牽動作者與讀者之間的心弦。〔註4〕

尤其，相如賦常見駢偶而出的（部分）疊音，造成複沓回環、搖蕩強化的音效；或如〈上林賦〉壯大帝王遊獵的聲勢，或如〈長門賦〉以「曼曼」「鬱鬱」等疊字催化女主人翁心煩慮亂、一意苦思的癡情氛圍，效果十分突出〔註5〕，數量也極為可觀，故本文特列此章，整理其賦篇疊音形式的例句。

由於相如賦中，除了聯緜的雙聲、疊韻詞，還有屬於並列、偏正、主謂、動賓、動補等形式的雙聲、疊韻詞或詞組外，以及相鄰兩字的雙聲疊韻現象；例如〈子虛賦〉「而僕對以雲夢**之（之部-əg）事（之部-əg）**也」、「遊**於（魚部-ag）後（魚部-ag）**園」等句子，即為一例。在以單音節詞為主的古代漢語中，難以界定為詞組，或冠上任何既定的語言學專名；像是上述的「之事」一例，兩字合起來並無特定意義，只具有「韻部複沓」的關係。因為數目不少，故下文加列兩小節，整理「相鄰兩字」的雙聲、疊韻現象，仍然視為賦篇疊音形式的一環。

第二節　相如賦的雙聲現象

本節分為「聯緜詞的雙聲現象」、「複合詞或詞組的雙聲現象」，還有「其他相鄰兩字的雙聲現象」分別統計之。第一小節依據陳玉玲《漢賦聯緜詞研究》整理的結果，抽出相如賦的雙聲聯緜詞；另外補充之例，則將加註說明。第二

〔註3〕 見孫梅：《四六叢話・後序》（台北：台灣商務，1965年），頁1。

〔註4〕 見陳玉玲：《漢賦聯緜詞研究》（逢甲大學中國文學研究所，民國94年碩論，簡宗梧師指導），頁2。

〔註5〕 關於重複節奏的音響效果，可參見黃永武：《中國詩學——設計篇》（台北：巨流圖書公司，1985年），頁195～201。

小節列出賦中屬於並列、偏正、動賓、動補、主謂等結構的詞或詞組，因爲上古構詞以單音節爲主，故《漢語大詞典》爲參考標準，收入書中有解釋的複合詞（在當時或可能爲詞組），其餘則加註說明。這也可以避免因無法掌握漢賦作者之語感，又必得切割詞與詞組的問題。

由於朗誦時無語義關係的雙聲現象，即「相鄰兩字而聲母亦同」的例子很多，也將造成音韻的重唱效果，第三小節便將舉出兩類以外的雙聲現象。且爲了觀察相如賦音韻設計的偏好，各小節將按照發音部位，列出例句。

一、聯緜詞的雙聲現象

本小節就唇、舌、齒、喉牙四大項，列出相如賦的雙聲聯緜詞。聯緜詞「不可分割」，本文也據此補充陳玉玲《漢賦聯緜詞研究》中的聯緜詞之例，並加註說明。

（一）唇　音

1、幫非、滂敷、並奉紐

（1）眇眇忽忽，若神之**髣（滂紐 ph-）髴（並紐 b-）**〔註6〕。〈子虛賦〉

（2）沸乎暴怒，洶涌**滂（滂紐 ph-）湃（滂紐 ph-）**。〈上林賦〉

（3）**滭（幫紐 p-）弗（幫紐 p-）**宓汩，偪側泌瀄。〈上林賦〉

（4）**滂（滂部 ph-）濞（滂部 ph-）**沆溉，穹隆雲橈。〈上林賦〉

（5）沈沈隱隱，**砰（滂紐 ph-）磅（滂紐 ph-）**訇磕。〈上林賦〉

（6）珉玉旁唐，**玢（並紐 b-）豳（幫紐 p-）**〔註7〕文鱗。〈上林賦〉

（7）長嘯哀鳴，**翩（滂部 ph-）幡（滂部 ph-）**互經。〈上林賦〉

（8）肸蠁布寫，晻薆**咇（幫紐 p-）茀（幫紐 p-）**〔註8〕。〈上林賦〉

（9）時**彷（並紐 b-）彿（敷紐 phj-）**以物類兮，像積石之將將。〈長門賦〉

（10）騷擾衝蓯其相紛挐兮，**滂（滂紐 ph-）濞（並紐 p-）**泱軋麗以林離。〈大人賦〉

〔註6〕唐作藩《上古音手冊》分入滂、並紐。

〔註7〕唐作藩《上古音手冊》分入並、幫紐。

〔註8〕本例未見於陳玉玲《漢賦聯緜詞研究》。

（11）貫列缺之倒景兮，涉豐隆之**滂（滂紐 ph-）濞（並紐 p-）**。〈大人賦〉

2、明紐

（1）江離**蘪（明紐 m-）蕪（明紐 m-）**，諸柘巴且。〈子虛賦〉

（2）糅以**蘼（明紐 m-）蕪（明紐 m-）**，雜以流夷。〈上林賦〉

（3）麗靡爛漫於前，**靡（明紐 m-）曼（明紐 m-）**美色於後。〈上林賦〉

（4）柔橈嫚嫚，**嫵（明紐 m-）媚（明紐 m-）**孅弱。〈上林賦〉

（5）長眉連娟，微睇**（明紐 m-）藐（明紐 m-）**〔註9〕。〈上林賦〉

（6）糾蓼叫奡踏以艐路兮，**蔑（明紐 m-）蒙（明紐 m-）**踴躍而狂趭。〈大人賦〉

（二）舌　音

1、端、透、定紐

（1）軼野馬，𨉖**騊（定紐 d-）駼（定紐 d-）**。〈子虛賦〉

（2）若乃**俶（透紐 th-）儻（透紐 th-）**〔註10〕瑰偉，異方殊類。〈子虛賦〉

（3）其獸則麒麟角端，**騊（定紐 d-）駼（定紐 d-）**橐駝。〈上林賦〉

（4）汎淫氾濫，隨風**澹（定紐 d-）淡（定紐 d-）**。〈上林賦〉

2、知、徹、澄、娘紐

無。

3、章、昌、船禪、日、書紐（照三）

（1）江離蘪蕪，**諸（章紐 tj-）柘（章紐 tj-）**巴且〔註11〕。〈子虛賦〉

（2）**儵（書紐 sthj-）胂（書紐 sthj-）**倩浰，雷動猋至。〈子虛賦〉

（3）**柔（日紐 nj-）橈（日紐 nj-）**嫚嫚，嫵媚孅弱。〈上林賦〉

〔註9〕本例未見於《漢語大詞典》。

〔註10〕唐作藩《上古音手冊》分入昌、透紐。

〔註11〕本例未見於陳玉玲《漢賦聯緜詞研究》。

4、端、定、以、邪紐

（1）於是楚王乃弭節徘徊，翱翔**容（以紐 r-）與（以紐 r-）**〔註 12〕。〈子虛賦〉

（2）曳獨繭之褕絏，眇**閻（以紐 r-）易（以紐 r-）**〔註 13〕恤削。〈上林賦〉

（3）相如美則美矣，然服色**容（以紐 r-）冶（以紐 r-）**。〈美人賦〉

（4）魂**踰（以紐 r-）佚（以紐 r-）**〔註 14〕而不反兮，形枯槁而獨居。〈長門賦〉

5、來　紐

（1）掩莬**轔（來紐 l-）鹿（來紐 l-）**，射麋格麟。〈子虛賦〉

（2）眾色炫燿，照爛**龍（來紐 l-）鱗（來紐 l-）**〔註 15〕。〈子虛賦〉

（3）蜀石黃碝，水玉**磊（來紐 l-）砢（來紐 l-）**〔註 16〕。〈上林賦〉

（4）蛩蛩驒騱，駃騠**驢（來紐 l-）𩣡（來紐 l-）**。〈上林賦〉

（5）**蓼（來紐 l-）莅（來紐 l-）**〔註 17〕咄歙，蓋象金石之聲，管龠之音。〈上林賦〉

（6）**牢（來紐 l-）落（來紐 l-）**陸離，爛漫遠遷。〈上林賦〉

（7）牢落陸（來紐 l-）離（來紐 l -），爛漫遠遷。〈上林賦〉

（8）先後陸（來紐 l -）離（來紐 l -），離散別追。〈上林賦〉

（9）**流（來紐 l-）離（來紐 l-）**輕禽，蹵履狡獸。〈上林賦〉

（10）左右悲而垂淚兮，涕**流（來紐 l-）離（來紐 l-）**而從橫。〈長門賦〉

〔註 12〕本例未見於陳玉玲《漢賦聯緜詞研究》。

〔註 13〕《全漢賦校注》曰：「閻易：衣長大的樣子。」見費振剛、仇仲謙、劉南平：《全漢賦校注》（廣東：廣東教育出版社，2005 年），頁 109。本例未見於陳玉玲《漢賦聯緜詞研究》。

〔註 14〕《全漢賦校注》曰：「踰佚，飛散，飛颺。」見費振剛、仇仲謙、劉南平：《全漢賦校注》（廣東：廣東教育出版社，2005 年），頁 131。

〔註 15〕本例未見於陳玉玲《漢賦聯緜詞研究》。

〔註 16〕唐作藩《上古音手冊》分入來、溪紐，疑或為複聲母聯緜詞。

〔註 17〕《全漢賦校注》曰：「蓼莅：象聲詞，風吹樹木時發出的淒清之聲。」見費振剛、仇仲謙、劉南平：《全漢賦校注》（廣東：廣東教育出版社，2005 年），頁 102。

（11）羅丰茸之遊樹兮，**離（來紐 l-）樓（來紐 l-）**〔註 18〕梧而相撐。〈長門賦〉

（12）騷擾衝蓯其相紛挐兮，滂濞泱軋麗以**林（來紐 l-）離（來紐 l-）**。〈大人賦〉

（13）攢羅列叢聚以蘢茸兮，衍曼**流（來紐 l-）爛（來紐 l-）**痑以陸離。〈大人賦〉

（三）齒　音

1、精、清、從、心、邪紐

（1）岑崟**參（清紐 tsh-）差（清紐 tsh-）**，日月蔽虧。〈子虛賦〉

（2）衯衯裶裶，揚袘**戌（心紐 s-）削（心紐 s-）**。〈子虛賦〉

（3）連卷欐佹，**崔（清紐 tsh-）錯（清紐 tsh-）**癹骫〔註 19〕。〈上林賦〉

（4）唼喋菁藻，**咀（從紐 dz-）嚼（從紐 dz-）**菱藕。〈上林賦〉

（5）**唼（精紐 ts-）喋（精紐 ts-）**〔註 20〕菁藻，咀嚼菱藕。〈上林賦〉

（6）深林巨木，嶄巖**參（清紐 tsh-）差（清紐 tsh-）**。〈上林賦〉

（7）紛溶**萷（心紐 s-）蔘（心紐 s-）**〔註 21〕，猗柅從風。〈上林賦〉

（8）曳獨繭之褕袣，眇閻易**恤（心紐 s-）削（心紐 s-）**。〈上林賦〉

（9）施瑰木之欂櫨兮，委**參（清紐 tsh-）差（初紐 tshr-）**以糠梁。〈長門賦〉

（10）攙**纔（清紐 tsh-）搶（清紐 tsh-）**〔註 22〕以為旌兮，靡屈虹而為綢。〈大人賦〉

（11）呼吸沆瀣兮餐朝霞，**咀（從紐 dz-）噍（從紐 dz-）**芝英嘰瓊華。〈大人賦〉

2、莊、初、崇、生紐

無。

〔註 18〕《全漢賦校注》曰：「離樓：猶言玲瓏，眾柱交錯的樣子。」故視為聯緜詞。見費振剛、仇仲謙、劉南平：《全漢賦校注》（廣東：廣東教育出版社，2005 年），頁 132。

〔註 19〕本例未見於陳玉玲《漢賦聯緜詞研究》。

〔註 20〕唐作藩《上古音手冊》分入精、心紐。

〔註 21〕唐作藩《上古音手冊》分入心、生紐。

〔註 22〕唐作藩《上古音手冊》分入定、清紐。

（四）喉牙音

1、見、溪、群、匣、曉、影紐

（1）其石則赤玉玫瑰，琳珉**昆（見紐 k-）吾（疑紐 ŋ-）**〔註 23〕。〈子虛賦〉

（2）其卑溼則生藏莨**蒹（見紐 k-）葭（見紐 k-）**，東蘠彫胡。〈子虛賦〉

（3）**徼（見紐 k-）谻（見紐 k-）**受詘，殫覩眾物之變態〔註 24〕。〈子虛賦〉

（4）**徼（見紐 k-）𥝩（見紐 k-）**受詘，殫覩眾物之變態〔註 25〕。〈子虛賦〉

（5）扶輿猗靡，**翕（曉紐 h-）呷（曉紐 h-）**萃蔡〔註 26〕。〈子虛賦〉

（6）磷磷爛爛，采色**澔（匣紐 g-）汗（匣紐 g-）**。〈上林賦〉

（7）眾香發越，**肸（曉紐 h-）蠁（曉紐 h-）**布寫。〈上林賦〉

（8）肸蠁布寫，**晻（影紐ʔ-）薆（影紐ʔ-）**咇茀。〈上林賦〉

（9）繽紛軋芴，芒芒**怳（曉紐 h-）忽（曉紐 h-）**。〈上林賦〉

（10）蔛莅**芔（曉紐 h-）歙（曉紐 h-）**，蓋象金石之聲，管籥之音。〈上林賦〉

（11）置酒乎顥天之臺，張樂乎**膠（見紐 k-）葛（見紐 k-）**之寓。〈上林賦〉

（12）滂濞**沆（溪部 kh-）溉（溪部 kh-）**，穹隆雲橈〔註 27〕。〈上林賦〉

（13）**汩（見紐 k-）㷙（見紐 k-）**漂疾，悠遠長懷〔註 28〕。〈上林賦〉

（14）民人升降移徙，**崎（溪紐 kh-）嶇（溪紐 kh-）**而不安。〈難蜀父老〉

（15）形**枯（溪紐 kh-）槁（見紐 k-）**而獨居。〈長門賦〉

〔註 23〕唐作藩《上古音手冊》分入見、疑紐，皆屬喉牙音。

〔註 24〕本例未見於陳玉玲《漢賦聯緜詞研究》。

〔註 25〕本例未見於陳玉玲《漢賦聯緜詞研究》。

〔註 26〕本例未見於陳玉玲《漢賦聯緜詞研究》。

〔註 27〕本例未見於陳玉玲《漢賦聯緜詞研究》。

〔註 28〕本例未見於陳玉玲《漢賦聯緜詞研究》。

（16）貫歷覽其中操兮，意**慷（溪紐 kh-）慨（溪紐 kh-）**而自卬。〈長門賦〉

（17）蛭踱**輵（匣紐 g-）螛（匣紐 g-）**容以骫麗兮，蜩蟉偃寋怵臭以梁倚。〔註 29〕〈大人賦〉

（18）奇物**譎（見紐 k-）詭（見紐 k-）**，俶儻窮變。〈封禪文〉

2、群云匣

（1）**允（云紐 g^wj-）溶（云紐 g^wj-）**淫鬻，散渙夷陸。〈上林賦〉

（2）允溶**淫（云紐 g^wj-）鬻（云紐 g^wj-）**，散渙夷陸。〈上林賦〉

（3）莅颯**芔（曉紐 h-）歙（曉紐 h-）**猋至電過兮，煥然霧除，霍然雲消。〈大人賦〉

（4）騷擾衝蓯其相紛挐兮，滂濞**泱（影紐ʔ-）軋（影紐ʔ-）**麗以林離。〈大人賦〉

（5）西望崑崙之軋沕**荒（曉紐 h-）忽（曉紐 h-）**兮，直徑馳乎三危。〈大人賦〉

（6）呼吸**沆（曉紐 h-）瀣（曉紐 h-）**兮餐朝霞，咀噍芝英嘰瓊華。〈大人賦〉

3、疑　紐

（1）蹇產溝瀆，**谽（疑紐 ŋ-）呀（疑紐 ŋ-）**豁閜。〔註 30〕〈上林賦〉

（2）其下則有白虎玄豹，蟃蜒**貙（疑紐 ŋ-）豻（疑紐 ŋ-）**。〔註 31〕〈子虛賦〉

二、複合詞或詞組的雙聲現象

這一小節羅列的，是具備並列、偏正、動補、動賓和主謂等關係的「複合詞」或「複合詞組」。複音節詞並非上古漢語的主要構詞方式，而根據竺家寧師《漢語詞彙學》的分析討論，發現「在《詩經》、《楚辭》等作品中，複合詞幾乎都屬並列式和偏正式」〔註 32〕，動賓和主謂結構的複合詞，在《詩經》、《楚

〔註 29〕本例未見於陳玉玲《漢賦聯緜詞研究》。

〔註 30〕本例未見於陳玉玲《漢賦聯緜詞研究》。

〔註 31〕本例未見於陳玉玲《漢賦聯緜詞研究》。

〔註 32〕見竺師家寧：《漢語詞彙學》（台北：五南出版社，1999 年），頁 155。

辭》139 個複合詞中僅分別佔了 15 和 7 個，可說少之又少。分析相如賦中的詞和詞組，我們也發現，「雙聲的複合詞組」的數量明顯多於「雙聲的複合詞」；兩者之間的界線，是近代研究詞彙的學者關注的焦點之一：周法高在《中國古代語法・構詞編》一書中，曾經歸納出辨別複詞和仂語（詞組）的幾個方向，包括「複詞出現的次數一般說來要比仂語多」〔註 33〕，以及仂語多可以「拆開來用」〔註 34〕等方式。

但是，「全漢賦」並不像全唐詩一樣，有線上檢索系統〔註 35〕來考察某雙音節詞出現的數量和比例；而依照現代的語感，即使是利用「詞彙完整準則」〔註 36〕來抽換詞素，判斷某詞是否爲複合詞或複合詞組，恐怕也異於漢代人的認知。正如張琨在〈漢語語法研究〉所言，「無心的仂語平常都認爲是複合詞」〔註 37〕，那麼，到底如何處理相如賦中「詞」和「詞組」間模糊的界線呢？本文採取的方式，是查閱《漢語大詞典》，凡相如賦可以在詞典中找出來的雙聲現象和所有的名詞，皆收錄於此節；此外亦佐以陳玉玲《漢賦聯詞研究》與《全漢賦校注》的注釋，補充部分《漢語大詞典》未處理的詞組雙聲現象，並且加註說明。這樣層層篩選的用意，是希望依序整理聯詞、詞組乃至相鄰二字的雙聲例句，以判斷相如在設計疊音形式時，是否有愼重考慮「語音」和「意義」的緊密搭配。

（一）唇　音

1、幫非、滂敷、並奉紐

（1）樝梨梬栗，橘柚芬（滂紐 ph-）芳（滂紐 ph-）。〈子虛賦〉

〔註 33〕見周法高：《中國古代語法・構詞編》（中研院史語所專刊之三十九，1962 年），頁 308。

〔註 34〕見周法高：《中國古代語法・構詞編》（中研院史語所專刊之三十九，1962 年），頁 312。

〔註 35〕例如元智大學有〔新詩改罷自長吟〕全唐詩檢索系統，可以提供學者查找詞彙在全唐詩出現的總數。

〔註 36〕連金發在〈構詞學問題探索〉一文中，指出三種判斷詞與詞組的方式，包括「語義準則」、「音韻準則」和「詞彙完整準則」；連金發並指出，「根據『詞彙完整（lexical integrity）』準則，詞組規律無法干預詞內部的結構。比方，在詞組層次上可以進行對等結構的變換。」見連金發：〈構詞學問題探索〉，頁 63。收入《漢學研究》第 18 卷特刊，2000 年 12 月，頁 61～78。

〔註 37〕見張琨：〈漢語語法研究〉，收入《中國語言學論集》（台北：幼獅文化事業公司，1977 年），頁 307。

（2）其土則丹青赭堊，雌黃**白（並紐 b-）坿（並紐 b-）**。〔註 38〕〈子虛賦〉

（3）**枇（並紐 b-）杷（並紐 b-）**橪柿，楟柰厚朴。〈上林賦〉

（4）故馳騖乎兼容**并（幫紐 p-）包（幫紐 p-）**，而勤思乎參天貳地。〈難蜀父老〉

（5）是以六合之內，**八（幫紐 p-）方（幫紐 p-）**之外。〈難蜀父老〉

（6）紅杳眇以玄湣兮，**猋（幫紐 p-）風（幫紐 p-）**涌而雲浮。〈大人賦〉

（7）時若曖曖將渾濁兮，召屏翳，誅**風（幫紐 p-）伯（幫紐 p-）**，刑雨師。〈大人賦〉

（8）夫修德以錫符，**奉（並紐 b-）符（並紐 b-）**以行事。〔註 39〕〈封禪文〉

2、明　紐

（1）魚鼈讙聲，**萬（明紐 m-）物（明紐 m-）**眾夥。〈上林賦〉

（2）士卒勞倦，**萬（明紐 m-）民（明紐 m-）**不贍。〈難蜀父老〉

（3）無**面（明紐 m-）目（明紐 m-）**之可顯兮，遂頹思而就床。〈長門賦〉

（二）舌　音

1、端、透、定紐

（1）儌䛐受詘，**殫（端紐 t-）覩（端紐 t-）**眾物之變態。〔註 40〕〈子虛賦〉

（2）奏**陶（定紐 d-）唐（定紐 d-）**氏之舞，聽葛天氏之歌。〈上林賦〉

（3）車騎靁起，殷天**動（定紐 d-）地（定紐 d-）**。〈上林賦〉

（4）步櫩周流，**長（定紐 d-）途（定紐 d-）**中宿。〈上林賦〉

（5）率邇者踵武，**逖（透紐-th）聽（透紐-th）**者風聲。〈封禪文〉

（6）意者泰山梁父設**壇（定紐 d-）場（定紐 d-）**望幸，蓋號以況榮。〈封禪文〉

〔註 38〕白石英。本例未見於《漢語大詞典》及陳玉玲《漢賦聯緜詞研究》。

〔註 39〕本例未見於《漢語大詞典》。

〔註 40〕本例未見於《漢語大詞典》。

（7）詩**大（定紐 d-）澤（定紐 d-）**之博，廣符瑞之富。〈封禪文〉

2、知、徹、澄、娘紐

無。

3、章、昌、船禪、日、書紐（照三）

（1）**蜀（禪紐 dji-）石（禪紐 dji-）**黃碝，水玉磊砢。〈上林賦〉

（2）於是乃使**剸（章紐 tj-）諸（章紐 tj-）**之倫，手格此獸。〈上林賦〉

（3）率乎**直（章紐 tj-）指（章紐 tj-）**，揜乎反鄉。〈上林賦〉

（4）徒車之所閵轢，騎之所**蹂（日紐 nj-）若（日紐 nj-）**。〈上林賦〉

（5）諸夏樂貢，百蠻**執（章紐 tj-）贄（章紐 tj-）**。〈封禪文〉

（6）**若（日紐 nj-）然（日紐 nj-）**辭之，是泰山靡記而梁甫罔幾也。〈封禪文〉

4、端、定、以、邪紐

（1）衯衯裶裶，**揚（以紐 r-）袘（以紐 r-）**〔註 41〕戌削。〈子虛賦〉

（2）然在諸侯之位，不敢言**游（以紐 r-）戲（以紐 r-）**之樂。〈子虛賦〉

（3）曳獨繭之**褕（以紐 r-）袣（以紐 r-）**，眇閻易恤削。〔註 42〕〈上林賦〉

（4）糾蓼叫奡踏以艐路兮，蔑蒙**踴（以紐 r-）躍（以紐 r-）**而狂趭。〈大人賦〉

（5）故軌跡**夷（以紐 r-）易（以紐 r-）**，易遵也。〈封禪文〉

5、泥、娘、透、徹紐

無。

6、來　紐

（1）乃欲**戮（來紐 l-）力（來紐 l-）**致獲，以娛左右也。〈子虛賦〉

（2）**留（來紐 l-）落（來紐 l-）**胥邪，仁頻并閭。〔註 43〕〈上林賦〉

（3）徒車之所**閵（來紐 l-）轢（來紐 l-）**，騎之所蹂若。〈上林賦〉

〔註 41〕本例未見於《漢語大詞典》。

〔註 42〕本例未見於《漢語大詞典》。

〔註 43〕本例未見於陳玉玲《漢賦聯緜詞研究》。

（4）貫歷（來紐 l-）覽（來紐 l-）其中操兮，意慷慨而自卬。〈長門賦〉

（5）攢羅（來紐 l-）列（來紐 l-）叢聚以蘢茸兮，衍曼流爛痑以陸離。〈大人賦〉

（6）攢羅列叢聚以蘢茸兮，衍曼流（來紐 l-）爛（來紐 l-）痑以陸離。〈大人賦〉

（三）齒　音

1、精、清、從、心、邪紐

（1）唼喋菁（精紐 ts-）藻（精紐 ts-），咀嚼菱藕。〈上林賦〉

（2）獑胡豰蛫，棲（心紐 s-）息（心紐 s-）乎其間。〈上林賦〉

（3）然後侵淫促（精紐 ts-）節（精紐 ts-），儵敻遠去。〈上林賦〉

（4）流風慘冽，素（心紐 s-）雪（心紐 s-）飄零。〈美人賦〉

（5）拘文牽俗，循（邪紐 rj-）誦（邪紐 rj-）習傳。〈難蜀父老〉

（6）浮雲鬱而四（心紐 s-）塞（心紐 s-）兮，天窈窈而晝陰。〈長門賦〉

（7）攢羅列叢（從紐 dz-）聚（從紐 dz-）以蘢茸兮，衍曼流爛痑以陸離。〈大人賦〉

（8）沕潏曼羨，旁魄四（心紐 s-）塞（心紐 s-）。〈封禪文〉

2、莊、初、崇、生紐

無。

（四）喉牙音

1、見、溪、群、匣、曉、影紐

（1）王駕（見紐 k-）車（見紐 k-）千乘，選徒萬騎〔註 44〕。〈子虛賦〉

（2）時從出遊，遊於後（匣紐 g-）園（匣紐 g-）。〈子虛賦〉

（3）雙鶬下，玄（匣紐 g-）鶴（匣紐 g-）加。〈子虛賦〉

（4）摐金（見紐 k-）鼓（見紐 k-），吹鳴籟。〈子虛賦〉

（5）芬香漚（影紐ʔ-）鬱（影紐ʔ-），酷烈淑郁。〈上林賦〉

（6）揵（群紐 gj-）鰭（群紐 gj-）掉尾，振鱗奮翼〔註 45〕。〈上林賦〉

〔註 44〕本例未見於《漢語大詞典》。

〔註 45〕本例未見於《漢語大詞典》。

（7）崴磈嵔廆，丘（溪紐 kh-）墟（溪紐 kh-）堀礨。〈上林賦〉

（8）赤首圜題，窮（群紐 gj-）奇（群紐 gj-）〔註 46〕象犀。〈上林賦〉

（9）靈圄燕於閒（見紐 k-）館（見紐 k-），偓佺之倫暴於南榮。〈上林賦〉

（10）於是玄（匣紐 g-）猨（匣紐 g-）素雌，蜼玃飛蠝。〈上林賦〉

（11）扈從橫（匣紐 g-）行（匣紐 g-），出乎四校之中。〈上林賦〉

（12）手熊羆，足壄（匣紐 g-）羊（匣紐 g-）。〈上林賦〉

（13）蘭玄（匣紐 g-）鶴（匣紐 g-），亂昆雞。〈上林賦〉

（14）蘭玄鶴，亂昆（見紐 k-）雞。〈上林賦〉

（15）與其窮（群紐 gj-）極（群紐 gj-）倦谻，驚憚讋伏。〈上林賦〉

（16）族居遞奏，金（見紐 k-）鼓（見紐 k-）迭起。〈上林賦〉

（17）實陂池而勿禁，虛宮（見紐 k-）館（見紐 k-）而勿仞。〈上林賦〉

（18）少長西土，鰥（見紐 k-）居（見紐 k-）獨處。〈美人賦〉

（19）上宮閒（見紐 k-）館（見紐 k-），寂寞雲虛。〈美人賦〉

（20）金鉔薰（曉紐 h-）香（曉紐 h-），黼帳低垂〔註 47〕。〈美人賦〉

（21）結（見紐 k-）軌（見紐 k-）還轅，東鄉將報。〈難蜀父老〉

（22）結軌還（匣紐 g-）轅（匣紐 g-），東鄉將報。〈難蜀父老〉

（23）夏（匣紐 g-）后（匣紐 g-）氏戚之，乃堙洪原。〈難蜀父老〉

（24）決（見紐 k-）江（見紐 k-）疏河，灑沈澹災〔註 48〕。〈難蜀父老〉

（25）呼（曉紐 h-）吸（曉紐 h-）沆瀣兮餐朝霞，咀噍芝英嘰瓊華。〈大人賦〉

（26）祝融警而蹕御兮，清氣氛而后（匣紐 g-）行（匣紐 g-）〔註 49〕。〈大人賦〉

（27）徑入雷室之砰磷鬱律兮，洞出鬼（見紐 k-）谷（見紐 k-）之堀礨崴魁。〈大人賦〉

〔註 46〕《全漢賦校注》曰：「窮奇：傳說中的獸名，狀如牛而猬毛，其聲如狗嗥。」見費振剛、仇仲謙、劉南平：《全漢賦校注》（廣東：廣東教育出版社，2005 年），頁 99。

〔註 47〕本例未見於《漢語大詞典》。

〔註 48〕本例未見於《漢語大詞典》。

〔註 49〕本例未見於《漢語大詞典》。

(28) 偏覽八紘而觀四海兮，朅度九（見紐 k-）江（見紐 k-）越五河〔註50〕。〈大人賦〉

(29) 元首明哉！股（見紐 k-）肱（見紐 k-）良哉！〈封禪文〉

(30) 蓋周躍魚隕（匣紐 g-）杭（匣紐 g-），休之以燎〔註51〕。〈封禪文〉

(31) 上暢九（見紐 k-）垓（見紐 k-），下泝八埏。〈封禪文〉

(32) 鬼神接靈圉，賓於閒（見紐 k-）館（見紐 k-）。〈封禪文〉

(33) 嘉（見紐 k-）穀（見紐 k-）六穗，我穡曷蓄〔註52〕。〈封禪文〉

2、群、云、匣紐

無。

3、疑紐

無。

三、其他相鄰兩字的雙聲現象

除了「聯緜詞」和並列、偏正結構的「複合詞」，還有各種「複合詞組」之外，這一小節也列出「專名」或其他意義關係較鬆散的雙聲現象。例如〈難蜀父老〉「使（生紐 sr-）疏（生紐 sr-）逖不閉，曶爽闇昧得耀乎光明」，還有〈上林賦〉「地方（幫紐 p-）不（幫紐 p-）過千里，而囿居九百」的例子中，兩個雙聲字僅有聲母複沓的關係，語義上則無聯繫；惟因這類雙聲現象爲數不少，故仍闢出此節，作一整理。

（一）唇　音

1、幫非、滂敷、並奉紐

(1) 浮（並紐 b-）勃（並紐 b-）澥，游孟諸。〈子虛賦〉

(2) 恐後世靡麗，遂往而不（幫紐 p-）返（幫紐 p-）。〈上林賦〉

(3) 補（幫紐 p-）不（幫紐 p-）足，恤鰥寡。〈上林賦〉

(4) 地方（幫紐 p-）不（幫紐 p-）過千里，而囿居九百。〈上林賦〉

(5) 則是蜀不（幫紐 p-）變（幫紐 p-）服，而巴不化俗也。〈難蜀父老〉

〔註50〕本例未見於《漢語大詞典》。

〔註51〕本例未見於《漢語大詞典》。

〔註52〕本例未見於《漢語大詞典》。

（6）則是蜀不變服，而巴（幫紐 p-）不（幫紐 p-）化俗也。〈難蜀父老〉

（7）躬胝無胈，膚（幫紐 p-）不（幫紐 p-）生毛。〈難蜀父老〉

（8）使疏逖不（幫紐 p-）閉（幫紐 p-），曶爽闇昧得耀乎光明。〈難蜀父老〉

（9）魂踰佚而不（幫紐 p-）反（非紐 pj-）兮，形枯槁而獨居。〈長門賦〉

（10）上帝垂恩儲祉，將以薦成，陛下謙讓而弗（幫紐 p-）發（幫紐 p-）也。〈封禪文〉

（11）厥之有章，不（幫紐 p-）必（幫紐 p-）諄諄。〈封禪文〉

2、明紐

（1）列卒滿澤，罘罔（明紐 m-）彌（明紐 m-）山。〈子虛賦〉

（2）其獸則庸旄（明紐 m-）貘（明紐 m-）犛，沈牛麈麋。〈上林賦〉

（3）是草木不得墾辟，而民（明紐 m-）無（明紐 m-）所食也。〈上林賦〉

（4）不務（明紐 m-）明（明紐 m-）君臣之義，正諸侯之禮。〈上林賦〉

（5）蓋聞天子之牧夷狄也，其義羈縻（明紐 m-）勿（明紐 m-）絕而已。〈難蜀父老〉

（6）物（明紐 m-）靡（明紐 m-）不得其所，今獨曷爲遺己！〈難蜀父老〉

（7）觀者未睹指，聽者未（明紐 m-）聞（明紐 m-）音。〈難蜀父老〉

（8）宅彌（明紐 m-）萬（明紐 m-）里兮，曾不足以少留。〈大人賦〉

（9）視眩泯而亡見兮，聽敞怳而亡（明紐 m-）聞（明紐 m-）。〈大人賦〉

（二）舌　音

1、端、透、定紐

（1）且齊東（端紐 t-）陼（端紐 t-）鉅海，南有琅邪。〈子虛賦〉

（2）巖突（定紐 d-）洞（定紐 d-）房，頫杳眇而無見。〈上林賦〉

（3）金鉔薰香，黻帳（端紐 t-）低（端紐 t-）垂。〈美人賦〉

（4）裀褥重（定紐 d-）陳（定紐 d-），角枕横施。〈美人賦〉

（5）灑沈（定紐 d-）澹（定紐 d-）災，東歸之於海。〈難蜀父老〉

（6）視眩泯而亡見兮，**聽（透紐 th-）敞（透紐 th-）**怳而亡聞。〈大人賦〉

2、知、徹、澄、娘紐

無。

3、章、昌、船禪、日、書紐（照三）

（1）**儵（書紐 sthj-）眒（書紐 sthj-）**倩浰，雷動猋至。〈子虛賦〉

（2）王悉境內之士，備車騎**之（章紐 tj-）眾（章紐 tj-）**。〈子虛賦〉

（3）不務明君臣之義，**正（章紐 tj-）諸（章紐 tj-）**侯之禮。〈上林賦〉

（4）擇**肉（日紐 nj-）而（日紐 nj-）**后發，先中而命處。〈上林賦〉

（5）不被創**刃（日紐 nj-）而（日紐 nj-）**死者，它它藉藉。〈上林賦〉

（6）山陵爲**之（章紐 tj-）震（章紐 tj-）**動，川谷爲之蕩波。〈上林賦〉

（7）於是酒中樂酣，天子芒**然（日紐 nj-）而（日紐 nj-）**思。〈上林賦〉

（8）忘國家**之（章紐 tj-）政（章紐 tj-）**，貪雉菟之獲。〈上林賦〉

（9）於是乃命使西征，隨流**而（日紐 nj-）攘（日紐 nj-）**。〈難蜀父老〉

（10）恐不能卒業，此亦使**者（章紐 tj-）之（章紐 tj-）**累也。〈難蜀父老〉

（11）則**是（禪紐 dj-）蜀（禪紐 dj-）**不變服，而巴不化俗也。〈難蜀父老〉

（12）然斯事體大，固非觀**者（章紐 tj-）之（章紐 tj-）**所覯也。〈難蜀父老〉

（13）率邇**者（章紐 tj-）踵（章紐 tj-）**武，逖聽者風聲。〈封禪文〉

（14）爰**周（章紐 tj-）郅（章紐 tj-）**隆，大行越成。〈封禪文〉

（15）上帝垂恩儲祉，將以薦成，陛下謙**讓（日紐 nj-）而（日紐 nj-）**弗發也。〈封禪文〉

（16）**若（日紐 nj-）然（日紐 nj-）**辭之，是泰山靡記而梁甫罔幾也。〈封禪文〉

（17）亦各並時**而（日紐 nj-）榮（日紐 nj-）**，咸濟厥世而屈。〈封禪文〉

（18）勒功中嶽，以**彰（章紐 tj-）至（章紐 tj-）**尊。〈封禪文〉

（19）天下之壯觀，王**者（章紐 tj-）之（章紐 tj-）**丕業。〈封禪文〉

4、端、定、以、邪紐

（1）緣（以紐 r-）以（以紐 r-）大江，限以巫山。〈子虛賦〉

（2）軼（以紐 r-）野（以紐 r-）馬，傯騊駼。〈子虛賦〉

（3）欲（以紐 r-）以（以紐 r-）奢侈相勝，荒淫相越。〈上林賦〉

（4）此不可以（以紐 r-）揚（以紐 r-）名發譽，而適足以㽷君自損也。〈上林賦〉

（5）物靡不得其所，今獨曷爲遺（以紐 r-）己（以紐 r-）！〈難蜀父老〉

（6）百姓雖勞，又惡可以（以紐 r-）已（以紐 r-）哉？〈難蜀父老〉

（7）夫何一佳人兮，步逍遙（以紐 r-）以（以紐 r-）自虞。〈長門賦〉

（8）翡翠脅翼（以紐 r-）而（以紐 r-）來萃兮，鸞鳳翔而北南。〈長門賦〉

（9）蛭踱輵螛容（以紐 r-）以（以紐 r-）骫麗兮，蜩蟉偃寋怵㚏以梁倚。〈大人賦〉

（10）僸祲尋而高縱兮，分鴻溶（以紐 r-）而（以紐 r-）上厲。〈大人賦〉

（11）猶（以紐 r-）以（以紐 r-）爲德薄，不敢道封禪。〈封禪文〉

（12）依類託寓，喻（以紐 r-）以（以紐 r-）封巒。〈封禪文〉

5、泥、娘、透、徹紐

（1）女（泥紐 n-）乃（泥紐 n-）歌曰：獨處室兮廓無依。〈美人賦〉

（5）女（泥紐 n-）乃（泥紐 n-）弛其上服，表其褻衣。〈美人賦〉

6、來　紐

（1）淫淫裔裔，緣陵（來紐 l-）流（來紐 l-）澤。〈上林賦〉

（三）齒　音

1、精、清、從、心、邪紐

（1）今齊列爲東蕃，而外私（心紐 s-）肅（心紐 s-）愼。〈上林賦〉

（2）於是乎崇山矗矗，巃嵷（從紐 dz-）崔（從紐 dz-）巍。〈上林賦〉

（3）遒孔鸞，促（清紐 tsh-）鵕（清紐 tsh-）鸃。〈上林賦〉

（4）從（清部 tsh-）此（清部 tsh-）觀之，齊楚之事。〈上林賦〉

（5）然後灝溔潢漾，安翔（邪紐 rj-）徐（邪紐 rj-）徊。〈上林賦〉

（6）因朝冉從駹，定**笮（從紐 dz-）存（從紐 dz-）**邛。〈難蜀父老〉

（7）繼周氏之絕業，天子之急務也。百**姓（心紐 s-）雖（心紐 s-）**勞，又惡可以已哉？〈難蜀父老〉

（8）方**將（精紐 ts-）增（精紐 ts-）**太山之封，加梁父之事。〈難蜀父老〉

（9）百**姓（心紐 s-）雖（心紐 s-）**勞，請以身先之。〈難蜀父老〉

（10）使獲燿日月之末光絕炎，以展**采（清紐 tsh-）錯（清紐 tsh-）**事。〈封禪文〉

（11）於傳**載（精紐 ts-）之（精紐 ts-）**，云受命所乘。〈封禪文〉

2、莊、初、崇、生紐

（1）有美人兮來何遲，日既暮兮華**色（生紐 sr-）衰（生紐 sr-）**。〈美人賦〉

（2）**使（生紐 sr-）疏（生紐 sr-）**逖不閉，曶爽闇昧得耀乎光明。〈難蜀父老〉

（四）喉牙音

1、見、溪、群、匣、曉、影紐

（1）楚**亦（匣紐 g-）有（匣紐 g-）**平原廣澤、游獵之地饒樂若此者乎？〈子虛賦〉

（2）其東**則（匣紐 g-）有（匣紐 g-）**蕙圃，衡蘭芷若。〈子虛賦〉

（3）其中則有神**龜（見紐 k-）蛟（見紐 k-）**鼉，瑇瑁鼈黿。〈子虛賦〉

（4）曳明月之珠旗，**建（見紐 k-）干（見紐 k-）**將之雄戟。〈子虛賦〉

（5）左烏號之彫弓，**右（匣紐 g-）夏（匣紐 g-）**服之勁箭。〈子虛賦〉

（6）秋田乎青丘，傍**偟（匣紐 g-）乎（匣紐 g-）**海外。〈子虛賦〉

（7）是以王辭不復，**何（匣紐 g-）爲（匣紐 g-）**無以應哉！〈子虛賦〉

（8）布**濩（匣紐 g-）閎（匣紐 g-）**澤，延曼太原。〈上林賦〉

（9）於是乎游戲懈怠，置酒**乎（匣紐 g-）顥（匣紐 g-）**天之臺。〈上林賦〉

（10）出乎椒丘之闕，**行（匣紐 g-）乎（匣紐 g-）**州淤之浦。〈上林賦〉

（11）汩**乎（匣紐 g-）混（匣紐 g-）**流，順阿而下。〈上林賦〉

（12）寂漻無聲，肆乎（匣紐 g-）永（匣紐 g-）歸。〈上林賦〉
（13）然後（匣紐 g-）灝（匣紐 g-）溔潢漾，安翔徐徊。〈上林賦〉
（14）翯乎（匣紐 g-）滈（匣紐 g-）滈，東注大湖。〈上林賦〉
（15）布濩（匣紐 g-）閎（匣紐 g-）澤，延曼太原。〈上林賦〉
（16）其北則盛夏（匣紐 g-）含（匣紐 g-）凍裂地，涉冰揭河。〈上林賦〉
（17）柴池茈虒，旋還（匣紐 g-）乎（匣紐 g-）後宮。〈上林賦〉
（18）江河（匣紐 g-）爲（匣紐 g-）阹，泰山爲櫓。〈上林賦〉
（19）地可（溪紐 kh-）墾（溪紐 kh-）辟，悉爲農郊。〈上林賦〉
（20）地方不過千里，而囿居（見紐 k-）九（見紐 k-）百。〈上林賦〉
（21）而樂萬乘之所侈，僕恐怕百姓被其尤（匣紐 g-）也（匣紐 g-）。〈上林賦〉
（22）室宇遼廓，莫與（匣紐 g-）爲（匣紐 g-）娛。〈美人賦〉
（23）上客何國之公子？所從來無乃遠（匣紐 g-）乎（匣紐 g-）？〈美人賦〉
（24）有美人兮來何遲，日既暮兮（匣紐 g-）華（匣紐 g-）色衰。〈美人賦〉
（25）於是寢具（見紐 k-）既（見紐 k-）設，服玩珍奇。〈美人賦〉
（26）漢（曉紐 h-）興（曉紐 h-）七十有八載，德茂存乎六世。〈難蜀父老〉
（27）威武紛紜，湛恩（影紐ʔ-）汪（影紐ʔ-）濊。〈難蜀父老〉
（28）竊爲左右（匣紐 g-）患（匣紐 g-）之。〈難蜀父老〉
（29）烏謂（匣紐 g-）此（匣紐 g-）乎？〈難蜀父老〉
（30）今（見紐 k-）割（見紐 k-）齊民以附夷狄，弊所恃以事無用。〈難蜀父老〉
（31）蓋世必有非常之人，然後（匣紐 g-）有（匣紐 g-）非常之事。〈難蜀父老〉
（32）有非常之事，然後（匣紐 g-）有（匣紐 g-）非常之功。〈難蜀父老〉
（33）東歸之於海，而天下（匣紐 g-）永（匣紐 g-）寧。〈難蜀父老〉
（34）東歸之於海，而天下（匣紐 g-）永（匣紐 g-）寧。〈難蜀父老〉
（35）咸（匣紐 g-）獲（匣紐 g-）嘉祉，靡有闕遺矣。〈難蜀父老〉

（36）且夫賢君之踐**位（匣紐 g-）也（匣紐 g-）**，豈特委瑣握齪。〈難蜀父老〉

（37）內之則時犯義侵禮於邊境，外之則邪**行（匣紐 g-）橫（匣紐 g-）**作。〈難蜀父老〉

（38）物靡不得其所，今獨**曷（匣紐 g-）爲（匣紐 g-）**遺己！〈難蜀父老〉

（39）況乎上聖，**又（匣紐 g-）焉（匣紐 g-）**能已？〈難蜀父老〉

（40）且夫王者固未有不始**於（影紐ʔ-）憂（影紐ʔ-）**勤，而終於佚樂者也。〈難蜀父老〉

（41）脩薄具而自設兮，君曾不肯**乎（匣紐 g-）幸（匣紐 g-）**臨。〈長門賦〉

（42）悲俗世之迫隘兮，**朅（溪紐 kh-）輕（溪紐 kh-）**舉而遠遊。〈大人賦〉

（43）**建（見紐 k-）格（見紐 k-）**澤之修竿兮，總光耀之采旄。〈大人賦〉

（44）低卬夭**蟜（見紐 k-）裾（見紐 k-）**以驕驁兮，詘折隆窮躩以連卷。〈大人賦〉

（45）使句芒其將**行（匣紐 g-）兮（匣紐 g-）**，吾欲往乎南娭。〈大人賦〉

（46）使句芒其將行兮，吾欲**往（匣紐 g-）乎（匣紐 g-）**南娭。〈大人賦〉

（47）奄息葱極氾濫水娭兮，使靈**媧（見紐 k-）鼓（見紐 k-）**琴而舞馮夷。〈大人賦〉

（48）時若曖曖將渾濁兮，召屏翳，誅風伯，**刑（匣紐 g-）雨（匣紐 g-）**師。〈大人賦〉

（49）暠然白首載勝而穴處兮，亦**幸（匣紐 g-）有（匣紐 g-）**三足烏爲之使。〈大人賦〉

（50）未有殊尤絕跡，**可（溪紐 kh-）考（溪紐 kh-）**於今者也。〈封禪文〉

（51）爰周郅隆，大**行（匣紐 g-）越（匣紐 g-）**成。〈封禪文〉

（52）**故（見紐 k-）軌（見紐 k-）**跡夷易，易遵也。〈封禪文〉

（53）首**惡（影紐ʔ-）湮（影紐ʔ-）**沒，闇昧昭晢。〈封禪文〉

（54）**或（匣紐 g-）謂（匣紐 g-）**且天爲質闇，珍符固不可辭。〈封禪文〉

（55）蓋聞其聲，**今（見紐 k-）觀（見紐 k-）**其來。〈封禪文〉

（56）舜在假典，顧省闕遺，此之**謂（匣紐 g-）也（匣紐 g-）**。〈封禪文〉

2、群、云、匣紐

無。

3、疑紐

（1）西馳宣曲，濯**鷁（疑紐 ŋ-）牛（疑紐 ŋ-）**首。〈上林賦〉

（2）**言（疑紐 ŋ-）我（疑紐 ŋ-）**朝往而暮來兮，飲食樂而忘人。〈長門賦〉

（3）校飭厥文，作春秋**一（疑紐 ŋ-）藝（疑紐 ŋ-）**。〈封禪文〉

下表統計三種雙聲現象的發音部位，「聯」、「詞」、「鄰」分別代表「聯緜詞的雙聲現象」、「複合詞或詞組的雙聲現象」，還有「相鄰兩字的雙聲現象」；最右欄統計各發音部位的例子數，最下一列則統計各篇賦三種雙聲現象的例子數。其中「知徹澄娘」全無相諧的例句，故表中不列此項：

表 5-1　〈雙聲現象的發音部位統計表〉

賦名 發音部位		子虛賦	上林賦	美人賦	難蜀父老	長門賦	大人賦	封禪文	發音部位總計
幫滂並非敷奉	聯	1	7	0	0	1	2	0	11
	詞	2	1	0	2	0	2	1	8
	鄰	1	3	0	4	1	0	2	11
明、微	聯	1	4	0	0	0	1	0	6
	詞	0	1	0	1	1	0	0	3
	鄰	1	3	0	3	0	2	0	9
端透定	聯	2	2	0	0	0	0	0	4
	詞	1	3	0	0	0	0	3	7
	鄰	1	1	2	1	0	1	0	6
泥娘透徹	聯	0	0	0	0	0	0	0	0
	詞	0	0	0	0	0	0	0	0
	鄰	0	0	2	0	0	0	0	2

章昌船禪日	聯	2	1	0	0	0	0	0	3
	詞	0	4	0	0	0	0	2	6
	鄰	2	6	0	4	0	0	7	19
來	聯	2	7	0	0	2	2	0	13
	詞	1	2	0	0	1	2	0	6
	鄰	0	1	0	0	0	0	0	1
以邪端定	聯	1	1	1	0	1	0	0	4
	詞	2	1	0	0	0	1	1	5
	鄰	2	2	0	2	2	2	2	12
精清從心邪	聯	2	6	0	0	1	2	0	11
	詞	0	3	1	1	1	1	1	8
	鄰	0	5	0	4	0	0	2	11
莊初崇生	聯	0	0	0	0	0	0	0	0
	詞	0	0	0	0	0	0	0	0
	鄰	0	0	1	1	0	0	0	2
見溪群曉匣影	聯	5	8	0	1	2	1	1	18
	詞	4	13	3	4	0	4	5	33
	鄰	7	14	4	15	1	8	7	56
群云匣	聯	0	2	0	0	0	4	0	6
	詞	0	0	0	0	0	0	0	0
	鄰	0	0	0	0	0	0	0	0
疑	聯	1	1	0	0	0	0	0	2
	詞	0	0	0	0	0	0	0	0
	鄰	0	1	0	0	1	0	1	3
各篇雙聲現象總數	聯	17	39	1	1	7	12	1	78
	詞	10	28	4	8	3	10	13	76
	鄰	14	36	9	34	5	13	21	132

由統計表右下方的總計可知，這三種雙聲現象，以「其他相鄰兩字的雙聲現象」共 132 例爲最多；因爲相鄰兩字的例子多無語義關係，僅有「聲母一樣」的共同點，這樣的雙聲現象，賴口誦的傳播能越發突顯，有相得益彰之功。

就發音部位來看，「見溪群曉匣影」一類，光是「其他相鄰兩字的雙聲現象」的雙聲現象就有 56 例，而唇塞音和精清從心一類舌尖擦音的雙聲現象，也才各

30 例，可見相如賦對於舌根塞音、擦音以及喉部塞音的偏好；這和第二節聲母複沓的統計結果一樣。

第三節　相如賦的疊韻現象

本節分為「聯詞的疊韻現象」、「複合詞或詞組的疊韻現象」，還有「跨詞彙的疊韻現象」三小節統計之。第一小節依據陳玉玲《漢賦聯緜詞研究》整理的結果，羅列相如賦的疊韻「聯緜詞」；第二小節則列出賦中疊韻的複合詞或詞組，篩選的方法和前一節相同。由於朗誦時相鄰二字的疊韻現象，仍造成音韻複沓的事實，故將在本章第三小節中，一一舉出相關的例句。

一、聯緜詞的疊韻現象

（一）陰聲韻

1、之、幽、宵、魚侯部

（1）瑊玏玄厲，礝石武（魚部-ag）夫（魚部-ag）。〈子虛賦〉

（2）蓮藕觚（魚部-ag）蘆（魚部-ag），奄閭軒于。〈子虛賦〉

（3）扶（魚部-ag）輿（魚部-ag）猗靡，翕呷萃蔡。〔註 53〕〈子虛賦〉

（4）襞積褰縐，紆（魚部-ag）徐（魚部-ag）〔註 54〕委曲。〈子虛賦〉

（5）穹隆雲橈，宛潬膠（幽部-og^w）盭（幽部-og^w）。〈上林賦〉

（6）然後灝（宵部-ag^w）溔（宵部-ag^w）潢漾，安翔徐徊。〈上林賦〉

（7）酆鎬潦（宵部-og^w）潏（質部-ət）〔註 55〕，紆餘委蛇。〈上林賦〉

（8）酆鎬潦潏，紆（魚部-ag）餘（魚部-ag）委蛇。〈上林賦〉

（9）酆鎬潦潏，紆餘委（微部-əd）蛇（微部-əd）。〔註 56〕〈上林賦〉

（10）步櫩周（幽部-og^w）流（幽部-og^w），長途中宿。〈上林賦〉

（11）頫杳（宵部-ag^w）眇（宵部-ag^w）而無見，仰攀橑而捫天。〈上林賦〉

〔註 53〕本例未見於陳玉玲《漢賦聯緜詞研究》。

〔註 54〕本例疑為並列結構的複音詞。

〔註 55〕唐作藩《上古音手冊》分入幽、質部。本例疑為並列結構的複音詞。

〔註 56〕唐作藩《上古音手冊》分入微、歌部，脂微西漢已併為一，而歌脂通押亦為相如辭賦的特徵之一。

（12）龍蚴（幽部-og^{w}）蟉（幽部-og^{w}）於東箱，象輿婉僤於西清。〈上林賦〉

（13）煌煌扈扈，照（宵部-ag^{w}）曜（宵部-ag^{w}）鉅野。〈上林賦〉

（14）煌煌扈扈，照曜鉅（魚部-ag）野（魚部-ag）。〈上林賦〉

（15）坑衡閜砢，垂條扶（魚部-ag）疏（魚部-ag）。〈上林賦〉

（16）夭（宵部-ag^{w}）蟜（宵部-ag^{w}）枝格，偃蹇杪顛。〈上林賦〉

（17）俳優侏（侯部-ag）儒（侯部-ag），狄鞮之倡。〈上林賦〉

（18）消（宵部-ag^{w}）搖（宵部-ag^{w}）乎襄羊，降集乎北紘。〈上林賦〉

（19）便嬛綽約，柔（幽部-og^{w}）橈（宵部-ak^{w}）〔註57〕嫚嫚。〈上林賦〉

（20）夫何一佳人兮，步逍（宵部-ag^{w}）遙（宵部-ag^{w}）以自虞。〈長門賦〉

（21）沛艾糾（幽部-og^{w}）螑（幽部-og^{w}）仡以佁儗兮，放散畔岸驤以孱顏。〔註58〕〈大人賦〉

（22）蛭踱輵螛容以骫麗兮，蜩（幽部-og^{w}）蟉（幽部-og^{w}）偃寋怵臭以梁倚。〔註59〕〈大人賦〉

（23）互折窈（幽部-og^{w}）窕（幽部-og^{w}）以右轉兮，橫厲飛泉以正東。〔註60〕〈大人賦〉

（24）紅杳（宵部-ag^{w}）眇（宵部-ag^{w}）以玄湣兮，猋風涌而雲浮。〈大人賦〉

（25）駕應龍象輿之蠖略委麗兮，驂赤螭青虬之蚴（幽部-og^{w}）鏐（幽部-og^{w}）宛蜒。〈大人賦〉

（26）低卬夭（宵部-ag^{w}）蟜（宵部-ag^{w}）裾以驕驁兮，詘折隆窮躩以連卷。〈大人賦〉

（27）沛艾糾（幽部-og^{w}）螑（幽部-og^{w}）仡以佁儗兮，放散畔岸驤以孱顏。〈大人賦〉

〔註57〕唐作藩《上古音手冊》分入幽、宵部，蜀音有通押現象。

〔註58〕本例未見於陳玉玲《漢賦聯緜詞研究》。

〔註59〕本例未見於陳玉玲《漢賦聯緜詞研究》。

〔註60〕本例未見於陳玉玲《漢賦聯緜詞研究》。

（28）沛艾糾螑仡以佁（之部-əg）儗（之部-əg）兮，放散畔岸驤以孱顏。〈大人賦〉

（29）掉指橋以偃寋兮，又猗抳以招（宵部-agʷ）搖（宵部-agʷ）。〈大人賦〉

2、歌、脂微、支、祭部

（1）罷（歌部-ar）池（歌部-ar）陂陁，下屬江河。〈子虛賦〉

（2）罷池陂（歌部-ar）陁（歌部-ar），下屬江河。〈子虛賦〉

（3）登降阤（歌部-ar）靡（歌部-ar），案衍壇曼。〈子虛賦〉

（4）於是楚王乃弭節徘（微部-əd）徊（微部-əd），翱翔容與。〈子虛賦〉

（5）若乃俶儻瑰（微部-əd）偉（微部-əd），異方殊類。〈子虛賦〉

（6）其石則赤玉玫（微部-əd）瑰（微部-əd），琳珉昆吾〔註61〕。〈子虛賦〉

（7）扶輿猗（歌部-ar）靡（歌部-ar），翕呷萃蔡〔註62〕。〈子虛賦〉

（8）錯翡翠之威（微部-əd）蕤（微部-əd），繆繞玉綏〔註63〕。〈子虛賦〉

（9）崴磈畏（微部-əd）廆（微部-əd），丘墟堀礨。〈上林賦〉

（10）登降施靡。陂池貏（支部-iei）豸（支部-iei）。〈上林賦〉

（11）坑衡閜（歌部-ar）砢（歌部-ar），垂條扶疏〔註64〕。〈上林賦〉

（12）𩿧鸝鵠鴇，駕（歌部-ar）鵞（歌部-ar）屬玉。〈上林賦〉

（13）於是乎崇山矗矗，巃嵸崔（微部-əd）巍（微部-əd）。〈上林賦〉

（14）巖阤甗錡，摧（微部-əd）崣（微部-əd）崛崎。〈上林賦〉

（15）崴（微部-əd）磈（微部-əd）畏廆，丘墟堀礨。〈上林賦〉

（16）玫（微部-əd）瑰（-微部 əd）碧琳，珊瑚叢生。〈上林賦〉

（17）登降施（歌部-ar）靡（歌部-ar）。陂池貏豸。〈上林賦〉

（18）離（歌部-ar）靡（歌部-ar）廣衍，應風披靡。〈上林賦〉

（19）離靡廣衍，應風披（歌部-ar）靡（歌部-ar）。〈上林賦〉

〔註61〕本例未見於陳玉玲《漢賦聯綿詞研究》。

〔註62〕本例未見於陳玉玲《漢賦聯綿詞研究》。

〔註63〕本例未見於陳玉玲《漢賦聯綿詞研究》。

〔註64〕本例未見於陳玉玲《漢賦聯綿詞研究》。

（20）**嵯（歌部-ar）峨（歌部-ar）**嶕嶫，刻削崢嶸。〈上林賦〉

（21）柴池**茈（支部-iei）虒（支部-iei）**，旋還乎後宮。〈上林賦〉

（22）紛溶萷蔘，**猗（脂部-əd）柅（脂部-əd）**〔註65〕從風。〈上林賦〉

（23）**柴（支部-iei）池（歌部-ar）**〔註66〕茈虒，旋還乎後宮。〈上林賦〉

（24）於是乎乘輿弭節**徘（微部-əd）徊（微部-əd）**，翱翔往來。〈上林賦〉

（25）**麗（歌部-ar）靡（歌部-ar）**〔註67〕爛漫於前，靡曼美色於後。〈上林賦〉

（26）駕應龍象輿之蠖略**委（微部-əd）麗（支部-iei）**兮，驂赤螭青虬之蚴鏐宛蜒。〈大人賦〉

（27）蛭踱輵蠖容以**骫（歌部-ar）麗（歌部-ar）**〔註68〕兮，蜩蟉偃蹇怵臭以梁倚。〈大人賦〉

（28）掉指橋以偃蹇兮，又**猗（歌部-ar）抳（脂部-əd）**以招搖。〈大人賦〉

（29）徑入雷室之砰磷鬱律兮，洞出鬼谷之堀礨**崴（微部-əd）魁（微部-əd）**。〈大人賦〉

（30）紛綸**威（微部-əd）蕤（微部-əd）**，湮滅而不稱者，不可勝數也。〈封禪文〉

（31）錯翡翠之**威（微部-əd）蕤（微部-əd）**，繆繞玉綏。〈封禪文〉

（二）陰入通押

1、宵、藥部

無。

2、魚侯、鐸部

（1）**布（魚部-ag）濩（鐸部-ak）**〔註69〕閎澤，延曼太原。〈上林賦〉

〔註65〕唐作藩《上古音手冊》分入歌、脂部。

〔註66〕唐作藩《上古音手冊》分入支、歌部，蜀音有通押現象。

〔註67〕唐作藩《上古音手冊》分入支、歌部，蜀音有通押現象。

〔註68〕唐作藩《上古音手冊》分入歌、支部，西漢有通押現象。

〔註69〕唐作藩《上古音手冊》分入魚部去聲和鐸部。

3、祭、月部

無。

4、幽、覺部

（1）其中則有神龜蛟鼉，**瑇（覺部-okʷ）瑁（幽部-ogʷ）**〔註70〕鼈黿。〈子虛賦〉

（2）罔**毒（覺部-okʷ）冒（幽部-ogʷ）**，釣紫貝。〈子虛賦〉

5、之、職部

無。

6、脂微、質部

無。

7、支錫

無。

（三）陽聲韻

1、元、耕、真文部（-n）

（1）登降阤靡，**案（元部-an）衍（元部-an）**壇曼。〈子虛賦〉

（2）登降阤靡，案衍**壇（元部-an）曼（元部-an）**。〈子虛賦〉

（3）其下則有白虎玄豹，**蟃（元部-an）蜒（元部-an）**貙豻。〈子虛賦〉

（4）於是乃羣相與獠於蕙圃，**媻（元部-an）珊（元部-an）**勃窣。〈子虛賦〉

（5）穹隆雲橈，**宛（元部-an）潬（元部-an）**膠盭。〈上林賦〉

（6）**隱（眞部-ən）轔（眞部-ən）**〔註71〕鬱㠑，登降施靡。〈上林賦〉

（7）布濩閎澤，**延（元部-an）曼（元部-an）**太原。〈上林賦〉

（8）珉玉旁唐，**玢（文部-ən）豳（文部-ən）**文鱗。〈上林賦〉

（9）珉玉旁唐，玢豳**文（文部-ən）鱗（眞部-ən）**。〔註72〕〈上林賦〉

（10）靈圄燕於**閒（元部-an）館（元部-an）**，偓佺之倫暴於南榮。〈上林賦〉

〔註70〕唐作藩《上古音手冊》分入覺（沃）、幽部，主要元音相同。

〔註71〕唐作藩《上古音手冊》分入文、眞部，西漢已併爲一。

〔註72〕唐作藩《上古音手冊》分入文、眞部，西漢已併爲一。

（11）留落胥邪，**仁（眞部-ən）頻（眞部-ən）**并閭。〈上林賦〉

（12）夭矯枝格，**偃（元部-an）蹇（元部-an）**杪顛。〈上林賦〉

（13）牢落陸離，**爛（元部-an）漫（元部-an）**遠遷。〈上林賦〉

（14）**便（元部-an）嬛（元部-an）**繛約，柔橈嬽嬽。〈上林賦〉

（15）皓齒**粲（元部-an）爛（元部-an）**，宜笑的皪。〈上林賦〉

（16）超若自失，**逡（文部-ən）巡（文部-ən）**避席曰。〈上林賦〉

（17）陰淫**案（元部-an）衍（元部-an）**之音，鄢郢繽紛。〈上林賦〉

（18）陰淫案衍之音，鄢郢**繽（眞部-ən）紛（文部-ən）**。〔註73〕〈上林賦〉

（19）嵯峨嶕嶫，刻削**崢（耕部-ien）嶸（耕部-ien）**。〈上林賦〉

（20）振溪通谷，**蹇（元部-an）產（元部-an）**溝瀆。〈上林賦〉

（21）青龍蚴蟉於東箱，象輿**婉（元部-an）僤（元部-an）**於西清。〈上林賦〉

（22）**連（元部-an）卷（元部-an）**欐佹，崔錯癹骫。〈上林賦〉

（23）威武**紛（文部-ən）紜（文部-ən）**，湛恩汪濊。〈難蜀父老〉

（24）敞罔靡徙，**遷（元部-an）延（元部-an）**而辭避。〈難蜀父老〉

（25）澹**偃（元部-an）蹇（元部-an）**而待曙兮，荒亭亭而復明。〈長門賦〉

（26）駕應龍象輿之蠖略委麗兮，驂赤螭青虯之蚴蟉**宛（元部-an）蜒（元部-an）**。〈大人賦〉

（27）沛艾糾螑仡以佁儗兮，放散**畔（元部-an）岸（元部-an）**驤以孱顏。〈大人賦〉

（28）沛艾糾螑仡以佁儗兮，放散畔岸驤以**孱（元部-an）顏（元部-an）**。〈大人賦〉

（29）掉指橋以**偃（元部-an）蹇（元部-an）**兮，又猗抳以招搖。〈大人賦〉

（30）低卬夭蟜裾以驕驁兮，詘折隆窮躩以**連（元部-an）卷（元部-an）**。〈大人賦〉

〔註73〕唐作藩《上古音手冊》分入眞、文部，西漢已併爲一。

（31）視眩（眞部-ən）泯（眞部-ən）而亡見兮，聽敞怳而亡聞。〈大人賦〉

（32）蛭踱輵蠖容以骪麗兮，蜩蟉偃（元部-an）蹇（元部-an）怵臭以梁倚。〈大人賦〉

（33）攢羅列叢聚以蘢茸兮，衍（元部-an）曼（元部-an）流爛痑以陸離。〈大人賦〉

（34）西望崑（文部-ən）崙（文部-ən）之軋沕荒忽兮，直徑馳乎三危。〈大人賦〉

（35）下崢（耕部-ien）嶸（耕部-ien）而無地兮，上嵺廓而無天。〈大人賦〉

（36）紛（文部-ən）綸（文部-ən）威蕤，湮滅而不稱者，不可勝數也。〈封禪文〉

2、侵談部（-m）

（1）岑（侵部-əm）崟（侵部-əm）參差，日月蔽虧。〈子虛賦〉

（2）汎（侵部-əm）淫（侵部-əm）氾濫，隨風澹淡。〈上林賦〉

（3）汎淫氾（談部-am）濫（談部-am），隨風澹淡。〈上林賦〉

（4）汎淫氾濫，隨風澹（-談部 am）淡（談部-am）。〈上林賦〉

（5）深（侵部-əm）林（侵部-əm）巨木，嶄巖參差。〈上林賦〉

（6）深林巨木，嶄（談部-am）巖（談部-am）參差。〈上林賦〉

（7）磐石振崖，嶔（侵部-əm）巖（談部-am）[註74]倚傾。〈上林賦〉

（8）然後侵（侵部-əm）淫（侵部-əm）促節，儵夐遠去。〈上林賦〉

（9）於是乎周覽氾（談部-am）觀（元部-an），[註75]縝紛軋芴。〈上林賦〉

（10）昔者洪水沸出，氾（談部-am）濫（談部-am）衍溢。〈難蜀父老〉

（11）傑祲（侵部-əm）尋（侵部-əm）而高縱兮，分鴻溶而上厲。〈大人賦〉

[註74] 唐作藩《上古音手冊》分入侵、談部。

[註75] 唐作藩《上古音手冊》分入談、元部。本文據陳玉玲《漢賦聯綿詞研究》346 頁，歸之於談部。

（12）奄息葱極氾（談部-am）濫（談部-am）水娭兮，使靈媧鼓琴而舞馮夷。〈大人賦〉

3、蒸、陽、東、冬部（-ŋ）

（1）其山則盤紆岪鬱，**隆（冬部-oŋ）崇（冬部-oŋ）**律崒。〈子虛賦〉

（2）衡蘭芷若，**穹（蒸部-əŋ）窮（冬部-oŋ）**〔註76〕昌蒲。〈子虛賦〉

（3）秋田乎青丘，**傍（陽部-aŋ）偟（陽部-aŋ）**乎海外。〈子虛賦〉

（4）**坑（陽部-aŋ）衡（陽部-aŋ）**閜砢，垂條扶疏。〔註77〕〈上林賦〉

（5）然後灝溔**潢（陽部-aŋ）漾（陽部-aŋ）**，安翔徐佪。〈上林賦〉

（6）徑乎桂林之中，過乎**泱（陽部-aŋ）莽（陽部-aŋ）**之壄。〈上林賦〉

（7）滂濞沆溉，**穹（蒸部-əŋ）隆（冬部-oŋ）**〔註78〕雲橈。〈上林賦〉

（8）於是蛟龍赤螭，**鮔（蒸部-əŋ）鰽（蒸部-əŋ）**漸離。〈上林賦〉

（9）沸乎暴怒，**洶（東部-uŋ）涌（東部-uŋ）**滂湃。〈上林賦〉

（10）於是乎崇山矗矗，**巃（東部-uŋ）嵸（東部-uŋ）**崔巍。〈上林賦〉

（11）珉玉**旁（陽部-aŋ）唐（陽部-aŋ）**，玢豳文鱗。〈上林賦〉

（12）消搖乎**襄（陽部-aŋ）羊（陽部-aŋ）**，降集乎北紘。〈上林賦〉

（13）**敞（陽部-aŋ）罔（陽部-aŋ）**靡徙，遷延而辭避。〈難蜀父老〉

（14）下蘭臺而周覽兮，步**從（東部-uŋ）容（東部-uŋ）**於深宮。〈長門賦〉

（15）擠玉戶以撼金鋪兮，聲**噌（蒸部-əŋ）吰（蒸部-əŋ）**而似鐘音。〈長門賦〉

（16）羅**丰（東部-uŋ）茸（東部-uŋ）**之遊樹兮，離樓梧而相撐。〈長門賦〉

（17）施瑰木之欂櫨兮，委參差以**槺（陽部-aŋ）梁（陽部-aŋ）**。〈長門賦〉

（18）舒息悒而增欷兮，蹝履起而**彷（陽部-aŋ）徨（陽部-aŋ）**。〈長門賦〉

（19）正殿塊以造天兮，鬱並起而**穹（蒸部-əŋ）崇（冬部-oŋ）**。〈長門賦〉

〔註76〕唐作藩《上古音手冊》分入蒸、冬部，蜀音有通押現象。

〔註77〕本例未見於陳玉玲《漢賦聯緜詞研究》。

〔註78〕唐作藩《上古音手冊》分入蒸、冬部，蜀音有通押現象。

（20）低卬夭蟜裾以驕驁兮，詘折**隆（冬部-oŋ）窮（冬部-oŋ）**躩以連卷。〔註 79〕〈大人賦〉

（21）糾蓼叫奡踏以艐路兮，蔑蒙**踴（東部-uŋ）躍（東部-uŋ）**而狂趭。〈大人賦〉

（22）騷擾**衝（東部-uŋ）蓯（東部-uŋ）**其相紛挐兮，滂濞泱軋麗以林離。〈大人賦〉

（23）攢羅列叢聚以**蘢（東部-uŋ）茸（東部-uŋ）**兮，衍曼流爛痑以陸離。〈大人賦〉

（24）僸祲尋而高縱兮，分**鴻（東部-uŋ）溶（東部-uŋ）**而上厲。〈大人賦〉

（25）視眩泯而亡見兮，聽**敞（陽部-aŋ）怳（陽部-aŋ）**而亡聞。〈大人賦〉

（四）入聲韻

1、質、物、月部（-t）

（1）其山則盤紆**岪（物部-ət）鬱（物部-ət）**，隆崇律崒。〈子虛賦〉

（2）其山則盤紆岪鬱，隆崇**律（物部-ət）崒（物部-ət）**。〈子虛賦〉

（3）於是乃羣相與獠於蕙圃，媻珊**勃（物部-ət）窣（物部-ət）**。〈子虛賦〉

（4）批巖衝擁，奔揚**滯（月部-at）沛（月部-at）**。〈上林賦〉

（5）於是乎周覽氾觀，縝紛**軋（物部-ət）芴（物部-ət）**。〈上林賦〉

（6）**滭（物部-ət）弗（物部-ət）**宓汩，偪側泌瀄。〈上林賦〉

（7）滭弗**宓（質部-ət）汩（物部-ət）**〔註 80〕，偪側泌瀄。〈上林賦〉

（8）滭弗宓汩，偪側**泌（質部-ət）**瀄（質部-ət）。〈上林賦〉

（9）滭弗宓汩，**偪（職部-ək）側（職部-ək）**泌瀄。〈上林賦〉

（10）九嵕**巀（月部-at）嶭（月部-at）**，南山峨峨。〈上林賦〉

（11）橫流逆折，轉騰**潎（月部-at）洌（月部-at）**。〔註 81〕〈上林賦〉

〔註 79〕本例未見於陳玉玲《漢賦聯緜詞研究》。

〔註 80〕唐作藩《上古音手冊》分入質、物部，西漢已併爲一。

〔註 81〕本例未見於《漢語大詞典》。

（12）媥姺<u>**嫳**（月部-at）**屑**（質部-ət）</u>〔註 82〕，與世殊服。〈上林賦〉

（13）蛭踱<u>**輵**（月部-at）**螛**（月部-at）</u>容以骫麗兮，蜩蟉偃寋怵臬以梁倚。〔註 83〕〈大人賦〉

（14）<u>**沛**（月部-at）**艾**（月部-at）</u>糾蟆仡以佁儗兮，放散畔岸驤以孱顏。〈大人賦〉

（15）徑入雷室之砰磷<u>**鬱**（物部-ət）**律**（物部-ət）</u>兮，洞出鬼谷之堀礱崴魁。〈大人賦〉

2、葉、緝部（-p）〔註 84〕

（1）隱夫薁棣，<u>**荅**（緝部-əp）**遝**（緝部-əp）</u>離支。〈上林賦〉

（2）<u>**唼**（葉部-ap）**喋**（月部-at）</u>菁藻，咀嚼菱藕。〈上林賦〉

（3）潏潏淈淈，<u>**湁**（緝部-əp）**潗**（緝部-əp）</u>鼎沸。〈上林賦〉

3、職、沃、藥、屋、鐸部（-k 或-kʷ）

（1）便嬛<u>**繛**（藥部-akʷ）**約**（藥部-akʷ）</u>，柔橈嬛嬛。〔註 85〕〈上林賦〉

（2）明月珠子，<u>**的**（藥部-akʷ）**皪**（藥部-akʷ）</u>江靡。〈上林賦〉

（3）皓齒粲爛，宜笑<u>**的**（藥部-akʷ）**皪**（藥部-akʷ）</u>。〈上林賦〉

（4）鴻鷫鵠鴇，駕鵞<u>**屬**（屋部-uk）**玉**（-屋部 uk）</u>。〈上林賦〉

（5）豈特委瑣<u>**握**（藥部-akʷ）**躪**（藥部-akʷ）</u>〔註 86〕，拘文牽俗。〈難蜀父老〉

（6）緻錯石之瓴甓兮，像<u>**瑇**（覺部-okʷ）**瑁**（覺部-okʷ）</u>之文章。〈長門賦〉

（7）駕應龍象輿之<u>**蠖**（鐸部-ak）**略**（鐸部-ak）</u>委麗兮，驂赤螭青虯之蚴鏐宛蜒〔註 87〕。〈大人賦〉

〔註 82〕唐作藩《上古音手冊》分入月、質部，蜀音有通押現象。

〔註 83〕本例未見於陳玉玲《漢賦聯緜詞研究》。

〔註 84〕葉緝部的通押，在相如賦中沒有例子；故此條列出，備考察韻部時之用。

〔註 85〕本例未見於陳玉玲《漢賦聯緜詞研究》。

〔註 86〕唐作藩《上古音手冊》分入屋、藥部，西漢有通押現象。

〔註 87〕本例未見於陳玉玲《漢賦聯緜詞研究》。

二、複合詞或詞組的疊韻現象

正如前一節所言，上古漢語是以單音節詞爲主，故本文主要參考《漢語大詞典》中有收錄的，相如賦雙聲現象和所有的名詞，皆收錄於此節；此外亦佐以陳玉玲《漢賦聯緜詞研究》與《全漢賦》的注釋，補充部分《漢語大詞典》未處理的詞組雙聲現象，並且加註說明。本文之所以不憚其煩地分項整理相如賦的疊韻現象，是從各項音義相關性的高低，觀察相如在設計疊音形式時，是否愼重考慮語意與音韻的搭配。

（一）陰聲韻

1、之、幽、宵、魚侯部

（1）其高（宵部-ag^{w}）燥（宵部-ag^{w}）則生葴析苞荔，薛莎青薠。〈子虛賦〉

（2）其北則有陰林巨（魚部-ag）樹（魚部-ag）〔註 88〕，楩柟豫章。〈子虛賦〉

（3）乘彫玉之輿，靡魚（魚部-ag）須（魚部-ag）〔註 89〕之橈旃。〈子虛賦〉

（4）軼野（魚部-ag）馬（魚部-ag），俴騊駼。〈子虛賦〉

（5）然在諸（之部-əg）侯（之部-əg）〔註 90〕之位，不敢言游戲之樂。〈子虛賦〉

（6）江離蘪蕪，諸柘巴（魚部-ag）且（魚部-ag）。〈子虛賦〉

（7）蹵蛩蛩，轔距（魚部-ag）虛（魚部-ag）。〈子虛賦〉

（8）觀乎成山，射乎之（之部-əg）罘（之部-əg）。〈子虛賦〉

（9）夫使諸（魚部-ag）侯（侯部-ag）〔註 91〕納貢者，非爲財幣。〈上林賦〉

（10）不務明君臣之義，正諸（魚部-ag）侯（魚部-ag）之禮。〈上林賦〉

〔註 88〕本例未見於《漢語大詞典》；而唐作藩《上古音手冊》分入魚、侯部，西漢已併爲一。

〔註 89〕唐作藩《上古音手冊》分入魚、侯部，西漢已併爲一。

〔註 90〕唐作藩《上古音手冊》分入魚、侯部，西漢已併爲一。

〔註 91〕唐作藩《上古音手冊》分入魚、侯部，西漢已併爲一。

（11）肸蠁**布（魚部-ag）寫（魚部-ag）**，晻薆咇茀。〈上林賦〉

（12）被斑文，跨**壄（魚部-ag）馬（魚部-ag）**。〈上林賦〉

（13）乘**虛（魚部-ag）亡（魚部-ag）**，與神俱。〈上林賦〉

（14）留落**胥（魚部-ag）邪（魚部-ag）**，仁頻并閭。〈上林賦〉

（15）羂**要（宵部-ag^{w}）褭（宵部-ag^{w}）**，射封豕。〈上林賦〉

（16）**徒（魚部-ag）車（魚部-ag）**之所閵轢，騎之所蹂若〔註 92〕。〈上林賦〉

（17）鏗鎗闛鞈，洞心**駭（之部-əg）耳（之部-əg）**。〈上林賦〉

（18）於是乎乃解酒罷獵，而命**有（之部-əg）司（之部-əg）**曰。〈上林賦〉

（19）脩容乎《禮》園，翺翔乎**《書》（魚部-ag）圃（魚部-ag）**。〈上林賦〉

（20）抏士卒之精，費**府（侯部-ag）庫（魚部-ag）**〔註 93〕之財。〈上林賦〉

（21）**夏（魚部-ag）后（侯部-ag）**氏戚之，乃堙洪原。〈難蜀父老〉

（22）鄙人**固（魚部-ag）陋（侯部-ag）**，不識所謂。〈難蜀父老〉

（23）父老不辜，幼孤爲**奴（魚部-ag）虜（魚部-ag）**。〈難蜀父老〉

（24）低卬夭蟜裾以**驕（宵部-ag^{w}）驁（宵部-ag^{w}）**兮，詘折隆窮躩以連卷。〈大人賦〉

（25）**糾（幽部-og^{w}）蓼（幽部-og^{w}）**叫奡踏以艐路兮，蔑蒙踴躍而狂趭。〈大人賦〉

（26）屯**余（魚部-ag）車（魚部-ag）**而萬乘兮，粹雲蓋而樹華旗。〈大人賦〉

（27）**騷（幽部-og^{w}）擾（幽部-og^{w}）**衝蓯其相紛挐兮，滂濞泱軋麗以林離。〈大人賦〉

（28）乘**虛（魚部-ag）亡（魚部-ag）**而上遐兮，超無友而獨存。〈大人賦〉

〔註92〕本例未見於《漢語大詞典》。

〔註93〕唐作藩《上古音手冊》分入侯、魚部，西漢已併爲一。

（29）然後囿騶（侯部-ag）虞（魚部-ag）之珍群，徼麋鹿之怪獸。〈封禪文〉

2、歌、脂微、支、祭部

（1）弋白鵠，連駕（歌部-ar）鵞（歌部-ar）。〈子虛賦〉

（2）奢言淫樂而顯侈（歌部-ar）靡（歌部-ar），竊爲足下不取也。〈子虛賦〉

（3）紆餘委蛇，經（支部-iei）營（支部-iei）其內。〈上林賦〉

（4）馳（歌部-ar）波（歌部-ar）跳沫，汩湟漂疾。〈上林賦〉

（5）東注大湖，衍溢陂（歌部-ar）池（歌部-ar）。〈上林賦〉

（6）登降施靡。陂（歌部-ar）池（歌部-ar）貏豸。〈上林賦〉

（7）長眉連娟，微（微部-əd）睇（脂部-əd）〔註 94〕藐。〈上林賦〉

（8）實陂（歌部-ar）池（歌部-ar）而勿禁，虛宮館而勿仞。〈上林賦〉

（9）罷車（歌部-ar）馬（歌部-ar）之用，抏士卒之精。〈上林賦〉

（10）於是玄猨素雌，蜼玃飛（微部-əd）蠝（微部-əd）。〈上林賦〉

（11）推蜚廉，弄獬（支部-iei）豸（支部-iei）。〈上林賦〉

（12）風之所被，罔不披（歌部-ar）靡（歌部-ar）。〈難蜀父老〉

（13）蓋聞天子之牧夷狄也，其義羈（歌部-ar）縻（歌部-ar）勿絕而已。〈難蜀父老〉

（14）今又接之以西（脂部-əd）夷（脂部-əd），百姓力屈。〈難蜀父老〉

（15）張羅（歌部-ar）綺（歌部-ar）之幔帷兮，垂楚組之連綱。〈長門賦〉

（16）低（脂部-əd）徊（微部-əd）陰山翔以紆曲兮，吾乃今日覩西王母。〈大人賦〉

（17）而後陵夷衰（微部-əd）微（微部-əd），千載無聲。〈封禪文〉

（二）陽聲韻

1、元、耕、真文、耕部（-n）

（1）珍怪鳥獸，萬（元部-an）端（元部-an）鱗崒。〈子虛賦〉

〔註 94〕本例未見於《漢語大詞典》。唐作藩《上古音手冊》分入微、脂部，西漢已併爲一。

（2）不務明君（文部-ən）臣（眞部-ən）〔註 95〕之義，正諸侯之禮。〈上林賦〉

（3）允溶淫鬻，散（元部-an）渙（元部-an）夷陸。〈上林賦〉

（4）長千（眞部-ən）仞（文部-ən）〔註 96〕，大連抱。〈上林賦〉

（5）牢落陸離，爛漫遠（元部-an）遷（元部-an）。〈上林賦〉

（6）車騎靁起，殷（文部-ən）天（眞部-ən）〔註 97〕動地。〈上林賦〉

（7）千（眞部-ən）人（眞部-ən）倡，萬人和。〔註 98〕〈上林賦〉

（8）麗靡爛（元部-an）漫（元部-an）於前，靡曼美色於後。〈上林賦〉

（9）長眉連（元部-an）娟（元部-an），微睇藐。〈上林賦〉

（10）恣群（文部-ən）臣（眞部-ən），奏得失。〔註 99〕〈上林賦〉

（11）上宮閒（元部-an）館（元部-an），寂寞雲虛。〈美人賦〉

（12）覩臣遷（元部-an）延（元部-an），微笑而言。〈美人賦〉

（13）生之物有不浸潤於澤者，賢（眞部-ən）君（文部-ən）恥之。〈難蜀父老〉

（14）結軌還（元部-an）轅（元部-an），東鄉將報。〈難蜀父老〉

（15）耆老大夫搢（眞部-ən）紳（眞部-ən）先生之徒二十有七人，儼然造焉。〈難蜀父老〉

（16）民（眞部-ən）人（眞部-ən）升降移徙，崎嶇而不安。〈難蜀父老〉

（17）且夫賢（眞部-ən）君（文部-ən）之踐位也，豈特委瑣握躖。〈難蜀父老〉

（18）君（文部-ən）臣（眞部-ən）易位，尊卑失序。〈難蜀父老〉

（19）摶芬若以爲枕兮，席荃（元部-an）蘭（元部-an）而茝香〔註 100〕。〈長門賦〉

〔註 95〕唐作藩《上古音手冊》分入文、眞部，西漢已併爲一。

〔註 96〕唐作藩《上古音手冊》分入眞、文部，西漢已併爲一。

〔註 97〕本例未見於《漢語大詞典》，唐作藩《上古音手冊》分入文、眞部，西漢已併爲一。

〔註 98〕本例未見於《漢語大詞典》。

〔註 99〕本例未見於《漢語大詞典》。

〔註 100〕本例未見於《漢語大詞典》。

（20）紅杳眇以玄（眞部-ən）湣（文部-ən）兮，猋風涌而雲浮。〔註101〕〈大人賦〉

（21）邪絕少陽而登太陰兮，與眞（眞部-ən）人（眞部-ən）乎相求。〈大人賦〉

（22）遺屯騎於玄闕兮，軼先驅於寒（元部-an）門（元部-an）。〈大人賦〉

（23）經（耕部-ien）營（耕部-ien）炎火而浮弱水兮，杭絕浮渚涉流沙。〈大人賦〉

（24）大漢之德，烝涌原（元部-an）泉（元部-an）。〈封禪文〉

（25）軒（元部-an）轅（元部-an）之前，遐哉邈乎。〈封禪文〉

（26）沕潏曼（元部-an）羨（元部-an），旁魄四塞。〈封禪文〉

（27）然後囿騶虞之珍（眞部-ən）群（文部-ən），徼麋鹿之怪獸。〈封禪文〉

（28）鬼神接靈圉，賓於閒（元部-an）館（元部-an）。〈封禪文〉

（29）而修禮地祇，謁欸天（眞部-ən）神（眞部-ən）。〈封禪文〉

（30）正陽顯（元部-an）見（元部-an），覺悟黎烝。〈封禪文〉

（31）披藝觀之，天（眞部-ən）人（眞部-ən）之際已交。〈封禪文〉

2、侵、談部（-m）

（1）其北則有陰（侵部-əm）林（侵部-əm）巨樹，楩枏豫章。〈子虛賦〉

（2）翱翔容與，覽乎陰（侵部-əm）林（侵部-əm）。〈子虛賦〉

（3）非爲守禦，所以禁（侵部-əm）淫（侵部-əm）也。〔註102〕〈上林賦〉

（4）陰（侵部-əm）淫（侵部-əm）案衍之音，鄢郢繽紛。〈上林賦〉

（5）八方之外，浸（侵部-əm）淫（侵部-əm）衍溢。〈難蜀父老〉

3、蒸、陽、東、冬部（-ŋ）

（1）中必決眦，洞（東部-uŋ）胷（東部-uŋ）達腋。〈子虛賦〉

（2）其卑溼則生藏（陽部-aŋ）莨（陽部-aŋ）蒹葭，東蘠彫胡。〈子虛賦〉

〔註101〕本例未見於《漢語大詞典》。

〔註102〕本例未見於《漢語大詞典》。

（3）**鰅**（東部-uŋ）**鰫**（東部-uŋ）鰬魠，禺禺魼鰨。〈上林賦〉

（4）批巖**衝**（東部-uŋ）**擁**（東部-uŋ），奔揚滯沛〔註 103〕。〈上林賦〉

（5）其南則**隆**（冬部-oŋ）**冬**（冬部-oŋ）生長，涌水躍波。〈上林賦〉

（6）扈從**橫**（陽部-aŋ）**行**（陽部-aŋ），出乎四校之中。〈上林賦〉

（7）登**明**（陽部-aŋ）**堂**（陽部-aŋ），坐清廟。〈上林賦〉

（8）**芳**（陽部-aŋ）**香**（陽部-aŋ）芬烈，黼帳高張。〈美人賦〉

（9）使句芒其**將**（陽部-aŋ）**行**（陽部-aŋ）兮，吾欲往乎南娭。〈大人賦〉

（10）貫列缺之倒景兮，涉**豐**（冬部-oŋ）**隆**（冬部-oŋ）之滂濞。〈大人賦〉

（11）湛恩**濛**（東部-uŋ）**涌**（東部-uŋ），易豐也。〈封禪文〉

（12）**上**（陽部-aŋ）**暢**（陽部-aŋ）九垓，下泝八埏〔註 104〕。〈封禪文〉

（13）大漢之德，**烝**（東部-uŋ）**涌**（東部-uŋ）原泉〔註 105〕。〈封禪文〉

（14）采色炫燿，**熿**（陽部-aŋ）**炳**（陽部-aŋ）煇煌〔註 106〕。〈封禪文〉

（三）入聲韻

1、質、物、月部（-t）

（1）**脟**（月部-at）**割**（月部-at）輪淬，自以爲娛〔註 107〕。〈子虛賦〉

（2）吞若雲夢者八九，其於匈中曾不**蔕**（月部-at）**芥**（月部-at）。〈子虛賦〉

（3）郁郁菲菲，眾香**發**（月部-at）**越**（月部-at）〔註 108〕。〈上林賦〉

（4）肸蠁布寫，晻薆**咇**（質部-ət）**茀**（物部-ət）〔註 109〕。〈上林賦〉

（5）徑峻赴險，**越**（月部-at）**壑**（月部-at）厲水。〈上林賦〉

〔註 103〕本例未見於《漢語大詞典》。

〔註 104〕本例未見於《漢語大詞典》。

〔註 105〕本例未見於《漢語大詞典》。

〔註 106〕本例未見於《漢語大詞典》。

〔註 107〕本例未見於《漢語大詞典》。

〔註 108〕本例未見於《漢語大詞典》。

〔註 109〕唐作藩《上古音手冊》分入質、物部，西漢已併爲一。

（6）朕以覽聽餘閒，無事棄（質部-ət）日（質部-ət）。〈上林賦〉

（7）順天道以殺（月部-at）伐（月部-at），時休息於此。〈上林賦〉

（8）於是歷吉（質部-ət）日（質部-ət）以齊戒。〈上林賦〉

（9）於斯之時，天下大（月部-at）說（月部-at）。〈上林賦〉

（10）昔者洪水沸（物部-ət）出（物部-ət），氾濫衍溢〔註110〕。〈難蜀父老〉

（11）時彷彿以物（物部-ət）類（物部-ət）兮，像積石之將將。〈長門賦〉

（12）蒞颯芔歙猋（質部-ət）至（質部-ət）電過兮，煥然霧除，霍然雲消。〔註111〕〈大人賦〉

（13）西望崑崙之軋（物部-ət）沕（物部-ət）荒忽兮，直徑馳乎三危。〈大人賦〉

（14）亦各並時而榮，咸濟厥（月部-at）世（月部-at）而屈〔註112〕。〈封禪文〉

2、葉、緝部（-p）〔註113〕

（1）雜（緝部-əp）襲（緝部-əp）絫輯，被山緣谷。〈上林賦〉

（2）紛湛湛其差錯兮，雜（緝部-əp）遝（緝部-əp）膠輵以方馳。〈大人賦〉

3、職、沃、藥、屋、鐸部（-k 或-k^w）

（1）襞（錫部-iek）積（錫部-iek）褰縐，紆徐委曲。〈子虛賦〉

（2）赤瑕駁（藥部-ak^w）犖（藥部-ak^w），雜臿其間。〈上林賦〉

（3）陵三嵕之危，下磧（錫部-iek）歷（錫部-iek）之坻。〈上林賦〉

（4）姣冶閑都，靚莊刻（職部-ək）飾（職部-ək）。〈上林賦〉

（5）改制度，易服（職部-ək）色（職部-ək）。〈上林賦〉

（6）相如美則美矣，然服（職部-ək）色（職部-ək）容冶。〈美人賦〉

〔註110〕本例未見於《漢語大詞典》。

〔註111〕本例未見於《漢語大詞典》。

〔註112〕本例未見於《漢語大詞典》。

〔註113〕葉緝部的通押，在相如賦中沒有例子；故此條列出，備考察韻部時之用。

（7）緻**錯（鐸部-ak）石（鐸部-ak）**之瓴甓兮，像瑇瑁之文章。〔註 114〕〈長門賦〉

（8）心慊移而不省故兮，交**得（職部-ək）意（職部-ək）**而相親。〈長門賦〉

（9）垂統理順，**易（錫部-iek）繼（錫部-iek）**也。〈封禪文〉

三、其他相鄰兩字的疊韻現象

本節列出韻部相同，而意義結構較爲鬆散的疊韻之例，亦分陰聲韻、陽聲韻和入聲韻三大類，一一列舉之；之後再與前列例句一起統計，來觀察相如營造的疊韻風格。

（一）陰聲韻

1、之、幽、宵、魚侯部

（1）僕樂王之欲夸僕以車騎之眾，而僕對以雲夢**之（之部-əg）事（之部-əg）**也。〈子虛賦〉

（2）楚亦有平原廣澤、游獵之地饒樂若此**者（魚部-ag）乎（魚部-ag）**？〈子虛賦〉

（3）楚王之獵，孰**與（魚部-ag）寡（魚部-ag）**人？〈子虛賦〉

（4）不若大王終日馳騁，曾不**下（魚部-ag）輿（魚部-ag）**。〈子虛賦〉

（5）楚國**之（之部-əg）鄙（之部-əg）**人也，幸得宿衛十有餘年。〈子虛賦〉

（6）時從出遊，遊**於（魚部-ag）後（魚部-ag）**園。〈子虛賦〉

（7）然猶未能遍**睹（魚部-ag）也（魚部-ag）**；又烏足以言其外澤者乎？〈子虛賦〉

（8）然猶未能遍睹也；又烏足以言其外澤**者（魚部-ag）乎（魚部-ag）**？〈子虛賦〉

（9）雖然，略以**子（之部-əg）之（之部-əg）**所聞見言之。〈子虛賦〉

（10）於是**乃（之部-əg）使（之部-əg）**剸諸之倫，手格此獸。〈子虛賦〉

（11）**怠（之部-əg）而（之部-əg）**後游於清池，浮文鷁。〈子虛賦〉

〔註 114〕本例未見於《漢語大詞典》。

（12）若雷霆之聲，聞乎數百里（之部-əg）之（之部-əg）外。〈子虛賦〉

（13）於是楚王乃登陽雲之（之部-əg）臺（之部-əg），泊乎無為。〈子虛賦〉

（14）於是楚王乃登陽雲之臺，泊乎（魚部-ag）無（魚部-ag）為。〈子虛賦〉

（15）臣竊觀之，齊殆（之部-əg）不（之部-əg）如。〈子虛賦〉

（16）而先生行之，必且輕於齊而累於（魚部-ag）楚（魚部-ag）矣。〈子虛賦〉

（17）且齊東陼（魚部-ag）鉅（魚部-ag）海，南有琅邪。〈子虛賦〉

（18）觀乎成山，射乎之（之部-əg）罘（之部-əg）。〈子虛賦〉

（19）邪（魚部-ag）與（魚部-ag）肅慎為鄰，右以湯谷為界。〈子虛賦〉

（20）禹不（之部-əg）能（之部-əg）名，离不能計。〈子虛賦〉

（21）禹不能名，离不（之部-əg）能（之部-əg）計。〈子虛賦〉

（22）苑囿（之部-əg）之（之部-əg）大，先生又見客。〈子虛賦〉

（23）捐國隃限，越海（之部-əg）而（之部-əg）田。〈上林賦〉

（24）且（魚部-ag）夫（魚部-ag）齊楚之事又烏足道乎！〈上林賦〉

（25）且夫齊楚之（之部-əg）事（之部-əg）又烏足道乎！〈上林賦〉

（26）君未覩（魚部-ag）夫（魚部-ag）巨麗也，獨不聞天子之上林乎？〈上林賦〉

（27）君未覩夫巨麗也，獨不聞天子（之部-əg）之（之部-əg）上林乎？〈上林賦〉

（28）出乎椒丘（之部-əg）之（之部-əg）闕，行乎州淤之浦。〈上林賦〉

（29）振鱗奮翼，潛處（魚部-ag）乎（魚部-ag）深巖。〈上林賦〉

（30）於是乎游戲懈怠，置酒乎顥天之（之部-əg）臺（之部-əg）。〈上林賦〉

（31）〈巴（魚部-ag）俞（魚部-ag）〉〔註115〕宋蔡，淮南〈干遮〉。〈上林賦〉

（32）麗靡爛漫於前，靡曼美色於（魚部-ag）後（侯部-ag）。〈上林賦〉

〔註115〕唐作藩《上古音手冊》分入魚、侯部，西漢已併為一。

（33）射〈貍首〉，兼〈騶（侯部-ag）虞（魚部-ag）〉。〔註116〕〈上林賦〉

（34）天子芒然而（之部-əg）思（之部-əg），似若有亡。〈上林賦〉

（35）時（之部-əg）來（之部-əg）親臣，柔滑如脂。〈美人賦〉

（36）協氣橫流，武節（宵部-ag^{w}）飄（宵部-ag^{w}）逝。〈美人賦〉

（37）蓋聞天子（之部-əg）之（之部-əg）牧夷狄也，其義羈縻勿絕而已。〈難蜀父老〉

（38）蓋聞天子之牧夷狄也，其義羈縻勿絕而（之部-əg）已（之部-əg）。〈難蜀父老〉

（39）今罷三郡之（之部-əg）士（之部-əg），通夜郎之塗。〈難蜀父老〉

（40）且（魚部-ag）夫（魚部-ag）邛、僰、西僰之與中國並也。〈難蜀父老〉

（41）仁者不（之部-əg）以（之部-əg）德來，強者不以力并。〈難蜀父老〉

（42）仁者不以德來，強者不（之部-əg）以（之部-əg）力并。〈難蜀父老〉

（43）今割齊民以附夷狄，弊所恃（之部-əg）以（之部-əg）事無用。〈難蜀父老〉

（44）然斯事體大，固非觀者之所（魚部-ag）覯（侯部-ag）也。〈難蜀父老〉

（45）其詳不可得聞已，請爲大夫（魚部-ag）粗（魚部-ag）陳其略。〈難蜀父老〉

（46）心煩於（魚部-ag）慮（魚部-ag），而身親其勞。〈難蜀父老〉

（47）故休烈顯乎（魚部-ag）無（魚部-ag）窮，聲稱浹乎于茲。〈難蜀父老〉

（48）故休烈顯乎無窮，聲稱浹乎（魚部-ag）于（魚部-ag）茲。〈難蜀父老〉

（49）且（魚部-ag）夫（魚部-ag）賢君之踐位也，豈特委瑣握躪。〈難蜀父老〉

〔註116〕唐作藩《上古音手冊》分入侯、魚部，西漢已併爲一。

（50）繼周氏之絕業，天子（之部-əg）之（之部-əg）急務也。〈難蜀父老〉

（51）百姓雖勞，又惡可以（之部-əg）已（之部-əg）哉（之部-əg）？〈難蜀父老〉

「又惡可以已哉」有三個相連的之部字，結構應該是「可以」「已（止息）」「哉（反詰語氣）」；在此不另作切割，將之計爲一組跨詞彙的疊韻詞。

（52）且（魚部-ag）夫（魚部-ag）王者固未有不始於憂勤，而終於佚樂者也。〈難蜀父老〉

（53）且夫王者固未有不始於憂勤，而終於佚樂者（魚部-ag）也（魚部-ag）。〈難蜀父老〉

（54）方將增太山之封，加梁父之（之部-əg）事（之部-əg）。〈難蜀父老〉

（55）猶焦朋已翔乎寥廓，而羅者猶視乎（魚部-ag）藪（侯部-ag）澤。〈難蜀父老〉

（56）張羅綺之幔帷兮，垂楚（魚部-ag）組（魚部-ag）之連綱。〈長門賦〉

（57）魂踰佚而（之部-əg）不（之部-əg）反兮，形枯槁而獨居。〈長門賦〉

（58）心慊移而（之部-əg）不（之部-əg）省故兮，交得意而相親。〈長門賦〉

（59）伊予志（之部-əg）之（之部-əg）慢愚兮，懷貞愨之懽心。〈長門賦〉

（60）飄風迴而（之部-əg）起（之部-əg）閨兮，舉帷幄之襜襜。〈長門賦〉

（61）翡翠脅翼而（之部-əg）來（之部-əg）萃兮，鸞鳳翔而北南。〈長門賦〉

（62）羅丰茸之遊樹兮，離樓（侯部-ag）梧（侯部-ag）而相撐。〈長門賦〉

（63）正殿塊以造天兮，鬱並起（之部-əg）而（之部-əg）穹崇。〈長門賦〉

（64）擠玉戶以撼金鋪兮，聲噌吰**而（之部-əg）似（之部-əg）**鐘音。〈長門賦〉

（65）**撫（魚部-ag）柱（侯部-ag）**楣以從容兮，覽曲臺之央央。〈長門賦〉

（66）白鶴噭以哀號兮，孤雌跱**於（魚部-ag）枯（魚部-ag）**楊。〈長門賦〉

（67）援雅琴以變調兮，奏愁思**之（之部-əg）不（之部-əg）**可長。〈長門賦〉

（68）無面目之可顯兮，遂頹**思（之部-əg）而（之部-əg）**就床。〈長門賦〉

（69）忽寢寐而夢想兮，魄若君**之（之部-əg）在（之部-əg）**旁。〈長門賦〉

（70）夜曼曼其若歲兮，懷鬱鬱**其（之部-əg）不（之部-əg）**可再更。〈長門賦〉

（71）騁**遊（幽部-ogʷ）道（幽部-ogʷ）**而脩降兮，騖遺霧而遠逝。〔註 117〕〈大人賦〉

（72）矐然白首載勝而穴處兮，亦幸有三足烏爲**之（之部-əg）使（之部-əg）**。〈大人賦〉

（73）莅颯卉歙猋至電過兮，煥然**霧（侯部-ag）除（魚部-ag）**，霍然雲消。〈大人賦〉

（74）必長生若此**而（之部-əg）不（之部-əg）**死兮，雖濟萬世不足以喜。〈大人賦〉

（75）必長生若此而不死兮，雖濟萬世不足**以（之部-əg）喜（之部-əg）**。〈大人賦〉

（76）於傳**載（之部-əg）之（之部-əg）**，云受命所乘。〈封禪文〉

2、歌、脂微、支、祭部

（1）江**離（歌部-ar）蘪（歌部-ar）**蕪，諸柘巴且。〈子虛賦〉

（2）其西則有涌泉清池，激**水（微部-əd）推（微部-əd）**移。〈子虛賦〉

〔註 117〕本例未見於《漢語大詞典》。

（3）陽子驂乘，孅阿（歌部-ar）爲（歌部-ar）御。〈子虛賦〉

（4）是以王辭不復，何（歌部-ar）爲（歌部-ar）無以應哉！〈子虛賦〉

（5）推（微部-əd）蜚（微部-əd）廉，弄獬豸。〈上林賦〉

（6）譬於防火（微部-əd）水（微部-əd）中，避溺山隅。〈美人賦〉

（7）非（微部-əd）惟（微部-əd）雨之，又潤澤之。〈美人賦〉

（8）非（微部-əd）惟（微部-əd）濡之，氾尃濩之。〈美人賦〉

（9）馳（歌部-ar）我（歌部-ar）君輿，帝以享祉。〈美人賦〉

（10）竊爲（歌部-ar）右（歌部-ar）患之。〈難蜀父老〉

（11）當斯之勤，豈（微部-əd）惟（微部-əd）民哉？〈難蜀父老〉

（二）陽聲韻

1、元、真文部（-n）

（1）雖然，略以子之所聞見（元部-an）言（元部-an）之。〈子虛賦〉

（2）方九百里，其中有山（元部-an）焉（元部-an）。〈子虛賦〉

（3）曳明月之珠旗，建（元部-an）干（元部-an）將之雄戟。〈子虛賦〉

（4）蕩蕩乎八川（文部-ən）分（文部-ən）流，相背異態。〈上林賦〉

（5）建（元部-an）顯（元部-an）號，施尊名。〈美人賦〉

（6）心煩於慮，而身（眞部-ən）親（眞部-ən）其勞。〈難蜀父老〉

（7）二方之君（文部-ən）鱗（眞部-ən）集仰流，願得受號者以億計。〈難蜀父老〉

2、侵、談部（-m）

（1）擠玉戶以撼（侵部-əm）金（侵部-əm）鋪兮，聲噌吰而似鐘音。〈長門賦〉

3、蒸、陽、東、冬部（-ŋ）

（1）總（東部-uŋ）公（東部-uŋ）卿之議，詢封禪之事。〈美人賦〉

（2）東鄉（陽部-aŋ）將（陽部-aŋ）報，至於蜀都。〈難蜀父老〉

（3）內之則時犯義侵禮於邊境，外之則邪行（陽部-aŋ）橫（陽部-aŋ）作。〈難蜀父老〉

（4）羅丰茸之遊樹兮，離樓梧而相（陽部-aŋ）撐（陽部-aŋ）。〈長門賦〉

（5）糾蓼叫奡踏以艐路兮，蔑<u>蒙（東部-uŋ）踴（東部-uŋ）</u>躍而狂趡。〈大人賦〉

（6）厮征伯僑而役羨門兮，詔岐伯使<u>尚（陽部-aŋ）方（陽部-aŋ）</u>。〈大人賦〉

（7）糾蓼叫奡踏以艐路兮，蔑<u>蒙（東部-uŋ）踴（東部-uŋ）</u>躍而狂趡。〈大人賦〉

（四）入聲韻

1、質、物、月部（-t）

（1）日<u>月（月部-at）蔽（月部-at）</u>虧，交錯糾紛。〈子虛賦〉

（2）<u>外（月部-at）發（月部-at）</u>夫容蔆華，內隱鉅石白沙。〈子虛賦〉

（3）超若自（質部-ət）失（質部-ət），逡巡避席。〈上林賦〉

（4）<u>蓋（月紐-at）世（月紐-at）</u>必有非常之人，然後有非常之事。〈難蜀父老〉

（5）貫<u>列（月部-at）缺（月部-at）</u>之倒景兮，涉豐隆之滂濞。〈大人賦〉

（6）近區中之隘陜兮，舒<u>節（質部-ət）出（物部-ət）</u>乎北垠。〈大人賦〉

2、葉、緝部（-p）〔註 118〕

無。

3、職、沃、藥、屋、鐸部（-k 或-k^w）

（1）外發夫容蔆華，內隱鉅<u>石（鐸部-ak）白（鐸部-ak）</u>沙。〈子虛賦〉

（2）其<u>北（職部-ək）則（職部-ək）</u>有陰林巨樹，楩枏豫章。〈子虛賦〉

（3）絕乎心繫，<u>獲（鐸部-ak）若（鐸部-ak）</u>雨獸。〈子虛賦〉

（4）俳優侏儒，<u>狄（錫部-iek）鞮（錫部-iek）</u>之倡。〈上林賦〉

（5）蕩蕩乎八川分流，相<u>背（職部-ək）異（職部-ək）</u>態。〈上林賦〉

（6）其<u>北（職部-ək）則（職部-ək）</u>盛夏含凍裂地，涉冰揭河。〈上林賦〉

（7）<u>亦（鐸部-ak）各（鐸部-ak）</u>並時而榮，咸濟厥世而屈。〈美人賦〉

（8）建<u>格（鐸部-ak）澤（鐸部-ak）</u>之修竿兮，總光耀之采旄。〈大人賦〉

〔註 118〕在相如賦沒有葉緝部的通押例子，列出此條，是爲了預備考察韻部之用。

（9）忽寢寐而夢想兮，**魄（鐸部-ak）若（鐸部-ak）**君之在旁。〈長門賦〉

下表統計四種疊韻現象的發音部位，其中「陰入通押」之例僅見於魚鐸和幽覺兩類，故「之職」等其餘陰聲韻和入聲韻通押的分類，暫不列入下表中。「聯」、「詞」、「鄰」分別代表「聯緜詞的疊韻現象」、「複合詞或詞組的疊韻現象」，還有「其他相鄰兩字的疊韻現象」；最右欄統計各發音部位的例子數，最下一列則統計各篇賦三種疊韻現象的數目。

表 5-2　〈疊韻現象的發音部位統計表〉

通押韻類＼賦名		子虛賦	上林賦	美人賦	難蜀父老	長門賦	大人賦	封禪文	各類韻部總計
之幽宵魚侯〔註119〕	聯	4	15	0	0	1	9	0	29
	詞	8	12	0	3	0	5	1	29
	鄰	22	12	2	19	15	5	1	76
歌脂微支祭	聯	8	17	0	0	0	4	2	31
	詞	2	9	0	3	1	1	1	17
	鄰	4	1	4	2	0	0	0	11
魚侯鐸	聯	0	1	0	0	0	0	0	1
	詞	0	0	0	0	0	0	0	0
	鄰	0	0	0	0	0	0	0	0
幽覺	聯	2	0	0	0	0	0	0	2
	詞	0	0	0	0	0	0	0	0
	鄰	0	0	0	0	0	0	0	0
眞元文耕（-n）	聯	4	18	0	4	1	8	1	36
	詞	1	9	2	6	1	4	8	31
	鄰	3	1	1	2	0	0	0	7
侵談（-m）	聯	1	8	0	1	0	2	0	12
	詞	2	2	0	1	0	0	0	5
	鄰	0	0	0	0	1	0	0	1

〔註119〕按羅常培、周祖謨《兩漢魏晉南北朝韻部演變研究・兩漢韻譜分論》的觀察歸納，西漢魚侯、脂微已併爲一部，故分類時，亦將之歸爲一部。

東冬陽蒸（-ŋ）	聯	3	9	0	1	6	6	0	25
	詞	2	5	1	0	0	2	4	14
	鄰	0	0	1	2	1	3	0	7
質物月（-t）	聯	3	9	0	0	0	3	0	15
	詞	2	7	0	1	1	2	1	14
	鄰	2	1	0	1	0	2	0	6
葉緝（-p）	聯	0	3	0	0	0	0	0	3
	詞	0	1	0	0	0	1	0	2
	鄰	0	0	0	0	0	0	0	0
藥覺錫鐸屋職（-k）	聯	0	4	0	1	1	1	0	7
	詞	1	4	1	0	2	0	1	9
	鄰	3	3	1	0	1	1	0	9
各篇疊韻現象總數	聯	25	84	0	7	9	33	3	161
	詞	18	49	4	14	5	15	16	121
	鄰	34	18	9	26	18	11	1	117

從表中右下角可以看出，疊韻聯緜詞共有 161 例，數量最多；複合詞組也有 121 例，加上名詞等其他相鄰字的疊韻例子，總計 399 個疊韻的例子，遠超過「雙聲」的 285 例。而例子最多的疊韻「聯緜詞」，其來源爲何？功用又有哪些呢？郭瓏曾指出聯緜詞的構詞理據，大抵有下列五種：〔註 120〕

1、起源即爲雙音節單純詞

2、同源詞或同義語素凝固成雙音節單純詞

3、單音詞音節衍伸而行成雙音節單純詞

4、摹擬自然界或人類聲音而形成聯緜詞

5、疊音詞發生音轉而形成雙音節單純詞

要之，不可分訓的聯詞，其兩字結合的關鍵在於「語音的複沓」〔註 121〕，故而「徜徉」、「相羊」「尙羊」等異體的聯詞，意義是一樣的；學者也可以利用

〔註 120〕見郭瓏：《《文選・賦》聯綿詞研究》（四川：巴蜀書社，2006 年），頁 56。

〔註 121〕至於「因形求義」的聯緜詞，如「形容波光就用水字邊的『瀲灩』」、「形容路遠就用辵字邊的『迢遞』」等篇旁相同的一類聯緜詞。則較爲後起。此說見董季棠：《修辭析論》（台北：文史哲出版社，1994 年），頁 170。

語音的變化，來尋找其音義結合的根源〔註 122〕。至於「聯緜詞」的主要作用，則如周法高所言，「由於象聲（sound symbplism）的作用，大多數的疊音或部分疊音形式，都屬於『狀詞』類。」〔註 123〕此說亦與陳玉玲《漢賦聯緜詞研究》歸納的結果相合。〔註 124〕

本文作爲「狀形貌」之用的疊音現象，較少出現在並列的複合詞或是「駕車」「玄猿」一類的複合詞組中，而相鄰二字的疊韻專名，或可能出於狀形貌的聯緜關係，但純粹由於疊音而被收入的「相鄰兩字」，其結構則鬆散得多。

比較起來，相如賦的疊韻現象以「聯緜詞」最多，其用途在烘托、摹擬各種形貌，如〈子虛賦〉「其山則盤紆**岪（物部-ət）鬱（物部-ət）**，**隆（冬部-oŋ）崇（冬部-oŋ）**律崒」「**岑（侵部-əm）崟（侵部-əm）**參差，日月蔽虧」，就是用疊韻的聯緜詞，形容山勢曲折高聳的樣子。「聯緜詞」在意義上的關係，又比「複合詞」或「複合詞組」、乃至任意相鄰的兩字還要緊密，給讀者的感覺也更加具體生動；可見相如賦的疊韻現象不只在數量上多於雙聲現象，就連疊韻結構的緊密度，也比雙聲現象高。

而相如賦「聯緜詞的疊韻現象」，主要見於「歌脂（微）支祭」和「眞元文耕」一類收尾爲-n 的韻部，各有 31 例；居次的「之幽宵魚」一類，則有 29 例。眞元一類在「複合詞或詞組的疊韻現象」中共有 31 例，「之幽宵魚」一類則以 29 例排名第二。另外，「其他相鄰兩字的疊韻現象」以「之幽宵魚」一類的 76 例最多，這是因爲「而」「之」「以」等連詞、介詞都是之部字，故其數量遙遙領先居次的「歌脂（微）支祭」一類。

要之，相如賦的疊韻現象主要由陰聲韻構成，共 193 例；其中又以「之幽宵魚（侯）」133 例最多。鼻音韻尾的陽聲韻共計 139 例，其中收舌尖鼻音的「眞元文耕」就有 74 例，比收「雙唇鼻音」和「舌根鼻音」的總數還多。

〔註 122〕此說參郭瓏：《《文選・賦》聯綿詞研究》（四川：巴蜀書社，2006 年），頁 61。

〔註 123〕見周法高：《中國古代語法構詞篇》（台北：中研院史語所專刊之三十九，1962 年），頁 141。

〔註 124〕參陳玉玲：《漢賦聯緜詞研究》（逢甲大學中國文學研究所，民國 94 年碩論，簡宗梧師指導），頁 530。

第四節　相如賦的疊字現象

本節按照陰聲韻、陽聲韻和入聲韻三類，列出七篇賦疊字的例子，以便於統計、歸納其疊字的音韻特徵。

（一）陰聲韻

1、之、幽、宵、魚侯部

（1）臣之所見，蓋特其小小（心紐 s-，宵部-agʷ）者耳。〈子虛賦〉

（2）眇眇（明紐 m-，宵部-agʷ）忽忽，若神之髣髴。〈子虛賦〉

（3）翯乎滈滈（匣紐 g-，宵部-agʷ），東注大湖。〈上林賦〉

（4）鰅鰫鰬魠，禺禺（疑紐 ŋ-，侯部-ag）魼鰨。〈上林賦〉

（5）煌煌扈扈（匣紐 g-，魚部-ag），照曜鉅野。〈上林賦〉

（6）恆翹翹（群紐 gj-，宵部-agʷ）而西顧，欲留臣而共止。〔註 125〕〈美人賦〉

（7）廓獨潛而專精兮，天飄飄（滂紐 ph-，宵部-agʷ）而疾風。〈長門賦〉

（8）浮雲鬱而四塞兮，天窈窈（影紐ʔ-，幽部-ogʷ）而晝陰。〈長門賦〉

（9）自我天覆，雲之油油（以紐 r-，幽部-ogʷ）。〔註 126〕〈封禪文〉

（10）萬物熙熙（曉紐 h-，之部-əg）〔註 127〕，懷而慕思。〈封禪文〉

2、歌、脂微、支、祭部

（1）衯衯裶裶（滂紐 ph-，微部-əd），揚袘戌削。〈子虛賦〉

（2）南山峨峨（疑紐 ŋ-，歌部-ar），巖陁甗錡。〈上林賦〉

（3）吐芳揚烈，郁郁菲菲（滂紐 ph-，微部-əd）。〈上林賦〉

（4）它它（透紐 th-，歌部-ar）藉藉，填阬滿谷。〈上林賦〉

（5）間徙倚於東廂兮，觀夫靡靡（明紐 m-，歌部-ar）而無窮。〈長門賦〉

〔註 125〕本例未見於陳玉玲：《漢賦聯綿詞研究》。

〔註 126〕本例未見於陳玉玲：《漢賦聯綿詞研究》。

〔註 127〕本例未見於陳玉玲：《漢賦聯綿詞研究》。

（二）陽聲韻

1、元、真文、耕部（-n）

（1）**紛紛（滂紐 ph-，文部-ən）**緋緋，揚衪戌削。〈子虛賦〉

（2）沇沇**隱隱（影紐ʔ-，文部-ən）**，砰磅訇磕。〈上林賦〉

（3）**磷磷（來紐 l-，眞部-ən）**爛爛，采色澔汗。〈上林賦〉

（4）磷磷**爛爛（來紐 l -，元部-an）**，采色澔汗。〈上林賦〉

（5）便嬛綽約，柔橈**嫚嫚（影紐ʔ-，元部-an）**。〈上林賦〉

（6）信誓**旦旦（端紐 t-，元部-an）**，秉志不回。〈美人賦〉

（7）雷**殷殷（影紐ʔ-，文部-ən）**而響起兮，聲象君之車音。〈長門賦〉

（8）夜**曼曼（明紐 m-，元部-an）**其若歲兮，懷鬱鬱其不可再更。〈長門賦〉

（9）澹偃蹇而待曙兮，荒**亭亭（定紐 d-，耕部-ien）**而復明。〈長門賦〉

（10）**般般（幫紐 p-，元部-an）**〔註 128〕之獸，樂我君圃。〈封禪文〉

（11）**旼旼（明紐 m-，眞部-ən）**〔註 129〕睦睦，君子之能。〈封禪文〉

（12）**宛宛（影紐ʔ-，元部-an）**〔註 130〕黃龍，興德而升。〈封禪文〉

（13）厥之有章，不必**諄諄（章紐 tj-，文部-ən）**〔註 131〕。〈封禪文〉

2、侵、談部（-m）

（1）纚乎**淫淫（云紐 g^wj-，侵部-əm）**，班乎裔裔。〈子虛賦〉

（2）**沇沇（定紐 d-，侵部-əm）**隱隱，砰磅訇磕。〈上林賦〉

（3）**淫淫（云紐 g^wj-，侵部-əm）**裔裔，緣陵流澤。〈上林賦〉

（4）飄風迴而起閨兮，舉帷幄之**襜襜（昌紐 thj-，談部-am）**。〈長門賦〉

（5）桂樹交而相紛兮，芳酷烈之**誾誾（疑紐 ŋ-，談部-am）**。〈長門賦〉

（6）紛**湛湛（定紐 d-，侵部-əm）**其差錯兮，雜遝膠輵以方馳。〈大人賦〉

〔註 128〕本例未見於陳玉玲：《漢賦聯緜詞研究》。

〔註 129〕本例未見於陳玉玲：《漢賦聯緜詞研究》。

〔註 130〕本例未見於陳玉玲：《漢賦聯緜詞研究》。

〔註 131〕本例未見於陳玉玲：《漢賦聯緜詞研究》。

3、蒸、陽、蒸、冬部（-ŋ）

（1）蹵**蛩蛩（群紐 gj-，東部-uŋ）**，轔距虛〔註 132〕。〈子虛賦〉

（2）**琅琅（來紐 l-，陽部-aŋ）**礚礚，若雷霆之聲。〈子虛賦〉

（3）**蕩蕩（定紐 d-，陽部-aŋ）**乎八川分流，相背異態。〈上林賦〉

（4）缜紛軋芴，**芒芒（明紐 m-，陽部-aŋ）**恍忽。〈上林賦〉

（5）**蛩蛩（群紐 gj-，東部-uŋ）**驒騱，駃騠驢贏。〈上林賦〉

（6）**煌煌（匣紐 g-，陽部-aŋ）**扈扈，照曜鉅野。〈上林賦〉

（7）登蘭臺而遙望兮，神**怳怳（曉紐 h-，陽部-aŋ）**而外淫。〈長門賦〉

（8）時彷彿以物類兮，像積石之**將將（精紐 tsh-，陽部-aŋ）**。〈長門賦〉

（9）撫柱楣以從容兮，覽曲臺之**央央（影紐ʔ-，陽部-aŋ）**。〈長門賦〉

（10）惕寤覺而無見兮，魂**迋迋（見紐 k-，陽部-aŋ）**若有亡。〈長門賦〉

（11）**皇皇（匣紐 g-，陽部-aŋ）**哉斯事！〔註 133〕〈封禪文〉

（12）允答聖王之德，**兢兢（見紐 k-，蒸部-əŋ）**〔註 134〕翼翼也。〈封禪文〉

（一）入聲韻

1、質、物、月部（-t）

（1）眑眑**忽忽（曉紐 h-，物部-ət）**，若神之髣髴。〈子虛賦〉

（2）纚乎淫淫，班乎**裔裔（云紐 g^wj-，月部-at）**。〈子虛賦〉

（3）踰波趨浥，**涖涖（來紐 l-，質部-ət）**下瀨。〔註 135〕〈上林賦〉

（4）**潏潏（見紐 k-，質部-ət）**淈淈，湁潗鼎沸。〈上林賦〉

（5）潏潏**淈淈（群紐 gj-，物部-ət）**，湁潗鼎沸。〈上林賦〉

（6）淫淫**裔裔（云紐 g^wj -，月部-at）**，緣陵流澤。〈上林賦〉

〔註 132〕本例未見於陳玉玲：《漢賦聯緜詞研究》。

〔註 133〕本例未見於陳玉玲：《漢賦聯緜詞研究》。

〔註 134〕本例未見於陳玉玲：《漢賦聯緜詞研究》。

〔註 135〕本例未見於陳玉玲：《漢賦聯緜詞研究》。

（7）望中庭之**藹藹（影紐ʔ-，月部-at）**兮，若季秋之降霜。〈長門賦〉

（8）夜曼曼其若歲兮，懷**鬱鬱（影紐ʔ-，物部-ət）**其不可再更。〈長門賦〉

（9）時若**曖曖（影紐ʔ-，物部-ət）**將渾濁兮，召屏翳。〈大人賦〉

2、葉、緝部（-p）〔註136〕

（1）琅琅**磕磕（溪紐 kh-，葉部-ap）**，若雷霆之聲。〈子虛賦〉

3、職、沃、藥、屋、鐸部（-k 或-k^w）

（1）於是乎崇山**矗矗（透紐 th-，職部-ək）**，巃嵸崔巍。〈上林賦〉

（2）吐芳揚烈，**郁郁（影紐ʔ-，職部-ək）**菲菲。〈上林賦〉

（3）它它**藉藉（從紐 dz-，鐸部-ak）**，填阬滿谷。〈上林賦〉

（4）五色炫以相曜兮，爛**耀耀（以紐 r-，藥部-ak^w）**而成光。〈長門賦〉

（5）旼旼**睦睦（明紐 m-，覺部-ok^w）**，〔註137〕君子之能。〈封禪文〉

（6）**濯濯（定紐 d-，藥部-ak^w）**〔註138〕之麟，遊彼靈畤。〈封禪文〉

（7）允答聖王之德，兢兢**翼翼（以紐 r-，職部-ək）**〔註139〕也。〈封禪文〉

下表按照韻部分類，列出相如賦疊字現象的例子數目。如同雙聲疊韻的統計方式，最右欄統計各發音部位的例子數，最下列則統計各篇賦疊字現象的數目。以

「之幽宵魚侯」一列爲例，七篇共有10例，其餘類推；以〈上林賦〉爲例，通篇共見23例疊字現象，其中「之幽宵魚侯」一類的有3例。

〔註136〕葉緝部的通押，在相如賦中沒有例子；故此條列出，備考察韻部時之用。

〔註137〕本例未見於陳玉玲：《漢賦聯綿詞研究》。

〔註138〕本例未見於陳玉玲：《漢賦聯綿詞研究》。

〔註139〕本例未見於陳玉玲：《漢賦聯綿詞研究》。

表 5-3 〈疊字現象的發音部位統計表〉

賦名 通押韻類	子虛賦	上林賦	美人賦	難蜀父老	長門賦	大人賦	封禪文	發音部位總計
之幽宵魚侯〔註 140〕	2	3	1	0	2	0	2	10
歌脂微支祭	1	3	0	0	1	0	0	5
眞元文耕（-n）	1	4	1	0	3	0	4	13
侵談（-m）	1	2	0	0	2	1	0	6
東冬陽蒸（-ŋ）	2	4	0	0	4	0	2	12
質物月（-t）	2	4	0	0	2	1	0	9
葉緝（-p）	1	0	0	0	0	0	0	1
藥覺錫鐸屋職（-k）	0	3	0	0	1	0	3	7
各篇總計	10	23	2	0	15	2	11	63

從表格右下角可知，疊字的總數僅 63 例，明顯少於雙聲和疊韻，〈難蜀父老〉更是通篇無疊字。其中 31 例屬鼻音韻尾，疊韻現象常見的「眞元文耕」韻尾，以 13 例拔得頭籌；次多的舌根鼻音，也有 12 例。至於入聲韻尾有 17 例，但跟疊韻現象不同的是，疊字的陰聲韻字並不多。

入聲疊字在〈上林賦〉共有 7 例，其中「踰波趨浥，**涖涖（來紐 l-，質部-ət）**下瀨」「**潏潏（見紐 k-，質部-ət）淈淈（群紐 gj-，物部-ət）**，湁潗鼎沸」「浲浲**滵滵（云紐 g^{w}j -，月部-at）**，緣陵流澤」是形容水勢奔騰盛大，「崇山**矗矗（透紐 th-，職部-ək）**，巃嵸崔巍」是形容高山聳立的模樣；另有「它它**藉藉（從紐 dz-，鐸部-ak）**，塡阬滿谷」、描寫百獸驚怖致死，屍體滿山，「吐芳揚烈，**郁郁（影紐ʔ-，職部-ək）**菲菲」的「**郁郁**」則形容香氣強烈撲鼻。入聲疊字雖然沒有特定的共通意義，但藉由入聲的複沓，在音韻上造成短促的聽覺感

〔註 140〕按羅常培、周祖謨《兩漢魏晉南北朝韻部演變研究・兩漢韻譜分論》的觀察歸納，西漢魚侯、脂微已併爲一部，故分類時，亦將之歸爲一部。

受，並且與其他陰聲和陽聲韻形成對比，這卻是不爭的事實。

第五節　小　結

本節就前三節歸納的結果，列表比較七篇賦三類「疊音形式」的頻率、並加以說明。下表先統計司馬相如賦中的雙聲現象，再除以各篇總句數，以觀察此一音韻現象在整篇中的百分比。例如〈子虛賦〉共有 265 句，以 265 句來除 41 句，算出篇中每百句有 15.47 個雙聲現象。

表 5-4　〈相如賦的雙聲現象比較表〉

	子虛賦	上林賦	美人賦	難蜀父老	長門賦	大人賦	封禪文
雙聲聯詞數目	17	39	1	1	7	12	1
雙聲複合詞或詞組數目	10	28	4	8	3	10	13
相鄰兩字的雙聲現象	14	36	9	34	5	13	21
雙聲現象總數	41	103	14	43	15	35	35
雙聲現象的句數百分比	15.47%	20.16%	13.73%	23.63%	15.63%	34.31%	15.28%
備註	總句數 265 句	總句數 511 句	總句數 102 句	總句數 182 句	總句數 96 句	總句數 102 句	總句數 229 句

從上表可以發現，〈大人賦〉的雙聲現象最爲突出，平均每一百句出現 34.31 個雙聲現象（包括不成詞的部分），〈難蜀父老〉次之；〈上林賦〉雖有 103 個雙聲現象，但由於通篇共 511 句、遂將稀釋了聲音表現的密度。雙聲比例最低的〈美人賦〉，其比例不到〈大人賦〉的一半。比較三種雙聲現象，最多的是「相鄰兩字的雙聲現象」，共 132 例；因爲相鄰兩字的例子多無語義關係，僅有同聲母這個共同點，故在語義結構上較無關係，惟其雙聲的效果可依賴朗頌的方式，而越發凸顯。

就發音部位來看，「見溪群曉匣影」一類，光是「複合詞或詞組」的雙聲現象就有 33 例，而唇塞音和精清從心一類舌尖擦音的雙聲，也才各 30 例，可見相如賦對於舌根塞音、擦音以及喉部塞音的偏好；這和第二節聲母相諧的統計結果一樣。其中容或有機率問題，因爲舌根塞音的字本來就比較多；這顯示作者臭基於口語的創作語感，然而，經過相如有心且頻繁地加以「排列」後，則不應視之爲單純的「組合」機率現象。本文結論也將就此再作說明。

相如賦疊韻現象的統計比較可見下表，亦以百分比觀察相如各篇賦的疊韻頻率：

表 5-5 〈相如賦的疊韻現象比較表〉

	子虛賦	上林賦	美人賦	難蜀父老	長門賦	大人賦	封禪文
疊韻聯緜詞數目	25	84	0	7	9	33	3
疊韻複合詞數目	18	49	4	14	5	15	16
相鄰兩字的疊韻現象	34	18	9	26	17	11	1
疊韻現象總數	77	151	13	47	31	59	20
疊韻現象的句數百分比	29.01%	29.55%	12.75%	25.82%	32.30%	57.84%	8.73%
備註	總句數 265 句	總句數 511 句	總句數 102 句	總句數 182 句	總句數 96 句	總句數 102 句	總句數 229 句

〈大人賦〉不僅雙聲比例最高，疊韻現象亦最爲突出，平均每一百句出現 57.84 個疊韻現象（包括不成詞的部分），比〈封禪文〉多了六倍有餘；其音韻之諧美冠於群倫，難怪《史記》中會有「相如既奏大人之頌，天子大說，飄飄有凌雲之氣，似遊天地之間意」〔註 141〕的一段記載。〈長門賦〉的百分比則位居第二。〈上林賦〉雖然有多達 151 組疊韻的例子，但除以 511 句後，和〈子虛賦〉分居三、四名，排序和雙聲現象一樣。疊韻比例最低的〈美人賦〉，雙聲、疊韻的比例都居末位，不過以「一句之中聲母複沓」作統計時，卻是七篇之冠；足見設計策略異於他篇。

〔註 141〕見《史記・司馬相如列傳第五十七》，收入《史記》第九冊（北京：中華書局，2007 年），頁 3063。

三種疊韻形式中，又以「聯緜詞的疊韻現象」最多，聯緜詞多作爲形容之用，音意結合較爲緊密；而疊韻的例子最常用「陰聲韻」中的「之幽宵魚」一類，「眞元文耕」次之，佔鼻音韻尾 74／139，比收雙唇和舌根鼻音的例子總合還多。

至於音韻完全相同的疊字現象，數量明顯少於前兩類疊音形式，其統計表如下：

表 5-6　〈相如賦的疊字現象比較表〉

	子虛賦	上林賦	美人賦	難蜀父老	長門賦	大人賦	封禪文
疊字數目	10	23	2	0	15	2	11
疊字的句數百分比	3.77%	4.50%	1.96%	0	15.63%	1.91%	4.80%
備　　註	總句數 265 句	總句數 511 句	總句數 102 句	總句數 182 句	總句數 96 句	總句數 102 句	總句數 229 句

〈上林賦〉、〈子虛賦〉跟前面雙聲疊韻的表現一樣，皆位居第三、四名；〈大人賦〉的名次則落爲第五。而〈上林賦〉、〈子虛賦〉以閎侈的篇幅，而時見各種疊音形式，實屬不易；兩賦的疊韻和疊字比例，差距不到 0.8 百分比，只有雙聲現象差距較大；或由於〈上林賦〉是相如首次晉見武帝時的獻賦，爲了給皇上絕佳的第一印象，理應留心其音韻之和諧。

〈長門賦〉疊字的頻率，比位居第二的〈封禪文〉高了兩倍不止，加上 33.33% 的疊韻現象百分比，其聲韻的和諧複沓也可以與「句中聲母相諧」時，多舌根塞音的設計相呼應，通篇營造出女主人公哀而不怨的雍容之美。七篇 63 例的疊字現象中，有 31 例屬鼻音韻尾，其中，疊韻常見的「眞元」一類，以 13 例拔得頭籌；還有次多的舌根鼻音韻尾，也有 12 例。至於入聲韻尾亦有 17 例，跟疊韻現象不同的是，疊字的陰聲韻字並不多。

從雙聲、疊韻和疊字的現象看起來，七篇賦大抵有兩個特徵：

1、不管是何種形式的疊音現象，都與韻腳分部的密度成正相關

例如〈子虛賦〉「其山則盤紆**岪（物部-ət）鬱（物部-ət）**，隆崇**律（物部-ət）崒（物部-ət）**，岑崟**參（清紐 tsh-）差（清紐 tsh-）**，日月蔽虧。」四句的韻腳分別押物部和歌部，就出現兩個疊韻和一個雙聲的例子；〈難蜀父老〉「昔者洪水沸（物部-ət）出（物部-ət），汜（談部-am）濫（談部-am）衍溢」是兩個「物錫合韻」的韻腳，都有疊韻現象，雖不一定和韻腳疊韻，但是相如留心於有韻之句的聲音複沓，例子卻處處可見。

2、疊音形式往往在出現在「句中對仗」或「排偶句」中，其設計手法則不固定

除了上述兩句可以爲例外，也可以參考〈大人賦〉裡面的兩個對仗組合：

1. 駕應龍象輿之蠖（鐸部-ak）略（鐸部-ak）委（微部-əd）麗（支部-iei）兮，驂赤螭青虯之蚴（幽部-ogʷ）蟉（幽部-ogʷ）宛（元部-an）蜒（元部-an）
2. 騷（幽部-ogʷ）擾（幽部-ogʷ）衝蓯其相紛挐兮，滂（滂紐 ph-）濞（並紐 p-）泱（影紐ʔ-）軋（影紐ʔ-）麗以林（來紐 l-）離（來紐 l-）

上述兩組中，「蠖略委麗」「蚴蟉宛蜒」是對仗的，「騷擾」「滂濞」也是；句中對的雙聲、疊韻現象亦見於〈長門賦〉「魂踰（以紐 r-）佚（以紐 r-）而不（幫紐 p-）反（非紐 pj-）兮，形枯槁而獨居。」等例子。至於疊音方式的不對稱，就像前述〈子虛賦〉「隆崇律（物部-ət）崒（物部-ət），岑崟參（清紐 tsh-）差（清紐 tsh-）」，還有〈上林賦〉「騷（幽部-ogʷ）擾（幽部-ogʷ）衝蓯其相紛挐兮，滂（滂紐 ph-）濞（並紐 p-）泱軋麗以林離」兩例，雖然都有音韻複沓的表現，一爲疊韻、一爲雙聲，音韻設計的重點根本不同。

就算是鄰近或平行出現的雙聲和疊韻現象，其發音部位不一定相近。像是〈長門賦〉裡面的「貫歷（來紐 l-）覽（來紐 l-）其中操兮，意慷（溪紐 kh-）慨（溪紐 kh-）而自卬」，「歷覽」「慷慨」雖皆爲雙聲，而一爲邊音，一爲舌根送氣清塞音；〈上林賦〉「珉玉旁（陽部-aŋ）唐（陽部-aŋ），玢（文部-ən）豳（文部-ən）文（文部-ən）鱗（眞部-ən）」的「旁唐」「文鱗」分屬陽部和眞文，音響效果也不一樣。

第六章 結 論

西漢賦之篇幅閎大，詞藻名物也瑰麗博雜，蹇澀的文字更造成讀者閱讀時的困難。有鑑於此，本文採取「語言風格學（Stylistics）」的概念，歸納、統計常用的聲母、韻部和聲調，試圖以具體證據說明相如賦「極聲貌以窮文」〔註 1〕的音韻特徵，並藉由賦篇音値的構擬，突破瑰瑋多變的字形限制，呈現當初朗誦時音韻和諧、對比的表現。

以相如賦爲例，不管是「以虛字爲句腰」〔註 2〕的騷體賦，或夾雜三、四、五、七言的散體賦，多有兩句或兩句以上的排偶〔註 3〕；這些整齊的句式，可供研究者進行賦體語言風格的分析。王易《詞曲史》曾指出，「有韻之文，肇自謠諺，成於詩歌，大於辭賦」〔註 4〕；雖然「賦體」沒能像「詩體」一樣，發展出嚴謹的格律規範，而齊整的字句間，仍有著其音韻搭配的規律。惟相

〔註 1〕見劉勰：《文心雕龍・詮賦第八》（台北：河洛圖書出版社，1976 年），頁 50。

〔註 2〕見劉熙載：《藝概》（台北：漢京文化事業有限公司，2004 年），頁 102。

〔註 3〕所謂「兩句以上的排偶」，正如何沛雄《漢魏六朝賦論集・序》當中所言：「西京辭賦，語多單行；東漢以後，漸趨整練；齊梁而降，益事妍華；古賦一變而爲駢賦。」相如賦的排偶句，有不少三句、五句和七句的組合，因此在觀察其「音韻相諧的排偶句」時，部分的例子是「第一句對第二句」爲一例、「第二句對第三句」爲一例，就是源於其排偶設計不全爲雙數的原因。上述引文見何沛雄：《漢魏六朝賦論集・序》（台北：聯經出版事業公司，1990 年），頁 3。

〔註 4〕見王易：《詞曲史》（台北：廣文書局，1971 年），頁 233。

如賦創作動機爲「娛侍君主」，抒情性薄弱，因此本章第一節先說明西漢賦的論述特徵，指出其與「抒情美典」不同的審美取向，以及「音韻美」在君臣對話之間的意義。

正如緒論所言，筆者採取的研究方式爲「語言描寫法」和「統計法」，本章第二節便根據統計的結果，描述相如賦音韻搭配的特徵，並試著說明本文各章節統計數據的意義：從聲母、韻部、聲調和雙聲疊韻等「重疊形式」的統計數據來看，其聲母最常使用「見溪群曉匣影」一類的舌根音，叶韻則多採「之魚幽宵」一類，加上大量的「平聲」字，其韻部和聲調的整體性，能配合「之魚」韻和平聲的「兮」、「乎」、「於」等語助詞或介詞，聽起來特別和諧。

第三節即利用擬音呈現相如賦的朗誦效果，據此說明本文的統計結果，能如何運用於具體的賦篇欣賞。文中引用〈上林賦〉、〈長門賦〉的一段擬音，說明聲韻調綜合搭配的效果，並突顯相如賦音韻協調之餘，陽入韻部和平入聲調等舒促的對比，如何在朗誦進行時配合情節的推進，營造一緩一急的節奏變化：在押韻的同時，營造音韻對比的效果，這不僅是西漢「口誦文學」的特徵，也符合近體詩格律「平仄相對」的設計原理。最後在第四節檢討本文價值及限制，並指出可據此發展的相關議題。

第一節　西漢賦的論述特徵

司馬遷在《史記・司馬相如列傳第五十七》的傳末曾言：「相如雖多虛詞濫說，然其要歸引之節儉，此與詩之風諫何異。揚雄以爲靡麗之賦，勸百風一，猶馳騁鄭魏之聲，曲終而奏雅，不已虧乎？」〔註 5〕從音韻來看，相如賦音韻精美之處，多在誇耀文治武功，諷諫的篇幅不但小，聲韻也往往不相諧，似乎較難給聽眾鮮明的聽覺印象；然而，其音韻設計實蘊含了賦家繼承縱橫捭闔之風，並試圖連類名物、雕琢語言以進行婉諫的用心。

相如創作的賦篇，確實是專供王侯閒暇娛樂用的「貴遊文學」，相如既然「以言語的技藝伺候當時對文學有興趣的貴人」〔註 6〕，賦作中遂隱現著「勸」和「風」

〔註 5〕見《史記・司馬相如列傳第五十七》，收入《史記》第九冊（北京：中華書局，2007 年），頁 3073。

〔註 6〕見王夢鷗：《古典文學論探索》（台北：正中書局，1984 年），頁 123。

的張力，因此胡學常引用傅科（Michel Foucault）「權力話語」的概念，指出在「勸誘」和「風諫」的角力之下，漢賦敘事的完整性被撕裂了；「二元對立及敘事裂縫，勢必導致漢賦內在意義系統的自我消解，激起文本結構的自我顛覆或解構。於是，漢賦文本最終呈現給讀者的，只能是一些意義的碎片，而天子在接受中，或許只能接受一些於他自己有利的碎片。」〔註 7〕這不啻是將漢賦視為「以『抒發己志』為動機，力求達成諷諫目的」的文體，然而，西漢賦本非單純為了抒情言志而作。

從漢賦興起的背景而言，「言語侍從之臣」的身分已決定文本中「勸」「諫」並陳的雙重性，因此不應成為賦家創作時，內在波濤洶湧的矛盾；應該注意的，是漢賦繼承自戰國縱橫家的說服手法。許東海認為「漢大賦求麗、求大、求全、求奇語言藝術特徵的形成，其背後正是主要出於針對特殊說服對象帝王的言辭權變設計」〔註 8〕：賦家先要能掌握帝王的性情、嗜好等心理傾向，才能夠以盛大美好的誘因，「塑造帝王興起更高一波的追求慾望，促使帝王心理原本的『至高至足』心理，產生遺憾與不安，從而在無形之中，轉換出說服者一種備受期待與企慕的有利態勢，以促使說服目的的有效達成。」〔註 9〕換言之，相如和揚雄的賦作，是因應帝王需求的論述；藉由精緻大氣的篇章鋪排，和對語言審美的要求，緊緊吸引聽眾的注意。許東海舉〈大人賦〉的論述為例：

> 政治上原本的君臣倫理，在辭賦家的說服策略下，暫時遭到遺忘或拋棄，司馬相如反而成為武帝求仙意識下的文學帝王，漢武帝暫時淪為賦家文學世界中的階下囚。這一現象，似乎可作為司馬相如安於「言語侍從之臣」的心理依據，其中主要體現為賦家另一種「自我實現」的成就感。〔註 10〕

〔註 7〕見胡學常：《文學話語與權力話語——漢賦與兩漢政治》（杭州：浙江人民出版社，2000 年），頁 227。

〔註 8〕見許東海：〈漢賦與古典說服——從《鬼谷子》看司馬相如、揚雄賦中的神仙論述〉，收入《中國文哲研究集刊》第十八期，2001 年 3 月，頁 26。

〔註 9〕見許東海：〈漢賦與古典說服——從《鬼谷子》看司馬相如、揚雄賦中的神仙論述〉，收入《中國文哲研究集刊》第十八期，2001 年 3 月，頁 10。

〔註 10〕見許東海：〈漢賦與古典說服——從《鬼谷子》看司馬相如、揚雄賦中的神仙論述〉，收入《中國文哲研究集刊》第十八期，2001 年 3 月，頁 12。

正是因爲賦篇音韻設計的協調，與節奏上相反相成的變換，使得相如能營造出豐富美妙的音響效果，並引導武帝浸淫其中，陶然忘我；而在背後控引語文的他，也藉由這樣迂迴的方式，展現了自身論述的價值。

其實，漢賦透過這種語文策略滿足帝王的嗜欲，同時達至其道德要求的手法，早已見於《呂氏春秋》〈本味〉篇和枚乘的〈七發〉：鄭毓瑜指出這種迂迴的批評方式存在於整個中國詩歌史，尤其是宮廷生活與外交場合中：

> 這種連類賦誦的方式根本就是一種由來已久的君臣間聽説應答的方式，是一種合法的官場上的必備文化素養或生活藝術。從諷誦中，可能認知物類、原理或改正方向，但更重要的是建立以及進入一種彼此熟悉的聽聞氛圍，跨越類別的串講與融會，可以透過重言或雙聲疊韻的聯緜字彙進行反覆迴盪，因此從「所意欲」沉浸入「意欲所在」的整全環境中。如果「治身」如同治國，這種君臣間的迂迴又知情的周旋方式，既是治身也是理政必要的生活處境。〔註 11〕

司馬相如對自己「言語侍從之臣」的身份，應有相當的自覺：因此在歌功頌德，或描寫山川壯闊、田獵疾馳等段落時，常常隔句甚至句句押韻，至於一些配角的話語，或微諷的部分，韻腳則顯得空疏。從韻腳和音韻設計的分布來看，諷諫反而淪爲次要；這或許是君臣婉轉周旋時，應該採取的手法。

這種琢磨字句，以間接傳達諷諫之旨的方式，顯示了「文人與權力間的和解」，更凸顯音韻設計在漢賦創作和傳播過程的重要性。其中，漢賦的語言美感發揮於寫物之際，其審美取向與「爲抒情而作」者迥然不同，美學價值的重心也不在於聲情相合。高友工先生認爲，文學的美典可以分爲「抒情」和「敘述」兩類；「抒情美典」的目的是「自指」，「敘述美典」則是「自我表現」。前者較可能有聲情呼應的現象，而從寫作動機和文本傳播的方式來看，漢賦應該屬於外顯而非自省的「敘述美典」，其藝術價值則在於複雜的結構統一〔註 12〕。其中，西漢賦家爲了以口誦耳受的方式獻賦，著力設計其音韻的種種搭配；而筆者即

〔註 11〕見鄭毓瑜：〈連類、諷誦與嗜欲體驗的傳譯——從〈七發〉的療疾效能談起〉，收入《清華學報》新三十六卷第二期，2006 年 12 月，頁 423。

〔註 12〕見高友工：《中國美典與文學研究論集》（台北：國立臺灣大學出版中心，2004 年），頁 115。

試圖藉由擬音成果的套用，發掘漢賦語言設計的種種美感，以證明音韻設計在漢賦中舉足輕重的地位。下文便敘述本文統計和觀察的結果，先綜合討論「統計法」在本文描寫文本的意義，再分聲母、韻部、聲調和疊音形式分別論述之。

第二節　相如音韻設計的要點

正如緒論所言，本文研究相如賦的方式爲「語言描寫法」和「統計法」；其中以「統計法」研究西漢賦時，一方面反映漢字口語上使用的習慣，而經過相如有意地排比之後，其賦篇文字在頂眞句、排偶句中，都能與虛字相諧，並且在調和中時見「舒促對比」或「平仄搭配」的暗律現象。下文試分述之。

一、相如賦音韻統計的兩層意義

竺師家寧曾指出，統計法要注意其「目的」和「結構性」，以避免無意義的濫用〔註13〕，研究西漢賦時，確認音韻設計的「結構性」更爲重要：目前研究音韻風格的論文，多以唐代以後句式規整的近體詩爲研究對象，近體詩已經是發展成熟、且有一定創作軌則的文體，西漢賦則爲朗誦用的稿子，有明顯的口語特質；逐字統計七篇賦的音韻後，筆者發現，「見溪群曉匣影」、「之魚幽宵」和平聲字的例子數明顯比其他類的音韻現象多，如何解釋這樣的統計結果呢？

如果以《廣韻》作爲聲母、聲調常用字的一個參考量尺，或可試著討論「統計法」背後可能有的機率問題：由於目前未見學者詳細統計《廣韻》聲、調類的字數，筆者只能以頁數做大概的估計；例如沈兼士《廣韻聲系》中，「見溪群曉匣影」約 444 頁，「幫滂並明非敷奉微」約 163 頁，「端透定泥」80 頁，「知徹澄娘」50，「精清從心邪」142 頁，照二照三合計約 130 頁，這樣看起來，舌根塞音在統計時確實有其優勢；《校正宋本廣韻》一書、526 頁的正文中有 232 頁是平聲字，字數也比較多。如果從文字學發展的角度來看，一韻多字的現象，或許反應出這類的聲母和聲調常見於口語，因此在字體上會比較多元，以適應各種音近義異的語文表達。王力《同源字典》亦多「之支魚侯幽宵」韻的字，這反映口語上音韻使用的習慣，以及相如奠基於口語的創作語感；此外，相如賦中虛字的聲韻調類亦多爲「見溪群曉匣影」、「之魚幽宵」和平聲字，也應與

〔註13〕見竺師家寧：《語言風格與文學韻律》（台北：五南圖書出版公司，2005 年），頁 18。

人類發音的自然習慣有關。尤其是平聲字無起伏的變化，在發音上能比較省力，這點在朗誦長篇賦作時，其實很重要。

根據此一統計結果，觀察本文種種音韻表現，可發覺各項統計的意義可分爲兩層：第一層是「反映相如賦中合乎口語習慣的特點」〔註 14〕。即本文第五章討論僅有語音關係的「相鄰二字的雙聲／疊韻現象」，確可能受到口語慣性的影響。由於統計的數據皆十分可觀，仍不可等閒視之；而語言落入文字當中成爲文本，便有獨立歸納的價值。從其統計結果來看，這兩層音韻統計的意義，正可突顯本文關注西漢賦「語言使用的情境」，也兼顧獨立於語境外的「文本（text)」特性。

里克爾(Ricoeur)在〈甚麼是文本？解釋與理解(“What is a text？Explanation and understanding”)〉一文中，對文本作了如下的定義：

> 文本（text）是以書寫（writing）來定型（fix）的論述（discourse）。書寫定型的是「可以被訴說」的論述，但被精確寫下來的，卻包括了「沒有被訴說」的部分。藉由書寫產生的固定型態（fixation），在言語（speech）中扮演極爲重要的角色，且其出現牽涉到其呈現的現場（site）；這表示，文本要能成爲眞正的文本，必須先確認它未受限於先前言語謄寫的限制，而是直接銘刻下（inscribe）論述所指涉之文字。〔註 15〕

〔註 14〕其實，第二章第二節的考察對象，原爲一句之內發音部位相同、發音方式相近的「聲母相諧」之例；然而，由於 1498 句當中竟有 619 句，其近半數的字呈現「聲母相諧」的現象。由於聲母種類有限，這樣的統計結果明顯受到機率的影響。爲確保本文考察項目的邏輯性，謹將該節刪除。

拙文的口委簡宗梧師曾指示，若要作漢賦「一句中聲韻相諧」的統計，可以語法結構爲考察單位，但是限於學力，唯恐處理不周，故筆者仍決定割捨 30 多頁的統計過程。而本文逐字考察口誦爲媒的漢賦，並無太多直接的學術資源可供參考；惟願以上摸索的過程，能提供後來者立章分節時的參考，特將簡師寶貴的意見試述如上。

〔註 15〕見 Paul Ricoeur, *Hermeneutics and the Human Sciences*（London: Cambridge University, 1982）, Edited, translated and introduced by John B.Thompson,p.146.原文如下：

The text is a discourse fixed by writing. What is fixed by writing is thus a discourse which could be said, of course ,but which is written precisely because it is not said . Fixation by writing takes the very place of speech , occurring at the site where speech could have emerged. This suggests that a text is really a text only when it is not

面對文本的時候可以拆卸下它存在的時空，來進行不同的解讀，也可以貼近其存在的語言環境來談。對筆者說，西漢賦便是擺盪二者間的產物：既是文本，但又不只是文本。其特殊性部分原於傳播的情境，也就是上文所謂「沒有被說出的」、「言語存在的現場」；然而，賦篇對論述所指的直接銘刻，意即文本之所以成爲文本的特質，則提供了其他闡述之可能性。因此，在觀察、統計完相如賦的音韻表現結果中，我認爲其作既游移在現場與文本之間，卻不完全屬於任何一方，所以除了第一層的語用意義，還另有探討其價值的空間，也就是下文所說的第二層意義。

本文統計的第二層意義，即在於「發掘相如賦如何利用結構相近或語意相關的音韻現象，突顯其相諧和對比的特性」：相如賦運用排偶的節奏，呈現音韻複沓又多變的表現，也採取「頂眞」手法設計聲母與助詞「兮」大量相諧的例子，還安排許多聯緜詞或複合詞（詞組）的雙聲、疊韻和疊字現象，在在顯示相如致力於結合「音韻」和「固定節奏」、「騷體句法」，乃至「音韻」與「詞彙」相搭配的種種設計。

値得注意的是，相如賦中尚有大量陽入聲韻或平入聲調對比的排偶句，這和陳淵泉透過平仄兩個參數的交替變換來分析律詩，推導出七律句式以「對比」爲宗的聲調邏輯〔註 16〕相呼應；相較之下，相如賦憑藉敏銳的語感，進行音韻對比的設計，對後代韻文規則的形成實具啓發。下文便分爲四小節，分別說明相如利用聲母、韻部和聲調乃至「疊音形式」設計音韻的種種表現。

二、聲母多採喉牙音「見溪群曉匣影」

相如賦慣用舌根或喉部塞音，來進行聲母相諧的設計：從騷體賦來看，這樣的設計使賦句與上古匣母的「兮」字分外和諧；散體賦常用的「於」、「乎」、

---

restricted to transcribing an anterior speech, when instead it inscribes directly in written letters what the discourse means.

我將「inscribe」翻譯成銘刻，則是爲了強調被書寫以後，文本獨立於作者與語境之外的特徵。

〔註 16〕參陳淵泉：〈文學品味背後的語言結構原則——從詩的格式窺探語言〉，收入香港城市大學 20 週年文史論文集《依舊悠然見南山》（香港：香港城市大學出版社，2004 年），頁 59～95。

「與」、「也」、「其」、「有」、「矣」等虛詞，也都屬於「見溪群曉匣影」一類，因此有助於朗誦時的統一性。賦中常用聲母與虛詞搭配的例子，多數出現於「頂眞句」；這跟常用韻部和虛字的搭配多見於「排偶句」的音韻特性，又有不同。相如賦第二常用的是「照三」一類三等的舌尖塞音，與舌根塞音一前一後的搭配，使得聽覺效果更豐富。

下表將第二章「聲母相諧的排偶句」和「頂眞的聲母複沓」二項目合為一表，分別列出七篇賦的例子數；其中「聲母相諧的排偶句」有「首」、「三」、「他」三欄，分別代表「首字相諧」、「三角結構相諧」，以及「其他聲母相諧的排偶句」例子的數目；而所謂的句數百分比，是將各篇的句數分別除以該現象的例子數，以觀察此一音韻現象在整篇中的百分比；例如〈上林賦〉共有 511 句，以 511 句來除「同句聲母相諧」的 239 句，便可得出每百句即有 46.77 句有此一音韻相諧的現象。

表 6-1 〈相如賦聲母風格比較表〉

賦名／相諧現象		子虛賦	上林賦	美人賦	難蜀父老	長門賦	大人賦	封禪文	現象總數
「聲母排偶」數	首	9	30	14	3	12	4	24	96
	三	16	56	9	7	14	11	29	142
	他	14	43	11	10	10	9	11	108
排偶百分比		14.72%	25.24%	23.53%	10.99%	37.5%	23.53%	27.95%	
「聲母頂眞」例子數		33	85	18	24	22	14	38	234
頂眞百分比		12.45%	16.63%	17.65%	13.19%	22.92%	13.73%	16.59%	
各篇總句數		265 句	511 句	102 句	182 句	96 句	102 句	229 句	

七篇賦共計 1487 句，「聲母相諧的排偶句」中，最多三角結構的頭韻現象，形式較單純的排偶更有變化，且音響出現的頻率較高，可見相如聲母設計的用心。而「聲母相諧的排偶句」和「聲母頂眞」的句子，也多以舌根音為音韻設計的重點。

「聲母相諧的排偶句」次多的發音部位是「照三」一類；頂眞現象發音部位次多的則是「端透定」一類。此外，以紐（r-）和來紐（l-），常見於「兩類以上聲母相諧」的例子，可能是複聲母相諧的例子，也可能是因爲「流音」和「邊音」在朗誦時比較省力，相如才會頻繁地使用。七篇賦「句中聲母相諧」的百分比，以〈美人賦〉最高、〈長門賦〉則在「聲母相諧的排偶句」和「頂眞聲母複沓」的兩項百分比中，排名第一。

三、韻部多爲陰聲韻「之幽宵魚」

相如賦的韻腳常用「之幽宵魚」一類的韻部，這跟賦中許多虛字的韻部一樣；韻部與虛字搭配最顯著的例子，主要見於第三章第三節「韻部相諧的虛字排比句」；其中騷體賦的排比句多爲單式節奏，散體賦則多爲雙式節奏，朗誦效果有明顯的不同。而本文頁 137 有〈相如賦虛字韻部表〉，此處仍不憚其煩地引出，以說明其韻部相諧的設計，除了反映其奠基於唇吻習慣的創作音感，也能使得通篇音韻更加協調：

表 3-3　〈相如賦虛字韻部表〉

之部	而、其、之、哉、茲、以、矣、不
魚部	夫、於、無、乎、者、與、也、所
支部	是、此、斯、兮
歌部	爲、得、可
元部	焉、然
陽部	相
月部	曰
質部	即
職部	則
鐸部	亦、若

表中「之部」的虛字數是陽聲和入聲的總合，因此，相如選擇「之幽宵魚」的韻腳，也大量用於「韻部相諧的對仗句」，凡此皆可見其設計的用心。七篇賦 225 組韻腳，705 個韻字中，陰聲韻佔了 364／705，約莫二分之一強；陽聲韻 216 字居次，入聲韻 99 字，陰入通押的則有 26 字。從韻組來看的話，陰聲韻 120 組，也比陽聲 67 組、和入聲韻 36 組加起來還多。陰聲韻中，「之幽宵魚」共 64 組、192 字；「歌脂支祭」一類則有 44 組，138 字，不管是組數或韻腳數，都緊追在「之幽宵魚」之後。

陽聲韻腳中，「眞文元耕」等收舌尖鼻音（-n）這一類，韻組和韻腳數最多；韻組數排名第四的，則是「藥覺錫鐸屋職」這類收舌根塞音（-k）的韻部，共25組，73字。下表整理第三章中，「韻部相諧的虛字排比句」、「韻部相諧的排偶句」和「陽入聲韻搭配的排偶句」的例子數，並算出百分比，以進行七篇之間的比較。值得注意的是，「陽入韻搭配」的例句比「韻部相諧」的對仗句多了56例，雖然主要元音和韻尾部位多不相同，仍展現相如經營「朗誦節奏」的用心。

表 6-2 〈相如賦韻部風格比較表〉

賦名 相諧現象	子虛賦	上林賦	美人賦	難蜀父老	長門賦	大人賦	封禪文	各類韻部總計
各篇賦韻腳總計	37組 119字	91組 274字	12組 45字	35組 84字	6組 51字	15組 53字	31組 79字	227組 705字
押韻百分比	44.9%	53.6%	44.1%	46.2%	53.13%	52.0%	34.5%	
換韻頻率（單位：字）	3.22	3.01	3.75	2.4	8.5	3.53	2.55	
各篇「虛字排比句」數	19	42	5	15	38	29	16	164
排比百分比	7.17%	8.22%	4.90%	8.24%	39.58%	28.43%	6.98%	
各篇「相諧排偶句」數	49	102	15	22	31	23	38	280
排偶百分比	18.49%	19.96%	14.71%	12.09%	32.29%	22.55%	16.59%	
陽入韻對仗句數	51	125	23	30	26	29	51	335
陽入韻對仗百分比	19.25%	24.46%	22.55%	16.48%	27.08%	28.43%	22.27%	
備註	總句數 265句	總句數 511句	總句數 102句	總句數 182句	總句數 96句	總句數 102句	總句數 229句	

相如賦常見「之幽宵魚」一類韻部相諧的排偶句，計有 89／280，大約31.79%；「之幽宵魚」的陰聲韻，搭配穿插賦中的同類虛字，能構成和諧的音韻效果。此外，尚有335組陽聲和入聲對比的句子：像是〈子虛賦〉「**曳（月部-at）**明**月（月部-at）**之珠旗，**建（元部-an）**干**將（陽部-aŋ）**之雄戟」這類的句子，塑造了聽覺上長短節奏的對比，使聽眾感受到一張一馳、急徐錯綜的音樂性，因此更容易專注於朗誦的內容，心緒也隨著情節發展起浮、奔馳。

而不管是韻腳或疊字現象，都常採用「真元文耕」一類舌尖鼻音的韻尾，其發音部位和l-、r-的聲母一樣，或許由於其發音比「雙唇鼻音」和「舌根鼻音」來得輕鬆，便於形諸口語的緣故。

七篇中〈上林賦〉押韻的頻率最高，〈長門賦〉次之；〈長門賦〉換韻的頻率最低，因此通篇韻腳有明顯的一致性。從韻部相諧的排比句來看，屬於騷體賦的〈長門賦〉〈大人賦〉比其他五篇高出很多，這是因爲騷體多爲「○○○而○○兮，○○○而○○」一類的句子，句式結構很規律的緣故。兩篇賦在「韻部相諧的排偶句」的部分也是冠、亞軍，有趣的是，〈大人賦〉「陽入聲韻對比」的句數百分比最高，〈長門賦〉次之；可見騷體賦規整的句式，有利作者進行音韻相諧的各種設計。〈大人賦〉還著意經營舒促對比的「暗律」效果，雙聲疊韻的百分比也冠於七篇，算是相如賦中聲韻設計最精美的作品。〈長門賦〉除了音韻諧美外，疊字的句數百分比也最高，音響效果與〈大人賦〉可說是不相上下。

另外，〈子虛賦〉、〈上林賦〉篇幅明顯大於其他賦篇，而仍能有各種大量的音韻相諧現象，在第五章第三節的統計中，其疊韻頻率更分居七篇的三、四名，可見相如講究兩篇賦和諧的音韻設計；〈上林賦〉在各項音韻協調的百分比上，都較〈子虛賦〉來的高，這反應相如獻賦的策略，必得讓〈上林賦〉的諧美勝過〈子虛賦〉，也有尊崇天子的意思。

〈上林賦〉在韻部相諧的排比、排偶句百分比，和「陽入聲韻對比」的百分比都僅次於〈大人賦〉和〈長門賦〉，這是很不容易的。〈上林賦〉有511句，〈大人賦〉和〈長門賦〉分別是102和96句，加起來還不到〈上林賦〉的一半呢！〈上林賦〉挾其宏偉的篇幅和多變的句式，而常穿插相諧的音韻和陽入聲韻和平入聲調的對比，確實可稱爲「相如辭賦中的極品」。〔註17〕

四、聲調多用平聲字

相如賦聲調的複沓，以平聲爲最多。雖與一般口語的使用慣性相符，但此一語音現象具現於朗誦中，可以被感知，加上在排偶句式大量地出現，故仍應視爲作者著意的安排。下表整理第四章的統計結果，列出各篇賦聲調複沓、對比的例子數：

〔註17〕見何沛雄：《漢魏六朝賦論集・序》（台北：聯經出版事業公司，1990年），頁16。

表 6-3 〈相如賦聲調風格比較表〉

賦名 / 相諧現象	子虛賦	上林賦	美人賦	難蜀父老	長門賦	大人賦	封禪文	
「聲調複沓」例子數	46	146	15	41	31	34	56	369
「聲調複沓」百分比	17.36%	28.57%	14.71%	22.53%	32.29%	33.33%	24.45%	
「聲調對比」例子數	31	94	22	24	19	25	39	254
「聲調對比」百分比	12.08%	18.40%	21.57%	13.19%	19.80%	24.51%	17.03%	
備　註	共265句	共511句	共102句	共182句	共96句	共102句	共229句	

表中「聲調複沓」的 369 例中，有 194 例爲平聲的複沓，佔了二分之一強；「平入」複沓也有 80 例，位居第二。足見相如賦不僅在韻部設計上，有「陽入對比」的設計，聲調上也重視疾徐相間的節奏。而「聲調對比」的 254 個例子，也有 119 例是「平聲」和「入聲」的對比，且其數目遠超過位居第二的「平聲」、「上聲」68 個例子。其音響有利於調整、變換朗誦的節奏，下一節將舉例說明之。

「聲調複沓」和「聲調對比」百分比的統計中，〈大人賦〉兩項的百分比都位居第一，也就是說，其聲調的經營在和諧中又有舒促的差別；〈大人賦〉著意經營的「暗律」，也將帶給聽眾富於變化的聽覺享受。至於〈美人賦〉聲調複沓的百分比最低，其音韻突出之處主要在「同句聲母的相諧」。〈子虛賦〉最少「聲調對比」的例子，和〈上林賦〉差了 6.32 個百分點，「聲調複沓」更比〈上林賦〉少了 11.21 個百分點，顯示兩篇音韻的諧美確有差距。

五、「疊音形式」多屬疊韻

疊音形式在構詞上稱「重疊形式（reduplicated form）」〔註 18〕，不管是聲韻

〔註 18〕此詞見於周法高：《中國古代語法・構詞篇》（中研院史語所專刊之三十九，1962 年 8 月），頁 97。

的「全部重疊」或「部份重疊」〔註19〕，都突顯「疊字」或「雙聲」、「疊韻」的重唱效果。下表整理第五章的歸納成果，列出相如賦三種「疊音形式」的例子數：

表 6-4 〈相如賦疊音形式比較表〉

	子虛賦	上林賦	美人賦	難蜀父老	長門賦	大人賦	封禪文	
雙聲現象總數	41	103	13	44	15	35	35	286
雙聲句數百分比	15.47%	20.16%	24.18%	34.31%	15.63%	12.75%	15.28%	
疊韻現象總數	77	151	13	47	32	59	20	399
疊韻句數百分比	29.01%	29.55%	12.75%	25.82%	33.33%	57.84%	8.73%	
疊字現象總數	10	23	2	0	15	2	11	63
疊字句數百分比	3.77%	4.50%	1.96%	0	15.63%	1.91%	4.80%	
備　註	共265句	共511句	共102句	共182句	共96句	共102句	共229句	

就發音部位來看，雙聲的組合多採「見溪群曉匣影」一類，不過，往往只是相鄰兩字的結合，並無緊密的意義關係，疊韻現象則以「聯緜詞」最多。聯緜詞常用來形容事物的樣貌、狀態，其造詞依據也多爲音聲的相近，音義組合較緊密。從發音部位來看，相如賦的疊韻主要由陰聲韻構成，共193例，多「之幽宵魚」；鼻音韻尾的陽聲韻則有139例，其中收舌尖鼻音眞元一類就有74例，比收雙唇和舌根鼻音的例子總數還多。

63例疊字現象中，有31例屬鼻音韻尾，疊韻現象常見的「眞元文耕」一類，以13例拔得頭籌，還有次多的舌根鼻音韻尾，也有12例。至於入聲韻尾亦有17例，跟疊韻現象不同的是，疊字的陰聲韻字並不多。而三種「疊音形式」往往以對仗的形式出現，但不一定雙聲對雙聲，或疊韻對疊韻。大抵說來，「疊音形式」採用的聲韻類別同於第二、三章歸納的結果，也有利於通篇音韻的和

〔註19〕此詞見於周法高：《中國古代語法·構詞篇》（中研院史語所專刊之三十九，1962年8月），頁100、101。

諧；，下一節將援引〈長門賦〉、〈上林賦〉的擬音，說明在相如賦的聲韻設計，將如何展開賦篇雄美、壯闊的交響樂章。

第三節　相如賦的朗誦效果

口誦的西漢賦夾雜大量排比的虛詞，其「音韻設計」的重點，或異於南朝以降講究精細的訴求。沈約嘗言，「若前有浮聲，則後須切響。一簡之內，音韻盡殊；兩句之中，輕重悉異，妙達此旨，始可言文。」〔註 20〕相較之下，遍觀相如賦音韻的設計，其重點在於朗誦時口條的流暢、協調，而非多變而精緻的聲韻搭配；相如憑藉敏銳的語感，以種種形式表現聲韻和諧與對比的特徵，實有可觀之處。下文分別標出一小段騷體的〈長門賦〉和散體的〈上林賦〉擬音，以具體呈現其朗誦風格。

夫	何	一〔註 21〕	佳	人	兮		，
pjuag	gar	ʔət	kjei	njən	giei		
步	逍	遙	以	自	虞	；	
puak	$sjag^{w}$	rag^{w}	rəg	dzjəd	ŋjuag		
魂	踰	佚	而	不	反	兮	，
guən	ljuag	rət	njəg	pjəg	pjuan	giei	
形	枯	槁	而	獨	居	。	
gien	khuag	kag^{w}	njəg	djuk	kjag		

〈長門賦〉開頭的四句中，第一、二句和三、四句首字的聲母，分別爲兩組 p-和 g-的搭配，首尾兩句也有大量與「兮」字相諧的舌根或喉部塞音；韻母採「之幽宵魚」搭配「而」「以」等同類虛字，又和「兮」字一樣屬於陰聲韻，語氣尚屬平和雍容；從聲調來看，第一句的「夫」、「一」和第二句「步」、「遙」形成平入／入平的對比，也有變換節奏的效果。本段之後則大量採用陽聲韻部，又有不同的朗誦表現，其擬音詳見〈附錄一〉。

接下來引〈上林賦〉韻腳最頻繁的一段，說明散體賦朗誦的情況；其內容在描寫天子宮館四周、種種的花草樹木：全文從「於是乎盧橘夏孰，黃甘橙楱，枇

〔註 20〕見《宋書．列傳第二十七》，收入《宋書》第六冊（北京：中華書局，2007 年），頁 1779。

〔註 21〕等第爲重紐四等。

杷檖柹，楟柰厚朴」開始，一直到「被山緣谷，循阪下隰，視之無端，究之亡窮」爲止，押韻頻率冠於全篇；其中一小段，西漢蜀音的朗誦音值可能是這樣的：

楟	棗	楊	梅	，	櫻	桃	蒲	陶，
phjien	tsog^w	rjaŋ	muəg		ʔien	dag^w	buag	dog^w
隱	夫	薁	棣	，	荅	遝	離	支。
ʔən	pjuag	ʔok^w	diat		təp	dəp	liar	tjiei
羅	乎	後	宮	，	列	乎	北	園，
lar	gag	gag	kjuoŋ		ljat	gag	pək	gjuan
貤	丘	陵	，	下	平〔註22〕	原	，	
g^{w}jar	khjəg	ljəŋ		grag	bjien	ŋjuan		
揚	翠	葉	，	扤	紫	莖	，	
g^{w}jaŋ	tshjuət	rjap		ŋjuət	tsjiei	grien		
發	紅	花	，	垂	朱	榮	，	
pjuat	guŋ	hruag		djiuar	tjuag	njuien		
煌	煌	扈	扈	，	照	耀	鉅	野。
guaŋ	guaŋ	guag	guag		tjag^w	g^{w}jak^w	gjuag	g^{w}juag

從上文的擬音可知，「羅乎」和「列乎」都是上古的來母和匣母字，「煌煌扈扈」四字更全爲上古匣母；「楟棗」「櫻桃」是上古耕部和幽宵部的對仗，「夫薁棣」「遝離支」也形成平入入／入平平的對比。還有魚部疊韻的「鉅野」二字，其音韻相諧的設計，眞教人目不暇給！「揚翠葉，扤紫莖」句中，「揚」「葉」分屬陽、入聲，搭配的「扤」、「莖」則爲入聲和陽聲韻，兩句形成明顯的疾徐對比；這是相如運用聲韻搭配，調節朗誦節奏的一個例子。

簡宗梧師曾指出，「由於賦是諷頌的文辭，西漢帝王不以目治而以耳聞，所以賦叶韻以求美，不同於一般的文；而且通常採用對話的方式，以便誦讀時增添戲劇效果。」〔註 23〕詳細分析相如賦的聲韻調之後，我們可以發現，其叶韻多採「之魚幽宵」的韻部，這和他設計「韻部相諧的對仗句」的偏好是一樣的；這類的韻部常見於口語化的虛詞，所以韻部的語言風格極富一致性。從聲調來看，相如賦的對仗句多爲「平聲」的複沓，這也和大量的平聲「韻腳」和平聲

〔註22〕等第爲重紐四等。

〔註23〕見簡宗梧師〈從專業賦家的興衰看漢賦特性與演化〉一文，收入簡宗梧：《漢賦史論》（台北：東大圖書公司，1993 年），頁 218。

的「虛詞」構成和諧的音響效果。

不管是雙聲現象，或者聲母相諧、頂眞的音韻設計，相如最常使用「見溪群曉匣影」一類的舌根音；即使舌根塞音或擦音不一定常見於賦中的「韻腳」或「虛詞」，其聲韻調亦已有明顯的整體性。除此之外，相如賦中的入聲韻，一方面與對仗的陽聲韻、陰聲韻字構成音響的長短差異，一方面也與對仗的「平、上、去」三聲，構成許多「暗律」的對比，設計出許多一緩一急的節奏變化。

高友工先生曾指出，律體有「相反相成現象的相等性」，「這在音律是平仄的相反，在意律是對仗的相成」〔註 24〕；文學作品中也常有音韻對比的搭配，例如湯慧麗發現王昌齡〈齋心〉詩中「日（-t）月（-t）盪（-ŋ）精（-ŋ）魂（-n）」一句，是兩個入聲和三個陽聲韻的搭配〔註 25〕的音韻，即爲一例。方伯琪剖析節奏的基本組織和架構，歸納出「抑揚律」、「長短律」、「快慢律」、「輕重律」、「平仄律」、「頓歇律」「聲韻律」，其中長短律談的是平仄相對，「快慢律」則是音步疾徐快慢的表達方式〔註 26〕；這正是相如賦中常見的音韻搭配手法，藉由這種時而緊繃、時而放鬆的音響交錯，便能幫助朗誦或閱讀的人，有韻地進入作者論述的脈絡。從上文的擬音，可讓我們具體了解相如爲「朗誦需要」而設計的諧美音韻與強烈節奏，是如何構成賦篇宏闊瑰瑋的藝術魅力。

第四節　本文檢討與研究展望

本文試圖處理今人閱讀漢賦時，領受其音韻之美的困難，然而限於學力，有一些問題仍無法妥善處理：例如在以單聲母歸納相如賦音韻的過程中，筆者發現不少 l-（或 r-）和 k-交錯例句，這可能是複聲母相諧的現象，文中無法一一確認，但盼能提供學者研究的資料。

此外，藉由統計的結果，可發現相如賦多「見溪群曉匣影」、「之魚幽宵」

〔註 24〕見高友工：《中國美典與文學研究論集》（台北：國立臺灣大學出版中心，2004 年），頁 145。

〔註 25〕見湯慧麗：《王昌黎五言古詩的音韻風格》（台北：國立台北市立教育大學，民國 94 年碩論，竺家寧師指導），頁 190。

〔註 26〕見方柏琪：《六朝詩歌聲律理論研究——以《文心雕龍・聲律篇》爲討論中心》（台北：國立台灣大學，民國 93 年碩論，張蓓蓓指導），頁 82。

和平聲字，這與賦中虛詞常見的音韻類別相符合，而這幾類音韻的字在《廣韻》和《同源字典》中出現的比例頗高，一音多字或許反映其藉由字體辨義的需要，也就是說，這些語音可能較常用於日常口語。這反映相如基於口說的創作語感，然而，平聲字發音較輕鬆，因此較常見，這還可以理解；至於塞音韻尾的陰聲韻和舌根或喉塞音的字數，爲何會比較多呢？這或許可以再以語言學或語源學的角度，進行更細緻的分析。

本文試圖進行賦體音韻風格的分析，主要採用「拆賦句爲二、三式節奏，觀察其排偶」的方式；希望藉由「語言風格學」幫助學者掌握賦篇的音韻之美，彌補因時空隔閡造成的閱讀困難。這樣拆解文本，然後觀察其複沓規律的手法，應該也可以用於句式較不固定的《詩》《騷》音韻分析中。而從相如賦歸納的結果來看，文本聲韻分析的手法實不脫「和諧」與「變換」兩大宗旨；這種音韻設計的原理，《左傳．昭公二十年》記載晏子答齊侯問時，便已提及：

> 先王之濟五味，和五聲也，以平其心，成其政也。聲亦如味，一氣、二體、三類、四物、五聲、六律、七音、八風、九歌以相成也，清濁、小大、短長、疾徐、哀樂、剛柔、遲速、高下、出入、周疏以相濟也。君子聽之，以平其心，心平德和。故詩曰：「德音不瑕」。〔註27〕

中國的文學作品中早有許多音韻「相成」「相濟」的例子，例如《詩經．唐風．蟋蟀》中，「蟋蟀在**堂**，歲聿其**莫**，今我不樂，日月其**除**，無已大**康**，職思其**居**，好樂無**荒**，良士瞿**瞿**。」這一段的韻腳便是陽聲與入聲搭配而成的。而筆者在跟隨竺家寧師進行唐詩的聲韻分析時，發現王維、杜甫和李白詩作中大量出現的陽入對偶句〔註28〕；像是王維〈青溪〉詩中，「隨山將**萬**（**niuɐn**）轉，趣途無百（**pɐk**）里」和「**聲**（**ɕjɛŋ**）喧亂石（**ʑjɛk**），**色**（**ʃjək**）靜深**松**（**zjuoŋ**）裏」這四句中，「萬」和「百」、「聲」和「色」以及「石」和「松」一徐一促的對比，造成朗誦時節奏的變換；若能大量運用音韻對比來觀察其他作品，應也會有令人驚喜的發現。

從漢賦研究來看，簡師宗梧舉〈子虛賦〉、〈上林賦〉爲例，盛讚相如賦辭

〔註27〕見揚伯駿：《春秋左傳注》（台北：源流出版社，1982年），頁1420。

〔註28〕分析資料出於竺家寧師96年度國科會計畫〈從聲韻學、詞彙學、句法學的角度分析唐詩的語言〉，計畫編號 NSC96-2411-H-004-040-。

彩的瑰麗與氣勢之宏偉，後世難出其右。他說：

> 爲某類文體初立規模之作家，其作品即能自成絕調，使後人望塵莫及，此爲文學史上罕見之現象也。〔註 29〕

相如以後，漢賦進入模仿期，則相如賦的典範地位及音韻設計，或能作爲研究同時代賦家作品時的比較對象，例如成帝時的揚雄，雖然有不少擬作，而其性格、志趣畢竟與相如不同，在模仿〈子虛賦〉、〈上林賦〉，而爲〈甘泉賦〉、〈長楊賦〉時，他又會如何設計作品的音韻呢？揚雄亦曾擬〈離騷〉爲〈反離騷〉，其騷體賦的音韻風格，與擬相如賦的作品有何不同？從西漢蜀郡音的構擬，應可找出問題的答案。而以擬音具現相如、揚雄賦設計的朗誦效果，或才眞正能了解其藉由音韻複沓與對比，所構築成的宏麗、壯闊的文本魅力。西漢之後，言語侍從之臣不復存在，賦體脫離「潤色鴻業」的功用後，仍提供文士逞才的一個舞台〔註 30〕；那麼，賦家設計音韻的策略，又會有怎樣的變化呢？這也是可再探討的議題之一。

從相如所處的時代來看，當時並無分析聲韻的觀念，也沒有韻書或詩律可資參考；因此，他憑藉敏銳語感設計出許多「鼻音韻尾」和「入聲韻尾」、乃至平入聲調搭配的排偶句，其難度更高，因此其藝術價值也更值得重視。而高友工曾指出「一般抒情詩的詩律都避免一瀉無餘的節奏；特別是在意象的層次上完成一種空間性的圖案」〔註 31〕，而漢賦則是將音韻「頓歇」、「延長」的種種表現推到極至，這無疑是跟詩體美學不同之處；不同的審美取向，會如何具現見於其音韻設計的手法？

此外，何寄澎先生曾從詩史的立場，指出賦其實「帶著濃厚的詩的性質」〔註 32〕，尤其魏晉以降，「賦中夾雜五言詩句者甚多，至梁、陳終至與詩無別，

〔註 29〕見簡宗梧師：《司馬相如揚雄及其賦之研究》（國立政治大學中國文學研究所，民國 64 年博論，高明、盧元駿指導），頁 42。

〔註 30〕相關論述參考簡宗梧師〈從專業賦家的興衰看漢賦特性與演化〉一文，收入簡宗梧：《漢賦史論》（台北：東大圖書公司，1993 年），頁 207～241。

〔註 31〕見高友工：《中國美典與文學研究論集》（台北：國立臺灣大學出版中心，2004 年），頁 270。

〔註 32〕見何寄澎：《典範的遞承：中國古典詩文論叢》（台北：文史哲出版社，2002 年），頁 110。

觀徐陵、江總、庾信等作可知。這種現象清晰地反映了賦的變化」。〔註 33〕簡宗梧師則從賦的源流、作家主觀意識和作品客觀風貌等方面，點出賦爲詩的旁枝；兩人切入的角度不同，皆指出賦與詩的密切關係。而詩有「詩律」，賦卻沒有篇幅和「賦律」的限制，兩者的音韻效果可能有哪些異同呢？許東海師曾作〈李白詠物、詠地詩歌的漢賦風貌〉〔註 34〕一文，以詩賦對比，觀察李白詩與漢賦「宏麗氣象」的精神相通；文中可見漢賦對詩歌的影響，而其影響是否也反映在音韻風格上？這些問題都必需進行更多賦家和詩人作品的分析、比較，才能得到解答。

音韻風格的設計在歷代韻文作者手中，有著令人目不暇給的變換，形式大抵可分爲「單／雙式節奏」，音韻則有「相諧」和「對比」兩種手法；從形式和音節出發，應該可以處理表面字句參差，而多有複沓結構的《詩》《騷》音韻，並據此爲近體與古體詩的音韻風格研究，提供一參照。誠如吳德功《瑞桃齋詩話》所言：

> 蓋古人之於詩，雖不屑於平仄之末。亦有自然節奏，而後世歌詩不能復出其範圍也。乃以《三百篇》證之：「參差荇菜，左右流之。」即平起正聯也；「采采芣苢，薄言采之。」仄起拗聯也；「喓喓草蟲，趯趯阜螽。」平起首句押韻也。凡聲律之叶，莫叶乎一正一拗，相配成章焉。故後世制五言平仄，實取法於此。〔註 35〕

《詩經》中已見節奏平穩、音韻相諧或對比的設計，而楚辭、漢賦，何獨不然？惟文體代出，後出轉精，故古詩與近體詩，乃在安排每個字的音韻時，更爲緻密與平衡；但其設計上著重「常（和諧）」與「變（對比）」的原則，仍然可以從《詩》《騷》漢賦當中尋得。音韻風格的研究，還有許多亟待開發之處，希望本文的完成，能產生一點拋磚引玉的作用。

〔註 33〕見何寄澎：《典範的遞承：中國古典詩文論叢》（台北：文史哲出版社，2002 年），頁 111。

〔註 34〕見許東海：〈李白詠物、詠地詩歌的漢賦風貌〉，收入《中國古典文學研究》第二期，中國古典文學研究會，1999 年 12 月，頁 75～110。

〔註 35〕見江寶釵：《瑞桃齋詩話校注》（高雄市：麗文文化事業股份有限公司，2009 年），頁 121。

附錄　〈長門賦〉全文擬音表

	夫	何	一	佳	人	兮	，
聲母	非	匣	影	見	日	匣	
韻部	魚	歌	質	支	眞	支	
聲調	平	上	入	平	平	平	
擬音	pjuag	gar	ʔjət	kjei	njən	giei	

	步	逍	遙	以	自	虞	；
聲母	並	心	以	以	從	疑	
韻部	鐸	宵	宵	之	脂	魚	
聲調	入	平	平	上	去	平	
擬音	puak	$sjag^w$	rag^w	rəg	dzjəd	ŋjuag	

	魂	踰	佚	而	不	反	兮	，
聲母	匣	以	以	日	幫	非	匣	
韻部	文	侯	質	之	之	元	支	
聲調	平	平	入	平	去	上	平	
擬音	guən	rjuag	rət	njəg	pjəg	pjuan	giei	

	形	枯	槁	而	獨	居	。
聲母	匣	溪	見	日	定	見	
韻部	耕	魚	宵	之	屋	魚	
聲調	平	平	上	平	入	平	
擬音	gien	khuag	kag^w	njəg	djuk	kjag	

	言	我	朝	往	而	暮	來	兮
聲母	疑	疑	知	云	日	明	來	匣
韻部	元	歌	宵	陽	之	鐸	之	支
聲調	平	上	平	上	平	入	平	平
擬音	ŋjan	ŋar	trjag^{w}	g^{w}juaŋ	njəg	muak	ləg	giei

	飲	食	樂	而	忘	人	；
聲母	影	邪	來	日	微	日	
韻部	侵	職	藥	之	陽	眞	
聲調	去	入	入	平	平	平	
擬音	ʔjəm	rjək	lak	njəd	mjuaŋ	njən	

，	心	慊	移	而	不	省	故	兮
聲母	心	溪	以	日	幫	心	見	匣
韻部	侵	葉	歌	之	之	耕	魚	支
聲調	平	入	平	平	去	上	去	平
擬音	sjəm	khiap	rar	njəg	pjəg	sjien	kuag	giei

，	交	得	意	而	相	親	。
聲母	見	端	影	日	心	清	
韻部	宵	職	職	之	陽	眞	
聲調	平	入	入	平	去	去	
擬音	krag^{w}	tək	ʔjək	njəg	sjaŋ	tshjən	

	伊	予	志	之	慢	愚	兮	，
聲母	影	以	章	章	明	疑	匣	
韻部	脂	魚	之	之	元	侯	支	
聲調	平	平	去	平	去	平	平	
擬音	ʔjəd	rjuag	tjəg	tjəg	mran	ŋjuag	giei	

	懷	真	愨	之	懽	心	；
聲母	匣	章	溪	章	見	心	
韻部	微	眞	屋	之	元	侵	
聲調	平	平	入	平	去	平	
擬音	gruəd	tjən	khruk	tjəg	kuan	sjəm	

	願	賜	問	而	自	進	兮	，
聲母	疑	心	微	日	從	精	匣	
韻部	元	錫	文	之	脂	眞	支	
聲調	去	入	去	平	去	去	平	
擬音	ŋjuan	sjiek	mjuən	njəg	dzjəd	tsjən	giei	

	得	尚	君	之	玉	音	。
聲母	端	禪	見	章	疑	影	
韻部	職	陽	文	之	屋	侵	
聲調	入	平	平	平	入	平	
擬音	tək	djiaŋ	kjuən	tjəg	ŋjuk	ʔəm	

	奉	虛	言	而	望	誠	兮	，
聲母	奉	溪	疑	日	微	禪	匣	
韻部	東	魚	元	之	陽	耕	支	
聲調	上	平	平	平	平	平	平	
擬音	bjuŋ	khjuag	ŋjan	njəg	mjuaŋ	djien	giei	

	期	城	南	之	離	宮	；
聲母	見	禪	泥	章	來	見	
韻部	之	耕	侵	之	歌	冬	
聲調	平	平	平	平	去	平	
擬音	kjəg	djien	nəm	tjəg	liar	kjuoŋ	

	脩	薄	具	而	自	設	兮	，
聲母	心	並	群	日	從	書	匣	
韻部	幽	鐸	侯	之	脂	月	支	
聲調	平	入	去	平	去	入	平	
擬音	$sjog^{w}$	bak	khjuag	njəg	dzjəd	sthjat	giei	

	君	曾	不	肯	乎	幸	臨	。
聲母	見	精	幫	溪	匣	匣	來	
韻部	文	蒸	之	蒸	魚	耕	侵	
聲調	平	平	平	上	平	上	去	
擬音	kjuən	tsəŋ	pjəg	khəŋ	guag	grien	ljəm	

	廓	獨	潛	而	專	精	兮	，
聲母	溪	定	從	日	章	精	匣	
韻部	鐸	屋	侵	之	元	耕	支	
聲調	入	入	去	平	平	去	平	
擬音	khuak	djuk	dzjəm	njəg	tjuan	tshjien	giei	

	天	飄	飄	而	疾	風	；
聲母	透	滂	滂	日	從	非	
韻部	眞	宵	宵	之	質	冬	
聲調	平	平	平	平	入	去	
擬音	thiən	phjag^{w}	phjag^{w}	njəg	dzjət	pjuoŋ	

	登	蘭	臺	而	遙	望	兮	，
聲母	端	來	定	日	以	微	匣	
韻部	蒸	元	之	之	宵	陽	支	
聲調	平	平	平	平	平	平	平	
擬音	təŋ	lan	dəg	njəg	rjag^{w}	mjuaŋ	giei	

	神	怳	怳	而	外	淫	。
聲母	船	曉	曉	日	疑	以	
韻部	眞	陽	陽	之	月	侵	
聲調	平	上	上	平	入	平	
擬音	djiən	hjuaŋ	hjuaŋ	njəg	ŋuat	rəm	

	浮	雲	鬱	而	四	塞	兮	，
聲母	奉	云	影	日	心	心	匣	
韻部	幽	文	物	之	脂	職	支	
聲調	平	平	入	平	去	入	平	
擬音	bjog^{w}	g^{w}juən	ʔjuət	njəg	sjəd	sək	giei	

	天	窈	窈	而	晝	陰	；
聲母	透	影	影	日	知	影	
韻部	眞	幽	幽	之	侯	侵	
聲調	平	上	上	平	去	平	
擬音	thiən	ʔiog^{w}	ʔiog^{w}	njəg	trjag	ʔjəm	

	雷	殷	殷	而	響	起	兮	，
聲母	來	影	影	日	曉	溪	匣	
韻部	微	文	文	之	陽	之	支	
聲調	平	平	平	平	上	上	平	
擬音	luəd	ʔrən	ʔrən	njəg	hjaŋ	khəg	giei	

	聲	象	君	之	車	音	。
聲母	書	邪	見	章	昌	影	
韻部	耕	陽	文	之	魚	侵	
聲調	平	上	平	平	平	平	
擬音	sthjien	rjaŋ	kjuən	tjəg	thjag	ʔjəm	

	飄	風	迴	而	起	閏	兮	，
聲母	滂	非	匣	日	溪	日	匣	
韻部	宵	冬	微	之	之	文	支	
聲調	平	去	去	平	上	去	平	
擬音	phjag^{w}	pjuoŋ	guəd	njəg	khjəg	njuən	giei	

	舉	帷	幄	之	襜	襜	；
聲母	見	云	影	章	昌	昌	
韻部	魚	微	屋	之	談	談	
聲調	上	平	入	平	去	去	
擬音	kjuag^{w}	g^{w}juəd	ʔjuk	tjəg	thjam	thjam	

	桂	樹	交	而	相	紛	兮	，
聲母	見	禪	見	日	心	敷	匣	
韻部	支	侯	宵	之	陽	文	支	
聲調	去	上	平	平	去	平	平	
擬音	kuiei	djiuag^{w}	krag	njəg	sjaŋ	phjuən	giei	

	芳	酷	烈	之	誾	誾	。
聲母	敷	溪	來	章	疑	疑	
韻部	陽	覺	月	之	眞	眞	
聲調	平	入	入	平	平	平	
擬音	phjuaŋ	khuok^{w}	ljat	tjəg	ŋjən	ŋjən	

	孔	雀	集	而	相	存	兮	，
聲母	溪	精	從	日	心	從	匣	
韻部	東	藥	緝	之	陽	文	支	
聲調	上	入	入	平	去	平	平	
擬音	khuŋ	tsjak^{w}	dzjəp	njəg	sjaŋ	dzuən	giei	

	玄	猿	嘯	而	長	吟	；
聲母	匣	云	心	日	知	疑	
韻部	眞	元	幽	之	陽	侵	
聲調	平	平	去	平	上	去	
擬音	giuən	g^{w}juan	siog^{w}	njəg	trjaŋ	ŋjəm	

	翡	翠	脅	翼	而	來	萃	兮
聲母	奉	清	曉	以	日	來	從	匣
韻部	微	物	葉	職	之	之	物	支
聲調	去	入	去	入	平	平	去	平
擬音	bjuəd	tshjuət	hjap	rjək	njəg	ləg	dzjuət	giei

，	鸞	鳳	翔	而	北	南	。
聲母	來	奉	邪	日	幫	泥	
韻部	元	冬	陽	之	職	侵	
聲調	平	去	平	平	入	平	
擬音	luan	bjuoŋ	rjaŋ	njəg	pək	nəm	

	心	憑	噫	而	不	舒	兮	，
聲母	心	並	影	日	幫	書	匣	
韻部	侵	蒸	職	之	之	魚	支	
聲調	平	平	去	平	平	平	平	
擬音	sjəm	bjəŋ	ʔrək	njəg	pjəg	sthjuag	giei	

	邪	氣	壯	而	攻	中	；
聲母	邪	溪	莊	日	見	知	
韻部	魚	物	陽	之	東	冬	
聲調	平	入	去	平	平	平	
擬音	rjag	khjət	tsjaŋ	njəg	kuŋ	trjuoŋ	

	下	蘭	臺	而	周	覽	兮	，
聲母	匣	來	定	日	章	來	匣	
韻部	魚	元	之	之	幽	元	支	
聲調	去	平	平	平	平	上	平	
擬音	grag	lan	dəg	njəg	tjog^{w}	lan	giei	

	步	從	容	於	深	宮	。
聲母	並	清	以	影	書	見	
韻部	鐸	東	東	魚	侵	冬	
聲調	去	平	平	平	平	平	
擬音	buak	dzjuŋ	rjuŋ	ʔuag	sthjəm	kjuoŋ	

	正	殿	塊	以	造	天	兮	，
聲母	章	端	溪	以	清	透	匣	
韻部	耕	文	微	之	幽	眞	支	
聲調	平	去	去	上	去	平	平	
擬音	tjien	tiən	khruəd	rəg	tshog^{w}	thiən	giei	

	鬱	並	起	而	穹	崇	；
聲母	影	並	溪	日	溪	崇	
韻部	物	陽	之	之	蒸	冬	
聲調	入	上	上	平	平	平	
擬音	ʔjuət	biaŋ	khjəg	njəg	khjuəŋ	dzjuoŋ	

	間	徙	倚	於	東	廂	兮	，
聲母	見	心	影	影	端	心	匣	
韻部	元	之	歌	魚	東	陽	支	
聲調	去	上	去	平	平	平	平	
擬音	kran	sjəg	ʔjar	ʔuag	tuŋ	sjaŋ	giei	

	觀	夫	靡	靡	而	無	窮	。
聲母	見	非	明	明	日	微	群	
韻部	元	魚	歌	歌	之	魚	冬	
聲調	去	平	上	上	平	平	平	
擬音	kuan	phjuag^{w}	mjar	mjar	njəg	mjuag	khjuoŋ	

	擠	玉	戶	以	撼	金	鋪	兮
聲母	精	疑	匣	以	匣	見	滂	匣
韻部	脂	屋	魚	之	侵	侵	魚	支
聲調	上	入	上	上	上	平	去	平
擬音	tsiəd	ŋjuk	guag	rəg	gəm	kjəm	phuag	Giei

，	聲	噌	吰	而	似	鐘	音	。
聲母	書	初	匣	日	邪	章	影	
韻部	耕	蒸	蒸	之	之	東	侵	
聲調	平	平	平	平	上	平	平	
擬音	Sthjien	tshjiəŋ	gruəŋ	njəg	rjəg	tjuŋ	ʔəm	
聲母	溪	明	來	以	云	生	匣	
韻部	職	屋	元	之	歌	微	支	
聲調	入	入	平	上	平	平	平	
擬音	khək	muk	lan	rəg	g^{w}juar	sjuəd	giei	

	飾	文	杏	以	為	梁	。
聲母	書	微	匣	以	云	來	
韻部	職	文	陽	之	歌	陽	
聲調	入	平	上	上	平	平	
擬音	sthjək	mjuən	gjaŋ	rəg	g^{w}juar	ljaŋ	

	羅	丰	茸	之	遊	樹	兮	，
聲母	來	敷	日	章	以	禪	匣	
韻部	歌	東	東	之	幽	侯	支	
聲調	平	平	平	平	平	上	平	
擬音	lar	phjuŋ	njuŋ	tjəg	rog^{w}	djiuag	giei	

	離	樓	梧	而	相	撐	；
聲母	來	來	疑	日	心	微	
韻部	歌	侯	魚	之	陽	陽	
聲調	去	平	平	平	平	平	
擬音	liar	lag	ŋuag	njəg	sjaŋ	mraŋ	

	施	瑰	木	之	欂	櫨	兮	，
聲母	書	見	明	章	幫	來	匣	
韻部	支	微	屋	之	鐸	魚	支	
聲調	去	平	入	平	入	平	平	
擬音	sthjiei	kuəd	muk	tjəg	pak	luag	giei	

	委	參	差	以	糠	梁	。
聲母	影	清	初	以	溪	來	
韻部	微	侵	歌	之	陽	陽	
聲調	平	去	去	上	平	平	
擬音	ʔjuəd	tsəm	tshjar	rəg	khaŋ	ljaŋ	

	時	彷	彿	以	物	類	兮	，
聲母	禪	並	敷	以	微	來	匣	
韻部	之	陽	物	之	物	物	支	
聲調	平	平	入	上	入	入	平	
擬音	djiəd	baŋ	phjət	rəg	mjəd	ljət	giei	

	像	積	石	之	將	將	；
聲母	邪	精	禪	章	精	精	
韻部	陽	錫	鐸	之	陽	陽	
聲調	上	去	入	平	去	去	
擬音	rjaŋ	tsjiek	djiak	tjəg	tsjaŋ	tsjaŋ	

	五	色	炫	以	相	曜	兮	，
聲母	疑	生	匣	以	心	以	匣	
韻部	魚	職	眞	之	陽	藥	支	
聲調	上	入	去	上	去	入	平	
擬音	ŋag	sjək	giən	rəg	sjaŋ	rak^{w}	giei	

	爛	耀	耀	而	成	光	。
聲母	來	以	以	日	禪	見	
韻部	元	藥	藥	之	耕	陽	
聲調	去	入	入	平	平	平	
擬音	lan	rak^{w}	rak^{w}	njəg	djien	kaŋ	

	緻	錯	石	之	瓴	甓	兮	，
聲母	澄	清	禪	章	來	並	匣	
韻部	質	鐸	鐸	之	耕	錫	支	
聲調	入	入	入	平	平	入	平	
擬音	drjət	tshag	tshjag	tjəg	lien	biek	giei	

	像	瑇	瑁	之	文	章	；
聲母	邪	定	明	章	微	章	
韻部	陽	覺	覺	之	文	陽	
聲調	上	入	入	平	平	平	
擬音	rjaŋ	dok^{w}	mok^{w}	tjəg	mjən	tjaŋ	

	張	羅	綺	之	幔	帷	兮	，
聲母	知	來	溪	章	明	云	匣	
韻部	陽	歌	歌	之	元	微	支	
聲調	去	平	上	平	去	平	平	
擬音	trjaŋ	lar	khrjar	tjəg	man	g^{w}jəd	giei	

	垂	楚	組	之	連	綱	。
聲母	禪	初	精	章	來	見	
韻部	歌	魚	魚	之	元	陽	
聲調	平	去	上	平	平	平	
擬音	djiar	tshjag	tsag	tjəg	ljan	kaŋ	

	撫	柱	楣	以	從	容	兮	，
聲母	敷	知	明	以	清	以	匣	
韻部	魚	侯	脂	之	東	東	支	
聲調	上	上	平	上	平	平	平	
擬音	phjag	trjag	mjəd	rəg	tshjuŋ	ruŋ	giei	

	覽	曲	臺	之	央	央	；
聲母	來	溪	定	章	影	影	
韻部	談	屋	之	之	陽	陽	
聲調	上	入	平	平	平	平	
擬音	lam	khjuk	dəg	tjəg	ʔjaŋ	ʔjaŋ	

	白	鶴	噭	以	哀	號	兮	，
聲母	並	匣	疑	以	影	匣	匣	
韻部	鐸	藥	宵	之	微	宵	支	
聲調	入	入	平	上	平	平	平	
擬音	brak	gak^w	$ŋag^w$	rəg	ʔəd	gag^w	giei	

	孤	雌	跱	於	枯	楊	。
聲母	見	清	澄	影	溪	以	
韻部	魚	支	之	魚	魚	陽	
聲調	平	平	上	平	平	平	
擬音	kag	tshjiei	drjəg	ʔag	khag	rjaŋ	

	日	黃	昏	而	望	絕	兮	，
聲母	日	匣	曉	日	微	從	匣	
韻部	質	陽	文	之	陽	月	支	
聲調	入	平	平	平	平	入	平	
擬音	njət	gjaŋ	hən	njəg	mjaŋ	dzjat	giei	

	悵	獨	託	於	空	堂	；
聲母	徹	定	透	影	溪	定	
韻部	陽	屋	鐸	魚	東	陽	
聲調	去	入	入	平	去	平	
擬音	thrjaŋ	djuk	thak	ag	khuŋ	daŋ	

	懸	明	月	以	自	照	兮	，
聲母	匣	明	疑	以	從	章	匣	
韻部	元	陽	月	之	脂	宵	支	
聲調	平	平	入	上	去	去	平	
擬音	gian	mjaŋ	ŋjat	rəg	dzjəd	$tjag^w$	giei	

	徂	清	夜	於	洞	房	。
聲母	從	清	以	影	定	並	
韻部	魚	耕	鐸	魚	東	陽	
聲調	平	平	入	平	平	平	
擬音	dzag	tshjien	rak	ʔg	duŋ	baŋ	

	援	雅	琴	以	變	調	兮	，
聲母	云	疑	群	以	幫	定	匣	
韻部	元	魚	侵	之	元	幽	支	
聲調	去	上	平	上	去	平	平	
擬音	g^{w}jan	ŋrag	gjəm	rəg	prjan	$diog^{w}$	giei	

	奏	愁	思	之	不	可	長	；
聲母	精	崇	心	章	幫	溪	知	
韻部	屋	幽	之	之	之	歌	陽	
聲調	入	平	去	平	去	上	上	
擬音	tsuk	$dzjog^{w}$	sjəg	tjəg	pjəg	khar	trjaŋ	

	按	流	徵	以	卻	轉	兮	，
聲母	影	來	知	以	見	知	匣	
韻部	元	幽	蒸	之	鐸	元	支	
聲調	去	平	上	上	入	去	平	
擬音	ʔan	$ljog^{w}$	trjəŋ	rəg	kjak	trjan	giei	

	聲	幼	妙	而	復	揚	。
聲母	書	影	明	日	奉	以	
韻部	耕	幽	宵	之	覺	陽	
聲調	平	去	去	平	去	平	
擬音	sthjien	$ʔjog^{w}$	$mjiag^{w}$	njəg	$bjok^{w}$	raŋ	

	貫	歷	覽	其	中	操	兮	，
聲母	見	來	來	見	知	清	匣	
韻部	元	錫	談	之	冬	宵	支	
聲調	平	入	上	平	平	去	平	
擬音	kan	liek	lam	kjəg	troŋ	$tshag^{w}$	giei	

	意	慷	慨	而	自	卬	。
聲母	影	溪	溪	日	從	疑	
韻部	職	陽	物	之	脂	陽	
聲調	去	上	入	平	去	平	
擬音	ʔjək	khaŋ	khət	njəg	dzjəd	ŋaŋ	

	左	右	悲	而	垂	淚	兮	，
聲母	精	云	幫	日	禪	來	匣	
韻部	歌	之	微	之	歌	月	支	
聲調	去	上	平	平	平	入	平	
擬音	tsar	$g^{w}jəg$	pjəd	njəg	djiar	ljat	giei	

	涕	流	離	而	從	橫	。
聲母	透	來	來	日	清	見	
韻部	脂	幽	歌	之	東	陽	
聲調	上	平	去	平	平	平	
擬音	thiəd	$ljog^{w}$	liar	njəg	tshjuŋ	kaŋ	

	舒	息	悒	而	增	欷	兮	，
聲母	書	心	影	日	精	曉	匣	
韻部	魚	職	緝	之	蒸	微	支	
聲調	平	入	入	平	去	去	平	
擬音	sthjag	sjək	ʔjəp	njəg	tsəŋ	hjəd	giei	

	蹝	履	起	而	彷	徨	；
聲母	生	來	溪	日	並	匣	
韻部	支	脂	之	之	陽	陽	
聲調	上	上	上	平	平	平	
擬音	sjiei	ljəd	khjəg	njəg	baŋ	gaŋ	

	榆	長	袂	以	自	翳	兮	，
聲母	以	定	明	以	從	影	匣	
韻部	侯	陽	月	之	脂	之	支	
聲調	平	上	入	上	去	平	平	
擬音	rag	djaŋ	mjiat	rəg	dzjəd	ʔiəg	giei	

	數	昔	日	之	諐	殃	。
聲母	生	心	日	章	溪	影	
韻部	侯	鐸	質	之	元	陽	
聲調	上	入	入	平	平	平	
擬音	sjag	sjak	njət	tjəg	khjan	ʔjaŋ	

	無	面	目	之	可	顯	兮	
聲母	微	明	明	章	溪	曉	匣	
韻部	魚	元	覺	之	歌	元	支	
聲調	平	去	入	平	上	上	平	
擬音	mjuag	mian	mjuk	tjəg	khar	hian	giei	

	遂	頹	思	而	就	床	；
聲母	邪	定	心	日	從	崇	
韻部	脂	侯	之	之	幽	陽	
聲調	去	平	去	平	去	平	
擬音	rjuəd	duag	sjəg	njəg	dzjog^{w}	dzjaŋ	

	摶	芬	若	以	為	枕	兮	，
聲母	定	敷	日	以	云	澄	匣	
韻部	元	文	鐸	之	歌	侵	支	
聲調	平	平	上	上	平	平	平	
擬音	duan	phjuən	njak	rəg	g^{w}juar	drjəm	giei	

	席	荃	蘭	而	茝	香	。
聲母	邪	清	來	日	禪	曉	
韻部	鐸	元	元	之	眞	陽	
聲調	入	平	平	平	平	平	
擬音	rjak	tshjuan	lan	njəg	djiən	hjaŋ	

	忽	寢	寐	而	夢	想	兮	，
聲母	曉	清	明	日	明	心	匣	
韻部	物	侵	物	之	蒸	陽	支	
聲調	入	上	入	平	平	上	平	
擬音	huət	tshjəm	mjət	njəg	mjuəŋ	sjaŋ	giei	

	魄	若	君	之	在	旁	；
聲母	滂	日	見	章	從	並	
韻部	鐸	鐸	文	之	之	陽	
聲調	入	入	平	平	去	平	
擬音	phrak	njak	kiuən	tjəg	dzəg	baŋ	

	惕	寤	覺	而	無	見	兮	，
聲母	透	疑	見	日	微	見	匣	
韻部	錫	魚	覺	之	魚	元	支	
聲調	入	去	去	平	平	去	平	
擬音	thiek	ŋuag	krak^{w}	njəg	muag	kian	giei	

	魂	迋	迋	若	有	亡	。
聲母	匣	見	見	日	云	微	
韻部	文	陽	陽	鐸	之	陽	
聲調	平	上	上	入	上	平	
擬音	guən	kjuaŋ	kjuaŋ	njak	g^{w}jəg	mjuaŋ	

	眾	雞	鳴	而	愁	予	兮	，
聲母	章	見	明	日	崇	以	匣	
韻部	冬	支	耕	之	幽	魚	支	
聲調	平	平	平	平	平	平	平	
擬音	tjuoŋ	kiei	mjien	njəg	dzjog^{w}	ruag	giei	

	起	視	月	之	精	光	；
聲母	溪	船	疑	章	精	見	
韻部	之	脂	月	之	耕	陽	
聲調	上	去	入	平	平	平	
擬音	khjəg	djiəd	ŋjuat	tjəg	tsjien	kuaŋ	

	觀	眾	星	之	行	列	兮	，
聲母	見	章	心	章	匣	來	匣	
韻部	元	冬	耕	之	陽	月	支	
聲調	去	平	平	平	去	入	平	
擬音	kuan	tjuoŋ	sien	tjəg	graŋ	ljat	giei	

	畢	昴	出	於	東	方	。
聲母	幫	明	昌	影	端	幫	
韻部	質	幽	物	魚	東	陽	
聲調	入	上	入	平	平	平	
擬音	pjət	mjog^{w}	thjuət	ʔuag	tuŋ	paŋ	

	望	中	庭	之	藹	藹	兮	，
聲母	微	知	定	章	影	影	匣	
韻部	陽	冬	耕	之	月	月	支	
聲調	平	去	平	平	入	入	平	
擬音	mjuaŋ	trjuoŋ	dien	tjəg	ʔat	ʔat	giei	

	若	季	秋	之	降	霜	；
聲母	日	見	清	章	見	生	
韻部	鐸	脂	幽	之	冬	陽	
聲調	入	去	平	平	去	平	
擬音	njak	kjuəd	tshjog^{w}	tjəg	kjoŋ	sjaŋ	

	夜	曼	曼	其	若	歲	兮	，
聲母	以	明	明	見	日	心	匣	
韻部	鐸	元	元	之	鐸	月	支	
聲調	入	去	去	平	上	入	平	
擬音	rak	muan	muan	kjəg	njak	sjuat	giei	

	懷	鬱	鬱	其	不	可	再	更
聲母	匣	影	影	見	幫	溪	精	見
韻部	微	物	物	之	之	歌	之	陽
聲調	平	入	入	平	去	上	去	平
擬音	gruəd	ʔjuət	ʔjuət	kjəg	pjəg	khar	tsəg	kraŋ

。	澹	偃	蹇	而	待	曙	兮	，
聲母	定	影	見	日	定	禪	匣	
韻部	談	元	元	之	之	魚	支	
聲調	上	上	上	平	上	去	平	
擬音	dam	ʔjan	kjan	njəg	dəg	djiuag	giei	

	荒	亭	亭	而	復	明	；
聲母	曉	定	定	日	奉	明	
韻部	陽	耕	耕	之	覺	陽	
聲調	去	平	平	平	去	平	
擬音	huaŋ	dien	dien	njəg	bjok^{w}	mjaŋ	

	妾	人	竊	自	悲	兮	，
聲母	清	日	清	從	幫	匣	
韻部	葉	眞	物	脂	微	支	
聲調	入	平	入	去	平	平	
擬音	tshjap	njən	tshiət	dzjəd	pjuəd	giei	

	究	年	歲	而	不	敢	忘	。
聲母	見	泥	心	日	幫	見	微	
韻部	幽	眞	月	之	之	談	陽	
聲調	去	平	入	平	去	上	平	
擬音	$kjog^w$	niən	sjuat	njəg	pjəg	kam	mjuaŋ	

參考書目舉要

（依作者姓氏筆劃排列）

一、工具書

1. Victoria Fromkin, Robert Rodman, *An Introduction to Language*（Fort Worth: Harcourt Brace College Publishers, 1998）
2. 沈兼士：《廣韻聲系》（北京：中華書局，2006 年）。
3. 段玉裁：《說文解字注》（台北：漢京文化公司，1983 年）。
4. 唐作藩：《上古音手冊》（南京：江蘇人民出版社，1982 年）。
5. 陳彭年等編：《校正宋本廣韻》（台北：藝文印書館，2002 年）。
6. 陳新雄、竺家寧等人編：《語言學辭典》（台北：三民書局，2005 年）。
7. 黃自來編：《理論與應用語言學英漢辭典》（台北：文鶴出版社，1992 年）。
8. 溫知新、楊福綿：《中國語言學名詞滙編（1925～1975）》（台北：學生書局，1985 年）。
9. 龍宇純：《韻鏡校注》（台北：藝文印書館，2000 年）。
10. 羅竹風編：《漢語大詞典》（台北：臺灣東華書局，1997 年）。

二、傳統文獻

1. 王國維：《人間詞話》（台北：項淵出版社，2001 年）。
2. 王國維：《宋元戲曲史》（台北：商務印書館，2001 年）。
3. 王弼：《老子註》（台北：藝文印書館，2006 年）。
4. 司馬遷：《史記》，（北京：中華書局，2007 年）。
5. 江有誥：《音學十書》（北京：中華書局，1993 年）。
6. 李善注：《文選》（台北：華正書局，2000 年）。

7. 沈約：《宋書》，（北京：中華書局，2007 年）。
8. 汪榮寶：《法言義疏》（台北：藝文印書館，1968 年）。
9. 孫梅：《四六叢話》（台北：台灣商務，1965 年）。
10. 班固：《漢書》，（北京：中華書局，2007 年）。
11. 馬通伯：《韓昌黎文集校注》（台北：華正書局，1975 年）。
12. 張懷瓘：《書斷》，收入《景印文淵閣四庫全書》821 冊（台北：商務印書館，1983 年）。
13. 曹植：《曹子建集》（台北：中華書局，1966 年）。
14. 費振剛、仇仲謙、劉南平：《全漢賦校注》（廣東：廣東教育出版社，2005 年）。
15. 費振剛、胡雙寶、宋明華《全漢賦》（北京：北京大學出版社，1997 年）。
16. 楊伯駿：《春秋左傳注》（台北：源流出版社，1982 年）。
17. 葛弘：《西京雜記》，收入《景印文淵閣四庫叢書》1035 冊（台北：商務印書館，1983 年）。
18. 葛洪：《抱朴子》（台北：台灣中華書局，1966 年）。
19. 劉熙載：《藝概》（台北：漢京文化事業有限公司，2004 年）。
20. 劉勰：《文心雕龍》（台北：河洛出版社，1976 年）。

三、近人論著

1. 丁邦新：《魏晉音韻研究》（台北：中研院史語所專刊第六十五，1975 年）。
2. 王易：《詞曲史》（台北：廣文書局，1971 年）。
3. 王力：《漢語語法史》（北京：商務出版社，2003 年）。
4. 王夢鷗：《古典文學論探索》（台北：正中書局，1984 年）。
5. 何沛雄：《漢魏六朝賦論集》（台北：聯經出版事業公司，1990 年）。
6. 何寄澎：《典範的遞承：中國古典詩文論叢》（台北：文史哲出版社，2002 年）。
7. 周法高：《中國古代語法構詞篇》（台北：中研院史語所專刊之三十九，1962 年）。
8. 竺家寧：《漢語詞彙學》（台北：五南圖書出版公司，1999 年）。
9. 竺家寧：《語言風格與文學韻律》（台北：五南圖書出版公司，2005 年）。
10. 姜亮夫：《楚辭學論文集》（上海：新華書店，1984 年）。
11. 洪順隆：《中國文學史論集》（台北：文史哲出版社，1983 年）。
12. 胡學常：《文學話語與權力話語——漢賦與兩漢政治》（杭州：浙江人民出版社，2000 年）。
13. 孫晶：《漢代辭賦研究》（濟南：齊魯書社，2007 年）。
14. 徐復觀：《中國文學論集》（台北：學生書局，2001 年）。
15. 高友工：《中國美典與文學研究論集》（台北：國立臺灣大學出版中心，2004 年 3 月）。
16. 高名凱：《語言論》（北京：科學出版社，1963 年）。

17. 康正果：《風騷與艷情》（台北：雲龍出版社，1991 年）。
18. 張德明：《語言風格學》（高雄：麗文文化公司，1995 年）。
19. 曹淑娟：《漢賦之寫物言志傳統》（台北：文津出版社有限公司，1987 年）。
20. 郭瓏：《《文選・賦》聯綿詞研究》（四川：巴蜀書社，2006 年）。
21. 曾永義：《詩歌與戲曲》（台北：聯經出版事業公司，1988 年）。
22. 黃永武：《中國詩學——設計篇》（台北：巨流圖書公司，1985 年）。
23. 黃宣範：《語言學新引》（台北：文鶴出版社，2003 年）。
24. 萬光治：《漢賦通論》（北京：中國社科院、華齡出版社，2006 年）。
25. 葉桂桐：《中國詩律學》（文津出版社有限公司，1998 年）。
26. 董季棠：《修辭析論》（台北：文史哲出版社，1994 年）。
27. 臺靜農：《中國文學史》（台北：台灣大學出版中心，2004 年）。
28. 蔡輝龍：《兩漢名家畋獵賦研究》（台北：天工出版社，2001 年）。
29. 鄭騫：《龍淵述學》（台北：大安出版社，1992 年）。
30. 黎運漢、張維耿：《現代漢語修辭學》（台北：書林出版社，2005 年）。
31. 黎運漢：《黎運漢修辭・語體・風格論文選》（廣州：暨南大學出版社，2004 年）。
32. 謝雲飛：《文學與音韻》（台北：東大圖書公司，1994 年）
33. 謝无量：《中國六大文豪》（上海：中華書局，1933 年）。
34. 簡宗梧：《漢賦史論》（台北：東大圖書公司，1993 年）。
35. 簡宗梧：《漢賦源流與價值之商榷》（台北：文史哲出版社，1980 年）。
36. 羅常培、周祖謨：《漢魏晉南北朝韻部演變研究・第一分冊》（北京：科學出版社，1958 年）。

四、引用論文

（一）期刊論文

1. 丁邦新：〈平仄新考〉，收入《中央研究院歷史語言研究所集刊》47：1，1975 年，頁 1～15。
2. 丁邦新：〈論語、孟子、及詩經中並列語成分之間的聲調關係〉，收入《中研院史語所研究集刊》第 47 本，1975 年 11 月，頁 17～51。
3. 吳旻旻：〈「框架、節奏、神化」：析論漢代散體賦之美感與意義〉，收入《臺大中文學報》二十五期，2006 年 12 月，頁 51～94。
4. 吳儀鳳：〈論騷體賦、散體賦之分類概念〉，收入《東華人文學報》第五期，2003 年 7 月，頁 209～234。
5. 李方桂：〈上古音研究〉，收入《清華學報》新九卷一、二期合刊，1971 年，頁 1～61。
6. 李存智：〈漢語舌尖鼻音的流變——兼論相關的音韻現象〉，收入《臺大文史哲學報》第五十七期（2001 年 5 月），頁 165～200。

7. 李時銘：〈論重編「全漢賦」——以費編「全漢賦」在文獻整理上的問題爲借鑑〉，收入《逢甲人文社會學報》第 3 期，2001 年 11 月，頁 22～45。
8. 許東海：〈李白詠物、詠地詩歌的漢賦風貌〉，收入《中國古典文學研究》第二期，中國古典文學研究會，1999 年 12 月，頁 75～110。
9. 連金發：〈構詞學問題探索〉，收入《漢學研究》第 18 卷特刊，2000 年 12 月，頁 61～78。
10. 傅錫壬：〈從市場行銷的觀點看漢賦的興盛與模仿〉，收入淡江大學《中文學報》第十二期，2005 年 6 月，頁 15～26。
11. 鄭毓瑜：〈連類、諷誦與嗜欲體驗的傳譯——從〈七發〉的療疾效能談起〉，收入《清華學報》新三十六卷第二期，2006 年 12 月，頁 399～425。
12. 簡宗梧：〈王褒辭賦用韻考〉，收入《中華學苑》第 17 期，1976 年，頁 203～226。
13. 簡宗梧：〈司馬相如賦篇用韻考〉，收入《中華學苑》第 10 期，1972 年，頁 1～ 40。
14. 簡宗梧：〈賦的可變基因與突變——檢視文學體類演變的新嘗試〉，收入《逢甲人文社會學報》12 期，2006 年 6 月，頁 1～26。
15. 簡宗梧：〈賦與設辭問對關係之考察〉，收入《逢甲人文社會學報》11 期，2005 年 12 月，頁 17～30。
16. 簡宗梧：〈賦體的典律作品及其因子〉，收入《逢甲人文社會學報》6 期，2003 年 5 月，頁 1～28。

（二）論文集論文

1. 王啓濤：〈司馬相如賦與四川方言〉，收入熊良智編：《辭賦研究》（北京：商務印書館，2006 年），頁 263～272。
2. 平山久雄：〈漢語聲調起源窺探〉，收入《平山久雄語言學論文集》（北京：商務印書館，2005 年），頁 288～301。
3. 吳儀鳳：〈論「瑋字」一詞在漢賦中的意涵〉一文，收入《第一屆先秦兩漢學術全國研究生論文發表會論文集》（台北：輔仁大學中國文學系，1997 年），頁 109～122。
4. 李三榮：〈秋聲賦的音韻成就〉，收入中華民國聲韻學學會、台灣師範大學國文系編《聲韻論叢》第一輯（台北：學生，1994 年），頁 367～391。
5. 李三榮：〈庾信小園賦第一段的音韻技巧〉，收入中華民國聲韻學學會主編《聲韻論叢》第三輯（台北：學生，1991 年），頁 25～37。
6. 沈鍾偉：〈李方桂上古音韻表〉，收入丁邦新、余藹芹編：《漢語史研究：紀念李方桂先生百年冥誕論文集》（台北：中研院語言所，2005 年），頁 57～93。
7. 谷口洋：〈揚雄「口吃」與模擬前人——試論文學書面化與其影響〉，見蘇瑞隆, 龔航主編：《廿一世紀漢魏六朝文學新視角：康達維教授花甲紀念論文集》（台北：文津出版社有限公司有限公司，2003 年），頁 44～58。
70 周法高〈聯緜字通說〉，收入《中國語文論叢・上編・語文學》（台北：正中書局，1981 年）。

9. 殷正林：〈《世說新語》中所反映的魏晉時期的新詞和新義〉，收入王云路、方一新編：《中古漢語研究》（北京：商務印書館，2000 年），頁 87～124。
10. 高光復：〈論漢賦和魏晉南北朝辭賦〉一文，見蘇瑞隆, 龔航主編：《廿一世紀漢魏六朝文學新視角：康達維教授花甲紀念論文集》（台北：文津出版社有限公司有限公司，2003 年），頁 182～199。
11. 張琨：〈漢語語法研究〉，收入《中國語言學論集》（台北：幼獅文化事業公司，1977 年），頁 297～314。
12. 許世瑛：〈登樓賦句法研究兼論其用韻〉《許世瑛先生論文集》第一集（台北： 弘道文化，1974 年），頁 917～931。
13. 許世瑛：〈談談思舊賦的平仄規律及朗誦節奏〉《許世瑛先生論文集》第三集（台北：弘道文化，1974 年），頁 963～984。
14. 許世瑛：〈談談登樓賦的平仄規律及朗誦節奏〉，《許世瑛先生論文集》第三集（台北：弘道文化，1974 年），頁 932～962。
15. 陳淵泉：〈文學品味背後的語言結構原則——從詩的格式窺探語言〉，收入香港城市大學 20 週年文史論文集《依舊悠然見南山》（香港：香港城市大學出版社，2004 年），頁 59～95。
16. 陳新雄：〈上古聲調析論〉《音史新論——慶祝邵榮芬先生八十壽辰學術論文集》（北京：學苑出版社，2005 年），頁 23～29。
17. 陳曉雯：〈〈長門賦〉與〈自悼賦〉之比較研究〉，收入《思辯集》第七集，國立台灣師範大學國文系，2004 年 3 月，頁 137～158。
18. 葉慶炳：〈長門賦的寫作技巧〉，收入張健、簡錦松編：《中國古典文學論文精選叢刊》（文學批評、散文與賦類）（台北：幼獅出版社，1980 年），頁 403～410。
19. 鄭再發：〈漢語的句調與文學的節奏〉，收入《聲韻論叢》第九集（台北：學生書局，2000 年），頁 147～158。
20. 駱曉平：〈魏晉六朝漢語詞滙雙音化傾向三題〉，收入王云路、方一新編：《中古漢語研究》（北京：商務印書館，2000 年），頁 52～65。
21. 龔煌城：〈李方桂先生的上古音系統〉，收入丁邦新、余藹芹編：《漢語史研究：紀念李方桂先生百年冥誕論文集》（台北：中研院語言所，2005 年），頁 57～93

（三）學位論文

1. 方柏琪：《六朝詩歌聲律理論研究——以《文心雕龍·聲律篇》爲討論中心》（台北：國立台灣大學，民國 93 年碩論，張蓓蓓指導），頁 82。
2. 王學玲：《漢代騷體賦研究》（國立中央大學，民國 85 年碩論，張夢機指導）。
3. 林久惠：《台灣佛教音樂：早晚課主要經典的音樂研究》（國立師範大學音樂研究所，民國 72 年碩論，呂炳川指導）。
4. 陳玉玲：《漢賦聯緜詞研究》（逢甲大學中國文學研究所，民國 94 年碩論，簡宗梧師指導）。
5. 陳姿蓉：《漢代散體賦研究》（國立政治大學，民國 85 年博論，簡宗梧指導）。

6. 陳穩如：《韓愈古體詩之音韻風格》（台北市：國立台北市立教育大學，民國 94 年碩論，竺家寧師指導）。
7. 湯慧麗：《王昌齡五言古詩的音韻風格》（台北市：國立台北市立教育大學，民國 94 年碩論，竺家寧師指導）。
8. 鄭鎮椌：《上古漢語聲調之研究》 （政治大學中國文學研究所，民國 83 年博論，謝雲飛指導）。
9. 黎采綝《黃庭堅七言律詩音韻風格研究》（國立政治大學國文教學碩士班，民國 95 年碩論，竺家寧師指導）。
10. 簡宗梧：《司馬相如揚雄及其賦之研究》（國立政治大學中國文學研究所，民國 64 年博論，高明、盧元駿指導）。

五、外國專書

1. John Fiske 著，張錦華等譯：《傳播符號學理論》（台北：遠流出版事業股份有限公司，2006 年）
2. James Lull 著，陳芸芸譯：《全球化下的傳播與文化》（台北：韋伯文化國際出版有限公司，2004 年）
3. M.H. Abrams, *A Glossary of literary Terms* （Boston: Thomson Higher Education, 2005）
4. Paul Ricoeur, *Hermeneutics and the Human Science*s（London: Cambridge University, 1982）, Edited, translated and introduced by John B.Thompson

六、外國期刊論文

1. A.C.Graham ,"The Prosody of the Sao Poems in the Ch'u Tz'u", *AM*, NS 10.2（1963）,pp.119-61.
2. David R.Knechtges，"Ssu-ma Hsiang-juh's 'Tall Gate Palace Rhapsody' "，*Harvard Journal of Asiatic Studies*,41:1（June,1982）, pp.47-64.